IMPÉRIO DA PRATA

OBRAS DO AUTOR PUBLICADAS PELA EDITORA RECORD

Dunstan
O Falcão de Esparta
O livro perigoso para garotos (com Hal Iggulden)
Tollins – histórias explosivas para crianças

Série O Imperador

Os portões de Roma
A morte dos reis
Campo de espadas
Os deuses da guerra
Sangue dos deuses

Série O Conquistador

O lobo das planícies
Os senhores do arco
Os ossos das colinas
Império da prata
Conquistador

Série Guerra das Rosas

Pássaro da tempestade
Trindade
Herança de sangue
Ravenspur

Como C. F. Iggulden

Série Império de Sal

Darien
Shiang

CONN IGGULDEN

IMPÉRIO DA PRATA

Tradução de
Alves Calado

3ª edição

Editora Record
RIO DE JANEIRO • SÃO PAULO
2024

CIP-BRASIL. CATALOGAÇÃO-NA-FONTE
SINDICATO NACIONAL DOS EDITORES DE LIVROS, RJ

I26i   Iggulden, Conn
3ª ed.   Império da prata / Conn Iggulden; tradução de Alves Calado. – 3ª ed. – Rio de Janeiro:
Record, 2024.

Tradução de: Empire of silver
ISBN 978-85-01-09346-2

1. Mongóis – História – Ficção. 3. Mongóis – Reis e governantes – Ficção.
4. Ficção histórica inglesa. I. Alves-Calado, Ivanir, 1953-. II. Título.

CDD: 823
11-2081   CDU: 821.111-3

TÍTULO ORIGINAL:
Empire of silver

Copyright © Conn Iggulden, 2010

Texto revisado segundo o Acordo Ortográfico da Língua Portuguesa de 1990.

Todos os direitos reservados. Proibida a reprodução, no todo ou em parte, através de quaisquer meios. Os direitos morais do autor foram assegurados.

Direitos exclusivos de publicação em língua portuguesa somente para o Brasil adquiridos pela
EDITORA RECORD LTDA.
Rua Argentina, 171 – Rio de Janeiro, RJ – 20921-380 – Tel.: 2585-2000,
que se reserva a propriedade literária desta tradução.

Impresso no Brasil

ISBN 978-85-01-09346-2

Seja um leitor preferencial Record.
Cadastre-se e receba informações sobre nossos lançamentos e nossas promoções.

Atendimento e venda direta ao leitor:
sac@record.com.br

EDITORA AFILIADA

Para Katie Espiner

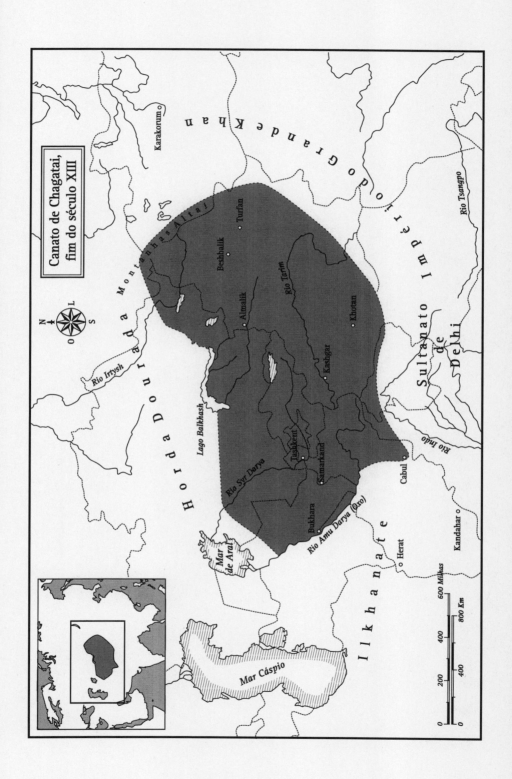

PRÓLOGO

Caminhava com dificuldade através de uma paisagem de iurtas, que lembravam conchas sujas no litoral de algum mar antigo. A pobreza estava ao redor: no feltro amarelado, remendado e consertado interminavelmente durante gerações. Cabritos magros corriam balindo em volta dos próprios pés enquanto ele se aproximava de casa. Batu tropeçou nos animais, xingando enquanto a água caía dos baldes pesados que carregava. Sentia o cheiro forte de urina no ar, um azedume que não existira na brisa junto ao rio. Franziu a testa pensando no dia que passara, cavando uma fossa sanitária para sua mãe. Ficou empolgado como uma criança ao mostrar o resultado de seu trabalho. Ela simplesmente deu de ombros, dizendo que era velha demais para ir tão longe à noite, quando havia terreno bom à sua volta.

Sua mãe tinha 36 anos, já afetada pela doença e pela passagem dos anos. Os dentes haviam apodrecido no maxilar inferior e ela andava como uma mulher com o dobro da sua idade, encurvada e mancando. Mas ainda era suficientemente forte para lhe dar um tapa nas raras ocasiões em que Batu mencionava o pai. A última vez fora naquela manhã mesmo, antes de ele começar a caminhada até o rio.

À porta da iurta, ele pousou os baldes no chão, esfregou as mãos doloridas e ouviu. Dentro, pôde escutá-la cantarolando alguma canção antiga, de sua juventude, e sorriu. A raiva dela tinha desaparecido rapidamente, como sempre.

Não tinha medo da mãe. No último ano havia crescido em altura e força, de modo que poderia impedir cada golpe, mas não fazia isso. Suportava-os sem entender a amargura dela. Sabia que poderia segurar suas mãos, mas não queria vê-la chorar, ou pior, vê-la implorar ou barganhar um odre de airag para aliviar o sofrimento. Odiava essas ocasiões, quando ela bebia até conseguir esquecer. Então ela dizia que ele tinha o rosto do pai e que não suportava olhá-lo. Houvera muitos dias em que ele próprio a havia limpado — os braços da mãe caídos sobre suas costas, os seios murchos encostados em seu peito enquanto ele usava um pano e um balde para tirar a sujeira da pele. Muitas vezes tinha jurado que nunca tomaria um gole sequer de airag. O exemplo dela tornava até mesmo o odor da bebida um desconforto para o estômago. Quando a doçura do cheiro se combinava com vômito, suor e urina, ele sentia náuseas.

Batu levantou os olhos quando ouviu os cavalos, grato por qualquer coisa que o mantivesse do lado de fora por um pouco mais de tempo. O grupo de cavaleiros era pequeno para os padrões de um *tuman*: apenas vinte homens. Para um garoto criado nas bordas do acampamento, era uma visão gloriosa para a manhã, um mundo diferente.

Os guerreiros cavalgavam com as costas muito eretas e, à distância, pareciam irradiar força e autoridade. Batu os invejava, ao mesmo tempo em que ansiava por ser um deles. Como qualquer outro garoto das iurtas, sabia que a armadura vermelha e preta significava que os cavaleiros eram da guarda pessoal de Ogedai, os guerreiros de elite dos *tumans*. As histórias de suas batalhas eram cantadas nos dias de festa, além de narrativas mais sombrias, de traição e sangue. Batu se encolheu diante do pensamento. Seu pai fazia parte de algumas delas, o que provocava olhares de soslaio em direção à mãe e ao seu filho bastardo.

Cuspiu no chão. Ainda podia se lembrar de quando a iurta de sua mãe era do mais fino feltro branco e presentes chegavam quase diariamente. Supunha que ela tivesse sido bonita, a pele fresca com a juventude, enquanto agora era enrugada e áspera. Aqueles tinham sido dias diferentes, antes que seu pai traísse o cã e fosse estripado por causa disso, como um cordeiro na neve. Jochi. Cuspiu de novo ao pensar na palavra. No nome.

Caso seu pai tivesse se dobrado à vontade do grande cã, Batu achava que poderia ser um dos guerreiros vestidos de vermelho e preto, cavalgando ereto em meio às iurtas imundas. Em vez disso fora esquecido, e sua mãe chorava sempre que ele falava em entrar para um *tuman*.

Quase todos os jovens de sua idade haviam entrado, a não ser os que tinham ferimentos ou imperfeições de nascença. Seu amigo Zan era um deles, um mestiço chinês que havia nascido com um olho branco e cego. Nenhum homem de um olho só poderia ser arqueiro, e os guerreiros o haviam mandado embora sob chutes e gargalhadas, mandando-o cuidar de seus rebanhos. Naquela noite Batu bebeu airag pela primeira vez, com ele, e ficou enjoado por dois dias. Os recrutadores também não tinham vindo pegá-lo, por causa do sangue de traidor que corria em suas veias. Batu os tinha visto procurando rapazes fortes, mas quando seus olhares passaram por ele, deram de ombros e viraram as costas. Era tão alto e forte quanto seu pai havia sido, mas eles não o queriam.

De repente, Batu percebeu que os cavaleiros não estavam passando diretamente. Olhou quando eles pararam para falar com um dos vizinhos de sua mãe e ofegou espantado quando o velho apontou em sua direção. Os cavaleiros trotaram até ele, que permaneceu estático, olhando-os se aproximar. Descobriu que não sabia o que fazer com as mãos e cruzou-as no peito duas vezes antes de deixá-las pender ao lado do corpo. De dentro da iurta, ouviu a mãe gritar uma pergunta, mas não respondeu. Não conseguia. Tinha visto o homem que cavalgava à frente do grupo.

Não existiam quadros nas iurtas pobres, mas uma ou duas pinturas jin tinham chegado até os lares das famílias mais ricas. No entanto, Batu tinha visto o irmão de seu pai uma vez. Num dia de festa, anos antes, havia se esgueirado para perto, espiando entre os guerreiros na tentativa de avistar o grande cã. Ogedai e Jochi estavam com Gêngis na ocasião, e o tempo não fez desbotar aquela lembrança luminosa, uma das mais agridoces de sua jovem vida. Era um vislumbre da carreira que ele poderia ter seguido, antes que seu pai jogasse tudo fora por causa de uma briga mesquinha que Batu nem ao menos entendia.

Ogedai cavalgava com a cabeça descoberta, a armadura negra laqueada brilhando. Usava o cabelo ao estilo jin, como uma corda pesada que pendia de um nó superior na cabeça raspada. Batu absorveu cada detalhe do homem enquanto a voz de sua mãe chamava de novo em tom choroso, lá dentro. O garoto podia ver que o filho do grande cã estava olhando diretamente para ele e falando, mas sua língua estava travada, como se ele fosse um idiota. De perto os olhos amarelos eram brilhantes e ele se perdeu na compreensão de que estava olhando para seu tio de sangue.

— Ele é retardado? — perguntou um dos guerreiros. Batu fechou a boca. — Meu senhor Ogedai está falando. Você é surdo?

Batu flagrou-se ruborizando com grande ardor. Balançou a cabeça, subitamente irritado por ver aqueles homens cavalgarem até a iurta de sua mãe. O que eles pensariam das paredes remendadas, do fedor, das moscas no ar? Era humilhante, e seu choque se transformou rapidamente em raiva. Mesmo assim não respondeu. Homens como aqueles haviam matado seu pai, dizia a mãe. A vida de um jovem esfarrapado significaria pouco para eles.

— Você não tem voz? — perguntou Ogedai.

Ele estava rindo de alguma coisa e Batu reagiu sem jeito:

— Tenho — disse.

Viu um dos guerreiros se curvar, mas não esperava um soco e cambaleou um passo para trás quando uma luva de malha de ferro se chocou contra a lateral de sua cabeça.

— Tenho, *senhor* — disse o guerreiro, sem se alterar.

Batu deu de ombros enquanto se empertigava. Sua orelha estava ardendo, mas já havia passado por coisa pior.

— Tenho voz, senhor — disse, esforçando-se ao máximo para se lembrar do rosto do guerreiro.

Ogedai falou a seu respeito como se ele não estivesse presente:

— Então não era só história. Posso ver meu irmão no rosto dele, e já é tão alto quanto meu pai. Quantos anos você tem, garoto?

Batu ficou imóvel, tentando se conter. Algo dentro dele sempre imaginava se a mãe teria exagerado quanto à posição de seu pai. Vê-la ser confirmada tão casualmente era mais do que ele podia absorver.

— Quinze — respondeu.

Viu o guerreiro começar a se curvar de novo e Batu acrescentou "senhor" rapidamente. O guerreiro se inclinou para trás sobre sua sela e meneou a cabeça com complacência.

Ogedai franziu a testa.

— Você é velho para entrar no exército. O treinamento deveria começar aos 7 ou 8 anos, no máximo, se quiser retesar um bom arco. — Ele viu a confusão de Batu e sorriu, feliz por ser capaz de fazer uma coisa daquelas. — Mesmo assim vou ficar de olho em você. Apresente-se amanhã ao general Jebe. O acampamento dele está a uns 150 quilômetros ao norte, perto de uma aldeia junto a um penhasco. Você consegue encontrá-lo?

— Não tenho cavalo, senhor — disse Batu.

Ogedai olhou para o guerreiro que havia batido nele e o homem levantou os olhos para o céu antes de apear. Entregou as rédeas nas mãos do menino.

— Você sabe ao menos montar? — perguntou o guerreiro.

Batu estava pasmo enquanto pegava as rédeas e dava um tapinha no pescoço musculoso do cavalo. Nunca havia tocado um animal tão belo.

— Sim. Sei montar.

— Bom. Essa égua não é sua, entendeu? Ela vai levá-lo ao seu posto, mas depois você vai pegar algum animal velho de costas arriadas e mandá-la de volta para mim.

— Não sei o seu nome — disse Batu.

— Alkhun, garoto. Pergunte a qualquer um em Karakorum e a pessoa vai me conhecer.

— Na cidade? — perguntou Batu.

Tinha ouvido falar da coisa de pedra que se erguia do solo nas costas de um milhão de trabalhadores, mas até então não havia acreditado.

— Por enquanto é mais um acampamento do que uma cidade — confirmou Alkhun. — Você pode mandar a égua pelos cavaleiros do posto da estrada, mas diga para serem cuidadosos com ela. Eu descontarei qualquer marca de chicote nas suas costas. Ah, e bem-vindo ao exército, garoto. Meu senhor Ogedai tem planos para você. Não o desaponte.

Primeira Parte

1230 d.C.

CAPÍTULO 1

O AR ESTAVA REPLETO DE REDEMOINHOS DE PÓ DE MÁRMORE QUE BRILHAVAM ao captar o sol da tarde. O coração de Ogedai estava pleno enquanto ele guiava seu cavalo pela via principal, captando cada visão e cada som ao seu redor. Havia uma nota de urgência na cacofonia dos golpes de martelo e nas ordens gritadas. Os *tumans* mongóis haviam se reunido fora da cidade. Seus generais e seu povo receberam uma convocação para ver o que dois anos de trabalho tinham criado: uma cidade no ermo, com o rio Orkhon domado e dobrado à sua vontade.

Ogedai puxou as rédeas por um momento para olhar um grupo de trabalhadores descarregando uma carroça. Nervosos sob seu olhar, os homens usavam cordas, polias e os braços para manobrar blocos de mármore branco até trenós baixos que podiam ser arrastados para as oficinas. Cada bloco leitoso exibia veios sutis de azul-claro, que agradavam Ogedai. Ele era dono da pedreira que dera à luz aquelas pedras, centenas de quilômetros a leste, apenas uma das milhares de aquisições que havia feito nos últimos anos.

Sem dúvida ele fora extravagante, gastando ouro e prata como se não tivessem valor. Sorriu ao pensar nisso, imaginando o que seu pai pensaria da cidade branca erguendo-se na vastidão. Gêngis havia desprezado aqueles formigueiros de seres humanos, mas essas não eram as pedras antigas e as ruas apinhadas de um inimigo. Isso era novo e pertencia à sua nação.

Nunca existira um tesouro como o que ele havia herdado, reunido a partir da riqueza da China e de Khwarezm, e no entanto ele jamais fora gasto pelo cã. Apenas com o tributo de Yenking, Ogedai poderia ter coberto cada casa nova com mármore branco, ou até mesmo jade, se quisesse. Tinha construído um monumento ao seu pai nas planícies, além de um lugar onde ele próprio poderia ser cã. Tinha construído um palácio com uma torre que se erguia acima da cidade como uma espada branca, de modo que todos os homens pudessem ver que a nação havia chegado longe, apesar de sua origem em iurtas simples e rebanhos.

Em troca de seu ouro, um milhão de homens vieram trabalhar ali. Haviam atravessado planícies e desertos com apenas alguns animais e ferramentas, vindo de grandes distâncias, das terras jin ou das cidades de Samarkand, Bukhara e Cabul. Pedreiros e carpinteiros de Koryo tinham feito a viagem, atraídos ao ocidente pelos boatos de que uma nova cidade estava sendo construída sobre um rio de moedas. Búlgaros traziam lotes de argila rara, carvão e madeira de lei em grandes caravanas vindas de suas florestas. A cidade se encheu de comerciantes, construtores, oleiros, vendedores de comida, ladrões e trapaceiros. Fazendeiros farejando lucro levavam suas carroças ao longo de dias de viagem, tudo em troca dos cordões cheios de moedas de metal. Ogedai lhes dava ouro e prata da terra, derretidos e moldados. Em troca eles lhe davam uma cidade e ele não achava que fosse uma barganha ruim. Por enquanto formavam as multidões coloridas de sua cidade, falando mil línguas e cozinhando mil comidas e temperos diferentes. Alguns teriam permissão para ficar, mas Ogedai não construía para eles.

Ele viu tintureiros de mãos verdes se achatarem de encontro às paredes, com os turbantes vermelhos se abaixando em respeito. Seus guardas abriam o caminho, de modo que o filho do cã pudesse cavalgar quase como num sonho. Ele havia feito esse lugar a partir do acampamento de iurtas que seu pai conhecera. Ele o havia tornado real, em pedra.

Isso ainda o espantava. Não havia pagado para que mulheres viajassem com seus trabalhadores, mas elas tinham vindo com os maridos e pais mesmo assim. Durante um tempo pensara em como estabeleceria os negócios necessários para uma cidade prosperar, mas os comerciantes tinham procurado seu ministro, oferecendo cavalos ou mais prata para alugar novas propriedades. A cidade era mais do que uma simples coleção de casas. Já possuía uma vitalidade própria, muito além do seu controle.

Mas não completamente. Uma falha nos planos havia criado uma área de pequenos becos no sul de sua cidade. Quadrilhas de bandidos tinham começado a florescer ali, até que Ogedai ficou sabendo. Ordenou que oitocentas construções fossem derrubadas e toda a área foi redesenhada e reconstruída. Sua própria guarda supervisionou os enforcamentos.

A rua ficou silenciosa enquanto ele passava, os trabalhadores e seus mestres baixando a cabeça ao ver o homem que tinha poder de vida, morte e ouro sobre todos eles. Ogedai respirou fundo o ar poeirento, desfrutando o gosto na língua e o pensamento de que estava literalmente respirando sua criação. Mais adiante podia ver as torres de seu palácio, coroadas com uma cúpula de ouro batido mais fina do que o papel de seus escribas. Seu espírito se elevava ao ver aquilo, como luz aprisionada e segura em sua cidade.

A rua se alargava enquanto o palácio crescia diante dele, com sarjetas de pedra polida. Essa parte fora terminada meses antes e a multidão de trabalhadores ficou para trás. Enquanto trotava, Ogedai não pôde deixar de olhar as muralhas que tanto haviam confundido seus arquitetos e trabalhadores jin. Mesmo de um ponto de observação baixo como sua sela, havia momentos em que podia ver por cima delas, até as planícies verdes do outro lado. As muralhas de Yenking não tinham salvado a cidade do fogo ou do cerco, ele sabia. Suas muralhas eram os guerreiros do cã, as tribos que haviam deixado um imperador jin de joelhos e arrasado cidades de um xá.

Ogedai amava sua criação, desde a vastidão da área de treinamento central até os telhados de cerâmica vermelha, as sarjetas pavimentadas, os templos, as igrejas, as mesquitas, os mercados e as casas aos milhares, na maior parte ainda vazios e esperando por vida. Pedaços de tecido azul balançavam ao vento da planície em cada canto, um tributo ao pai céu que estava sobre todos eles. Ao sul, morros verdes e montanhas se estendiam no horizonte e o ar estava quente e empoeirado enquanto Ogedai se rejubilava em Karakorum.

O crepúsculo ia se aprofundando numa semiescuridão suave quando Ogedai entregou as rédeas a um serviçal e subiu a escadaria até seu palácio. Antes de entrar, olhou de novo para a cidade que se esforçava para nascer. Podia sentir o cheiro da terra recém-revirada e, por cima disso, a comida frita dos trabalhadores no ar da noite. Não tinha planejado os rebanhos de gado em currais do lado de fora das muralhas ou as galinhas cacarejando, sendo vendidas em cada esquina. Pensou no mercado de lã que havia brotado junto ao portão ocidental. Não deveria ter imaginado que o comércio iria parar simplesmente porque a cidade não estava terminada. Tinha escolhido um local numa antiga rota de comerciantes para lhe dar vida, e a vida começara a jorrar enquanto ruas e bairros inteiros ainda eram pilhas de madeira, telhas e pedras.

Enquanto olhava para o sol poente, sorriu ao ver as fogueiras para cozinhar nas planícies ao redor da cidade. Seu povo estava lá, esperando por ele. Seus exércitos seriam alimentados com bons cordeiros, pingando gordura produzida pelo capim de verão. Isso o lembrou da própria fome e ele umedeceu os lábios enquanto passava por um portão de pedra equivalente ao que havia de melhor numa cidade jin.

No salão cheio de ecos, do outro lado, parou um momento diante de sua decisão mais extravagante. Uma árvore de prata maciça se estendia graciosamente até o teto em arco, cujo ponto central era aberto ao céu como a iurta de qualquer pastor. Os artesãos de prata de Samarkand haviam levado quase um ano para moldar e polir a escultura, mas ela servia ao seu propósito. Quem entrasse em seu palácio iria vê-la e ficaria assombrado com a riqueza que ela representava. Alguns a veriam como um emblema do povo de prata, das tribos mongóis que tinham se tornado uma nação. Os que tivessem mais sabedoria iriam ver que os mongóis se importavam tão pouco com a prata que a usavam como metal para ser moldado.

Ogedai deixou a mão deslizar pelo tronco da árvore, sentindo o metal esfriar seus dedos. Seus galhos se estendiam como uma imitação da vida, brilhando como uma bétula branca ao luar. Congratulou a si mesmo. Espreguiçou-se enquanto lampiões eram acesos por escravos e serviçais ao redor, lançando sombras pretas e fazendo a noite parecer subitamente mais escura lá fora.

Ouviu passos apressados e viu seu serviçal, Baras'aghur, se aproximando. Ogedai se encolheu diante da expressão ansiosa do criado e do maço de papéis sob seu braço.

— Depois da minha refeição, Baras. Foi um longo dia.

— Muito bem, senhor, mas o senhor tem uma visita: seu tio. Devo dizer para ele esperar até que queira recebê-lo?

Ogedai parou de desafivelar o cinto da espada. Todos os seus tios tinham vindo às planícies ao redor de Karakorum obedecendo uma ordem sua, reunindo os *tumans* em grandes acampamentos. Tinha proibido todos de entrar na cidade e imaginou quem o teria desobedecido. Suspeitava que fosse Khasar, que via as ordens e leis como ferramentas para outros homens, e não para ele.

— Quem é, Baras? — perguntou Ogedai baixinho.

— O senhor Temuge, Mestre. Mandei serviçais para cuidar dele, mas ele está esperando há muito tempo.

Baras'aghur fez um gesto indicando o movimento do sol no céu e Ogedai franziu os lábios, irritado. O irmão de seu pai tinha plena consciência das nuances da hospitalidade. Simplesmente chegar quando Ogedai não estava para recebê-lo havia criado uma obrigação. Ogedai presumiu que isso havia sido feito deliberadamente. Um homem como Temuge era sutil demais para não captar até mesmo a menor vantagem. No entanto, fora dada a ordem para os generais e príncipes permanecerem nas planícies.

Ogedai suspirou. Durante dois anos havia preparado Karakorum para ser a joia do império. Seu isolamento fora esplêndido e ele havia manobrado para mantê-lo assim, com os inimigos e amigos sempre em desequilíbrio. Sabia que isso não poderia durar para sempre. Firmou-se enquanto caminhava atrás de Baras'aghur até a primeira e mais suntuosa de suas salas de audiência.

— Mande que me tragam vinho imediatamente, Baras. E comida; alguma coisa simples como o que os guerreiros estão comendo na planície.

— À sua vontade, senhor — disse o serviçal sem realmente ouvir, com os pensamentos na reunião que estava para acontecer.

Os passos dos dois homens soavam altos nos corredores silenciosos, estalando e ecoando de volta. Ogedai não olhou as pinturas que geralmente lhe davam tanto prazer. Ele e Baras'aghur caminhavam sob as melhores obras de artistas islâmicos e foi somente perto do fim que Ogedai levantou os olhos para um chamejar de cores, sorrindo sozinho para a imagem de Gêngis liderando uma carga no passo da Boca do Texugo. O artista havia pedido uma fortuna em troca de um ano de trabalho, mas Ogedai dobrou o pagamento ao ver o resultado. Seu pai ainda vivia naquelas paredes, além de em sua memória. Não havia a arte da pintura nas tribos que ele conhecia e essas coisas ainda o faziam ofegar e ficar imóvel, num espanto reverente. Mas, com Temuge esperando, Ogedai mal acenou diante da imagem do pai antes de entrar rapidamente na sala.

Os anos não tinham sido gentis com o irmão de seu pai. Temuge já fora gordo como um bezerro se refestelando, mas acabou perdendo peso rapidamente, de modo que o pescoço tinha pelancas frouxas e ele parecia muito mais velho do que era. Ogedai olhou friamente para o tio enquanto esse, para cumprimentá-lo, se levantava de uma cadeira coberta de seda. Era um esforço ser cortês com um homem que representava o fim de seu isolamento. Não tinha ilusões. A nação o esperava com impaciência e Temuge era apenas o primeiro a romper as defesas.

— Você está com boa aparência, Ogedai — disse Temuge.

Ele avançou como se fosse abraçar o sobrinho e Ogedai lutou contra um espasmo de irritação. Virou-se para Baras, deixando o tio baixar os braços que vinham se erguendo sem ser visto.

— Vinho e comida, Baras. Vai ficar aí, espiando feito uma ovelha?

— Senhor — respondeu Baras'aghur, fazendo imediatamente uma reverência. — Mandarei um escriba vir registrar o encontro.

Ele saiu correndo e os dois homens puderam ouvir as sandálias do escravo fazendo barulho à distância. Temuge franziu a testa delicadamente.

— Esta não é uma visita formal, Ogedai, para escribas e registros.

— Então você está aqui como meu parente? Não porque as tribos o escolheram para me abordar? Não porque meu tio erudito é o único homem em quem as facções confiam o suficiente para falar comigo?

Temuge ficou vermelho diante do tom de voz e da precisão das observações. Tinha de presumir que Ogedai possuía tantos espiões nos grandes acampamentos quanto ele próprio. Essa era uma coisa que a nação havia aprendido com os jin. Tentou avaliar o humor do sobrinho, mas não era fácil. Ogedai nem sequer havia lhe oferecido chá salgado. Temuge engoliu em seco enquanto tentava interpretar o nível de censura e irritação do outro.

— Você sabe que os exércitos não falam de outra coisa, Ogedai.

Temuge respirou fundo para controlar os nervos. Sob os olhos amarelo-claros de Ogedai ele não podia afastar a ideia de que estava se apresentando diante de algum eco de Gêngis. Seu sobrinho tinha um corpo mais suave do que o grande cã, porém havia nele uma frieza que irritava Temuge. O suor brotou em sua testa.

— Durante dois anos você ignorou o império de seu pai — começou Temuge.

— Você acha que foi isso que eu fiz? — interrompeu Ogedai.

Temuge o encarou.

— O que mais devo pensar? Você deixou as famílias e os *tumans* no campo, depois construiu uma cidade enquanto eles cuidavam de ovelhas. Durante dois anos, Ogedai! — Ele baixou a voz quase até um sussurro. — Alguns dizem que sua mente se abalou com tristeza pelo seu pai.

Ogedai sorriu amargamente. A simples menção ao seu pai era como arrancar a casca de uma ferida. Conhecia todos os boatos. Ele próprio havia criado alguns, para manter os inimigos atemorizados. No entanto, ele era o herdeiro escolhido de Gêngis, o primeiro cã da nação. Os guerreiros quase haviam endeusado seu pai e Ogedai tinha certeza de que não tinha nada a temer por causa de meros boatos nos acampamentos. Já seus parentes eram outra coisa.

A porta se abriu revelando Baras'aghur e uma dúzia de serviçais jin. Em instantes tinham rodeado os dois homens, colocando taças de bronze e comida num tecido branco impecável diante deles. Ogedai fez um gesto para seu tio sentar-se com as pernas cruzadas no chão de ladrilhos, e olhou com interesse os joelhos do velho estalarem e fazerem-no se encolher de dor. Baras'aghur mandou os serviçais embora e depois serviu chá para Temuge, que aceitou a tigela, aliviado, com a mão direita, beberican-do tão formalmente quanto teria feito em qualquer iurta das planícies.

Ogedai olhou ansioso o vinho tinto gorgolejar em sua taça. Esvaziou-a depressa e estendeu-a antes que Baras'aghur pudesse se afastar.

Ogedai viu o olhar de seu tio passar rapidamente pelo escriba que Baras'aghur havia chamado e estava de pé em atitude respeitosa junto à parede. Ele sabia que Temuge entendia melhor do que ninguém o poder da palavra escrita. Ele havia coletado as histórias de Gêngis e da fundação de uma nação. Ogedai possuía um dos primeiros volumes, copiado cuidadosamente e encadernado em pergaminho grosso. Era uma de suas posses mais valiosas. No entanto havia ocasiões em que um homem preferia que não houvesse registros.

— Dê-nos privacidade, Baras — disse Ogedai. — Deixe a jarra, mas leve seu escriba.

O serviçal era bem-treinado demais para hesitar e passaram-se apenas alguns instantes até que os dois homens estivessem a sós outra vez. Ogedai esvaziou o copo e arrotou.

— Por que veio a mim esta noite, tio? Dentro de um mês você poderá entrar livremente em Karakorum com milhares de pessoas do nosso povo, para um festival que será lembrado durante anos.

Temuge examinou o homem mais jovem à sua frente. O rosto sem rugas parecia cansado e sério. Ogedai havia escolhido um fardo estranho para si mesmo com aquela cidade. Temuge sabia que havia apenas um pequeno grupo de homens nos acampamentos que valorizavam Karakorum mais do que a uma moeda de bronze. Para os generais mongóis que tinham conhecido Gêngis, a cidade era uma presunção colossal em mármore branco e arquitetura jin. Temuge gostaria de dizer ao jovem o quanto amava aquela criação sem parecer uma lisonja exagerada. No entanto, amava. Era a cidade que havia sonhado construir, um lugar de ruas largas, pátios e até uma biblioteca, com milhares de prateleiras de carvalho limpas e vazias, esperando os tesouros que um dia guardariam.

— Você não é tolo, Ogedai — disse Temuge. — Não foi por acaso que seu pai o escolheu, no lugar de seus irmãos mais velhos. — Ogedai levantou os olhos rapidamente e Temuge acenou em concordância. — Às vezes me pergunto se você é um estrategista como o general Tsubodai. Durante dois anos a nação ficou sem um líder, sem caminho, no entanto não houve guerra civil nem luta entre príncipes.

— Talvez tenham visto meu *tuman* pessoal cavalgando entre eles, meus escribas e espiões — respondeu Ogedai baixinho. — Sempre houve homens de vermelho e preto observando-os em busca de traição.

Temuge fungou.

— Não foi o medo que os conteve, e sim a confusão. Eles não conseguiam entender seu plano, por isso não fizeram alguma coisa. Você é herdeiro de seu pai, mas não os chamou para receber o juramento. Ninguém entende isso, por isso aguardam e observam. Eles *ainda* estão esperando para ver o que você fará em seguida.

Temuge viu a boca de Ogedai se retorcer como se ele quisesse sorrir. Ansiava por penetrar na mente do sobrinho, mas quem sabia o que aquela nova geração pensava?

— Você construiu sua cidade na planície, Ogedai. Os exércitos seguiram seu chamado, mas agora estão aqui e muitos viram este lugar glorioso pela primeira vez. Você espera que eles simplesmente dobrem o joelho e façam o juramento? Porque você é filho de seu pai? Ele tem outros filhos ainda vivos, Ogedai. Você ao menos pensou neles?

Ogedai sorriu para o tio, achando divertido o modo como o homem parecia tentar desvendar seus segredos com o olhar. Havia um segredo que ele não descobriria, não importava o quanto tentasse. Sentiu o vento espalhar a sensação de calma, aliviando a dor como uma carícia.

— Se era minha intenção, tio, ganhar dois anos de paz para mim e construir uma cidade, bem, eu a construí, não foi? Talvez isso fosse tudo que eu quisesse.

Temuge abriu as mãos.

— Você não confia em mim — disse, com mágoa sincera na voz.

Ogedai deu um risada.

— Tanto quanto confio em qualquer pessoa, garanto.

— Resposta inteligente — disse Temuge, com frieza.

— Bem, você é um homem inteligente. É isso que você merece — reagiu Ogedai, ríspido. Toda a leveza havia sumido de seus modos enquanto ele se inclinava para a frente. Imperceptivelmente, seu tio recuou. — Na lua nova — continuou Ogedai — vou receber o juramento de cã de cada oficial e príncipe de sangue na nação. Não preciso me explicar, tio. Eles vão dobrar os joelhos para mim. Não porque sou filho do meu pai, mas porque sou o *herdeiro* escolhido por ele e líder da nação.

Ele se conteve, como se estivesse a ponto de falar demais, e Temuge viu uma cortina baixar sobre suas emoções. Ali estava um filho que aprendera desde cedo a mostrar o rosto impassível.

— Você não disse por que veio me ver esta noite, tio.

Temuge deu um suspiro, sabendo que o momento havia passado.

— Vim me certificar que você entendesse o perigo, Ogedai.

— Você está me assustando — disse Ogedai, com um sorriso.

Temuge ficou vermelho.

— Não estou ameaçando você.

— Então de onde pode vir esse perigo terrível na minha cidade das cidades?

— Você zomba de mim, mas eu viajei até aqui para ajudá-lo e ver esta coisa que você construiu.

— É linda, não é?

— É maravilhosa — respondeu Temuge, com uma honestidade tão transparente que fez Ogedai olhar mais pensativamente para o tio.

— De fato — disse Ogedai —, andei pensando na necessidade de um homem para supervisionar minha biblioteca, para coletar códices de todos os cantos do mundo até que os sábios de toda parte conheçam o nome de Karakorum. Talvez seja um sonho tolo.

Temuge hesitou. A ideia era empolgante, mas ele desconfiava.

— Ainda está zombando de mim? — perguntou, baixinho.

Ogedai deu de ombros.

— Só quando você bale feito uma ovelha idosa com suas advertências. Vai dizer para eu tomar cuidado com minha comida, por causa de veneno? — Ele viu o rosto de Temuge ficar pintalgado enquanto sua irritação voltava à superfície, e sorriu. — É uma oferta verdadeira. Qualquer outro homem nas tribos pode cuidar de ovelhas e cabras. Só você pode arrebanhar sábios, eu acho. Você tornará Karakorum famosa. Quero que ela seja conhecida de um oceano ao outro.

— Se você dá tanto valor à minha inteligência, Ogedai, então irá me ouvir ao menos esta vez.

Ogedai suspirou.

— Então fale, tio, se acha que deve.

— Durante dois anos o mundo esperou por você. Ninguém ousou mover um soldado sequer por medo de se transformar em alvo de sua primeira investida. Até os jin e os sung ficaram quietos. Eles estão parecendo com gazelas que sentem cheiro de um tigre nas proximidades. Isso acabou. Você convocou os exércitos da nação e daqui a um mês, se estiver vivo, será cã.

— Se estiver vivo?

— Onde estão seus guardas agora, Ogedai? Você os chamou de volta e ninguém sente seus olhos cheios de suspeita cavalgando pelos acampamentos. Achava que seria fácil? Se você caísse de um telhado esta noite e quebrasse a cabeça em toda essas pedras, quem seria cã na lua nova?

— Meu irmão Chagatai tem mais condições de reivindicar — disse Ogedai, em tom suave. — A não ser que meu filho Guyuk tenha permissão para viver. Tolui também está na linhagem de meu pai. Ele tem filhos que cresceram fortes: Mongke e Kublai, Arik-Boke e Hulegu. Com o tempo todos poderiam ser cãs. — Ele sorriu, divertindo-se com alguma coisa que Temuge não podia perceber. — Parece que a semente de Gêngis é forte. Todos temos filhos, mas ainda olhamos para Tsubodai. Quem tiver o general invencível de meu pai conduzirá o exército, não acha? Sem ele, haveria guerra civil. São só esses que têm poder? Não mencionei minha avó. Os dentes e os olhos dela se foram, mas ela ainda pode ser temível quando é provocada.

Temuge encarou-o.

— Espero que suas ações não sejam tão descuidadas quanto suas palavras. Ao menos dobre sua guarda pessoal, Ogedai.

Ogedai concordou. Não se incomodou em mencionar que as paredes ornamentadas escondiam homens que vigiavam. Duas bestas diferentes estavam apontadas para o peito de Temuge naquele momento. Seria necessário apenas um gesto combinado da mão de Ogedai para seu tio ter a vida arrancada.

— Ouvi o que você disse. Vou pensar a respeito. Talvez você não deva assumir o cargo na minha biblioteca e universidade até que a lua nova chegue e vá embora. Se eu não sobreviver a ela, meu sucessor pode não ter interesse em Karakorum.

Ele viu as palavras penetrarem e soube que pelo menos um dos homens de poder estaria trabalhando para mantê-lo vivo. Todos os homens tinham um preço, mas quase nunca era em ouro.

— Agora devo dormir, tio — disse Ogedai. — Todo dia é cheio de planejamentos e trabalho. — Ele fez uma pausa no momento de se levantar e continuou: — Mas vou lhe dizer o seguinte: não estive cego ou surdo nestes anos. A nação de meu pai deixou de conquistar durante um tempo, mas e daí? A nação tem se alimentado com leite e sangue, está pronta para ser mandada ao mundo com forças renovadas. E eu construí minha cidade. Não tema por mim, tio. Sei tudo que preciso saber sobre os generais e suas lealdades.

Ele se levantou com a elasticidade da juventude, enquanto o tio teve de aceitar sua mão estendida e se encolher quando os joelhos estalaram alto.

— Acho que seu pai teria orgulho de você, Ogedai — disse Temuge.

Para sua surpresa, Ogedai sorriu.

— Duvido. Eu peguei o filho bastardo de Jochi e tornei-o príncipe e oficial de *minghaan*. Vou elevar Batu ainda mais, para honrar a memória de meu irmão. Gêngis nunca me perdoaria por isso. — Ele sorriu com o pensamento. — E não teria amado minha Karakorum, disso tenho certeza.

Chamou Baras'aghur para guiar Temuge para fora da cidade escura, de volta ao ar sufocante de traição e suspeita, tão denso nos grandes acampamentos.

Ogedai pegou sua jarra e encheu a taça de novo enquanto ia até uma sacada de pedra e olhava as ruas enluaradas. Uma brisa soprava, esfriando a pele enquanto ele permanecia ali, de olhos fechados. Seu coração doeu e ele segurou o braço com força enquanto a dor se espalhava. Sentiu um suor novo brotar enquanto as veias latejavam e pulsavam em velocidade apavorante, voando por momentos até ele ficar tonto. Estendeu as mãos às cegas e agarrou o parapeito de pedra, respirando devagar e profundamente até que a fraqueza o deixou e o coração desacelerou. Uma grande pressão se liberou em sua cabeça e as luzes relampejantes diminuíram até virar simples pontos, sombras que só ele podia ver. Olhou com expressão amarga as estrelas frias. Abaixo de seus pés, outra câmara fora aberta nas pedras. Às vezes, quando as dores vinham com uma força que o deixava trêmulo e fraco, ele não acreditava que seria capaz de terminar de construir a cidade. Seu túmulo estava pronto e ele ainda vivia. Taça a taça esvaziou a jarra, até que seus sentidos se perderam.

— Quanto tempo me resta? — sussurrou, bêbado, consigo mesmo. — São dias ou anos? — Imaginou que conversava com o espírito de seu pai e balançou a taça enquanto falava, derramando um pouco de vinho. — Eu fiquei em paz, meu pai. Fiquei em paz quando pensei que meu tempo estava acabando. O que me importam seus generais e as... lutas mesquinhas deles? No entanto, minha cidade se ergueu, a nação veio e ainda estou aqui. O que faço agora?

Tentou ouvir uma resposta na escuridão, mas ela não veio.

CAPÍTULO 2

Tolui acariciou preguiçosamente o cabelo molhado da esposa enquanto se deitava e via os quatro filhos gritando e espadanando nas águas do Orkhon. O sol estava agradável, e só a presença de seus guardas ali impedia seu relaxamento completo. Tolui fez uma careta ao pensar nisso. Não havia paz no acampamento, enquanto cada homem imaginava se ele apoiava Chagatai, Ogedai ou os generais — ou se talvez iria denunciar qualquer um deles. Às vezes desejava que os dois irmãos mais velhos resolvessem o caso em algum lugar tranquilo, de modo que ele pudesse desfrutar o fato de estar vivo num dia daqueles, com uma mulher linda em seus braços e quatro filhos saudáveis implorando para escorregar numa cachoeira. Ele havia proibido isso uma vez, mas viu que Kublai tinha desafiado Mongke de novo e os dois estavam se esgueirando para cada vez mais perto do barranco, onde um caminho de cabras conduzia até a fonte do rio que bramia. Tolui espiou por baixo das pálpebras semicerradas enquanto os dois garotos mais velhos olhavam cheios de culpa para os pais, esperando que eles estivessem dormindo ao sol quente. Arik-Boke e Hulegu sabiam de tudo, claro, com os corpos ossudos de meninos quase tremendo de empolgação.

— Você está vendo os dois? — murmurou Sorhatani.

Tolui sorriu.

— Estou meio inclinado a deixar que eles tentem. Os dois nadam como lontras.

Esta ainda era uma nova habilidade para tribos criadas nas planícies cobertas de capim. Para os que aprendiam a cavalgar antes de falar, os rios eram fonte de vida para os rebanhos ou um obstáculo quando transbordavam nas inundações. Só recentemente haviam se tornado uma diversão para as crianças da tribo.

— Não é você que terá de cuidar dos machucados quando eles arrancarem a pele das costas — disse Sorhatani, relaxando junto dele —, ou colocar tala nos ossos.

No entanto, ela não disse qualquer coisa quando subitamente Mongke disparou para a trilha, o corpo nu brilhando. Kublai partiu finalmente, com um olhar rápido para os pais, mas nenhum dos dois se mexeu e num instante ele também sumiu.

Tolui e Sorhatani sentaram-se assim que os garotos sumiram de vista. Trocaram um olhar particular de diversão enquanto Arik-Boke e Hulegu se esticavam para ver o topo da cachoeira acima.

— Não sei quem é pior, Mongke ou Kublai — disse Sorhatani, arrancando uma haste de capim e mastigando a ponta.

Ele riu e os dois disseram juntos: "Kublai".

— Mongke me faz lembrar meu pai — disse Tolui, meio pensativo. — Não tem medo de nada.

Sorhatani fungou baixinho.

— Então você deve se lembrar do que seu pai disse uma vez quando teve de escolher entre dois homens para comandar mil.

— Eu estava lá, mulher — disse Tolui, a mente saltando para o episódio. — Ele disse que Ussutai não tinha medo de nada e não sentia fome ou sede. Por isso não servia para o comando.

— Seu pai era sábio. O homem precisa sentir um pouco de medo, Tolui, nem que seja para ter o orgulho de dominá-lo.

Um grito selvagem fez os dois levantarem os olhos enquanto Mongke escorregava pela cachoeira, gritando de empolgação ao conseguir um mergulho estabanado e cair no poço em baixo. A queda era de pouco mais de 3 metros, mas para um garoto de 11 anos devia ser aterrorizante. Tolui relaxou e deu uma risada ao ver o filho mais velho chegar à superfície, soprando e ofegando, os dentes muito brancos de encontro à pele bronzeada. Arik-Boke e Hulegu aplaudiram, as vozes agudas enquanto olhavam para cima de novo, procurando Kublai.

Ele deslizou de costas, numa confusão de membros, movendo-se tão rapidamente que saiu da torrente de água e caiu pelo ar vazio. Tolui se encolheu ao ouvir a pancada surda que soou claramente por cima da água. Ficou observando enquanto os outros três o olhavam, gritando e apontando um para o outro. Sorhatani sentiu os braços do marido ficarem tensos enquanto ele se preparava para saltar, mas então Kublai veio à superfície, rugindo. Um dos lados de seu corpo estava vermelho e ele mancou enquanto saía, mas todos podiam ver que o garoto estava ofegando de empolgação.

— Preciso botar um pouco de bom-senso neles, nem que seja com pancadas — disse Tolui.

A esposa deu de ombros.

— Vou fazer com que se vistam e mandá-los para você.

Ele concordou, apenas meio consciente de que tinha esperado a aprovação dela para castigar os meninos. Sorhatani sorriu enquanto ele se afastava. Era um bom homem, pensou. Talvez não fosse o mais forte dos irmãos, nem o mais implacável, mas em todos os outros sentidos era o melhor filho de Gêngis.

Enquanto se levantava e recolhia as roupas que os filhos tinham deixado em cada arbusto ao redor, lembrou-se do único homem que lhe tinha dado medo na vida. Guardava com carinho a lembrança do dia em que Gêngis a havia olhado como mulher, e não apenas como esposa de um de seus filhos. Tinha sido na margem de um lago, a milhares de quilômetros dali, numa terra diferente. Ela vira os olhos do cã brilhando só por um instante diante de sua juventude e beleza. Então sorriu para ele, aterrorizada e num espanto reverente.

— Aquele era, de fato, um homem — murmurou sozinha, balançando a cabeça com um sorriso.

Khasar estava de pé na base de madeira da carroça, encostado no feltro branco da iurta do cã, que tinha o dobro da largura e uma vez e meia a altura das casas do povo. Gêngis a havia usado para se reunir com os generais. Ogedai nunca havia reivindicado aquela construção enorme, tão pesada que a carroça precisava ser puxada por seis bois. Depois da morte do grande cã ela ficou vazia durante meses, antes que Khasar a reclamasse para si. Até agora ninguém ousara questionar seu direito.

Khasar sentiu o cheiro da carne de marmota frita que Kachiun havia levado para a refeição do meio-dia.

— Vamos comer do lado de fora. Está um dia bom demais para ficarmos no escuro — disse ele.

Além do prato fumegante, Kachiun trazia um gordo odre de airag, que jogou para o irmão.

— Onde estão os outros? — perguntou, pondo o prato na beira das tábuas e sentando-se com as pernas balançando.

Khasar deu de ombros.

— Jebe disse que viria. Mandei um mensageiro a Jelme e Tsubodai. Talvez venham, talvez não; isso é com eles.

Kachiun soprou o ar entre os lábios, irritado. Deveria ter mandado as mensagens pessoalmente para ter certeza de que o irmão não se esqueceria nem usaria as palavras erradas. Não havia sentido em repreender o homem que estava enfiando os dedos no monte de pedaços de carne fumegante. Khasar nunca mudava e isso era irritante e às vezes reconfortante.

— Ele quase terminou a tal cidade — disse Khasar, mastigando. — É um lugar estranho, com aquelas muralhas baixas. Eu poderia passar por cima a cavalo.

— Acho que esse é o argumento dele — respondeu Kachiun. Em seguida pegou em outro pote um pão ázimo, balançando a mão para afastar o vapor enquanto o enchia com carne. Khasar pareceu perplexo e Kachiun suspirou. — Nós somos as muralhas, irmão. Ogedai quer que o povo veja que ele não precisa se esconder atrás de pedras como os jin. Entende? Os *tumans* de nosso exército são as muralhas.

— Inteligente — disse Khasar, mastigando. — Mas ele vai acabar construindo muralhas, você vai ver. Dê-lhe um ou dois anos e ele vai acrescentar pedras. As cidades deixam as pessoas com medo.

Kachiun olhou para o irmão, perguntando-se se ele tinha conseguido falar alguma sabedoria verdadeira. Khasar notou seu súbito interesse e riu.

— Você já viu isso. Se o homem tem ouro, vive aterrorizado com a possibilidade de alguém tirá-lo, por isso constrói muros em volta. Aí todo mundo sabe onde o ouro está, por isso vem roubá-lo. É como sempre acontece, irmão. Os idiotas e o ouro estão sempre juntos.

— Nunca sei se você pensa como uma criança ou um sábio — disse Kachiun, enchendo outro pão e mastigando.

Khasar tentou dizer "sábio" enquanto estava com um pedaço grande na boca e engasgou, de modo que Kachiun teve de bater em suas costas. Os dois eram amigos havia muito tempo.

Khasar enxugou as lágrimas que se formaram nos olhos, respirou fundo e tomou um grande gole de airag do odre estufado.

— Ele vai precisar de muralhas na lua cheia, imagino.

Kachiun olhou automaticamente em volta, para ver se alguém podia entreouvi-los. Estavam cercados por capim vazio, com apenas seus dois pôneis pastando perto. Para além deles, guerreiros se ocupavam ao sol, preparando-se para a grande competição que Ogedai havia prometido. Haveria prêmios na forma de cavalos cinzentos e armaduras para lutadores, arqueiros e até mesmo para os que vencessem corridas a pé nas planícies. Para onde quer que olhassem, homens treinavam em grupos, mas não havia ninguém perto demais. Kachiun relaxou.

— Você ficou sabendo de alguma coisa?

— De nada, mas só um idiota esperaria que o juramento acontecesse sem problemas. Ogedai não é tolo nem covarde. Ele me enfrentou quando fiquei louco depois da... — Ele hesitou e seus olhos ficaram frios e distantes por um momento. — Depois da morte de Gêngis. — Khasar tomou outro gole da bebida forte. — Se ele tivesse recebido os juramentos imediatamente, nenhum homem das tribos ousaria levantar a mão contra ele; mas agora...

Kachiun concordou, sério.

— Agora Chagatai alcançou toda a força e metade da nação se pergunta por que ele não é o cã.

— Haverá sangue, irmão. De um modo ou de outro — respondeu Khasar. — Só espero que Ogedai saiba quando perdoar e quando cortar gargantas.

— Ele tem a nós — disse Kachiun. — Por isso eu quis que nos encontrássemos aqui, para discutir nossos planos de deixá-lo em segurança como cã.

— Não fui convocado à cidade branca dele para dar conselhos, Kachiun. Você foi? Você não sabe se ele confia em nós mais do que em qualquer pessoa. Por que confiaria? Você poderia ser cã, se quisesse. Você era o herdeiro de Gêngis enquanto os filhos dele cresciam. — Khasar viu a irritação do irmão. O acampamento estava tomado por esse tipo de conversa e os dois homens pareciam cansados disso, mas Khasar apenas deu de ombros.

— Antes você do que Chagatai, pelo menos. Você o viu correndo com os oficiais? Tão jovem, tão viril!

Ele se inclinou por cima da borda da carroça e cuspiu deliberadamente no chão. Kachiun deu um sorriso.

— Está com ciúmes, irmão?

— Não dele, mas às vezes sinto saudade de ser jovem. Agora sempre há alguma parte de mim doendo. Antigas feridas, joelhos velhos, aquela vez em que você fracassou completamente em impedir que eu fosse ferido por uma lança no ombro. Tudo dói.

— É melhor do que a alternativa — disse Kachiun.

Khasar fungou.

Os dois olharam ao redor enquanto Jebe se aproximava com Tsubodai. Os dois generais de Gêngis estavam no auge e Kachiun e Khasar compartilharam um olhar de humor confidencial pelo modo como eles caminhavam cheios de confiança pelo capim de primavera.

— Chá no pote, carne na tigela — disse Khasar sem cerimônia, enquanto eles subiam os degraus até a antiga iurta do cã. — Estamos discutindo como manter Ogedai vivo por tempo suficiente para ele carregar os rabos de cavalo brancos.

O símbolo das tribos unidas ainda adejava acima de sua cabeça, rabos de cavalo que um dia haviam sido um tumulto de cores tribais, até que Gêngis as descorou e tornou-as uma só. Ninguém tinha ousado remover o símbolo de poder, assim como não haviam questionado o uso que Khasar fazia da carroça.

Tsubodai se acomodou confortavelmente na borda de madeira, os pés pendurados enquanto enfiava os dedos na carne e no pão. Tinha consciência de que Kachiun e Khasar esperavam para ouvir o que ele diria. Não gostou da atenção, comeu devagar e limpou a garganta com airag.

No silêncio, Jebe se recostou contra a parede de feltro e olhou a cidade à distância, uma névoa branca no ar quente. Podia ver a cúpula dourada do palácio de Ogedai e percebeu, com espanto, que ela lembrava um olho amarelo espiando da cidade.

— Fui abordado — disse Jebe. Tsubodai parou de mastigar e Khasar pousou o odre de airag que estava a ponto de beber. Jebe deu de ombros. — Sabíamos que um de nós seria procurado, cedo ou tarde. Foi um estranho, que não usava insígnias.

— Mandado por Chagatai? — perguntou Kachiun.

Jebe confirmou.

— Por quem mais? Mas nenhum nome foi mencionado. Eles não confiam em mim. Foi apenas uma sondagem, para ver de que lado eu ficaria.

Tsubodai fez uma careta.

— Você escolheu este lado, à plena vista das tribos. Sem dúvida estão olhando você agora mesmo.

— E daí? — disse Jebe, eriçando-se. — Eu era leal a Gêngis. Eu exijo ser conhecido por meu nome de nascimento, como Zurgadai? Eu carrego o nome que Gêngis me deu e sou leal ao filho que ele nomeou como herdeiro. O que me importa se alguém me vê conversando com os generais dele?

Tsubodai suspirou e pôs de lado o último pedaço de sua refeição.

— Sabemos quem tem mais probabilidade de atrapalhar os juramentos. Não sabemos como farão isso ou quantos homens irão apoiá-los. Se você tivesse me procurado discretamente, Jebe, eu teria dito para concordar com qualquer coisa que dissessem e descobrir mais sobre os planos deles.

— Quem quer andar se esgueirando no escuro, Tsubodai? — disse Khasar com escárnio. Em seguida olhou para o irmão em busca de apoio, mas Kachiun balançou a cabeça.

— Tsubodai está certo, irmão. Isso não é apenas uma questão de mostrar que apoiamos Ogedai e todos os homens de pensamento correto que nos seguem. Eu gostaria que fosse assim. Nunca houve um cã da nação antes de Gêngis, de modo que não existem leis determinando como ele deve passar o poder adiante.

— O cã faz as leis — respondeu Khasar. — Não vi ninguém reclamar quando ele fez com que todos jurássemos diante de Ogedai reconhecendo-o como herdeiro. Até Chagatai se ajoelhou para isso.

— Porque a opção era se abaixar ou morrer — disse Tsubodai. — Agora Gêngis se foi e os homens ao redor de Chagatai estão sussurrando no ouvido dele. Dizem que o único motivo para ele não ter sido herdeiro foi sua luta com o irmão, Jochi, mas Jochi também está morto.

Ele parou um momento, pensando no sangue que fora derramado na neve. Seu rosto ficou absolutamente inexpressivo e os outros não conseguiram decifrá-lo.

— Não há tradições que nos digam como agir — continuou Tsubodai, cauteloso. — Sim, Gêngis escolheu seu herdeiro, mas a mente dele estava obscurecida pela raiva contra Jochi. Não faz muito tempo que ele favorecia Chagatai acima de todos os irmãos. A nação não fala de outra coisa. Às vezes acho que Chagatai poderia fazer sua reivindicação abertamente e se tornar cã. Ele poderia ir diretamente até Ogedai com uma espada e metade do exército não iria impedi-lo.

— A outra metade iria estraçalhá-lo — disse Khasar.

— E, num golpe, teríamos uma guerra civil que partiria a nação em duas. Tudo que Gêngis construiu, todo o nosso esforço, seria desperdiçado numa luta interna. Quanto tempo iria se passar até que os jin se erguessem contra nós, ou os árabes? Se esse é o futuro, eu preferiria ver Chagatai pegar o estandarte de rabos de cavalo hoje. — Tsubodai levantou a mão enquanto os outros começavam a protestar. — Quem fala isso não é um traidor, não pensem assim. Eu não segui Gêngis, mesmo quando tudo em mim gritava que ele estava errado? Não vou desonrar a memória dele. Verei Ogedai como cã, dou minha palavra.

Mais uma vez ele pensou num rapaz que havia acreditado em sua promessa de que teria passagem livre. Tsubodai sabia que a palavra dele não tinha valor, apesar de já ter sido de ferro. Era um sofrimento antigo, mas havia dias sangrava como se tivesse acabado de ser aberto.

— Você me deixou preocupado — disse Khasar.

Tsubodai não sorriu. Era mais novo do que os dois irmãos, mas eles esperavam pacientemente que ele falasse. Era o grande general, o mestre capaz de planejar qualquer ataque em qualquer terreno e, de algum modo, obter a vitória. Com Tsubodai, eles sabiam que Ogedai tinha uma chance. Kachiun franziu a testa com esse pensamento.

— Você deveria cuidar da própria segurança também, Tsubodai. Você é valioso demais para ser perdido.

Tsubodai suspirou.

— E ouvir essas palavras sentado na iurta de meu cã... Sim, terei cuidado. Sou um obstáculo para aquele que tememos. Vocês devem se certificar de que seus guardas sejam homens em quem confiam a própria vida, que não possam ser subornados ou ameaçados sem depois procurar vocês. Se a esposa e os filhos de um homem sumirem, vocês ainda confiarão nele para vigiá-los enquanto dormem?

— Esse é um pensamento pessimista — disse Jebe, encolhendo-se. — Você acredita mesmo que estamos nesse ponto? Num dia assim mal consigo acreditar que existam facas ocultas em cada sombra.

— Se Ogedai se tornasse cã — continuou Tsubodai —, ele poderia mandar matar Chagatai ou simplesmente governar bem ou mal durante quarenta anos. Chagatai não vai esperar, Jebe. Tentará arranjar uma morte, um acidente, ou tomar o poder a força. Não consigo vê-lo sentado preguiçosamente enquanto sua vida e sua ambição são decididas por outras pessoas. O homem que eu conheço não admitiria isso.

De algum modo o sol pareceu menos brilhante depois dessas palavras frias.

— Onde está Jelme? — perguntou Jebe. — Ele disse que estaria aqui.

Tsubodai coçou a nuca, fazendo-a estalar. Não dormia bem havia muitas semanas, mas não iria mencionar isso àqueles homens.

— Jelme é leal; não se preocupem com ele — murmurou. Alguns dos outros franziram a testa.

— Leal a qual filho de Gêngis? — perguntou Jebe. — Não existe um caminho claro. E se não encontrarmos um, a nação poderá ser despedaçada.

— Então deveríamos matar Chagatai — disse Khasar. Os outros ficaram parados e ele riu. — Sou velho demais para ficar medindo minhas palavras — disse, dando de ombros. — Por que ele deve ter tudo do jeito que quer? Por que eu devo verificar meus guardas, para garantir que ninguém tenha virado contra mim? Poderíamos acabar com isso hoje e Ogedai seria cã na lua nova, sem a ameaça de guerra. — Ele viu as expressões frias dos outros e cuspiu de novo. — Não vou baixar a cabeça diante da desaprovação de vocês, portanto não esperem isso. Se preferem vigiar as costas durante um mês e fazer planos secretos e inteligentes, isso é com vocês. Eu poderia cortar caminho e ver o fim. O que vocês acham que Gêngis diria se estivesse entre nós, aqui? Ele iria diretamente cortar a garganta de Chagatai.

— Talvez — admitiu Tsubodai, que sabia melhor do que todo mundo como o cã havia sido implacável. — Se Chagatai fosse idiota, eu concordaria com você. Se pudéssemos surpreendê-lo, sim, a coisa poderia dar certo. Eu pediria para você testar, mas você seria morto. Em vez disso, aceite minha palavra: Chagatai está preparado para esse tipo de atitude. Qualquer grupo de homens armados que se aproxime de seu *tuman* é recebido com armas apontadas e guerreiros prontos para atacar. Ele planeja um assassinato todo dia, por isso também o teme.

— Nós juntos comandamos homens suficientes para chegar até ele — disse Khasar, embora estivesse menos confiante.

— Talvez. Se apenas os 10 mil sob seu comando reagissem, poderíamos chegar a ele, mas acho que a coisa já foi mais longe do que isso. Independentemente do jogo que Ogedai estivesse fazendo, ele deu dois anos ao irmão para sussurrar e fazer promessas. Sem a sombra de um cã, todos nós fomos obrigados a governar as terras ao redor, a agir como se fôssemos a única voz que importava. Eu descobri que gostava disso. Vocês não sentem o mesmo? — Tsubodai olhou os outros e balançou a cabeça. — A nação está se desmoronando em tribos de *tumans*, unidas não pelo sangue, mas pelos generais que as comandam. Não, não atacaremos Chagatai. Meu objetivo é impedir a guerra civil, e não ser a fagulha que a provocará.

Khasar tinha perdido seu ar de entusiasmo enquanto Tsubodai falava, e cedeu com uma expressão irritada.

— Então voltamos à necessidade de manter Ogedai vivo — disse.

— Mais do que isso — respondeu Tsubodai. — Voltamos à necessidade de manter uma parte suficiente de uma nação intacta para que ele tenha algo que governar como cã. Espero que você não queira que eu tenha uma resposta num único dia, Khasar. Nós poderíamos vencer aqui e ver Ogedai com os rabos de cavalo e ainda assim ver Chagatai levar embora metade do exército e da nação. Quanto tempo iria se passar até que os dois cãs e seus exércitos estivessem se enfrentando num campo de batalha?

— Você deixou isso claro, Tsubodai — disse Kachiun —, mas não podemos ficar sentados esperando o desastre.

— Não — concordou Tsubodai. — Muito bem, sei que posso confiar em vocês. Jelme não está aqui porque foi se reunir com dois generais que podem ser leais a Chagatai. Saberei mais quando tivermos trocado mensagens com ele. Não posso me encontrar com ele de novo. E sim, Khasar, esse é o tipo de jogo traiçoeiro que você despreza. Os riscos são altos demais para dar um passo em falso.

— Talvez você esteja certo — disse Khasar, pensativo.

Tsubodai lançou um olhar ferino para ele.

— Também vou precisar de sua palavra, Khasar — disse.

— Com relação a quê?

— Sua palavra de que não vai agir sozinho. É verdade que Chagatai corre todo dia, mas não se afasta muito de seus guerreiros. Há uma pequena chance de que você poderia colocar arqueiros em condições de acertá-lo a partir de um local escondido, mas se fracassasse arruinaria tudo pelo que seu irmão trabalhou, tudo que custou a vida de tantas pessoas que você amou. Toda a nação irromperia em chamas, Khasar.

Khasar olhou boquiaberto para o general, que parecia estar lendo seus pensamentos. Sua expressão de culpa estava ali para que todos vissem, enquanto ele forçava o rosto impassível. Antes que ele pudesse responder, Tsubodai falou de novo:

— A sua palavra, Khasar. Nós queremos a mesma coisa, mas não posso planejar ao seu lado sem saber o que você fará.

— Você a tem — respondeu Khasar, sério.

Tsubodai concordou como se esse fosse um ponto menos importante numa discussão.

— Vou manter todos vocês informados. Não podemos nos encontrar com frequência, dado o número de espiões no acampamento, por isso utilizaremos mensageiros de confiança. Não escrevam nada e nunca usem o nome de Chagatai outra vez, depois de hoje. Chamem-no de Lança Partida, se tiverem de falar sobre ele. Saibam que vamos encontrar um caminho.

Tsubodai se levantou num movimento ágil e agradeceu a hospitalidade de Khasar.

— Devo partir agora, para descobrir o que eles prometeram a Jelme em troca de apoio. — Ele baixou a cabeça e desceu rapidamente os degraus, fazendo Khasar e Kachiun se sentirem velhos.

— Agradeça uma coisa — disse Kachiun baixinho, olhando o general se afastar. — Se *ele* quisesse ser cã, a situação seria ainda mais difícil.

CAPÍTULO 3

Ogedai estava de pé na sombra, na base da rampa que levava à luz e ao ar acima. O grande oval finalmente estava acabado e o cheiro de madeira, tinta e verniz era forte na atmosfera. Era fácil imaginar os atletas de seu povo saindo para ouvir o rugido de 30 mil homens e mulheres. Ogedai via tudo isso em sua mente e percebeu que estava se sentindo bem, melhor do que nos últimos dias. O médico jin havia falado muito sobre os perigos do pó de dedaleira, mas Ogedai só sabia que ele aliviava a dor constante no peito. Dois dias antes, uma dor aguda o havia posto de joelhos em seus aposentos particulares. Fez uma careta ao se lembrar da pressão, como se estivesse preso num espaço pequeno e incapaz de trazer o ar para dentro dos pulmões. Uma pitada do pó escuro misturada em vinho tinto trouxera o alívio como se cordas em volta de seu peito tivessem se partido. Ele caminhava com a morte, tinha certeza, mas ela continuava dois passos atrás.

Os construtores estavam deixando o grande estádio, aos milhares, mas Ogedai mal olhava o mar de rostos exaustos que passavam por ele. Sabia que tinham trabalhado a noite toda para que ele ficasse satisfeito e estava certo. Imaginou como se sentiam com relação ao imperador dos jin ajoelhando-se diante de seu pai. Se Gêngis fosse obrigado a uma vergonha dessas, Ogedai duvidava que ele pudesse permanecer tão calmo, aceitando tão facilmente. Gêngis lhe dissera que os jin não tinham o conceito de nação. A elite governante falava em impérios e imperadores, mas os camponeses não conseguiam se erguer alto suficiente para enxergar tão longe. Em vez disso encontravam lealdades menores a cidades e homens locais. Ogedai balançou a cabeça sozinho. Não havia tanto tempo que as tribos de seu povo faziam o mesmo. Seu pai havia arrastado todas para uma nova era e muitos ainda não entendiam o alcance de sua visão.

A maior parte da turba olhava para o chão enquanto passava, aterrorizada com a possibilidade de atrair sua atenção. O coração de Ogedai começou a bater mais rápido ao ver uma reação diferente em alguns daqueles que se aproximavam. Sentiu a necessidade de sair das sombras para a luz e teve de sufocar essa ânsia. Seu peito doía, mas não havia nada do cansaço terrível que geralmente o dominava independentemente do quanto dormisse. Em vez disso, seus sentidos estavam vivos. Podia sentir o cheiro de tudo, ouvir tudo ao redor, desde a comida temperada com alho dos trabalhadores até as vozes sussurradas.

O mundo pareceu se retesar e em seguida explodir, deixando-o quase atordoado. À frente havia homens que o encaravam e depois se viravam deliberadamente para o outro lado, com a reação marcando-os como uma bandeira erguida. Ogedai não viu nenhum sinal, mas, quase como se fossem um só, eles sacaram facas de dentro de suas roupas; lâminas curtas, do tipo que os carpinteiros usavam para aparar postes. A multidão começou a redemoinhar enquanto mais e mais pessoas percebiam o que estava acontecendo. Vozes gritaram ásperas, mas Ogedai permaneceu imóvel, como o centro de uma tempestade crescente. Tinha fixado o olhar no homem mais próximo, enquanto ele abria caminho no meio dos outros, com a faca erguida no ar.

Ogedai olhou o homem se aproximar. Lentamente abriu os braços, cada vez mais, com as mãos abertas golpeadas pela multidão que fugia. O atacante gritou alguma coisa, um som selvagem perdido no clamor. Ogedai mostrou os dentes enquanto o homem era golpeado de lado, o corpo desmoronando para longe do guarda com armadura que o havia acertado.

Enquanto seus guardas pisoteavam e trucidavam os homens no túnel sombreado, Ogedai baixou lentamente os braços, olhando com frieza.

Deixaram dois vivos, como ele havia ordenado, derrubando-os com os cabos das espadas até que os rostos se transformassem em máscaras inchadas. O resto foi massacrado como cabras.

Em apenas alguns instantes o primeiro oficial parou diante dele, o peito arfando e o rosto pálido manchado de sujeira.

— O senhor está bem? — perguntou o homem, a própria imagem da perplexidade.

Ogedai afastou o olhar dos soldados que ainda golpeavam a carne morta dos homens que tinham ousado atacar seu senhor.

— Por que acha que eu não estaria, Huran? Saí ileso. Você fez seu serviço.

Huran baixou a cabeça e quase se virou, mas não pôde.

— Senhor, não havia necessidade disso. Nós seguimos esses homens durante dois dias. Eu mesmo revistei os alojamentos deles e não houve um momento em Karakorum em que eu não tenha ficado de olho neles. Poderíamos tê-los dominado sem qualquer risco para o senhor.

Ele estava claramente lutando para encontrar as palavras certas, mas Ogedai parecia leve e forte, como não se sentia havia muito tempo. Seu humor permaneceu afável enquanto respondia:

— Diga o que tiver de dizer, Huran. Você não vai me ofender. — Ele havia liberado o oficial da necessidade de medir suas palavras, e viu a tensão e a rigidez desaparecerem.

— Eu vivo e trabalho para protegê-lo, senhor. No dia em que o senhor morrer, eu morrerei, jurei isso. Mas não posso protegê-lo se o senhor... se o senhor estiver apaixonado pela morte, se quiser morrer... — Sentindo o olhar frio de Ogedai, Huran tropeçou nas últimas palavras e ficou em silêncio.

— Deixe seus temores de lado, Huran. Você me serve desde que eu era menino. Eu corria riscos na época, não corria? Como qualquer outro garoto que acha que vai viver para sempre.

Huran concordou.

— Corria, mas não teria ficado de braços abertos com um assassino vindo em sua direção. Eu vi, senhor, mas não entendi.

Ogedai sorriu, como se orientasse uma criança. Talvez isso acontecesse porque naqueles momentos ficava próximo da eternidade, mas se sentia quase tonto.

— Não quero morrer, garanto, Huran. Mas não tenho medo disso, nem um pouco. Abri os braços porque, naquele momento, não me importava. Você consegue entender?

— Não, senhor.

Ogedai suspirou, franzindo o nariz diante do cheiro de sangue e excremento do túnel.

— O ar aqui está imundo — disse. — Venha comigo.

Desviou-se dos corpos amontoados. Muitos tinham sido mortos por acidente na confusão, trabalhadores simples tentando sair da escuridão. Mandaria alguma indenização às famílias, pensou.

Huran ficou ao seu lado enquanto a luz clareava e o olhar de Ogedai caía sobre a arena terminada. Seu humor aumentou mais ao ver as filas de assentos, milhares e milhares de bancos se estendendo à distância. Depois do derramamento de sangue na entrada, o lugar havia se esvaziado em velocidade estonteante, de modo que Ogedai podia ouvir o canto de um pássaro ao longo, claro e doce. Sentiu-se tentado a gritar para ver se sua voz ecoaria. Trinta mil pessoas de seu povo poderiam sentar-se ali e assistir às corridas, às lutas e às disputas de arco. Seria glorioso.

Um ponto em seu rosto coçou e ele o esfregou, levando um dedo vermelho para diante dos olhos. Era o sangue de outra pessoa.

— Aqui, Huran, neste lugar, serei cã. Receberei o juramento de meu povo.

Huran acenou rigidamente em concordância e Ogedai sorriu para ele, sabendo que sua lealdade era absoluta. Não mencionou a fraqueza no coração que poderia tirar sua vida a qualquer momento. Não contou a Huran que acordava a cada manhã aliviado por ter sobrevivido à noite para ver mais um alvorecer, nem como ficava acordado até altas horas a cada noite, para o caso de aquele dia ser o último. O vinho e o pó de dedaleira causavam alívio, mas ele sabia que cada dia, cada respiração, era uma bênção. Como poderia temer um assassino quando estava sempre à sombra da morte? Era divertido e ele riu até sentir a dor no peito de novo. Pensou em pôr uma pitada do pó embaixo da língua. Huran não ousaria perguntar o que era.

— Faltam três dias para a lua nova, Huran. Você me manteve vivo até agora, não foi? Quantos ataques você impediu?

— Sete, senhor — respondeu Huran baixinho.

Ogedai olhou-o incisivamente.

— Só sei de cinco, incluindo o de hoje. Como você conta sete?

— Meu homem na cozinha impediu um envenenamento hoje de manhã, senhor, e eu fiz com que três guerreiros de seu irmão fossem assassinados numa briga.

— Você não tinha certeza se eles estavam aqui para me matar?

— Não, senhor, não tinha certeza — admitiu Huran. Havia deixado um vivo e o interrogara durante parte da manhã, recebendo em troca nada além de gritos e insultos.

— Você tem sido duro, Huran — disse Ogedai, sem lamentar. — Nós nos preparamos para a possibilidade desses ataques. Minha comida é provada, meus serviçais são escolhidos a dedo. Minha cidade está sob cerco por um grande número de espiões e guerreiros que fingem ser simples pintores e carpinteiros. No entanto, abri Karakorum e as pessoas continuam chegando. Três senhores jin estão hospedados no meu palácio, assim como dois monges cristãos que fizeram voto de pobreza, por isso dormem na palha do meu estábulo real. O juramento será... uma ocasião interessante, Huran. — Ele suspirou diante da preocupação do oficial. — Se tudo que fizemos não bastar, talvez eu não esteja destinado a sobreviver. O pai céu gosta de um bom jogo, Huran. Talvez eu seja levado de você, apesar de todos os seus esforços.

— Não enquanto eu viver, senhor. Eu vou chamá-lo de cã.

O homem falava com tamanha certeza que Ogedai sorriu e lhe deu um leve tapa no ombro.

— Então me acompanhe de volta ao palácio, Huran. Devo retomar meus deveres, depois dessa pequena diversão. Mantive o orlok Tsubodai esperando o suficiente, acho.

Tsubodai havia deixado a armadura nos aposentos que recebera no palácio. Todo guerreiro das tribos sabia que Gêngis uma vez havia se aproximado de um inimigo sem armas, mas em seguida usara a escama de sua armadura para cortar a garganta do sujeito. Em vez disso, Tsubodai usava um dil leve sobre as calças justas e sandálias. Essa roupa fora deixada ali para ele, limpa e nova, feita dos melhores materiais. Quanto luxo havia naqueles cômodos! Ogedai absorvera todas as culturas que havia encontrado em sua conquista. Tsubodai ficou desconfortável ao ver aquilo, mas não conseguia encontrar palavras para definir o desconforto. O pior era a agitação e a pressa nos corredores apinhados de gente do palácio, cada pessoa indo realizar mandados e tarefas que ele não entendia. Não havia percebido a existência de tantas pessoas envolvidas na cerimônia de juramento. Havia guardas em todo canto e toda alcova, mas, com tantos rostos estranhos, Tsubodai sentia uma comichão de preocupação constante. Preferia espaços abertos.

Já havia se passado metade do dia quando ele agarrou um serviçal que vinha correndo, fazendo o sujeito gritar de susto. Parecia que Ogedai estivera ocupado com alguma tarefa na cidade, mas sabia que ele estava esperando.

Tsubodai não poderia ir embora sem que isso representasse um insulto, por isso ficou parado numa sala de audiências silenciosa, com a impaciência ficando cada vez mais difícil de ser mascarada à medida que as horas voavam.

A sala estava vazia, mas Tsubodai ainda sentia olhares fixos nele enquanto caminhava até uma janela e olhava por sobre a nova cidade e para além, até os *tumans* nas planícies. O sol ia se pondo, lançando compridas linhas de ouro e sombra no chão e nas ruas abaixo. Ogedai tinha escolhido bem aquele lugar, com as montanhas ao sul e o rio próximo, largo e forte. Tsubodai havia cavalgado ao longo de parte do canal que Ogedai construíra para levar água à cidade. Era espantoso pensar que um milhão de homens haviam trabalhado ali durante quase dois anos. Com ouro e prata suficiente, qualquer coisa era possível. Tsubodai se perguntou se Ogedai sobreviveria para desfrutar daquilo.

Tinha perdido a noção do tempo quando escutou vozes se aproximando. Observou atentamente enquanto os guardas de Ogedai entravam e assumiam suas posições. Sentiu o olhar dos homens passar por ele e em seguida se acomodar, como se fosse a única ameaça possível na sala. Ogedai veio por último, o rosto muito mais cheio e pálido do que Tsubodai se recordava. Era difícil não se lembrar de Gêngis naqueles olhos amarelos e Tsubodai fez uma reverência profunda.

Ogedai retribuiu a reverência, antes de ocupar um banco de madeira sob a janela. A madeira era polida e dourada e ele deixou as mãos desfrutarem da sensação, enquanto olhava para Karakorum. Fechou os olhos por um momento, enquanto o sol poente lançava um relance de ouro para dentro da sala elevada.

Não sentia afeto por Tsubodai, apesar de precisar dele. Se o general tivesse se recusado a obedecer à ordem mais brutal de Gêngis, Jochi, o irmão mais velho de Ogedai, seria cã desde muito tempo. Se Tsubodai tivesse contido a mão, desobedecido apenas uma vez, não haveria crise pela liderança vindo para eles, ameaçando destruir todos.

— Obrigado por aguardar. Meus serviçais o deixaram à vontade? — perguntou, finalmente.

Tsubodai franziu a testa diante da pergunta. Esperava os rituais da cortesia das iurtas, mas o rosto de Ogedai estava aberto e visivelmente cansado.

— Claro, senhor. Eu preciso de muito pouco.

Ele parou enquanto passos soavam do lado de fora das portas e Ogedai se levantou quando novos guardas entraram, seguidos por Tolui e sua esposa, Sorhatani.

— Você é bem-vindo em minha casa, irmão — disse Ogedai —, mas não esperava que sua linda esposa se apresentasse a mim. — Ele se virou para Sorhatani com tranquilidade. — Seus filhos estão bem?

— Estão, senhor. Eu trouxe apenas Mongke e Kublai. Não duvido de que estejam causando problemas para seus homens agora mesmo.

Ogedai franziu a testa delicadamente. Tinha pedido que Tolui viesse ao palácio para sua própria segurança. Sabia de pelo menos dois planos para dar fim a seu irmão mais novo, mas esperava explicar isso em particular. Olhou para Tolui e viu o olhar do irmão subir e descer por um momento. Era difícil recusar qualquer coisa a Sorhatani.

— E seus outros filhos? Não estão com vocês? — perguntou Ogedai ao irmão.

— Mandei-os para um primo. Ele vai pescar durante alguns meses no ocidente. Eles vão perder o juramento, mas farei com que o confirmem quando retornarem.

— Ah — disse Ogedai, compreensivo. Um par de filhos sobreviveria, não importando o que acontecesse. Imaginou se fora Sorhatani quem havia mudado sua ordem para que toda a família comparecesse ao palácio. Talvez ela estivesse certa em ter menos confiança em tempos tão sombrios.

Não tenho dúvida de que o general Tsubodai está cheio de notícias e alertas terríveis, irmão — disse Ogedai. — Pode retornar aos seus aposentos, Sorhatani. Obrigado por ter vindo me visitar.

Tal dispensa não poderia ser recusada e ela fez uma reverência rígida. Ogedai notou o olhar furioso que ela lançou a Tolui enquanto se virava. A porta se abriu de novo e os três homens foram deixados a sós, com oito guardas ao longo das paredes.

Ogedai indicou uma mesa e eles se sentaram, todos mais cautelosos do que ele imaginaria ser possível. Perdendo a paciência com aquilo tudo, Ogedai pegou taças e encheu cada uma delas, empurrando-as para os convidados. Eles estenderam as mãos ao mesmo tempo, sabendo que hesitar demonstraria que temiam um envenenamento. Ogedai não lhes deu muito tempo, esvaziando a sua em três goles rápidos.

— Eu confio em vocês dois — disse bruscamente, lambendo os lábios. — Tolui, eu impedi uma tentativa de matarem você ou seus filhos. — Tolui estreitou os olhos ligeiramente, ficando tenso. — Meus espiões ouviram falar de outra tentativa, mas não sei de quem é a iniciativa e estou sem tempo. Posso lidar com os que buscam minha morte, mas devo pedir que fique no palácio. Caso contrário não posso protegê-lo até me tornar cã.

— Então a coisa está muito ruim? — perguntou Tolui, atônito. Sabia que havia tumulto no acampamento, mas ser informado de ataques explícitos o havia abalado. Desejou que Sorhatani estivesse ali para ouvir aquilo. Só teria de repetir tudo, mais tarde.

Ogedai se virou para Tsubodai. O general estava sentado e irradiava autoridade, apesar das roupas simples. Ogedai se perguntou por um momento se seria apenas a reputação. Era difícil não olhar para Tsubodai com espanto se você soubesse o que ele havia realizado em sua vida. O exército devia o sucesso tanto a Gêngis quanto a ele. No entanto, para Ogedai era difícil não o olhar com ódio. Mas guardou o sentimento, como havia feito durante mais de dois anos. Ainda precisava daquele homem.

— Você é leal, Tsubodai — disse, suavemente —, pelo menos à vontade de meu pai. De sua mão recebi notícias desse tal Lança Partida a cada dia.

Ele hesitou, procurando aparentar calma. Parte dele queria deixar Tsubodai fora de Karakorum, nas planícies, ignorar o estrategista que seu pai tinha valorizado acima de todos os outros. No entanto, só um idiota desperdiçaria um talento daqueles. Mesmo assim, desafiado abertamente, Tsubodai não havia confirmado ser a fonte dos mensageiros que apareciam no palácio, embora Ogedai tivesse quase certeza.

— Eu sirvo, senhor — disse Tsubodai. — O senhor teve meu juramento como herdeiro. Não hesitei nisso.

Por um instante a raiva de Ogedai cresceu por dentro como uma lança branca dentro da cabeça. Esse era o homem que havia cortado a garganta de Jochi na neve e estava ali sentado falando de seu juramento. Ogedai respirou fundo. Tsubodai era valioso demais para se desperdiçar. Ele precisava ser manobrado, desestabilizado.

— Meu irmão Jochi ouviu suas promessas, não ouviu? — disse, baixinho. Para seu prazer, a cor sumiu do rosto do general.

Tsubodai se lembrava de cada detalhe da reunião com Jochi nas neves do norte. O filho de Gêngis havia trocado a vida pela de seus homens e suas famílias. Jochi sabia que ia morrer, mas esperava ter uma chance de falar de novo com o pai. Tsubodai era homem demais para discutir sobre os erros e os acertos do acontecido. Na época havia sentido aquilo como uma traição e ainda sentia. Concordou bruscamente.

— Eu o matei, senhor. Foi errado e eu vivo com isso.

— Você violou sua palavra, Tsubodai? — pressionou Ogedai, inclinando-se por cima da mesa.

Seu copo caiu com um som metálico e Tsubodai estendeu a mão e levantou-o. Não receberia menos do que toda a culpa merecida; não podia.

— Violei — respondeu Tsubodai, os olhos chamejando de raiva ou vergonha.

— Então redima sua honra! — rugiu Ogedai, batendo com os punhos na mesa.

As três taças tombaram, derramando vinho numa enchente vermelha. Os guardas desembainharam as espadas e Tsubodai se levantou num espasmo, de certa forma esperando ser atacado. Pegou-se olhando para Ogedai, ainda sentado. O general ajoelhou-se tão subitamente quanto se levantara.

Ogedai não sabia como a morte do irmão havia perturbado Tsubodai. O general e seu pai haviam mantido aquilo entre os dois. Era uma revelação e ele precisava de tempo para pensar no que ela significava. Falou instintivamente, usando as próprias correntes do oficial para atá-lo.

— Redima sua palavra, general, mantendo outro filho de Gêngis vivo por tempo suficiente para ser cã. O espírito de meu irmão não gostaria de ver a família dilacerada e abandonada. O espírito de meu pai não gostaria. Faça isso, Tsubodai, e encontre a paz. Depois disso, não me importo com o que acontecerá, mas você estará entre os primeiros a prestar o juramento. Isso será adequado.

O peito de Ogedai doía e ele podia sentir o suor azedo sob os braços e na testa. Uma grande letargia se acomodou sobre seus ombros enquanto o coração batia cada vez mais devagar, reduzindo-o a um cansaço entorpecido. Não dormia bem havia semanas e o medo constante da morte o estava desgastando até virar uma sombra, até que apenas sua vontade permanecia. Tinha chocado os convidados com a fúria súbita, mas às vezes mal conseguia controlar o humor. Vivia sob um grande peso por tempo demais e às vezes simplesmente não conseguia permanecer calmo. Seria cã, ainda que só por um dia. Sua voz estava fraca enquanto falava. Tsubodai e Tolui olharam-no preocupados.

— Fiquem aqui esta noite, vocês dois — disse Ogedai. — Não há lugar mais seguro nas planícies nem na cidade.

Tolui concordou imediatamente, já abrigado em sua suíte. Tsubodai hesitou, não conseguindo entender esse filho de Gêngis ou o que o impelia. Podia sentir uma tristeza sutil em Ogedai, uma solidão, apesar de estar rodeado por um grande séquito. Tsubodai sabia que poderia servir melhor nas planícies. Qualquer ameaça real viria de lá, do *tuman* de Chagatai. No entanto, baixou a cabeça para o homem que seria cã ao pôr do sol do dia seguinte.

Ogedai esfregou os olhos um momento, sentindo a tontura aliviar. Não podia dizer que desejava que Chagatai fosse cã depois dele. Só os espíritos sabiam quanto tempo lhe restava, mas tinha construído sua cidade. Tinha deixado uma marca nas planícies e seria cã.

Ogedai acordou na escuridão. Estava suando na noite quente e se virou na cama, sentindo a esposa se remexer ao lado. Estava retornando ao sono quando ouviu o barulho de pés correndo à distância. Ficou alerta instantaneamente, levantando a cabeça e prestando atenção até o pescoço doer. Quem estaria correndo àquela hora? Algum serviçal? Fechou os olhos de novo e então ouviu uma batida fraca à porta externa de seus aposentos. Xingou baixinho e sacudiu a esposa pelo ombro.

— Vista-se, Torogene. Está acontecendo alguma coisa.

Nos últimos dias Huran havia se habituado a dormir do lado de fora dos aposentos, com as costas viradas para a porta externa. O oficial sabia que não deveria perturbar o sono de seu senhor sem bons motivos.

A batida soou de novo, enquanto Ogedai fechava o cinto de um dil. Fechou a porta dupla isolando a esposa e atravessou a sala externa, passando descalço pelas mesas e pelos sofás jin. Não havia lua sobre a cidade e os aposentos estavam escuros. Era fácil imaginar assassinos ocultos em cada sombra e Ogedai pegou uma espada que estava pendurada na parede. Em silêncio, removeu a bainha e prestou atenção junto à porta.

Em algum lugar distante ouviu um grito longínquo e saltou bruscamente para trás.

— Huran? — perguntou. Através do carvalho grosso, escutou o alívio na voz do soldado.

— Senhor, é seguro abrir a porta.

Ogedai puxou uma tranca pesada e levantou uma barra de ferro que prendia a porta à parede de pedra. Em seu nervosismo, não havia notado que o corredor não estava lançando fios de luz através das frestas. Lá fora estava mais escuro do que em seus aposentos, onde a claridade fraca das estrelas brilhava através das janelas.

Huran entrou rapidamente, passando por Ogedai para verificar os aposentos. Atrás dele, Tolui empurrou Sorhatani e os dois filhos mais velhos, enrolados em mantos leves por cima das roupas de dormir, para dentro do quarto.

— O que está acontecendo? — sussurrou Ogedai, usando a raiva para encobrir o pânico crescente.

— Os guardas que estavam na nossa porta foram embora — respondeu Tolui, sério. — Se eu não tivesse ouvido quando eles saíram, não sei o que teria acontecido.

Ogedai apertou mais a espada, sentindo conforto com o peso da arma. Virou-se para um facho de luz que se derramava da porta interna, onde a silhueta da sua esposa era visível contra a luz do lampião.

— Fique aí, Torogene, eu cuido disso.

Para sua irritação, ela saiu assim mesmo, com o robe enrolado no corpo.

— Fui à sala de guarda mais próxima — continuou Tolui. E olhou para os filhos, que permaneciam espiando boquiabertos com empolgação. — Todos estavam mortos, irmão.

Huran fez uma careta enquanto vigiava os corredores escuros.

— Odeio o fato de ficarmos trancados, senhor, mas esta é a porta mais forte do palácio. O senhor ficará seguro aqui esta noite.

Ogedai parecia dividido entre o ultraje e a cautela. Conhecia cada pedra do vasto prédio ao redor. Tinha visto cada uma ser cortada, moldada, polida e ajustada no seu lugar. No entanto, todas as suas salas, todo o seu poder e toda a sua influência seriam reduzidos a apenas alguns cômodos quando a porta se fechasse.

— Mantenha-a aberta pelo máximo de tempo que puder — disse. Certamente havia mais de seus guardas a caminho, não? Como um atentado desses poderia ter lhe escapado?

Em algum lugar ali perto ouviram mais passos apressados, os ecos ressoando de todas as direções. Huran encostou o ombro na porta. Da escuridão surgiu de repente uma figura e Huran a atacou com a lâmina da espada, grunhindo enquanto ela deslizava na armadura de escamas.

— Guarde isso, Huran — disse uma voz, penetrando na sala.

À luz fraca, Ogedai respirou aliviado.

— Tsubodai! O que está acontecendo lá fora?

O general não respondeu. Largou a espada no chão de pedras e ajudou Huran a trancar a porta, antes de pegar a arma de novo.

— Os corredores estão cheios de homens; estão revistando cada cômodo. Se não fosse o fato de que nunca vieram a seu palácio antes, já estariam aqui.

— Como você passou? — perguntou Huran.

Tsubodai fez uma careta, como se a lembrança lhe trouxesse raiva.

— Alguns deles me reconheceram, mas os guerreiros ainda não receberam ordem de me matar. Até onde sabem, eu posso fazer parte da trama.

Ogedai se deixou relaxar, enquanto olhava o pequeno grupo que havia corrido para seus aposentos.

— Onde está meu filho Guyuk? — perguntou. — Minhas filhas?

Tsubodai balançou a cabeça.

— Não os vi, senhor, mas há grandes chances de estarem em segurança. Esta noite o senhor é o alvo, ninguém mais.

Tolui se encolheu enquanto entendia a situação. Virou-se para a esposa.

— Então eu trouxe você e meus filhos para o lugar mais perigoso.

Sorhatani estendeu a mão para tocar o rosto dele.

— Nenhum lugar é seguro esta noite — disse baixinho.

Todos podiam escutar vozes e pés correndo, chegando mais perto. Lá fora, na cidade, os *tumans* da nação dormiam, sem saber da ameaça.

CAPÍTULO 4

Kachiun andava com seu pônei pelo capim amassado do acampamento, ouvindo os sons da nação ao redor. Apesar do silêncio da noite, não cavalgava sozinho. Trinta de seus oficiais iam juntos, alertas para qualquer ataque. Ninguém viajava mais sozinho nos acampamentos, principalmente com a lua nova se aproximando. Lampiões e tochas alimentadas por gordura de carneiro cuspiam e tremeluziam em cada interseção de caminhos, revelando grupos escuros de guerreiros que o olhavam passar.

Mal conseguia acreditar no nível de suspeita e tensão que tomava conta dos acampamentos. Em três pontos foi interrompido por guardas à medida que se aproximava da iurta de Khasar. Na brisa da noite, duas lâmpadas lançavam sombras amarelas que se retorciam aos seus pés. Enquanto Khasar saía bocejando na direção da carroça, Kachiun pôde ver arcos retesados apontados para ele.

— Precisamos conversar, irmão — disse.

Khasar se espreguiçou, gemendo.

— Esta noite?

— É. Esta noite — respondeu Kachiun, rispidamente.

Não queria dizer mais, com tantos ouvintes por perto. Enfim Khasar percebeu seu humor e concordou sem discutir mais. Kachiun observou o irmão assobiar baixinho. Homens trajando armaduras completas saíram da escuridão exterior, mãos perto das espadas. Ignoraram Kachiun e foram até seu general, parando aos seus pés e olhando-o à espera de ordens. Khasar se agachou e murmurou para eles.

Kachiun dominou a impaciência até que os homens baixaram a cabeça e se afastaram. Um deles trouxe a montaria atual de Khasar, um capão quase preto que relinchou e escoiceou enquanto era selado.

— Traga seus oficiais, irmão — disse Kachiun.

Khasar espiou-o à luz fraca, vendo a tensão no rosto de Kachiun. Deu de ombros e fez um gesto para os oficiais próximos. Mais quarenta guerreiros vieram correndo para seu lado, já acordados havia tempos pela presença de homens armados perto de seu senhor. Parecia que nem mesmo Khasar estava se arriscando naquelas noites, enquanto esperavam a lua nova.

Ainda faltavam horas para o alvorecer, mas, com o acampamento naquele estado, o movimento de tantos homens acordava todos por quem passavam. Vozes chamavam ao redor e em algum lugar uma criança começou a chorar. Sério, Kachiun fez sua montaria trotar ao lado do irmão e silenciosamente o seguiu na direção de Karakorum.

Naquela noite tochas iluminavam os portões em ouro esmaecido. As muralhas eram sombras de um cinza pálido na escuridão, mas o portão leste reluzia, carvalho e ferro, claramente fechado. Khasar franziu a testa, inclinando-se para a frente na sela para forçar a vista.

— Nunca o vi fechado antes — disse, olhando para trás.

Sem pensar, bateu os calcanhares e apressou o passo. Os guerreiros ao redor o acompanharam com tanta facilidade que pareciam estar realizando uma manobra de campo de batalha. Os ruídos do acampamento, as vozes gritando, tudo se perdeu no som dos cascos, na respiração dos cavalos, no tilintar de metal e arreios. O portão oeste de Karakorum cresceu diante deles. Agora Khasar podia ver fileiras de homens olhando para fora, como se o desafiassem.

— Foi por isso que acordei você — respondeu Kachiun.

Os dois eram irmãos do grande cã, tios do próximo. Eram generais de autoridade comprovada, seus nomes eram conhecidos por cada guerreiro que lutava pela nação. Quando chegaram ao portão, uma agitação visível percorreu as fileiras de homens, desaparecendo no escuro. Os oficiais pararam ao redor de seus senhores, mãos nos cabos das espadas. Dos dois lados, os homens estavam tão tensos quanto seus arcos. Kachiun e Khasar se entreolharam, então apearam.

Ficaram no terreno empoeirado, onde o capim se desgastara havia muito tempo, devido ao trânsito pelo portão. Os dois sentiram o olhar carrancudo dos que os encaravam. Os homens junto ao portão não usavam insígnias, nem bandeiras ou estandartes que os identificassem. Para Kachiun e Khasar, era como se vissem os guerreiros desgarrados de sua juventude, sem vínculo com a nação.

— Vocês me conhecem — gritou Khasar, subitamente, por cima da cabeça deles. — Quem ousa ficar no meu caminho?

Os homens mais próximos estremeceram diante da voz que era capaz de atravessar campos de batalha, mas não responderam nem se mexeram.

— Não vejo sinais de *tuman* nem de *minghaan* em suas fileiras. Não vejo estandartes, apenas vagabundos sem um senhor. — Ele parou e os encarou furioso. — Sou o general Khasar Borjigin, dos Lobos, da nação do grande cã. Vocês vão responder a mim esta noite.

Alguns homens se remexeram nervosos à luz dos lampiões, mas não se encolheram sob seu olhar. Khasar estimou que cerca de trezentos homens tinham sido mandados para fechar o portão e sem dúvida o mesmo acontecia nas outras quatro muralhas de Karakorum. Os oficiais que rosnavam às suas costas estavam em menor número, mas eram os melhores espadachins e arqueiros que ele e Kachiun poderiam reunir. A uma palavra de qualquer um dos dois, eles atacariam.

Khasar olhou para Kachiun de novo, controlando a raiva diante da insolência absurda dos guerreiros que os encaravam. Sua mão baixou até o cabo da espada num sinal inconfundível. Kachiun sustentou seu olhar por um momento e os guerreiros dos dois lados se prepararam para o derramamento de sangue. Quase imperceptivelmente, Kachiun moveu a cabeça pelo equivalente à largura de um dedo, da esquerda para a direita. Khasar franziu a testa, mostrando os dentes com irritação por um instante. Inclinou-se para o homem mais próximo dentre os que estavam diante do portão, respirando no rosto dele.

— Vejo que vocês são vagabundos sem tribo, sem insígnias ou sangue — disse Khasar. — Não deixem seus postos enquanto eu sigo em frente. Vou entrar na cidade cavalgando por cima dos seus corpos.

O homem estava suando e piscou por causa da voz áspera muito perto de seu pescoço.

Khasar montou de novo e ele e Kachiun se afastaram dos poços de luz e da promessa de morte. Assim que estavam longe, Kachiun guiou sua égua e bateu no ombro do irmão.

— Tem de ser a Lança Partida. Ogedai está na cidade e alguém não quer que nós entremos para ajudá-lo esta noite.

Khasar concordou, com o coração ainda martelando. Passaram-se anos desde a última vez em que vira uma demonstração de rebeldia como aquela por parte de guerreiros de seu povo. Estava furioso, o rosto vermelho.

— Meus 10 mil vão reagir ao insulto — disse, rispidamente. — Onde está Tsubodai?

— Não o vejo desde que foi falar com Ogedai, hoje — respondeu Kachiun.

— Você é superior. Mande batedores até o *tuman* dele e o de Jebe. Com ou sem eles, vou entrar naquela cidade, Kachiun.

Os irmãos e seus oficiais se separaram, indo por caminhos diferentes que trariam 40 mil guerreiros de volta aos portões de Karakorum.

Durante um tempo, os ruídos do lado de fora da porta foram morrendo até quase desaparecerem. Com gestos silenciosos, Tsubodai e Tolui levantaram um sofá pesado, grunhindo com o esforço. Foi necessário o esforço dos dois para colocá-lo atravessado na passagem.

— Há outra entrada? — murmurou Tsubodai.

Ogedai balançou a cabeça, depois hesitou.

— Há janelas no meu quarto, mas elas dão para uma parede alta.

Tsubodai xingou baixinho. A primeira regra de batalha era escolher o terreno. A segunda era conhecer o terreno. As duas lhe haviam sido tiradas. Olhou o grupo sombrio reunido, avaliando o humor dos outros. Mongke e Kublai estavam de olhos arregalados e empolgados por fazerem parte de uma aventura. Nenhum dos dois percebia o perigo que corriam. Sorhatani devolveu seu olhar com firmeza. Sob aquele olhar silencioso, ele tirou uma faca longa da bota e pôs nas mãos dela.

— Uma parede não vai impedi-los esta noite — disse a Ogedai, encostando o ouvido na porta.

Todos ficaram em silêncio enquanto ele tentava escutar e pularam ao ouvir um estrondo que fez Tsubodai saltar para trás. Uma fina trilha de pó de reboco desceu do teto num redemoinho e Ogedai se encolheu ao vê-la.

— O corredor é estreito lá fora — murmurou Ogedai, quase que para si mesmo. — Eles não têm espaço para atacá-lo.

— Isso é bom. Há armas aqui? — perguntou Tsubodai.

Ogedai confirmou. Ele era filho de seu pai.

— Vou mostrar — disse, sinalizando para o general segui-lo.

Tsubodai se virou para Huran e encontrou o chefe da guarda posicionado junto à porta. Outro estrondo soou e vozes se ergueram raivosas do lado de fora.

— Acendam uma lâmpada — ordenou Tsubodai. — Não precisamos ficar no escuro.

Sorhatani foi cumprir a tarefa enquanto Tsubodai ia para os aposentos internos. Fez uma reverência formal para a esposa de Ogedai, Torogene. Ela havia perdido a aparência de sono e alisara o cabelo usando água de uma tigela rasa, posta ali para a manhã. Tsubodai ficou satisfeito em ver que nem ela nem Sorhatani pareciam estar em pânico.

— Por aqui — disse Ogedai, à sua frente.

Tsubodai entrou no quarto de dormir e fez um gesto positivo, apreciando o que via. Uma pequena lâmpada ainda ardia e ele viu a espada da cabeça de lobo de Gêngis na parede acima da cama. Um arco reluzia do lado oposto, com cada camada de chifre, bétula e tendão polida até mostrar uma cor intensa.

— O senhor tem flechas para ele? — perguntou Tsubodai, abrindo os ganchos com os polegares e sopesando a arma. Ogedai sorriu diante do prazer evidente do general.

— Não é para decoração, general. Claro que tenho flechas — respondeu. Dentro de um cesto havia uma aljava com trinta flechas, cada uma feita por um mestre artesão e ainda brilhando com óleo. Jogou-a para Tsubodai.

Lá fora os estrondos continuavam. Quem quer que fosse o responsável, havia levado marretas para a tarefa e até o piso tremia com os golpes. Tsubodai foi até as janelas altas, na parede externa. Como as da sala externa, tinham barras de ferro. Tsubodai não pôde deixar de pensar em como invadiria aquele lugar se estivesse atacando os aposentos. Apesar de serem bastante sólidos, não tinham sido projetados para resistir a um inimigo determinado. Esse jamais deveria chegar suficientemente perto ou ter tempo para arrancar as barras com marretas antes que os guardas de Ogedai os despedaçassem.

— Cubra a lâmpada um momento — disse Tsubodai. — Não quero ficar visível para algum arqueiro lá fora. — Em seguida puxou um baú de madeira até a janela e se agachou em cima dele, então se levantou de repente no espaço fechado por barras e se encolheu de novo com igual velocidade.

— Não há ninguém à vista, senhor, mas o muro do pátio abaixo mal tem a altura de dois homens. Eles virão aqui, se conseguirem encontrar o caminho.

— Mas primeiro vão tentar a porta — disse Ogedai, sério.

Tsubodai concordou.

— Mande sua esposa esperar aqui, e que esteja pronta para gritar se ouvir alguma coisa. — Tsubodai estava tentando ceder à autoridade de Ogedai, mas sua impaciência ficava visível a cada pancada vinda do corredor lá fora.

— Muito bem, general.

Ogedai hesitou, com medo e raiva se misturando, inchando-se por dentro. Não tinha construído a cidade para ser arrancado da vida aos gritos. Tinha convivido com a morte por tanto tempo que era quase um choque sentir um desejo tão poderoso de viver, de se vingar. Não ousava perguntar a Tsubodai se eles conseguiriam proteger os aposentos. Podia ver a resposta nos olhos do general.

— É estranho você estar presente na morte de mais um dos filhos de Gêngis, não acha? — perguntou.

Tsubodai se enrijeceu. Virou-se de volta e Ogedai não viu qualquer fraqueza em seu olhar negro.

— Eu carrego muitos pecados, senhor. Mas esta não é a hora de falar dos antigos. Se sobrevivermos, o senhor pode perguntar tudo que precisar saber.

Ogedai começou a responder, com a amargura crescendo por dentro. Um novo som fez os dois girarem e correrem. Uma dobradiça de ferro havia se rompido e a madeira da porta externa se rachou, com um painel se abrindo como um bocejo. A luz da lâmpada na sala se derramou no corredor mais escuro, revelando rostos suados. Junto à porta, Huran empurrou a lança contra eles, de modo que pelo menos um caiu para trás com um grito de dor.

As estrelas haviam se movido por metade do céu quando Khasar levantou seu *tuman*. Cavalgava à frente, com armadura completa, a espada desembainhada e segurada baixa, junto da coxa direita. Em formação atrás dele havia dez grupos de mil, cada um com seus oficiais *minghaan*. Cada mil tinha seus *jaguns* de cem homens, comandados por oficiais que usavam uma placa de prata. Até eles tinham suas estruturas: dez grupos de dez, cada qual com equipamento para levantar uma iurta coletiva e ferramentas para sobreviver e lutar. Gêngis e Tsubodai tinham criado esse sistema e Khasar nem pensou a respeito do assunto quando deu apenas uma ordem ao seu *quiriltai*, seu contramestre. O *tuman* de 10 mil havia se formado na planície, homens correndo até seus cavalos no que parecia um caos antes que as fileiras se organizassem, e estava pronto. Adiante estava Karakorum.

Os batedores de Khasar informaram sobre outros *tumans* em movimento a toda volta. Agora ninguém na nação dormia. Todos, até a menor das crianças, sabiam que esta era a noite da crise, temida havia tanto tempo.

Khasar fez seus tocadores de tambor estabelecerem um ritmo: dezenas de garotos desarmados, montados em camelos, cuja única tarefa era inspirar medo no inimigo com um trovoar contínuo. Ouviu o som ser respondido adiante e à esquerda, à medida que outros *tumans* recebiam um alerta e um desafio. Khasar engoliu em seco, procurando os homens de Kachiun adiante. Tinha a sensação de que os acontecimentos escapavam ao seu controle, mas não havia mais o que pudesse fazer. Seu caminho fora estabelecido quando os homens no portão ousaram recusar a entrada de um general da nação. Sabia que eram homens de Chagatai, mas o príncipe arrogante os havia mandado sem as identificações de unidade, para fazer o trabalho como assassinos na noite. Khasar não podia ignorar tal ameaça à sua autoridade, em todos os estágios que sua posição representava, até mesmo para o mais novo tocador de tambor montado num animal que bamboleava. Não ousou pensar no sobrinho

Ogedai preso na própria cidade. Só podia reagir e forçar a entrada, esperando que ainda houvesse alguém vivo para ser salvo.

Kachiun se juntou a ele, com o *tuman* Pele de Urso, de Jebe, e os 10 mil de Tsubodai. Khasar respirou aliviado ao ver os estandartes se estendendo no escuro, um mar de cavalos e bandeiras. Os guerreiros de Tsubodai sabiam que seu general estava na cidade. Não tinham questionado o direito de Kachiun lhes dar ordens no lugar dele.

Como uma montanha desmoronando lentamente, a vastidão de quatro *tumans* se aproximou do portão oeste de Karakorum. Khasar e Kachiun avançaram, escondendo a impaciência. Não havia necessidade de derramamento de sangue, mesmo naquele momento.

Os homens no portão permaneceram imóveis, com as armas embainhadas. Quaisquer que fossem suas ordens, eles sabiam que desembainhar uma espada seria um convite à destruição instantânea. Nenhum homem queria ser o primeiro.

A situação se manteve assim, com apenas as fungadelas dos cavalos e os estandartes balançando-se ao vento. Então, saindo da escuridão, veio um novo grupo de homens, cuja passagem era iluminada por tochas acesas carregadas por porta-estandartes, de modo que num instante todo homem ali soube que Chagatai havia chegado.

Kachiun poderia ter ordenado que Khasar bloqueasse o caminho do filho de Gêngis e fizesse seus *tumans* abrirem caminho para a cidade. Sentiu o peso da decisão pairar sobre ele, o tempo correndo lentamente enquanto sua pulsação se acelerava. Não era homem de hesitar, mas não estava em guerra. Este não era o deserto de Khwarezm nem as muralhas de uma cidade jin. Deixou o momento passar e, à medida que passava, agarrou-se a ele desesperadamente, quase jogando fora a vida quando era tarde demais.

Chagatai veio como um cã, cercado pelos seus oficiais numa formação quadrada. Alguns dos homens no portão caíram esparramados, derrubados pelos cavalos, mas ele não olhou em volta. Seu olhar estava fixo nos dois generais mais velhos, irmãos de seu pai, os únicos homens que importavam no acampamento naquela noite. Ele e seu cavalo estavam com armaduras e o ar era suficientemente frio para Kachiun ver plumas de névoa saindo do homem e do animal. Chagatai usava um elmo de ferro, com uma crista de crina de cavalo que balançava no ar à medida que ele se aproximava. Não era mais o garoto que eles haviam conhecido e os dois homens se retesaram sob seu olhar vítreo.

Khasar sibilou baixinho, sinalizando sua raiva para o irmão. Eles sabiam que Chagatai estava ali para impedir que entrassem em Karakorum. Ainda não sabiam direito até onde ele iria para mantê-los do lado de fora.

— Está muito tarde para treinar seus homens, Chagatai — disse Khasar rispidamente, em voz alta.

Estavam separados por menos de 50 passos, mais perto do que ele tivera permissão de chegar em um mês. Khasar ansiava por pegar o arco, mas a armadura provavelmente salvaria seu alvo e então haveria um derramamento de sangue numa escala jamais vista desde que tinham destruído os xixia. O príncipe deu de ombros, montado, sorrindo com confiança gélida.

— Não estou treinando, tio. Estou cavalgando para ver quem ameaça a paz do acampamento no escuro. Descubro que são meus próprios tios, movendo exércitos na noite. O que devo pensar disso, hein? — Ele riu e os homens em volta mostraram os dentes, embora suas mãos jamais se afastassem dos arcos, das espadas e lanças com que estavam praticamente eriçados.

— Tenha cuidado, Chagatai — disse Khasar.

A expressão do príncipe ficou dura ao ouvir as palavras.

— Não, tio. Eu não vou ter cuidado quando exércitos cavalgam em minha terra. Retorne à sua iurta, às suas esposas e a seus filhos. Diga aos seus homens para voltarem às suas famílias. Vocês não têm o que fazer aqui esta noite.

Khasar respirou fundo para gritar uma ordem e Kachiun gritou antes que ele liberasse os *tumans*.

— Você não tem autoridade sobre nós, Chagatai! Seus homens estão em menor número, mas não há necessidade de derramar sangue. Vamos entrar na cidade esta noite, agora! Fique fora disso e não haverá luta entre nós.

O cavalo de Chagatai sentiu a tensão do cavaleiro e se agitou, e ele teve de virá-lo no lugar, para permanecer em sua posição, quase cortando a boca do animal com as rédeas. Eles podiam ler o triunfo em seu rosto e, no íntimo, os dois homens sentiram desespero por Ogedai dentro da cidade.

— Você me avalia mal, tio — gritou Chagatai, certificando-se de ser ouvido pelo máximo de ouvidos possível. — Vocês é que estão tentando invadir Karakorum! Pelo que sei, estão planejando um assassinato na cidade, um golpe, com a cabeça do meu irmão como prêmio. Vim impedir que entrem, para manter a paz. — E deu um risada de desprezo diante da surpresa deles, o rosto violento enquanto esperava que as flechas voassem.

Kachiun ouviu movimento à direita e estremeceu na sela ao ver vastas fileiras de homens se posicionando ao redor dele, com oficiais iluminados por tochas. Não conseguia avaliar os números à luz das estrelas, mas seu coração afundou ao ver os estandartes dos que eram leais a Chagatai. Os dois lados se entreolhavam com fúria, praticamente em número igual, mas Chagatai tinha feito o suficiente e sabia disso. Kachiun e Khasar não podiam começar uma guerra civil à sombra de Karakorum. Kachiun olhou para o leste em busca dos primeiros sinais do alvorecer, mas o céu permanecia escuro e Ogedai estava sozinho.

CAPÍTULO 5

— A̲baixe-se, Huran! — gritou Tsubodai.

Em seguida pôs uma flecha no arco enquanto corria. Huran se deitou abaixo do buraco na porta e Tsubodai disparou uma flecha sibilante para a escuridão do outro lado. Sua recompensa foi um grito engasgado enquanto retesava o arco e disparava outra vez. A distância não era maior do que 10 passos. Qualquer guerreiro das tribos poderia acertar a abertura, mesmo sob pressão. Assim que lançou a segunda flecha, Tsubodai se abaixou sobre um dos joelhos e rolou para fora do caminho. Antes que tivesse parado de se mexer, uma flecha entrou zumbindo na sala, quase rápida demais para ser vista. Acertou um ponto atrás de Tsubodai com um barulho alto, estremecendo no chão de madeira.

Huran havia assumido posição com as costas na porta, a cabeça virada para o buraco. Foi recompensado quando uma mão penetrou rapidamente, os dedos tentando alcançar a barra da tranca embaixo. Huran girou a espada horizontalmente, cortando carne e osso e quase prendendo a lâmina na madeira. A mão e parte do antebraço caíram no chão e um grito espantoso soou antes de também ser sufocado. Talvez os que estivessem do lado de fora tivessem levado o homem para ser tratado, ou eles mesmo o tenham matado.

Tsubodai acenou com a cabeça para Huran quando seus olhares se encontraram. Independentemente do posto, eles eram os dois guerreiros mais habilidosos na sala, em condições de permanecer calmos e pensar, mesmo quando o cheiro de sangue era denso.

Tsubodai se virou para Ogedai.

— Precisamos de uma segunda posição, senhor.

O homem que seria cã estava parado com a espada do pai, da cabeça de lobo, desembainhada, a respiração curta demais e mais pálido do que Tsubodai jamais o vira. Tsubodai franziu a testa quando Ogedai não respondeu. Falou mais alto, usando a voz para arrancar o homem do transe:

— Se a porta ceder, eles vão correr para cima de nós, Ogedai. Entendeu? Precisamos de uma segunda posição, uma linha de retirada. Huran e eu vamos ficar perto dessa porta, mas o senhor deve levar os meninos e as mulheres de volta para os aposentos internos e bloquear a porta do melhor modo que puder.

Ogedai girou a cabeça lentamente, afastando com esforço o olhar do buraco escuro que parecia vomitar o ódio dos que estavam atrás.

— Você espera que eu me enterre para ganhar mais alguns instantes de vida? Com meus filhos sendo caçados em algum lugar lá fora? Prefiro morrer aqui de pé, encarando os inimigos.

Tsubodai viu que ele falava sério, mas o olhar de Ogedai foi até Sorhatani e os dois filhos dela. Por um momento cruzou o olhar com seu irmão mais novo, Tolui. Ogedai cedeu sob os olhares de sua família.

— Muito bem, Tsubodai, mas vou voltar para cá. Tolui, traga sua mulher e seus filhos e me ajude a bloquear a porta interna.

— Leve o arco — disse Tsubodai, tirando a aljava dos ombros e jogando-a para Ogedai.

O grupo de cinco recuou com cuidado, sempre prestando atenção à linha de visão de algum arqueiro que estivesse nos corredores do lado de fora. Sabiam que um arqueiro estava esperando no escuro e conheciam a paciência de seu povo, acostumado a caçar marmotas nas planícies. O campo de visão do arqueiro formava um cone que atravessava a sala externa até o centro.

Sem aviso, Ogedai correu através desse espaço e Sorhatani rolou, levantando-se com a agilidade de uma dançarina. Nenhuma flecha foi disparada enquanto eles chegavam a um ponto seguro e se viravam.

Tolui ficou do outro lado. Tinha encontrado com os filhos um local protegido por uma trave pesada, e seu rosto estava rígido de medo por eles.

— Vou por último, garotos, entenderam? — disse aos dois.

Mongke concordou imediatamente, mas Kublai balançou a cabeça.

— O senhor é o maior e o mais lento — disse, com a voz trêmula. — Deixe que eu vou por último.

Tolui pensou. Se o arqueiro estivesse esperando com uma flecha na corda e o arco meio retesado, poderia disparar num piscar de olhos, quase sem mirar. Qualquer um apostaria no arqueiro contra eles. As pancadas na porta haviam parado, como se os homens lá fora estivessem esperando. Talvez estivessem mesmo. Com o canto do olho, viu a esposa de Ogedai, Torogene, chamando-o.

Era pouco mais de 1 metro através da sala, mas naquele momento parecia um abismo. Tolui respirou fundo, devagar, acalmando-se e pensando no pai. Gêngis havia lhe falado sobre a respiração, como os homens a prendem quando estão com medo ou respiram subitamente antes de lançar um ataque. Era um sinal a procurar no inimigo. Em você mesmo, era uma ferramenta para dominar o medo. Respirou devagar outra vez e seu coração descompassado desacelerou um pouco no peito. Tolui sorriu diante do desafio nervoso de Kublai.

— Faça o que foi mandado, garoto. Sou mais rápido do que você pensa. — Em seguida pôs uma das mãos no ombro de cada filho e sussurrou: — Vão juntos. Prontos? Agora!

Os dois meninos correram pelo espaço de aparência inocente. Uma flecha relampejou pela abertura, passando atrás das costas de Kublai. Ele caiu esparramado e Sorhatani puxou-o para longe do perigo, abraçando-o com alívio desesperado. Em seguida se virou com os filhos para olhar Tolui, que acenou com a cabeça para ela, com suor brotando na testa. Ele havia se casado com uma mulher extremamente linda, e sorriu para a expressão feroz dela, como uma loba com os filhotes. O arqueiro estava obviamente preparado e eles tinham tido sorte. Xingou-se por não ter ido imediatamente, antes que o arqueiro pudesse pegar outra flecha. Tinha perdido o momento e talvez a vida, em consequência. Olhou em volta procurando algum tipo de escudo — uma mesa ou mesmo um pano grosso para dificultar a mira do arqueiro. O corredor continuava silencioso enquanto os atacantes deixavam o arqueiro trabalhar. Tolui respirou lentamente outra vez, preparando os músculos para saltar pela abertura e temendo o pensamento de uma flecha rasgando-o, derrubando-o diante de sua família.

— Tsubodai! — gritou Sorhatani.

O general olhou para ela, captando seu olhar que implorava e entendendo-o. Ele não tinha nada para bloquear o buraco pelo tempo de que precisavam. Seu olhar caiu na lâmpada. Odiou a ideia de mergulhar a sala na escuridão de novo, mas não havia mais opções. Pegou-a e jogou-a pelo buraco. O estrondo ajudou Tolui a chegar em segurança à família, e Tsubodai ouviu a pancada de uma flecha acertando a porta — a mira do arqueiro havia sido arruinada. Kublai aplaudiu o ato e Mongke se juntou a ele.

Durante alguns instantes a sala permaneceu iluminada pelo óleo em chamas do outro lado, mas os homens apagaram o fogo e ficaram novamente na escuridão, muito mais profunda do que antes. Ainda não havia sinal do alvorecer. As pancadas furiosas retornaram e lascas voavam enquanto a porta gemia no portal.

Tolui trabalhou rapidamente na entrada do aposento interno. A porta ali não tinha nem de longe a resistência da externa. Não atrasaria os arqueiros além de poucos instantes. Em vez disso, Tolui chutou as dobradiças frágeis e começou a fazer uma barricada atravessando a passagem. Enquanto trabalhava, segurou os filhos pelo pescoço, num gesto rápido de afeto, e mandou-os correndo para o quarto de Ogedai, para juntarem qualquer coisa que pudessem pegar. Viu Torogene murmurando com eles e os dois relaxaram enquanto ela os orientava. Os meninos estavam acostumados às ordens da mãe deles e Torogene era uma mulher grande, maternal e enérgica.

Ali havia outra lâmpada pequena. Torogene entregou-a a Sorhatani, que a posicionou de modo que parte da luz chegasse até Tsubodai. Ela formava sombras enormes nos aposentos, grandes figuras escuras que saltavam e dançavam, fazendo com que todos parecessem anões.

Trabalhavam concentradas. Tsubodai e Huran sabiam que teriam apenas instantes para recuar quando a porta externa cedesse. O sofá encostado nela não passaria de um incômodo insignificante quando os agressores invadissem. Atrás deles, Sorhatani e Tolui construíam sua barricada silenciosos, trêmulos de medo e pela falta de sono. Os meninos traziam painéis de madeira das paredes, roupas de cama, até mesmo um pesado pedestal que teve de ser arrastado, deixando uma longa ranhura no chão. Aquilo não resistiria a homens decididos. Até o jovem Kublai entendia a situação ou a via na expressão desanimada dos pais. Quando a precária barreira de entulho estava no lugar, eles ficaram atrás, com Ogedai e Torogene, ofegando e esperando.

Sorhatani pousou a mão no ombro de Kublai, segurando na outra a faca longa de Tsubodai. Desejava desesperadamente ter mais luz, aterrorizada com a ideia de ser morta no escuro, presa entre corpos sangrentos em luta. Não podia pensar em perder Kublai e Mongke. Era como se estivesse na beira de um alto penhasco e olhar para eles fosse dar um passo adiante e cair. Ouvia a respiração longa e lenta de Tolui e o copiou, respirando pelo nariz. Isso ajudou um pouco, no escuro, enquanto a porta externa subitamente estalava inteira e os homens do lado de fora grunhiam e uivavam em antecipação.

Tsubodai e Huran estavam preocupados com o arqueiro do outro lado da porta. Cada um deles tinha de avaliar quanto os golpes contra a madeira que se lascava rapidamente retardavam a ação do agressor, para então golpear no escuro. Os atacantes continuavam pressionando, sabendo que finalmente estavam perto de entrar. Mais de um caiu para trás com o som produzido por uma espada que saltava como uma presa de animal e recuava antes que o arqueiro pudesse enxergar entre os próprios companheiros. Alguém do lado de fora estava morrendo ruidosamente e Huran ofegou. Sentia um reverência pelo general de gelo que lutava ao seu lado. Pela emoção que seu rosto demonstrava, era como se estivesse num treinamento.

Mas eles não poderiam sustentar a porta. Os dois se retesaram quando um painel inferior se arrebentou em lascas. Metade da porta permaneceu no lugar, rachada e solta. Homens agachados lutaram para passar sob a barra de tranca e Huran e Tsubodai se mantiveram firmes, cravando suas lâminas nos pescoços expostos. Sangue jorrava sobre os dois enquanto se recusavam a ceder, mas o arqueiro havia se movido e atirou uma flecha que fez Huran girar, tirando-lhe o fôlego.

Ele sabia que as costelas haviam se quebrado. Cada respiração era uma agonia, como se os pulmões se inflassem contra um caco de vidro, mas não podia verificar o ferimento para ver se a armadura o havia salvado. Mais homens chutavam a barra, afrouxando os parafusos na parede. Quando ela finalmente cedesse, os dois guerreiros seriam engolidos pela enchente de homens.

Huran ofegou rouco enquanto continuava a golpear, procurando pescoços nus e braços do outro lado do buraco. Viu lâminas tentando acertá-lo e sentiu golpes nos ombros e nas pernas. Podia sentir o gosto amargo do ferro na boca e seus braços pareciam mais lentos enquanto ele girava a arma, cada respiração queimando-o com sua doçura e seu calor.

Então caiu, pensando que devia ter escorregado no sangue de alguém. Viu a barra de ferro saltar. De algum modo a sala pareceu mais clara, como se o fim da madrugada tivesse chegado finalmente. Ofegou quando alguém pisou em sua mão estendida, quebrando ossos, mas a dor foi breve. Estava morto antes que Tsubodai se virasse para encarar os homens que entravam rugindo na sala, loucos pela conquista e famintos para fazer seu trabalho.

O impasse no portão tinha se tornado um triunfo para Chagatai. Ele havia desfrutado das expressões dos tios enquanto Jelme levava um *tuman* para o seu lado. O agrupamento de Tolui havia feito o mesmo do lado oposto, com os homens desesperados para fazer algo, sabendo que seu senhor e a família dele estavam presos na cidade, talvez já mortos.

Um a um, todos os generais da nação levaram seus homens aos muros da cidade, estendendo-se para a escuridão. Mais de 100 mil guerreiros estavam prontos para lutar se precisassem, mas não havia calor de batalha neles, enquanto seus comandantes ficavam parados olhando friamente uns para os outros.

Batu, o filho de Jochi, havia-se declarado a favor de Kachiun e Khasar. Mal havia completado 17 anos, mas seus mil homens seguiam sua liderança e ele cavalgava de cabeça erguida. Era um príncipe da nação, apesar da juventude e do destino de seu pai. Ogedai tinha garantido isso, promovendo-o como Gêngis jamais o faria. Mesmo assim, Batu tinha optado por ficar contra o homem mais poderoso das tribos. Kachiun mandou um batedor até ele, para agradecer pela atitude.

Na ausência de Tsubodai, a mente de Kachiun estava correndo mais depressa do que sua expressão serena sugeria. Pensava que Jelme ainda era leal a Ogedai, mas Chagatai o havia aceitado. Não era pouca coisa ter cerca de um sexto de um exército inimigo pronto para se virar contra ele num momento crucial. No entanto, os lados estavam muito equivalentes. Kachiun teve a visão do exército caindo sobre si mesmo até restarem apenas algumas centenas de homens vivos, então dezenas, então apenas um ou dois. O que restaria do grande sonho que Gêngis havia lhes dado? Ele, pelo menos, nunca visualizaria tamanho desperdício de vida e força — principalmente no próprio povo.

A primeira luz da alvorada apareceu no leste, o leve acinzentar da terra antes que o sol se erguesse no horizonte. A luz se espalhou sobre a horda reunida ao lado de Karakorum, iluminando os rostos dos generais e seus homens de modo que não havia necessidade de tochas. Mesmo assim eles não se mexeram e Chagatai ficou parado conversando com seus oficiais, gargalhando como se desfrutasse do novo dia e de tudo que ele iria trazer.

Quando a primeira fina linha dourado apareceu no leste, o primeiro oficial de Chagatai lhe deu um tapa nas costas e os homens ao redor aplaudiram. O som foi rapidamente acompanhado pelos outros *tumans* de seu lado. Os que estavam com Khasar e Kachiun ficaram parados num silêncio carrancudo e pensativo. Não era necessária uma mente como a de Tsubodai para interpretar o prazer de Chagatai. Kachiun ficou espiando com olhos estreitos enquanto os homens de Chagatai começavam a apear para se ajoelhar diante dele como cã. Franziu a boca numa fúria crescente. Tinha de impedir isso, antes que se tornasse uma onda atravessando todos os *tumans* e Chagatai fosse feito cã numa sucessão de juramentos antes mesmo que o destino de Ogedai fosse conhecido.

Kachiun avançou com seu cavalo, levantando uma das mãos para os homens que o teriam seguido. Khasar também avançou, de modo que os dois cavalgaram sozinhos pelas fileiras de homens na direção de Chagatai.

O sobrinho estava pronto desde o primeiro passo que os homens deram em sua direção, como se mantivera durante toda a noite. Chagatai desembainhou a espada numa ameaça inconfundível, mas mesmo assim sorriu enquanto fazia um gesto para seus oficiais deixarem que eles passassem.

O sol nascente iluminou a horda de guerreiros. As armaduras brilhavam como um mar de peixes de ferro, cheios de escamas e perigosos.

— É um novo dia, Chagatai — disse Kachiun. — Irei ver seu irmão Ogedai agora. Você vai abrir a cidade.

Chagatai olhou de novo para o alvorecer e balançou a cabeça para si mesmo.

— Cumpri meu dever, tio. Protegi esta cidade dos que poderiam ter causado tumulto na véspera do juramento. Venham, cavalguem comigo até o palácio de meu irmão. Devo ter certeza de que ele está em segurança.

Ele riu enquanto falava as últimas palavras e Kachiun desviou o olhar, para não ver. Olhou os portões sendo abertos, deixando as ruas vazias de Karakorum nuas diante deles.

Tsubodai não era mais um jovem, mas usava uma armadura completa e fora soldado por mais tempo do que a vida da maioria dos agressores. Enquanto eles vinham num bolo de membros e lâminas, saltou seis passos para longe da porta. Sem aviso, girou e estocou, cortando a garganta do homem mais próximo. Mais dois baixaram as espadas, reagindo, golpeando freneticamente sua armadura de escamas e deixando marcas brilhantes no metal embaçado. A mente de Tsubodai estava perfeitamente límpida, mais rápida do que os movimentos deles. Esperava recuar imediatamente, mas os golpes apressados revelaram o cansaço e o desespero dos homens. Golpeou de novo, revertendo o movimento da lâmina num golpe puxado, que fez o aço passar pela testa de um homem, abrindo um rasgão e deixando-o cego com o sangue. Foi um erro. Dois homens agarraram seu braço direito. Outro chutou suas pernas e ele caiu com um estrondo.

No chão, Tsubodai explodiu num frenesi. Golpeava em todas as direções, usando a armadura como arma e sempre em movimento, tornando-se mais difícil de ser acertado. As placas de metal em sua perna abriram um talho na coxa de alguém e então ele ouviu um rugido e mais homens invadiram a sala, mais do que ela poderia conter. Tsubodai continuou lutando desesperadamente, sabendo que tinha perdido e Ogedai também. Chagatai seria cã. Sentiu o gosto do próprio sangue no fundo da garganta, tão amargo quanto sua fúria.

Na barricada, Ogedai e Tolui esperavam ombro a ombro. Sorhatani estava com o arco, incapaz de atirar enquanto Tsubodai ainda estivesse vivo. Quando ele caiu, ela disparou duas flechas entre o marido e seu irmão. Nem de longe seus braços tinham força suficiente para retesar por completo, mas uma das flechas conteve a corrida de um homem enquanto a outra ricocheteava no teto. Ogedai parou na frente enquanto ela tentava colocar uma terceira no arco, com os dedos trêmulos. A visão para além da barricada estava bloqueada por mãos que tentavam agarrar, por lâminas e rostos sangrentos. A princípio ela não entendeu o que estava acontecendo. Encolheu-se ao ouvir um rugido quando mais homens entraram na sala externa. Alguns que lutavam contra Ogedai e Tolui se viraram ao ouvir o som e foram puxados para trás. Sorhatani viu uma espada aparecer através da garganta de um homem que a encarava, como uma língua comprida e sangrenta. Ele caiu em espasmos e a visão ficou subitamente clara.

Ogedai e Tolui ofegavam como cães ao sol. Na outra sala, um grupo de homens com armaduras estava trucidando os agressores com golpes rápidos e eficientes.

Jebe estava ali e a princípio ignorou os sobreviventes, até mesmo Ogedai. Tinha visto Tsubodai no chão e se ajoelhou ao lado dele no momento em que o general lutava para se levantar. Tsubodai balançava a cabeça; estava atordoado e ferido, mas vivo.

Jebe se levantou e saudou Ogedai com a espada.

— Fico feliz em vê-lo bem, senhor — disse sorrindo.

— Como você chegou aqui? — perguntou Ogedai rispidamente, com o sangue ainda borbulhando de raiva e medo.

— Seus tios me mandaram, senhor, com quarenta oficiais. Tivemos de matar muitos homens para alcançá-lo.

Tolui deu um tapa nas costas do irmão, deliciado, antes de se virar e abraçar Sorhatani. Kublai e Mongke deram socos nos ombros um do outro e lutaram de brincadeira até Kublai ficar preso numa chave de braço.

— Tsubodai? General? — disse Ogedai.

Ele ficou olhando enquanto o olhar vítreo de Tsubodai se clareava. Um guerreiro estendeu a mão para firmar o general e Tsubodai afastou-a irritado, ainda abalado com a proximidade que havia chegado da morte aos pés dos agressores. Quando Tsubodai se levantou, Jebe se virou para ele, para prestar contas.

— A Lança Partida fechou os portões da cidade. Todos os *tumans* estão lá fora, na planície. Talvez já possa estar havendo guerra.

— Então como você entrou na cidade? — perguntou Ogedai. Em seguida procurou Huran e lembrou-se, sentindo a perda, que o homem dera a vida junto à primeira porta.

— Nós escalamos a muralha, senhor — respondeu Jebe. — O general Kachiun nos mandou antes de tentar forçar a entrada. — Ele viu o olhar de surpresa de Ogedai e deu de ombros. — Ela não é muito alta, senhor.

Ogedai percebeu que os aposentos estavam mais claros. O alvorecer havia chegado a Karakorum e o dia prometia ser bom. Com um susto, ele se lembrou de que esse era o dia do juramento. Piscou, tentando colocar os pensamentos em certa ordem, para ver algum caminho depois de uma noite daquelas. O fato de haver ao menos um "depois" era mais do que ele havia esperado nos últimos instantes. Sentia-se tonto, perdido em acontecimentos fora de seu controle.

No corredor do lado de fora, passos apressados foram ouvidos. Um mensageiro entrou a toda velocidade na sala e parou escorregando, chocado com a massa de carne morta e a coleção de espadas apontadas para ele. A sala fedia a tripas abertas e urina, um cheiro denso e sufocante no espaço apertado.

— Informe — disse Jebe, reconhecendo o batedor.

O rapaz se firmou.

— Os portões foram reabertos, general. Eu corri até aqui, mas há uma força armada vindo.

— Claro que há — disse Tsubodai, com a voz profunda assustando a todos. Todos o olharam e Ogedai sentiu uma explosão de alívio por ele estar ali. — Todo mundo que estava do lado de fora das muralhas durante a noite virá aqui para ver quem sobreviveu. — Então ele se virou para Ogedai. — Senhor, temos apenas alguns instantes. O senhor deve estar limpo e de roupa trocada quando eles o virem. Esta sala deve ser lacrada. Isso servirá, pelo menos por hoje.

Ogedai concordou, grato, e Tsubodai deu ordens rápidas. Jebe foi primeiro, deixando seis homens para formar uma guarda para aquele que seria o cã. Ogedai e Torogene foram atrás, com Tolui e sua família em seguida. Enquanto seguiam por um corredor longo, Ogedai viu que a mão de Tolui tocava alternadamente a esposa e os filhos enquanto ele caminhava, ainda incapaz de acreditar que todos estavam salvos.

— As crianças, Ogedai — disse Torogene.

Ele a olhou e viu que o rosto da mulher estava pálido e cheio de preocupação. Passou o braço pelos ombros dela e buscaram conforto um no outro. Olhando por cima da cabeça da esposa, Ogedai não encontrou ninguém que conhecesse bem o palácio. Onde estava seu serviçal, Baras'aghur? Dirigiu-se a Jebe, que estava mais perto.

— General, preciso saber se meu filho Guyuk sobreviveu à noite. Minhas filhas também. Mande um de seus homens encontrar os aposentos deles, pergunte a um serviçal. Traga-me notícias o mais rápido que puder. E encontre meu ministro, Yao Shu, e Baras'aghur. Faça com que ajam. Veja quem está vivo.

— À sua vontade, senhor — disse Jebe rapidamente, baixando a cabeça.

Ogedai parecia quase maníaco, com o humor difícil de decifrar. Era mais do que a empolgação de alguém que percebe que sobreviveu a uma batalha e que a vida agora corre mais forte nas veias.

Ogedai foi andando rapidamente, com a esposa e os guardas se esforçando para acompanhar. Em algum lugar adiante podia ouvir pés marchando e entrou rapidamente em outro corredor, afastando-se do som. Precisava de roupas novas e queria lavar o sangue e a imundície. Precisava de tempo para pensar.

Kachiun tinha ficado frio e pálido enquanto cavalgavam pelas ruas, aproximando-se do palácio de Ogedai. Parecia haver corpos em toda parte, com poças de sangue escuro manchando as polidas sarjetas de pedra. Nem todos tinham as marcas do *tuman* da guarda de Ogedai. Outros usavam dils escuros ou armaduras esfregadas com fuligem de lâmpada, opacas e gordurosas à luz do alvorecer. A noite fora sangrenta e Kachiun tinha medo do que veria no palácio.

Chagatai cavalgava tranquilamente, balançando a cabeça diante de tamanha destruição, e Khasar chegou a pensar em cortar sua garganta e arrancar aquela expressão do rosto dele. A presença de três oficiais de

Chagatai manteve sua mão longe do cabo da espada. Eles não olhavam para os mortos. Tinham olhos apenas para os dois homens que cavalgavam com seu senhor, aquele que seria cã antes do fim do dia.

As ruas estavam silenciosas. Se algum trabalhador havia saído de casa antes dos embates e gritos da noite, a visão de tantos corpos o fizera correr de volta e trancar a porta. Os seis cavaleiros chegaram aos degraus que levavam à porta do palácio. Mortos estavam esparramados no mármore pálido, o sangue formando desenhos ao logo dos veios de pedra.

Chagatai não apeou; em vez disso, instigou seu pônei a subir a escada, estalando a língua enquanto o animal pisava com cuidado para evitar os corpos. A porta principal que levava ao primeiro pátio estava aberta e não havia ninguém para desafiar seu direito de entrar. Corvos grasnavam uns para os outros e já havia gaviões e abutres no alto, atraídos pelo cheiro de morte na brisa. Kachiun e Khasar se entreolharam deduzindo coisas sinistras, enquanto passavam sob uma coluna de sombra e entravam no pátio. A árvore de prata brilhava ali, ao alvorecer, linda e sem vida.

Os generais podiam perceber muito bem a distribuição dos mortos. Não houvera uma batalha fixa, com fileiras de homens derrubados. Em vez disso, os corpos estavam caídos aleatoriamente, mortos por trás ou derrubados por flechas que não chegaram a ver. Quase dava para sentir a surpresa dos defensores enquanto homens vestidos de sombras tinham aparecido e matado, cortando-os antes que pudessem organizar uma defesa. No silêncio, Chagatai parecia fascinado quando finalmente apeou. Seu pônei estava arisco devido ao cheiro de sangue e ele fez questão de prender as rédeas num poste.

— Começo a temer pelo meu irmão — disse Chagatai.

Khasar se retesou e um dos oficiais levantou a mão para ele, lembrando-lhe de sua presença. O homem estava rindo, desfrutando do espetáculo de seu senhor.

— Não precisa temer — disse uma voz, fazendo todos se sobressaltarem.

Chagatai girou instantaneamente, com a espada saltando da bainha num rápido movimento. Seus oficiais foram um pouquíssimo mais lentos, prontos para qualquer ataque.

Tsubodai estava ali, sob um arco de calcário esculpido. Não usava armadura e a brisa da manhã ainda não havia secado as manchas de suor em sua túnica de seda. Uma tira de pano atava seu antebraço esquerdo e Chagatai pôde ver uma mancha de sangue escorrendo através dela. O rosto de Tsubodai aparentava cansaço, mas estava firme e seu olhar em direção ao homem responsável pela morte e destruição de todos ao redor era terrível.

Chagatai abriu a boca para exigir alguma explicação, mas Tsubodai continuou:

— Meu senhor Ogedai está esperando no salão de audiências. Ele lhe dá as boas-vindas em sua casa, e garante sua segurança. — Falou as últimas palavras como se elas se entalassem em sua garganta.

Chagatai desviou os olhos da fúria que via no general. Por um instante seus ombros se afrouxaram, enquanto ele entendia a derrota. Tinha jogado tudo naquela única noite. Não levantou os olhos diante do som leve de botas contra pedra acima de sua cabeça, enquanto arqueiros apareciam. Mordeu o lábio inferior e balançou a cabeça para si mesmo. Mesmo assim, era filho de seu pai. Manteve-se ereto e embainhou a espada com o cuidado do ritual. Nenhum traço de seu choque ou desapontamento transpareceu enquanto ele sorria enviesado para Tsubodai.

— Graças aos espíritos ele sobreviveu — disse Chagatai. — Leve-me a ele, general.

CAPÍTULO 6

Os oficiais de Chagatai permaneceram no pátio. Teriam lutado se ele pedisse. Em vez disso, ele deu um tapa no ombro de um e balançou a cabeça antes de caminhar até o claustro, atrás de Tsubodai. Chagatai não olhou para trás enquanto seus homens eram cercados por guerreiros de Ogedai e espancados até cair. Quando um deles gritou, Chagatai firmou o maxilar, desapontado porque o oficial nem sequer conseguia morrer discretamente pela honra de seu senhor.

Khasar e Kachiun o seguiram em silêncio. Viram Chagatai andar ao lado de Tsubodai, sem olharem um ao outro. Diante da sala de audiências havia guardas a toda volta e Chagatai simplesmente deu de ombros e entregou a espada.

A porta era de cobre polido, num tom de ouro avermelhado à luz da manhã. Chagatai esperava entrar, mas o oficial da guarda deu um tapa em sua armadura e ele ficou atrás, esperando. Ele fez uma careta, mas tirou o comprido artefato de escamas e as peças das coxas, além das luvas pesadas e dos protetores de braços. Não se passou muito tempo até estar apenas com seu gibão, as calças justas e as botas. Outro homem poderia sentir-se diminuído ao ser despido assim, mas Chagatai vinha treinando para o festival havia muitos meses, lutando, correndo e disparando centenas de flechas a cada dia. Estava em soberba forma física e fazia a maior parte dos que estavam ao redor parecer menor e mais fraca do que era.

O mesmo não aconteceu com Tsubodai. Nenhum dos guardas ousou chegar perto enquanto ele permanecia parado e desafiava em silêncio Chagatai a protestar. Apesar de Tsubodai permanecer imóvel, era como uma cobra ou uma árvore nova encurvada, pronta para saltar de volta.

Por fim Chagatai encarou o oficial da guarda com uma sobrancelha erguida. Suportou ser revistado, mas não tinha armas escondidas e a porta se abriu. Ele entrou sozinho. Quando ela se fechou atrás, ele ouviu Khasar começando a argumentar enquanto era mantido do lado de fora. Chagatai ficou satisfeito porque Tsubodai e seus tios não seriam testemunhas. Tinha jogado e perdido, mas não existia vergonha ou humilhação nisso. Ogedai havia juntado homens leais, assim como Chagatai. Os generais de seu irmão tinham se mostrado mais hábeis do que os dele. Do mesmo modo que na noite anterior, um dos irmãos seria cã. E o outro? Chagatai riu de repente ao ver Ogedai na outra extremidade do salão, sentado num trono de pedra branca incrustada com detalhes em ouro. Era uma visão impressionante, como pretendia ser.

À medida que chegava mais perto, Chagatai viu que o cabelo preto de Ogedai estava úmido e solto nos ombros. Uma marca roxa na bochecha era a única prova visível da noite anterior. Apesar da grandiosidade do trono, seu irmão usava um dil cinza simples sobre calças justas e uma túnica, sem mais enfeites do que qualquer pastor das planícies.

— Fico feliz em vê-lo bem, irmão.

Ogedai se retesou enquanto Chagatai andava tranquilamente até ele, os passos ecoando.

— Sem hipocrisia — respondeu. — Eu sobrevivi aos seus ataques. Serei cã hoje ao pôr do sol.

Chagatai ainda sorria.

— Sem hipocrisia, então, mas sabe, o estranho é que falei a verdade. Parte de mim morria de medo de encontrá-lo morto. Ridículo, não é? — Ele riu, achando divertida a complexidade das próprias emoções. Considerava família uma coisa curiosa. — Mesmo assim fiz o que achei melhor. Não me arrependo nem peço desculpas. Acho que nosso pai teria gostado dos riscos que corri. — Ele baixou a cabeça. — Você vai me perdoar se eu não lhe der os parabéns por seu triunfo.

Ogedai relaxou sutilmente. Passara anos pensando em Chagatai como um idiota arrogante. Quase deixara de ver que ele crescera até virar um homem acostumado à responsabilidade e ao poder. Quando Chagatai parou à sua frente, os guardas de Ogedai avançaram e ordenaram que se ajoelhasse. Ele os ignorou, permanecendo de pé e olhando ao redor com interesse. Era um espaço gigantesco para um guerreiro mais acostumado às iurtas nas planícies. A luz da manhã penetrava por uma janela que dava para a cidade.

Um dos guardas se virou para Ogedai pedindo permissão e Chagatai sorriu ligeiramente. Se fosse qualquer outro prisioneiro, o homem o teria derrubado, ou mesmo cortado seus tendões para fazê-lo se ajoelhar. A hesitação era um reconhecimento do poder de Chagatai mesmo enquanto eles tentavam humilhá-lo.

Ogedai quase podia admirar a coragem despreocupada do irmão. Não, ele *podia* admirar, mesmo depois de uma noite daquelas. A sombra de Gêngis pairava sobre os dois e talvez sempre fosse pairar. Nem eles nem Tolui poderiam igualar os feitos do pai. Segundo qualquer padrão, eram almas inferiores e tinham sido desde o momento em que nasceram. No entanto, precisaram viver, crescer e se tornar homens, hábeis em suas tarefas. Tinham de prosperar à sombra, ou deixar que ela os esmagasse.

Ninguém entendia a vida de Ogedai tanto quanto Chagatai, nem mesmo Tolui. Pensou de novo se estava tomando a decisão certa, mas nisso também precisava ser forte. Um homem podia desperdiçar a vida se preocupando, isso era claro demais. Às vezes simplesmente era preciso escolher e dar de ombros, independentemente do resultado, sabendo que não poderia ter feito mais com os ossos do que havia recebido.

Ogedai encarou o irmão e desejou pela última vez saber o quanto viveria. Tudo dependia disso. Seu filho não tinha a vontade implacável de herdar. Se Ogedai morresse naquele dia, Guyuk não seguiria a linhagem de seu pai, a linhagem de Gêngis. Ela passaria ao homem que estava à sua frente. Ogedai tentou aparentar calma, mas seu coração martelava e se agitava no peito, espalhando uma dor constante até se parecer com uma faca entre as costelas. Não tinha dormido e sabia que corria o risco de desmaiar enquanto conversara com Chagatai naquela manhã. Tomara uma jarra de vinho tinto para acalmar os nervos e usara uma pitada de pó de dedaleira. Ainda podia sentir o amargo na língua e sua cabeça doía como se estivesse sendo esmagada lentamente.

Até onde sabia, talvez só governasse como cã durante alguns dias, antes que seu coração cedesse e estourasse no peito. Se esse fosse seu destino e ele matasse Chagatai, a nação iria se despedaçar em guerra civil. Tolui não tinha força para mantê-la unida. Nem ele nem o filho de Ogedai haviam reunido generais com lealdade para protegê-los num levante assim. O poder triunfaria sobre o sangue nessa luta.

O homem que estava diante dele, escondendo a tensão, talvez fosse a melhor esperança para uma nação. Mais do que isso, Chagatai era aquele que Gêngis teria escolhido se Jochi não tivesse nascido. Ogedai sentiu o cabelo úmido coçar e esfregou-o inconscientemente. Os guardas ainda o olhavam, mas ele não deixaria que obrigassem Chagatai a ficar de joelhos, não naquele dia, ainda que parte dele ansiasse por isso.

— Você está seguro aqui, irmão — disse. — Eu dei minha palavra.

— E sua palavra é lei — murmurou Chagatai, quase automaticamente.

Os dois se lembravam das crenças do pai e as honravam. A sombra do grande cã se grudava neles como uma capa. As lembranças compartilhadas fizeram Chagatai levantar os olhos e franzir a testa, subitamente perdido. Achara que seria morto, mas Ogedai parecia mais perturbado do que triunfante ou mesmo vingativo. Olhou com interesse Ogedai se virar para seu oficial da guarda.

— Saiam da sala. O que tenho a dizer é apenas para meu irmão. — O homem começou a se mover, mas Ogedai o impediu com a mão erguida. — Não. E traga o orlok Tsubodai.

— À sua vontade, senhor — respondeu o oficial, fazendo uma reverência profunda.

Em apenas alguns instantes os guardas ao longo das paredes estavam marchando para as grandes portas de cobre. Tsubodai entrou ao ser chamado por eles. Do lado de fora, Khasar ainda podia ser ouvido, discutindo com os oficiais antes que a porta se fechasse, deixando os três homens sozinhos na sala cheia de ecos.

Ogedai se levantou do trono e desceu, ficando no mesmo nível de Chagatai. Foi até uma mesinha e serviu-se de uma taça de airag, bebendo longamente e se encolhendo com o ardor que a bebida provocava nas úlceras na boca.

Chagatai olhou para Tsubodai e descobriu o general o encarando furioso como um inimigo. Ele piscou para o general e desviou o olhar.

Ogedai respirou lentamente e sua voz tremeu com a tensão de dizer o que estava mantendo oculto por tanto tempo.

— Sou o herdeiro de meu pai, Chagatai. Não você, nem Tolui ou Kachiun, ou o filho de Jochi, ou qualquer um dos generais. Quando o sol se puser hoje, aceitarei o juramento da nação.

Ele fez uma pausa e nem Chagatai nem Tsubodai interromperam enquanto o silêncio se estendia. Ogedai olhou pela janela alta, desfrutando da visão de sua cidade, ainda que ela estivesse quieta e apavorada depois daquela noite.

— Há um mundo fora deste que conhecemos — disse baixinho —, com culturas, raças e exércitos que nunca ouviram falar de nós. Sim, e cidades maiores do que Yenking e Karakorum. Para sobreviver, para crescer, devemos permanecer fortes. Devemos conquistar novas terras, de modo que nosso exército seja sempre alimentado, esteja sempre em movimento. Parar é morrer, Chagatai.

— Eu sei disso — respondeu Chagatai. — Não sou idiota.

Ogedai deu um sorriso cansado.

— Não. Se fosse idiota, eu mandaria matá-lo no pátio com seus oficiais.

— Então por que ainda estou vivo? — perguntou Chagatai. Ele tentou manter o tom casual, mas essa era a questão que o atormentava desde que tinha visto Tsubodai no pátio do palácio.

— Porque talvez eu não viva para ver a nação crescer, Chagatai — respondeu Ogedai finalmente. — Porque meu coração é fraco e posso morrer a qualquer momento.

Os dois homens diante dele o encararam como se tivessem sido fulminados por um raio. Ogedai não suportaria esperar suas perguntas. Quase com alívio, continuou, deixando as palavras jorrarem:

— Continuo vivo com a ajuda de pós amargos dos jin, mas não tenho como saber quanto tempo me resta. Só queria ver minha cidade terminada e ser cã. Aqui estou, ainda vivo, mas com dores.

— Por que não fui informado disso antes? — perguntou Chagatai devagar, pasmo com as implicações. Ele sabia a resposta antes mesmo de Ogedai começar e balançou a cabeça enquanto o irmão falava.

— Você teria me dado dois anos para construir uma cidade, um túmulo? Não, você teria me desafiado assim que soubesse. Em vez disso fiz Karakorum e serei cã. Acho que nosso pai teria apreciado os riscos que eu corri, irmão.

Chagatai concordou em silêncio enquanto as coisas que o haviam deixado perplexo começavam a se encaixar.

— Então por que...? — começou.

— Você disse que não é idiota, Chagatai. Pense direito, como fiz mil vezes. Eu sou herdeiro de meu pai, mas meu coração é fraco e posso cair a qualquer momento. Quem comandaria a nação?

— Eu — respondeu Chagatai, baixinho.

Era uma verdade difícil a de que o filho de Ogedai não viveria para herdar, mas nenhum dos dois afastou o olhar do outro. Chagatai começou a apreciar parte do que Ogedai havia passado nos anos desde a morte de seu pai.

— Há quanto tempo você sabe sobre a doença?

Ogedai deu de ombros.

— Sinto pontadas desde que me lembro, mas elas pioraram nos últimos anos. Tem havido... dores mais sérias. Sem o pó dos jin, acho que eu não teria muito tempo.

— Espere — disse Chagatai, franzindo a testa. — Quer dizer que estou seguro? Você vai me deixar ir embora com essa informação? Não entendo.

Foi Tsubodai que respondeu e ele também encarou Ogedai como se o visse pela primeira vez.

— Se você morresse, Chagatai, se você fosse morto como merece, pelos ataques de ontem à noite, quem manteria a nação unida quando o cã se for? — O rosto de Tsubodai se retorceu numa risada furiosa de desprezo. — Parece que será recompensado pelos seus fracassos, senhor.

— Por isso você também precisava ouvir essas coisas, Tsubodai — disse Ogedai. — Você deve pôr de lado a raiva. Meu irmão será cã depois de mim e você será o primeiro general dele. Ele também é filho de Gêngis, a linha de sangue do homem a quem você jurou servir.

Chagatai lutou para absorver o que tinha ouvido.

— Então você quer que eu espere, que fique quieto e pacífico enquanto aguardo você morrer? Como saberei que isso não é um ardil, algo tramado por Tsubodai?

— Porque eu poderia matar você *agora* — disse Ogedai rispidamente, com o temperamento se inflando a olhos vistos. — Eu ainda poderia, Chagatai. Por que outro motivo eu lhe ofereceria a vida depois da noite passada? Falo a partir de uma posição de força, irmão, e não de fracasso. É assim que você deve avaliar minhas palavras.

Com relutância, Chagatai concordou. Precisava de tempo para pensar e sabia que não teria esse luxo.

— Fiz promessas aos que me apoiaram — disse. — Não posso simplesmente levar uma vida de pastor enquanto espero. Seria uma morte em vida, indigna de um guerreiro. — Ele parou por um momento, pensando rapidamente. — A não ser que você me torne seu herdeiro publicamente. Assim eu teria o respeito de meus generais.

— Isso eu não farei — respondeu Ogedai, imediatamente. — Se eu morrer nos próximos meses, você será cã, quer eu o tenha feito meu herdeiro ou não. Se eu sobreviver mais tempo, não negarei a chance ao meu filho. Você deverá se arriscar com ele, assim como ele deverá fazer com você.

— Então você não está me oferecendo nada! — respondeu Chagatai, levantando a voz quase até um grito. — Que tipo de acordo é esse, baseado em promessas vazias? Por que ao menos me dizer? Se você morrer logo, sim, eu serei cã, mas não passarei a vida inteira esperando um mensageiro que pode nunca vir. Nenhum homem esperaria.

— Depois dos ataques de ontem à noite, você precisava ser informado. Se eu deixasse passar, se simplesmente o mandasse de volta para o seu *tuman*, você só veria fraqueza. Quanto tempo iria se passar até que você ou outro me desafiasse? Mas não vou deixá-lo sem nada, Chagatai. Longe disso. Minha tarefa é expandir as terras que conquistamos, tornar a nação segura para prosperar e crescer. Para nosso irmão Tolui darei nossa terra natal, mas manterei Karakorum como minha cidade. — Ele respirou fundo, vendo o brilho da antecipação e da cobiça nos olhos do irmão. — Você terá Khwarezm como o centro de suas terras, com as cidades de Samarkand, Bukhara e Kabul. Eu lhe darei um canato com mais de

3 mil quilômetros de largura, desde o rio Amu Darya até as montanhas Altai. Você e seus descendentes governarão lá, mas vão pagar tributo a mim e aos meus.

— Senhor... — começou Tsubodai, sem acreditar.

Chagatai deu um riso de escárnio.

— Deixe que ele fale, general. Isso é uma questão de família, não sua.

Ogedai balançou a cabeça.

— Planejei isso durante quase dois anos, Tsubodai. Meu desafio é pôr de lado a fúria que sinto pelos ataques contra minha família e fazer as escolhas certas, mesmo agora.

Ele levantou a cabeça para encarar Chagatai e o irmão sentiu as emoções que cresciam em seu olhar.

— Meu filho e minhas filhas sobreviveram, Chagatai. Sabia? Se eles tivessem sido mortos por seus guerreiros, eu estaria olhando você ser assado em fogo lento neste instante e ouvindo seus gritos. Algumas coisas não suportarei em nome do império e da visão do meu pai.

Ele parou, mas Chagatai não disse nada. Ogedai balançou a cabeça, satisfeito por ter sido compreendido.

— Você tem uma posição de força, *irmão* — disse Ogedai. — Tem generais leais, enquanto eu tenho um vasto império que deve ser administrado e controlado por homens capazes. Depois de hoje serei o gur-cã, o líder de nações. Receberei seu juramento e honrarei o meu a você e aos seus descendentes. Os jin nos mostraram como governar muitas terras, Chagatai, com tributo fluindo para a capital.

— Você não se esqueceu do que aconteceu com aquela capital? — perguntou Chagatai.

Os olhos de Ogedai brilharam perigosamente.

— *Não*, irmão. Não pense que um dia você comandará um exército para invadir Karakorum. O sangue de nosso pai corre nas minhas veias tanto quanto nas suas. Se algum dia você vier a mim segurando uma espada, será contra o cã, e a nação vai reagir. Então irei destruí-lo com suas esposas e seus filhos, seus serviçais e seguidores. Não se esqueça, Chagatai, que eu sobrevivi à essa noite. A sorte de nosso pai é minha. O espírito dele me vigia. No entanto, estou lhe oferecendo um império maior do que qualquer coisa fora das terras dos jin.

— Onde vou *apodrecer* — disse Chagatai. — Você me trancaria num palácio bonito, rodeado por mulheres e ouro... — Ele procurou algo adequadamente estarrecedor — ... cadeiras e coroas?

Ogedai sorriu ligeiramente ao ver o horror do irmão diante da perspectiva.

— Não — disse. — Você vai formar um exército para mim lá, um exército que eu possa convocar. Um exército do ocidente, assim como Tolui vai criar um exército do centro e eu reunirei um exército do oriente. O mundo ficou grande demais para apenas um exército da nação, irmão. Você cavalgará para aonde eu mandar, conquistará onde eu disser para conquistar. O mundo é seu, se puder colocar de lado sua parte desprezível que lhe diz para governá-lo inteiro. Isso você não pode ter. Agora me dê uma resposta e seu juramento. Sua palavra é lei, irmão, eu vou aceitá-la. Ou posso simplesmente matá-lo agora.

Chagatai concordou, dominado pela súbita mudança do entorpecimento fatalista para uma nova esperança e novas suspeitas.

— Que juramento você aceitará? — disse, finalmente, e Ogedai soube que tinha vencido. Levantou a espada da cabeça de lobo que Gêngis havia usado.

— Jure com sua mão sobre esta espada. Jure pelo espírito e pela honra de nosso pai que nunca erguerá a mão contra mim. Que vai me aceitar como gur-cã e será vassalo leal na forma de cã em suas próprias terras e seus povos. Qualquer outra coisa que acontecer é a vontade do pai céu, mas com relação a isso você pode fazer um juramento que eu respeitarei. Haverá muitos outros hoje, Chagatai. Seja o primeiro.

A nação sabia que Chagatai havia jogado para obter os rabos de cavalo lançando seus homens contra a cidade de Karakorum. Quando Ogedai e seus oficiais cavalgaram ao redor da cidade naquela manhã numa demonstração de força, ela viu que a tentativa fracassara. Mas, de algum modo, Chagatai também cavalgava orgulhoso enquanto se juntava outra vez ao seu *tuman* do lado de fora da cidade. Ele mandou seus oficiais recolherem os cadáveres e carregá-los para longe de Karakorum, fora das vistas. Em pouco tempo restavam apenas marcas de ferrugem nas ruas, com os mortos tão bem escondidos quanto os planos e estratagemas dos grandes homens. Os guerreiros da nação deram de ombros e continuaram a se preparar para o festival e os grandes jogos que começariam naquele dia.

Para Kachiun e Khasar, por ora bastou saber que Ogedai havia sobrevivido. Os jogos continuariam e haveria tempo para pensar no futuro assim que ele se tornasse cã. *Tumans* que haviam se encarado com raiva durante a noite mandaram grupos de homens para a parede de tiro com arco, do lado de fora de Karakorum. Para esses homens as batalhas dos príncipes eram um mundo diferente. Estavam satisfeitos porque seus generais tinham sobrevivido; e mais satisfeitos ainda porque os jogos não tinham sido cancelados.

Dezenas de milhares de pessoas se juntaram para assistir ao primeiro evento do dia. Ninguém queria perder as primeiras rodadas, em especial porque a final seria vista por apenas 30 mil pessoas, no centro da cidade. Temuge havia organizado os bilhetes que dariam entrada àquele recinto. Esses papéis vinham sendo trocados por cavalos e ouro durante dias, antes do evento. Enquanto Ogedai lutava pela vida, mulheres, crianças e idosos sentavam-se em silêncio no escuro, onde podiam assistir às maiores demonstrações de habilidade de seu povo. Até mesmo o jogo dos tronos vinha em segundo lugar comparado a esse desejo.

A parede de tiro com arco erguia-se acima do portão leste de Karakorum, brilhando com o sol nascente. Tinha sido construída nos dias anteriores, uma enorme estrutura de madeira e ferro capaz de conter mais de cem escudos pequenos, cada um com no máximo o tamanho da cabeça de um homem. Ao redor dela, mil fogões de ferro lançavam fumaça ao ar, preparando um festim para os que assistiam. O cheiro de cordeiro frito e cebolas silvestres era forte ao redor do acampamento e o conhecimento de que a guerra civil estivera por um fio na noite anterior não diminuiu os apetites nem silenciou os risos espontâneos enquanto os lutadores treinavam com amigos no capim seco. Era um bom dia, com o sol forte às suas costas enquanto a nação se preparava para celebrar um novo cã.

CAPÍTULO 7

Khasar estava com nove dos melhores arqueiros de seu *TUMAN*, esperando sua vez. Teve de lutar para encontrar a calma de que precisava e respirou longa e lentamente enquanto levantava cada uma das quatro flechas que tinha recebido. Em teoria, eram todas idênticas, feitas pelo melhor flecheiro das tribos. Mesmo assim Khasar havia rejeitado as três primeiras que lhe deram. Em parte era devido ao nervosismo, mas ele não havia dormido e sabia que o dia seria difícil enquanto a falta de sono fizesse diferença. Já estava suando mais do que o usual, enquanto o corpo reclamava e doía. O único consolo era que todos os outros arqueiros também tinham ficado acordados. Mas os jovens estavam de rosto aberto e alegre observando a palidez cinza dos mais velhos. Para eles era um dia de grande potencial, uma chance melhor do que poderiam esperar para obter reconhecimento e as preciosas medalhas de ouro, prata e bronze de Temuge, cada uma delas estampada com o rosto de Ogedai. Enquanto esperava, Khasar se perguntou o que Chagatai teria feito se tivesse vencido. Sem dúvida os discos pesados seriam levados para longe discretamente e abandonados. Khasar balançou a cabeça para clareá-la. Conhecendo Chagatai, ele iria usá-los de qualquer modo. O sobrinho não se embaraçava com coisas pequenas. Pelo menos nesse aspecto era o verdadeiro filho de seu pai.

O festival duraria três dias, mas Ogedai seria cã ao pôr do sol do primeiro. Khasar já vira Temuge se esgotar tentando organizar os eventos de modo que todos os qualificados para competir pudessem fazê-lo. Temuge reclamara com Khasar das dificuldades, dizendo algo sobre arqueiros que também participariam das corridas de cavalos e lutadores que iriam correr. Khasar o dispensou em vez de ouvir os detalhes tediosos. Supunha que alguém tinha de organizar tudo aquilo, mas não parecia serviço para um guerreiro. Era bem adequado ao seu irmão erudito, que mal podia usar um arco melhor do que uma criança.

— Avance, *tuman* da Pele de Urso — gritou o juiz.

Khasar afastou os pensamentos para assistir à competição. Jebe era um arqueiro talentoso. Até mesmo seu nome significava "flecha" e lhe fora dado depois de um disparo que derrubou o cavalo de Gêngis. Especulava-se que seus homens estariam na final. Khasar notou que Jebe não parecia estar sofrendo depois dos esforços noturnos, apesar de ter lutado para salvar Ogedai. Khasar sentiu uma pontada de inveja, lembrando-se de quando também podia cavalgar a noite inteira e ainda lutar no dia seguinte, sem descanso ou comida além de alguns goles de airag, sangue e leite. Mesmo assim sabia que não desperdiçara os bons tempos. Com Gêngis, tinha conquistado nações e feito um imperador jin se ajoelhar. Fora o momento de maior orgulho de sua vida, mas poderia desejar mais alguns anos de força física, sem os estalos dolorosos nos quadris enquanto cavalgava, o joelho dolorido ou mesmo os calombos pequenos e duros embaixo do ombro, onde uma ponta de lança havia se partido anos antes. Esfregou o local distraidamente, enquanto Jebe e seus nove homens chegavam até a linha, a cem passos da parede de arco e flecha. A essa distância os alvos pareciam minúsculos.

Jebe riu de alguma coisa e deu um tapa nas costas de um de seus homens. Khasar ficou olhando o general curvar e afrouxar o arco lentamente algumas vezes, aquecendo os ombros. Ao redor, milhares de guerreiros, mulheres e crianças tinham se reunido para assistir, permanecendo imóveis e silenciosos enquanto a equipe esperava que a brisa morresse.

O vento baixou até sumir, parecendo intensificar o sol na pele de Khasar. A parede fora posta de modo que os arqueiros lançassem sombras longas, mas a mira não fosse estragada pela luz nos olhos. Temuge havia planejado até mesmo esses detalhes.

— Pronto — disse Jebe, sem virar a cabeça.

Seus homens estavam de pé dos dois lados, cada um com uma flecha no arco e três no chão à frente. Não havia prêmios para estilo, só para precisão, mas Khasar sabia que Jebe faria a coisa do modo mais vistoso que pudesse, por orgulho.

— Comecem! — gritou o juiz.

Khasar olhou com atenção enquanto a equipe soltava o ar simultaneamente, retesando os arcos ao mesmo tempo e disparando antes de respirar de novo. As flechas subiram, fazendo uma curva ligeira na forma de borrões no ar antes de acertarem a parede. Mais juízes correram e levantaram bandeiras para mostrar os acertos. Suas vozes iam longe no ar silencioso, gritando "Uukhai!" para cada disparo no centro do alvo.

Foi um bom começo. Dez bandeiras. Jebe riu para seus homens e eles atiraram de novo assim que os juízes se afastaram. Para continuar na próxima rodada eles precisavam acertar 33 escudos usando quarenta flechas. Fizeram com que isso parecesse fácil, chegando a trinta com perfeição e só errando duas no último disparo, para somar 38. A multidão aplaudiu e Khasar olhou carrancudo para Jebe enquanto ele passava no meio dos outros competidores. O sol estava quente, mas eles estavam vivos.

Khasar não entendia por que Ogedai havia deixado Chagatai viver. Essa não seria sua escolha, mas ele não fazia mais parte do círculo íntimo do cã, como acontecera na época de Gêngis. Deu de ombros ao pensar nisso. Tsubodai ou Kachiun saberiam responder, eles sempre sabiam. Alguém iria lhe contar.

Khasar tinha visto Chagatai logo antes de se juntar aos arqueiros. O rapaz estava encostado num curral de madeira, olhando os lutadores se prepararem com alguns de seus oficiais. Não havia tensão visível em Chagatai e foi só então que Khasar começou a relaxar. Ogedai parecia ter conseguido algum tipo de paz, pelo menos por um tempo. Khasar tirou isso da mente, o que era uma habilidade antiga. De um modo ou de outro, seria um bom dia.

Junto às muralhas baixas e brancas de Karakorum, quarenta cavaleiros esperavam o sinal de início. Seus animais tinham sido preparados e os cascos lubrificados nos dias anteriores ao festival. Cada cavaleiro tinha a própria dieta secreta para a montaria, garantida pela família para produzir a energia de longa duração de que o animal iria necessitar.

Batu passou os dedos pela crina de seu pônei, um hábito nervoso que repetia a intervalos de alguns instantes. Ogedai estaria olhando, tinha quase certeza. O tio havia supervisionado todos os aspectos de seu treinamento nos *tumans*, dando a seus oficiais carta branca para trabalhar nele até fazê-lo sangrar e forçá-lo a estudar cada batalha e cada tática da história da nação. Sentia dor, como vinha acontecendo quase constantemente havia mais de dois anos. Isso era visível nos novos músculos dos ombros e nos círculos escuros sob os olhos. Não havia sido em vão. Nem bem ele dominava uma tarefa ou um posto, logo era transferido de novo, por ordem de Ogedai.

A corrida naquele dia era uma espécie de folga dos treinamentos. Batu havia amarrado o cabelo num coque, para que ele não chicoteasse no rosto e o irritasse durante a corrida. Tinha chance, sabia disso. Era mais velho do que os outros garotos, um homem crescido, mas possuía o corpo do pai, esguio como um chicote. O peso extra faria diferença na distância, mas seu pônei era realmente forte. Havia mostrado velocidade e resistência quando filhote e, aos 2 anos, estava explodindo de energia, tão em forma e preparado quanto o cavaleiro.

Olhou para o lugar onde seu segundo em comando fez uma égua pequena e clara girar no mesmo ponto. O homem encarou Batu por um segundo e acenou com a cabeça. O olho branco e cego de Zan reluziu para ele, refletindo sua empolgação. Zan era amigo de Batu quando apenas sua mãe conhecia a vergonha de seu nascimento, quando ainda tinha a desgraça do nome. Zan também havia crescido com uma aversão maligna, espancado e atormentado pelos garotos de sangue puro que zombavam de sua pele dourada e das delicadas feições jin. Batu pensava nele quase como um irmão: magro e feroz, com ódio suficiente para os dois.

Alguns *tumans* haviam mandado equipes de cavaleiros. Batu esperava que Zan sozinho fosse suficiente para fazer diferença. Se havia aprendido algo com o destino do pai, era a necessidade de vencer, independentemente de como. Não importava se alguém fosse ferido ou morto. Se você vencesse, tudo seria perdoado. Você podia ser tirado de uma iurta fétida e forçado a subir pelas fileiras até que 10 mil homens seguissem suas ordens como se elas viessem do próprio cã. Sangue e talento. A nação era construída a partir dessas duas coisas.

Quando o juiz foi até a marca, outro cavaleiro atravessou a linha de Batu, como se lutasse com a montaria. Batu instigou seu animal instantaneamente, usando a força para empurrar o garoto para longe. Era Settan, dos uriankhai, claro. A antiga tribo de Tsubodai vinha sendo um espinho no calcanhar de Batu desde que o valoroso general retornara a Gêngis com a cabeça de seu pai num saco. Ele havia enfrentado a aversão silenciosa deles uma centena de vezes desde que Ogedai o alçara. Não que fossem explícitos no desdém ou na transparente lealdade ao próprio sangue. Gêngis havia tornado os laços de tribo ilegais em sua nova nação, mas Batu sorria ao pensar na arrogância do avô. Como se alguma coisa além do sangue tivesse importância! Talvez fosse isso que seu pai, Jochi, tivesse esquecido ao se revelar e roubar o direito de nascimento de Batu.

Era irônico que os uriankhai ainda gostassem de procurar os pecados do pai no filho. Jochi não soubera que seu deslize com uma virgem havia produzido um menino. Sendo uma jovem solteira, a mãe de Batu não tinha o que reivindicar de Jochi. Ela fora desprezada pela própria família, forçada a viver à margem. Regozijou-se quando Jochi foi considerado pária, o general traidor, a ponto de ser caçado e morto. Então ficou sabendo que o cã havia decretado que todos os filhos bastardos tornariam-se legítimos. Batu ainda se lembrava da noite em que ela percebera tudo que havia perdido, bebendo até cair num estupor, depois tentando debilmente cortar os pulsos com uma faca. Ele próprio lavou e atou os ferimentos.

Ninguém no mundo odiava a memória de Jochi tanto quanto seu filho. Em comparação com aquela chama branca e calcinante, os uriankhai eram simplesmente mariposas que seriam queimadas por ela.

Batu espiou com o canto do olho enquanto o juiz começava a desenrolar uma comprida bandeira de seda amarela. Todos os homens de seu pai tinham deixado esposas e filhos para trás no acampamento de Gêngis. Zan era uma daquelas crianças abandonadas. Alguns tinham retornado com Tsubodai, mas o pai de Zan havia morrido em algum lugar distante e o corpo fora perdido em terreno estranho. Era mais uma coisa pela qual Batu não podia perdoar a memória do pai. Balançou a cabeça para si mesmo. Era bom ter inimigos no grupo de cavaleiros. Alimentava-se da aversão deles, fazendo-a aumentar de modo a sugar força a partir de suas zombarias e provocações, de seus golpes e truques marotos. Pensou de novo na bosta humana que havia encontrado em suas bolsas de comida naquela manhã e isso foi como um gole de airag preto em seu sangue. Por esse motivo venceria a corrida. Cavalgava com ódio, que lhe dava um poder que eles só poderiam imaginar.

O juiz levantou a bandeira. Batu sentiu as ancas do pônei se contraírem quando o animal se balançou para trás, pronto para explodir à frente. A bandeira baixou, um jorro dourado ao sol da manhã. Batu instigou com os calcanhares e num instante estava galopando. Não assumiu a liderança, mesmo tendo quase certeza de que poderia fazer os outros olharem para suas costas por todo o percurso ao redor da cidade. Em vez disso, acomodou-se num ritmo firme na metade do grupo. Seis voltas ao redor de Karakorum eram 77 quilômetros: não era uma corrida de velocidade, e sim um teste de resistência. Os cavalos tinham sido criados para isso e conseguiam suportar toda a distância. A habilidade viria nas manobras dos garotos e homens que os montavam. Batu sentiu a confiança crescer. Ele era oficial do *minghaan*. Tinha 17 anos e podia cavalgar o dia inteiro.

Enquanto se preparavam para a primeira e enorme rodada de luta, 1.024 homens da nação levantaram o braço direito para a multidão. O primeiro dia deixaria de fora os feridos e os mais velhos, ou simplesmente os azarados. Não havia segunda chance e com dez rodadas para os competidores sobreviverem, os últimos dois dias dependeriam em parte de quem passasse pelo primeiro com menos ferimentos.

Os guerreiros tinham seus favoritos e durante dias houvera um fluxo contínuo de homens caminhando pelos campos de treinamento, avaliando os pontos fortes e fracos, procurando os que valiam uma aposta e os que não suportariam a prova extenuante.

Nenhum dos generais havia se candidatado a essa parte do festival. Eram dignos demais para se permitir serem derrubados e derrotados por homens mais jovens. Mesmo assim, a primeira rodada de lutas foi atrasada para que Khasar e Jebe pudessem participar da competição de arco. Khasar era um ardoroso fã de luta e patrocinava o homem que nenhum guerreiro queria enfrentar nas primeiras rodadas. Baabgai, o

Urso, era de etnia jin, mas tinha a compleição compacta de um lutador mongol. Ele deu um sorriso sem dentes para a multidão que gritava seu nome. Rebanhos dos melhores pôneis tinham sido apostados nele, mas dez rodadas ou um ferimento poderiam exauri-lo. Até uma pedra poderia ser partida, se levasse golpes suficientes.

Khasar e Jebe passaram pela primeira rodada, depois correram com seus times pelo capim de verão até o local onde os lutadores esperavam com paciência ao sol. Os embates e o derramamento de sangue da noite foram deliberadamente esquecidos.

Os arqueiros se ajoelharam em mantas de feltro branco, arrumando os preciosos arcos à frente, já desencordoados e enrolados em lã e couro.

— Ei, Baabgai! — gritou Khasar, rindo para o sujeito corpulento que ele encontrara e treinara.

Baabgai tinha a força descontrolada de um boi e parecia não sentir dor. Em todas as lutas anteriores, jamais havia demonstrado o menor desconforto, e era essa qualidade impassível que mais intimidava seus oponentes. Eles não conseguiam achar um modo de atingir aquele idiota. Khasar sabia que alguns lutadores o chamavam de "vazio", por causa da baixa inteligência, mas Baabgai não se ofendia com nada. Apenas sorria e os jogava para além do horizonte.

Khasar esperou com paciência o término de uma canção inicial. As vozes roucas dos lutadores cresceram enquanto prometiam se manter firmes na terra e permanecerem amigos, quer fossem vitoriosos ou derrotados. Haveria outras músicas, em rodadas posteriores. Khasar preferia aquelas e mal ouviu enquanto olhava por cima da planície.

Ogedai estava em Karakorum, sem dúvida sendo lavado, untado e enfeitado. A nação já bebia intensamente e se Khasar não estivesse participando do concurso de arco, teria se juntado ao restante.

Viu Baabgai agarrar o primeiro oponente. O grandalhão não tinha a velocidade de um raio, mas assim que um oponente chegava ao alcance de suas mãos e ele conseguia agarrá-lo tudo estava acabado. Os dedos de Baabgai eram curtos e carnudos, as mãos sempre parecendo ter inchado muito, mas Khasar havia sentido a força delas e tinha apostado prodigamente nele.

A primeira luta de Baabgai terminou quando ele deu uma chave de braço no oponente, segurando-o pelo pulso e então jogando o peso em cima do braço. A multidão aplaudiu e bateu tambores e gongos, apreciando. Baabgai sorriu para o povo, desdentado como um bebê gigante. Khasar não pôde deixar de rir diante do prazer humilde que havia no lutador. Ia ser um bom dia.

Batu não gritou quando um chicote o acertou no rosto. Pôde sentir o inchaço surgir e a pele ficou tão quente e furiosa quanto ele. A corrida havia começado muito bem e ele tinha avançado até ficar entre os seis primeiros na segunda volta ao redor da cidade. O terreno era mais duro e mais seco do que ele esperava, o que favorecia mais alguns cavalos do que outros. Enquanto pegavam o mesmo caminho para a terceira volta, o pó branqueava a pele e secava a saliva na boca até formar uma pasta áspera. A sede aumentava cada vez mais ao sol, até que os mais fracos ofegavam como pássaros.

 Batu se abaixou quando o chicote veio de novo, uma tira de couro oleado. Viu que o agressor era um uriankhai, à direita. Um garoto empoeirado, pequeno e leve, na garupa de um garanhão poderoso. Através dos olhos cheios de pó, Batu viu que o animal era forte e o garoto estava disposto a uma diversão malévola enquanto recuava o braço para chicoteá-lo de novo. Mesmo acima do trovoar compacto de cascos, Batu ouviu um dos outros rir e sentiu-se tomado pela fúria. Aqueles garotos não comandavam homens, como ele. O que lhe importava o sangue de um uriankhai, a não ser para vê-lo esparramado no pó? Olhou para Zan, que cavalgava perto. Seu amigo estava pronto para ajudá-lo, mas Batu balançou a cabeça, observando o tempo todo o garoto uriankhai.

 Quando o chicote veio de novo, Batu levantou o braço, de modo que a fita de couro se enrolou em seu pulso. Ele fechou a mão sobre um pedaço do chicote. O garoto ofegou, mas era tarde demais. Batu puxou, usando todo o peso e toda a força, ao mesmo tempo em que instigava sua montaria para longe.

 Os estribos quase salvaram o garoto. Por um instante uma perna balançou no ar, mas então ele caiu sob os cascos e seu cavalo relinchou e corcoveou, quase derrubando outro cavaleiro, que gritou com raiva. Batu não olhou para trás. Esperava que a queda tivesse matado o desgraçadozinho. Notou que os garotos na frente haviam parado de rir.

Cinco cavaleiros uriankhai haviam entrado na corrida para animais de 2 anos. Apesar de virem de dois *tumans*, cavalgavam instintivamente em grupo. Batu os havia reunido de algum modo com seu desafio, com sua aversão. Settan, dos uriankhai, os comandava. Era alto e ágil, com olhos suaves que lacrimejavam ao vento e um rabo de cavalo que pendia às costas. Ele e os amigos trocaram olhares enquanto passavam pelo portão oeste de Karakorum pela quarta vez. Faltavam 25 quilômetros e a boca dos cavalos estava branca de espuma, a pele escurecida e com riscas de suor. Batu e Zan avançaram para desafiar os líderes.

Podia ver os cavaleiros uriankhai olhando-o. Certificou-se de mostrar apenas o rosto impassível enquanto chegava cada vez mais perto. Atrás do grupo na liderança, trinta outros pôneis se espalhavam separados como uma cauda comprida, já ficando para trás.

Khasar ainda estava sorrindo enquanto voltava para a parede de arco e flecha, onde os juízes e a multidão o esperavam impacientes. Ignorou os olhares à medida que caminhava até a linha e encordoava o arco. Como irmão de Gêngis e um dos fundadores da nação, realmente não se importava nem um pouco se estava incomodando algum homem importante ou se estava estragando a linda organização de Temuge.

Os dez de Jebe já haviam feito seus disparos na segunda rodada e o general estava de pé relaxado, revelando confiança. Khasar franziu a testa para ele, mas isso pareceu provocar um risinho em Jebe. Khasar se firmou, sabendo que passaria seu humor para seu grupo de arqueiros. Ninguém nas equipes de arco e flecha era fraco ou atirava mal. Nenhum homem ali duvidava de que poderia vencer no dia certo. Sempre havia um elemento de sorte, se a brisa mudasse justamente no momento do disparo ou se um músculo tivesse cãibra, mas o teste principal era psicológico. Khasar tinha visto isso muitas vezes. Homens capazes de enfrentar inabaláveis uma fileira de árabes berrando descobriam que as mãos suavam quando andavam em silêncio até a linha. De algum modo não conseguiam encher os pulmões de ar totalmente, como se o peito tivesse inchado, bloqueando a garganta.

Saber disso era parte do segredo de dominá-lo. Khasar respirou longa e lentamente, ignorando a multidão e deixando seus homens se assentarem e ficarem calmos. Os quarenta alvos na parede pareceram crescer um pouco, uma ilusão que ele já vira antes. Olhou para seus homens e descobriu que estavam tensos, mas firmes.

— Lembrem-se, rapazes — murmurou. — Cada um deles é uma virgem, doce e disposta.

Alguns de seus homens deram risinhos, girando a cabeça nos ombros para aliviar o resto de tensão que pudesse atrapalhar a mira.

Khasar riu. Cansado ou não, velho ou não, daria uma boa surra em Jebe, podia sentir.

— Pronto — gritou para os juízes.

Em seguida, olhou para o estandarte no alto da parede de arco e flecha. O vento havia aumentado, soprando firmemente do nordeste. Khasar ajustou sua postura ligeiramente. Cem passos. Um disparo que havia feito mil vezes, 100 mil. Mais uma respiração longa, lenta.

— Comecem — disse o juiz, peremptoriamente.

Khasar pôs a primeira flecha no arco e mandou-a para a linha de escudos que havia marcado como seus. Esperou até ter certeza de que havia acertado, então se virou e olhou para Jebe, levantando as sobrancelhas. Jebe riu do desafio e se virou.

A linha de pôneis que batiam os cascos com força, suando, havia se alongado como contas num cordão, esticando-se por 1,5 quilômetro ao redor das muralhas de Karakorum. Três uriankhai ainda lideravam, com dois garotos atarracados quase arrebanhando Settan em direção à chegada. Batu e Zan estavam ao alcance deles e o grupo de cinco havia aberto uma grande vantagem com relação ao resto dos cavaleiros. A disputa seria decidida entre eles e suas montarias estavam bufando para limpar a boca e as narinas, espirrando muco e espuma de suor. As muralhas estavam repletas de guerreiros e milhares de trabalhadores jin. Para eles o dia também era de comemoração, o fim de dois anos de trabalho, com as bolsas cheias de moedas.

Batu estava indiferente aos espectadores, para tudo que não fosse Settan e seus dois companheiros. O terreno seco subia na forma de uma nuvem de poeira, de modo que seria difícil ver o que ele iria fazer. Tateou nos bolsos e tirou duas pedras lisas, pedras de rio que davam uma boa sensação na mão. Ele e Zan haviam conversado sobre facas ou em colocar farpas no chicote, mas esses ferimentos se tornariam públicos. Alguns juízes não aprovariam. Mesmo assim, Zan havia se oferecido para cortar o pescoço de Settan. Ele odiava o alto garoto uriankhai que se orgulhava tanto dos feitos de Tsubodai. Batu tinha recusado a oferta, para não trocar o amigo por uma vingança. Uma pedra sempre poderia ser jogada pelos cascos enquanto eles corriam. Mesmo que Settan visse o que ele e Zan estavam fazendo, não ousaria reclamar. Pareceria lamúria e os guerreiros ririam dele.

Quando começavam a última volta, Batu acariciou as pedras. Para além dos cavalos que disputavam, podia ver os lutadores como grandes pássaros coloridos contra o capim; depois deles ficava a parede de arco e flecha. Seu povo estava reunido nas planícies e ele estava no meio, cavalgando com intensidade. Era uma sensação boa.

Apertou os joelhos e a montaria respondeu, apesar de estar arfando. Batu avançou e Zan seguiu-o de perto. Os uriankhai não estavam distraídos e se moveram para bloqueá-lo, afastando-o do cavalo de Settan. Batu sorriu para o garoto mais próximo e moveu a boca como se estivesse gritando alguma coisa. O tempo todo levava a montaria para mais perto.

O garoto encarou-o e Batu riu, apontando vigorosamente para alguma coisa adiante. Olhou deliciado quando o garoto finalmente se inclinou mais perto para ouvir o que Batu estava gritando ao vento. Batu girou a pedra com força e acertou a lateral da cabeça dele. O garoto desapareceu quase instantaneamente sob os cascos, parecendo apenas uma tira empoeirada rolando para trás.

Batu ocupou o lugar dele enquanto o cavalo sem cavaleiro ia à frente. Settan olhou para trás e ficou pasmo ao vê-lo tão perto. Estavam cobertos de poeira, o cabelo e a pele numa sujeira branca, mas o olhar de Settan transparecia medo. Batu sustentou seu olhar, adquirindo força.

O outro garoto uriankhai moveu a montaria pondo-a entre os dois, chocando a perna contra Batu e quase o tirando da sela. Durante alguns segundos de coração acelerado, Batu precisou se agarrar à crina enquanto seus pés perdiam os estribos e ele suportava golpes de chicote que vieram num frenesi louco, acertando seu pônei tanto quanto o acertavam. Batu chutou instintivamente e atingiu o peito do garoto. Isso lhe deu um momento para recuperar a posição na sela. Tinha largado uma pedra, mas continuava com outra. Enquanto o garoto uriankhai se virava de novo para encará-lo, Batu jogou-a com força e gritou ao ver a pedra acertar o nariz dele, fazendo com que sacudisse e lançando sangue vermelho vivo na poeira clara, como um rio estourando em uma represa. O garoto caiu para trás e Batu e Zan estavam sozinhos com Settan, faltando ainda 5 quilômetros de cavalgada.

Assim que viu o que estava acontecendo, Settan partiu para ganhar distância. Era sua única chance. Todos os cavalos estavam no fim da resistência e com um grito de fúria Zan começou a ficar para trás. Não havia nada que pudesse fazer, mas jogou suas pedras com uma força furiosa, conseguindo acertar as ancas da montaria de Settan com uma delas, enquanto a outra desaparecia na poeira.

Batu xingou baixinho. Não podia permitir que Settan o deixasse para trás. Bateu os calcanhares e chicoteou o cavalo até os dois ficarem lado a lado, e então Batu se adiantou por cerca de meio cavalo. Sentia-se forte, mas os pulmões estavam cheios de pó, que ele iria tossir durante dias.

A última curva estava à vista e Batu soube que poderia vencer. No entanto, sabia, desde o início, que para ele a vitória não seria o bastante. Tsubodai estaria na muralha, Batu tinha certeza. Com um dos seus uriankhai tão perto da linha de chegada, o general sem dúvida estaria torcendo por ele. Batu limpou os olhos, tirando o pó áspero. Não sentia apreço pela memória do pai, mas isso não mudava seu ódio pelo general que havia cortado a garganta de Jochi. Talvez Ogedai também estivesse lá, olhando o rapaz que havia criado.

Batu deixou que Settan passasse pelo lado de dentro enquanto iam na direção do canto da muralha. A borda era marcada por um poste de mármore, decorado com um lobo de pedra. Avaliando tudo com precisão, Batu deixou Settan chegar ao lado, quase cabeça a cabeça, indo para a linha de chegada. Viu Settan rir enquanto farejava a chance de ultrapassar.

Quando chegaram ao canto, Batu puxou as rédeas à direita e golpeou Settan contra o poste. O impacto foi colossal. Cavalo e cavaleiro pararam quase completamente enquanto a perna do garoto uriankhai se despedaçava e ele gritava.

Batu continuou cavalgando, sorrindo. Não olhou para trás enquanto o som agudo ia se esvaindo.

Quando atravessou a linha de chegada, desejou que seu pai estivesse vivo para ver, para se orgulhar dele. Seus olhos estavam úmidos pelas lágrimas e ele os esfregou, piscando furiosamente e dizendo a si mesmo que era só o vento e a poeira.

CAPÍTULO 8

Enquanto o sol mergulhava no horizonte, Ogedai soltou o ar lentamente. Houvera ocasiões em que pensava que não viveria para estar de pé em sua cidade naquele dia. Seu cabelo estava cheio de óleo e amarrado num coque. O dil era simples, azul-escuro, sem ornamento ou pompa. Usava-o com um cinto por cima de uma calça justa e botas macias de pastor, feitas de pele de ovelha e amarradas com tiras. Tocou a espada do pai na cintura, obtendo conforto.

Ao mesmo tempo sentiu um espasmo de irritação diante das opções que o pai lhe deixara. Se Jochi tivesse se tornado cã, o fato criaria uma linhagem dos primogênitos. Em vez disso o grande cã havia declarado Ogedai como herdeiro, o terceiro de quatro filhos. À sombra daquele homem, a linhagem de Ogedai poderia murchar. Ele não podia esperar que a nação simplesmente aceitasse seu filho mais velho, Guyuk, como cã depois dele. Mais de vinte outros tinham sangue de Gêngis e Chagatai era apenas um dos mais perigosos. Ogedai temeu por seu filho naquele emaranhado de espinhos e presas. No entanto, Guyuk havia sobrevivido e talvez isso mostrasse a aprovação do pai céu. Ogedai respirou lentamente.

— Estou pronto, Baras'aghur — disse ao serviçal. — Fique para trás, agora.

Caminhou entrando num mar crescente de barulho, até chegar a uma sacada de carvalho polido. Seus tocadores de tambor trovejaram, anunciando sua chegada, e os guerreiros de sua guarda rugiram e bateram nas armaduras, fazendo um estrondo que podia ser ouvido por toda a cidade. Ogedai sorriu, cumprimentando a multidão enquanto ocupava seu lugar voltado para o vasto anfiteatro. Sua esposa Torogene sentou-se ao lado, com Baras'aghur cuidando agitadamente das dobras do vestido jin que ela usava. Sem ser visto pelas massas, Ogedai estendeu a mão. Ela a pegou e apertou. Os dois haviam sobrevivido a dois anos de intriga, veneno, atentados e, finalmente, à insurreição aberta. O rosto e o corpo de Ogedai estavam rígidos e exaustos pelos esforços, mas ele continuava inteiro.

Enquanto a multidão esperava pacientemente, os lutadores que haviam sobrevivido às duas primeiras rodadas tinham ido ocupar seus lugares no terreno central, abaixo de Ogedai. Formaram-se em pares, 256 homens prontos para a última luta do dia. Apostas irromperam nas filas de assentos, desde instruções gritadas até fichas de madeira ou mesmo dinheiro jin impresso e moedas. Era possível apostar em qualquer modalidade da competição e toda a nação acompanhava o esporte. Os fracos e feridos, os velhos e azarados já estavam de fora. Os que restavam eram os mais fortes e mais rápidos numa nação que reverenciava a habilidade marcial acima de tudo. Era a nação e a criação de seu pai, a visão que seu pai tivera de um povo: cavalo e guerreiro, espada e arco juntos.

Ogedai girou em seu assento enquanto Guyuk pisava na sacada. Sentiu o coração se contrair com o orgulho e a tristeza que sempre o acometiam ao ver o rapaz. Guyuk era alto e bonito, em condições de comandar um milhar, talvez até um *tuman*, em tempo de paz. Para mais do que isso, não tinha qualquer fagulha de percepção tática ou o toque sutil com seus homens que os faria segui-lo até mesmo para dentro de chamas. Em todos os sentidos, ele era um oficial pouco notável e ainda não havia se casado, como se a continuação da linhagem do cã não significasse nada para ele. O fato de se parecer com Gêngis no rosto e nos olhos só tornava sua fraqueza mais difícil de suportar para o pai. Havia ocasiões em que Ogedai não conseguia entender o filho.

Guyuk fez uma reverência elegante para os pais e ocupou seu lugar, olhando com espanto a multidão reunida. Soubera pouca coisa sobre a luta no palácio. Havia se trancado e feito uma barricada num aposento com dois amigos e alguns serviçais, mas ninguém tinha ido àquela parte do lugar. Aparentemente eles haviam bebido até o estupor. Apesar do alívio de Ogedai ao vê-lo vivo, o fato de ninguém o considerar digno de ser morto dizia tudo sobre seu filho.

Temuge veio rapidamente pela parte de trás da sacada, quase escondido das vistas por um enxame de seus mensageiros e escribas. Ogedai o ouviu gritando ordens em sua voz de vespa e se permitiu um riso ao se lembrar da conversa com o tio, semanas antes. Apesar dos temores do velho idiota, Ogedai tinha vencido. Lembrou-se de oferecer de novo as bibliotecas de Karakorum a Temuge, assim que o festival terminasse.

No grande oval, o crepúsculo começou o pequeno desvio do verão em direção ao cinza. Por causa das muralhas baixas da cidade, a enorme estrutura podia ser vista do mar de capim ao longe. Não iria se passar muito tempo até que mil tochas fossem acesas, criando uma luz que toda a nação poderia testemunhar da planície. Ogedai estava ansioso por esse momento, sinal visível de que ele era o cã. Também significava que Karakorum estava finalmente terminada, a não ser pelas manchas de sangue que esperavam a chuva para serem lavadas. Talvez isso também fosse adequado.

Temuge sinalizou para os juízes das lutas lá em baixo. Depois de uma curta canção para a mãe terra, os juízes sopraram suas trompas e os homens começaram os embates, as mãos e as pernas movendo-se rapidamente para agarrar e se soltar. Para alguns tudo terminou num instante, como aconteceu com o oponente de Baabgai. Para outros a luta se tornou um teste de resistência enquanto arfavam e suavam, com longas marcas vermelhas aparecendo na pele.

Ogedai olhava para o campo de atletas. Sabia que Temuge havia planejado os eventos nos mínimos detalhes. Imaginou preguiçosamente se seu tio conseguiria levar todo o festival sem falhas. Seu povo era composto por guerreiros e pastores até o último homem e a última mulher — não por ovelhas, jamais por ovelhas. Mesmo assim seria interessante ver.

O último par desmoronou com as pernas chutando sob um rugido e um uivo da multidão. Eram vitoriosos 128 homens, que ficaram de pé, vermelhos e satisfeitos, diante da nação. Fizeram reverência a Ogedai na sacada e ele se levantou e ergueu a mão da espada, mostrando seu prazer.

Mais trompas soaram, grandes tubos jin feitos de latão e bronze que ressoavam notas através do campo. Os lutadores se retiraram correndo devagar e o portão pesado se abriu, revelando a rua principal da cidade do outro lado. Ogedai franziu a testa para observar, no momento em que 30 mil pessoas se esforçavam ao máximo para captar um vislumbre.

À distância vinha um grupo de corredores, de peito nu ao calor do verão. Tinham dado três voltas ao redor da cidade, cerca de 38 quilômetros, antes de entrar pelo portão ocidental e seguir para o centro. Ogedai se inclinou o mais longe que pôde para vê-los e pela primeira vez Guyuk sentiu interesse, esticando-se junto com ele, o rosto iluminado com a empolgação. Ogedai olhou para o filho e imaginou se ele teria apostado alguma quantia expressiva.

Como regra, o povo mongol não tinha tradição em corredores de longa distância. Tinha a resistência, mas não a compleição, como Temuge havia explicado. Alguns mancavam visivelmente à medida que chegavam mais perto, antes de tentar esconder a fraqueza enquanto o barulho crescia ao redor.

Ogedai acenou com a cabeça ao ver que Chagatai os liderava. Seu irmão corria com facilidade, uma cabeça mais alto do que a maioria dos outros homens. Era verdade que Ogedai o temia, e mesmo odiava sua arrogância, mas não podia disfarçar o orgulho ao ver o próprio irmão liderando a corrida em direção ao anfiteatro, pisando com força o caminho empoeirado até o centro. Chagatai começou a se afastar do resto, mas então um guerreiro pequeno, magro e musculoso avançou para desafiá-lo, forçando um pique quando não lhes restavam mais forças.

Quando os dois ficaram lado a lado, Ogedai sentiu o coração tremer, a respiração vindo mais rápida.

— Vamos, irmão — sussurrou.

Ao seu lado Torogene franziu a testa, com as mãos apertando a barra de carvalho. Não sentia interesse pelo homem que quase havia matado seu marido. Ficaria feliz em ver Chagatai ter o coração estourado na frente da turba. No entanto, sentia a empolgação do marido e amava Ogedai mais do que qualquer coisa no mundo.

Chagatai lançou-se adiante no fim, atravessando a linha de chegada com não mais do que uma cabeça de dianteira sobre o desafiante. Os dois estavam próximos de um colapso e Chagatai lutava visivelmente para respirar, com o peito arfando. Não pousou as mãos nos joelhos. Ogedai sentiu uma pontada de nostalgia enquanto se lembrava das palavras do pai sobre o assunto. *Se um oponente o vir segurando os joelhos, vai pensar que você está derrotado.* Era difícil escapar daquela voz à medida que prosseguiam junto com os anos, deixando Gêngis para trás.

Por um sentimento de decência, Guyuk não podia aplaudir o tio, mas sua pele reluziu com um leve suor. Ogedai riu para ele, satisfeito ao ver o filho fascinado pela primeira vez. Esperava que ele pelo menos tivesse ganhado a aposta.

Ogedai permaneceu de pé enquanto as trompas soavam de novo, derramando uma nota sobre dezenas de milhares de pessoas. Fechou os olhos um instante, respirando devagar e demoradamente. A multidão ficou em silêncio. Ogedai levantou a cabeça enquanto seu arauto com pulmões de metal gritava finalmente as palavras:

— Vocês estão aqui para confirmar Ogedai, filho de Temujin que era Gêngis, como cã da nação. Ele está diante de vocês como o herdeiro escolhido pelo grande cã. Há algum outro que desafie seu direito de liderar?

Se antes houvera silêncio, esse possuía a quietude da morte, enquanto cada homem e cada mulher se imobilizava, nem mesmo ousando respirar, esperando. Guyuk ficou atrás e, por um momento, levantou a mão para tocar o ombro de Ogedai, antes de deixá-la cair sem que o pai percebesse.

Milhares de olhos se viraram para Chagatai enquanto ele se sustentava no chão empoeirado com o peito arfando e riscado de suor. Ele também olhou para Ogedai na sacada de carvalho, o rosto estranhamente orgulhoso.

O momento passou e a respiração liberada foi como uma brisa de verão, seguida por uma vibração e risos quando as pessoas se divertiram com a própria tensão e com as expressões nervosas.

Ogedai avançou, de modo que todos pudessem vê-lo. O anfiteatro fora influenciado por desenhos feitos por monges cristãos de Roma, que tinham ido a Karakorum. Como haviam prometido, o lugar parecia ampliar o som, de modo que sua voz chegava a cada ouvido. Ele desembainhou a espada da cabeça de lobo e levantou a lâmina.

— Faço meu juramento diante de vocês. Como cã, protegerei o povo, de modo a crescermos em força. Tivemos muitos anos de paz. Que o mundo tema o que virá em seguida.

Eles aplaudiram as palavras e, na concha acústica, o som foi imenso, quase lançando Ogedai para trás. Ele pôde senti-lo na pele, como uma força física. Levantou a espada de novo e o povo silenciou devagar, com relutância. Na arena, ele pensou ter visto o irmão acenar em sua direção. Famílias de fato eram coisas estranhas.

— Agora vou receber o *seu* juramento — gritou ele ao povo.

O arauto começou a entoar:

— Sob o cã somos uma nação.

As palavras estrondearam de volta para Ogedai e ele apertou a espada com mais força, imaginando se a faixa de pressão no rosto seria o espírito do pai. Seu coração bateu mais e mais lentamente, até que ele pensou que podia sentir cada batida.

O arauto gritou de novo para completar o juramento e o povo respondeu:

— Eu lhe ofereço iurtas, cavalos, sal e sangue, em toda a honra.

Ogedai fechou os olhos. Seu peito estava estremecendo e a cabeça parecia inchada e estranha. Uma dor aguda quase o fez tropeçar quando seu braço direito se dobrou, subitamente fraco. Parte dele esperou que a coisa terminasse naquele momento.

Quando abriu os olhos, ainda estava vivo. E mais: era cã da nação, na linhagem de Gêngis. Sua visão se clareou lentamente e ele respirou fundo o ar de verão, percebendo que tremia, reagindo. Sentiu os 30 mil rostos virados para ele e, à medida que a força retornava, levantou os braços subitamente, em júbilo.

O som que veio em seguida quase o ensurdeceu. Foi ecoado pelo resto da nação que esperava do lado de fora da cidade. Eles ouviram e reagiram, vendo as tochas acesas para o novo cã.

Naquela noite Ogedai caminhou pelos corredores de seu palácio, com Guyuk ao lado. Depois da empolgação do dia, nenhum dos dois conseguia dormir. Ogedai encontrara o filho disputando o jogo de lançar ossos com seus guardas e o chamou para lhe fazer companhia. Era uma atitude rara de pai para filho, mas naquela noite Ogedai estava em paz com o mundo. De algum modo, o cansaço não conseguia abatê-lo, embora mal pudesse se lembrar de quando havia dormido pela última vez. O hematoma no rosto tinha ficado colorido. Fora mascarado com pó claro para o juramento, mas Ogedai não sabia que ele o reativara ao coçar a pele.

Os corredores do palácio se tornaram claustros abertos para os jardins, imóveis e silenciosos. A lua estava fraca por trás de nuvens e só os caminhos podiam ser vistos, como se eles andassem por trilhas pálidas através da escuridão.

— Eu preferia ir com o *senhor*, pai, às terras dos jin — disse Guyuk.

Ogedai balançou a cabeça.

— Aquele é o mundo antigo, Guyuk, uma tarefa iniciada antes de você nascer. Vou mandá-lo com Tsubodai. Você verá novas terras com ele. Vai me dar orgulho, não duvido.

— O senhor não está orgulhoso agora? — perguntou Guyuk. Ele não pretendera fazer a pergunta, mas era raro ficar sozinho com o pai e disse o que pensava em voz alta. Para sua perturbação, Ogedai não respondeu imediatamente.

— Claro, mas esse é um orgulho de pai, Guyuk. Se você pretende ser cã depois de mim, deve liderar guerreiros em batalha. Deve fazer com que vejam que você não é como eles. Entende?

— Não, não entendo. Fiz tudo que o senhor me pediu. Comandei meu *tuman* durante anos. O senhor viu a pele de urso que trouxemos de volta. Eu a levei para dentro da cidade numa ponta de lança e os trabalhadores me aplaudiram.

Ogedai tinha ouvido cada detalhe. Lutou para se lembrar das palavras do próprio pai sobre o assunto.

— Escute. Não basta liderar um bando de rapazes numa caçada como se isso fosse um grande triunfo. Eu os vi seguindo você como... cães, cachorrinhos.

— O senhor disse para eu escolher meus oficiais, para eu os designar com minhas próprias mãos.

Havia um tom de ressentimento em sua voz e Ogedai se pegou ficando com raiva. Tinha visto a beleza dos rapazes que Guyuk escolhia. Não conseguia demonstrar sua inquietação com palavras, mas os companheiros do filho não o impressionavam.

— Você não comandará a nação com músicas e festas etílicas, filho.

Guyuk parou subitamente e Ogedai se virou para encará-lo.

— O *senhor* vai me fazer um sermão sobre a bebida? O senhor não me disse uma vez que um oficial deve ser capaz de acompanhar seus homens, que eu deveria aprender a gostar dela?

Ogedai se encolheu ao recordar as palavras.

— Naquela época eu não sabia que você iria passar dias festejando, tirando homens do treinamento. Eu estava tentando transformá-lo em guerreiro, e não num bêbado idiota.

— Bem, então o senhor deve ter fracassado, se é isso que sou — reagiu Guyuk rispidamente. Ele teria ido embora, mas Ogedai o segurou pelo braço.

— Eu não fracassei, Guyuk. Quando foi que critiquei você? Reclamei porque você não me deu um herdeiro? Não. Não disse nada. Você é a imagem do meu pai. Será uma surpresa que eu procure alguma centelha dele em você?

Guyuk se soltou, na escuridão, e Ogedai ouviu a respiração dele ficar áspera.

— Eu sou dono de *mim* — disse Guyuk, finalmente. — Não sou um ramo fraco da linhagem de Gêngis *nem* do senhor. O senhor o procura em mim? Bem, pare com isso. Não vai encontrá-lo aqui.

— Guyuk... — recomeçou Ogedai.

— Eu vou com Tsubodai porque ele está indo para o mais longe possível de Karakorum — respondeu o filho. — Talvez, quando eu retornar, o senhor encontre algo para gostar em mim.

O rapaz saiu pisando firmemente nos caminhos brilhantes enquanto Ogedai lutava contra a irritação. Tentara dar algum conselho e, de algum modo, a conversa havia escapado ao seu controle. Numa noite daquelas, era um gole amargo para se tomar antes de dormir.

Passaram-se mais dois dias de festas e triunfos antes que Ogedai convocasse seus oficiais mais importantes ao palácio. Eles se sentaram com os olhos injetados, a maioria ainda suando pelo excesso de carne, airag e vinho de arroz. Observando-os, Ogedai viu que formavam quase uma espécie de conselho, do tipo que os senhores jin usavam para governar suas terras. No entanto, a palavra final era sempre do cã. Não poderia ser de outro modo.

Olhou adiante ao longo da mesa, para além de Chagatai, Tsubodai e seus tios, até Batu, que havia vencido a corrida de cavalo. Batu ainda reluzia com a notícia de que comandaria 10 mil homens, e Ogedai sorriu e acenou com a cabeça para ele. Tinha posto bons homens no novo *tuman*, guerreiros experientes que poderiam guiar Batu à medida que ele aprendesse. Ogedai tinha feito o máximo para honrar a memória de Jochi, para consertar os pecados de Gêngis e Tsubodai. No rosto e nos gestos, o rapaz carregava uma forte semelhança com Jochi na juventude. Num momento ou num olhar, Ogedai quase podia esquecer que seu irmão havia morrido anos antes. Sentia uma dor toda vez que isso acontecia.

À frente de Batu sentava-se Guyuk, olhando fixamente para o vazio. Ogedai não havia conseguido romper a fria reserva adotada pelo filho desde as palavras trocadas no jardim. Enquanto estavam sentados à mesa, Ogedai não podia deixar de desejar que Guyuk tivesse metade do fogo do filho de Jochi. Talvez Batu sentisse que precisava se provar, mas sentava-se como um guerreiro mongol, silencioso e atento, cheio de orgulho e confiança. Ogedai não via qualquer sinal de que Batu se intimidasse com aquelas companhias, mesmo entre líderes renomados como Chagatai, Tsubodai, Jebe e Jelme. O sangue de Gêngis corria em muitos homens ali e em seus filhos e filhas. Era uma linha fértil e forte. Seu filho aprenderia a ser um homem na grande jornada, Ogedai tinha certeza. Era um bom começo.

— Nós crescemos para além das tribos que meu pai conheceu, para além de um único acampamento percorrendo as planícies. — Ogedai fez uma pausa e sorriu. — Agora estamos em número demasiado para pastar num lugar só.

Dizia palavras que os líderes tribais tinham usado por milhares de anos, para quando chegava o tempo de se mover. Alguns concordaram automaticamente e Chagatai bateu com o punho na mesa, aprovando.

— Nem todos os sonhos do meu pai vão se realizar, apesar de ele ter sonhado com águias. Ele aprovaria meu irmão Chagatai governar como o cã em Khwarezm.

Ogedai teria ido em frente, mas Jelme estendeu a mão e deu um tapa nas costas de Chagatai, iniciando um coro de aprovação para o filho de Gêngis. Tsubodai inclinou a cabeça em silêncio, mas nem mesmo ele se afastou daquilo. Quando o ruído morreu, Ogedai falou de novo:

— Ele aprovaria as terras sagradas estarem nas mãos de meu irmão Tolui.

Foi Tsubodai que estendeu a mão e segurou o ombro do rapaz, sacudindo-o ligeiramente para demonstrar prazer. Tolui sorriu luminosamente. Sabia que aquilo viria, mas a realidade trouxe júbilo. Para ele, couberam as montanhas que seu povo percorrera durante milhares de anos, as doces planícies de capim onde seu avô Yesugei havia nascido. Sorhatani e seus filhos seriam felizes ali, em segurança e fortes.

— E você, irmão? — perguntou Chagatai. — Onde irá descansar a cabeça?

— Aqui em Karakorum — respondeu Ogedai, com tranquilidade. — Esta é a minha capital, mas não descansarei aqui por enquanto. Durante dois anos enviei homens e mulheres para aprenderem a respeito do mundo. Recebi eruditos do Islã e padres do Cristo. Agora sei de cidades onde os escravos andam de peito nu e o ouro é tão comum quanto argila.

Ele sorriu com as imagens em sua mente, mas então sua expressão ficou séria. Seus olhos buscaram Guyuk e sustentaram o olhar nele enquanto falava.

— Os que não podem conquistar devem dobrar os joelhos. Devem encontrar força ou servir aqueles de nós que a têm. Vocês são meus generais. Vou mandá-los para longe: são meus cães de caça, meus lobos com dentes de ferro. Quando uma cidade fechar os portões com medo, vocês irão destruí-la. Quando fizerem estradas e muralhas, vocês irão cortá-las, derrubar suas pedras. Quando um homem levantar uma espada ou um arco contra seus homens, vocês irão enforcá-lo numa árvore. Mantenham Karakorum na mente enquanto estiverem indo. Esta cidade branca é o coração da nação, mas vocês são o braço direito, o ferro incandescente de marcar. Encontrem-me novas terras, senhores. Abram um novo caminho. Que as mulheres deles chorem um mar de lágrimas e eu vou bebê-lo *inteiro*.

Segunda Parte

1232 D.C.

"Aquele que controla a região central controla o mundo."

CAPÍTULO 9

Os jardins do palácio de Karakorum ainda eram recentes. Os jardineiros jin tinham feito o melhor que podiam, mas algumas plantas e árvores demorariam décadas para crescer totalmente.

Apesar do pouco tempo, menos de cinco anos, era um lugar de beleza. Yao Shu ouvia o som da água correndo pelo terreno e sorria sozinho, maravilhando-se de novo com a complexidade das almas. Um filho de Gêngis encomendar um jardim daqueles era nada menos do que um milagre. Era um esplendor de cores sutis e de variedade. Impossível, mas ali estava. Sempre que acreditava entender um homem, descobria alguma contradição. Homens preguiçosos podiam trabalhar até morrer; homens gentis podiam ser cruéis; os cruéis podiam redimir a vida. Cada dia podia ser diferente de todos que haviam passado antes; cada homem era diferente, não somente dos outros, mas dos pedaços de si próprio que se estendiam até o passado. E as mulheres! Yao Shu parou para olhar através dos galhos até onde uma cotovia cantava docemente. Ao pensar na complexidade das mulheres, riu alto. O pássaro saltou e desapareceu, gritando em pânico o tempo todo.

As mulheres eram ainda piores. Yao Shu sabia que era um bom avaliador de caráter, mais do que muitos homens. Por que outro motivo Ogedai lhe teria confiado tanta autoridade em sua ausência? No entanto, falar com uma mulher como Sorhatani era como olhar para um abismo. Praticamente qualquer coisa poderia estar olhando de volta. Às vezes era um gatinho, brincalhão e adorável. Em outras ocasiões era uma tigresa com boca e garras sangrentas. A mulher de Tolui possuía essa variação de comportamento. Era absolutamente desprovida de medo, mas se ele a divertisse, ela era capaz de soltar risinhos, desamparada como uma menininha.

Yao Shu fez uma carranca para si mesmo. Sorhatani permitira que ele ensinasse aos filhos dela a ler e a escrever, até a compartilhar sua filosofia budista, embora ela própria fosse cristã. Apesar de sua fé, ela era capaz de ser absolutamente pragmática com relação aos filhos, enquanto os preparava para o futuro.

Ele balançou a cabeça quando chegou ao topo de uma elevação no parque. Nesse ponto, o arquiteto cedera a um capricho, construindo o morro suficientemente alto para que um passante visse por cima dos muros do jardim. Karakorum estava a toda volta, mas seus pensamentos não estavam na cidade. Ele tinha o ar de um erudito, andando pelos jardins sem um pensamento no mundo lá fora. No entanto, tinha consciência de cada folha farfalhando ao redor e seus olhos não deixavam de perceber qualquer coisa.

Tinha visto dois dos filhos de Sorhatani. Hulegu estava numa pequena árvore de ginkgo à direita, obviamente sem perceber que as folhas em forma de leque estremeciam delicadamente com sua respiração. Arik-Boke não deveria usar vermelho num jardim com poucas flores vermelhas. Yao Shu localizou-o quase imediatamente. O ministro do cã moveu-se pelo jardim, passando entre os jovens caçadores, sempre consciente deles à medida que os dois mudavam de posição para mantê-lo à vista. Ele teria gostado mais daquilo se pudesse completar o triângulo com Kublai. Esse sim era a verdadeira ameaça.

Yao Shu sempre caminhava de maneira equilibrada, segurando a terra através das sandálias. Suas mãos estavam soltas, prontas para interceptar qualquer coisa que viesse contra ele. Talvez não fosse o comportamento de um bom budista deliciar-se com os próprios reflexos, mas Yao Shu sabia que isso também seria uma lição para os garotos, uma lembrança de que ainda não sabiam tudo — se ele conseguisse localizar Kublai, o único dos três que estava com um arco.

No jardim, havia apenas umas poucas árvores grandes, e todas eram salgueiros e choupos de crescimento rápido. Uma delas se estendia atravessando o caminho à frente e Yao Shu sentiu o perigo no local quando ainda estava longe. Não só porque ela era adequada para uma emboscada; havia silêncio ao redor, uma ausência de borboletas e movimento. Yao Shu sorriu. Os garotos tinham ficado boquiabertos com ele quando sugeriu o jogo, mas um homem precisava se mover para retesar ou disparar com um arco. Para chegar ao alcance, eles precisariam emboscá-lo ou revelar a presença com movimentos. Não era muito difícil ser mais esperto do que os filhos de Tolui.

Kublai explodiu para fora do arbusto, o braço recuando na puxada clássica do arqueiro. Yao Shu se abaixou e rolou para fora do caminho. Algo estava errado, ele soube ao mesmo tempo em que se movia. Não ouviu nenhuma flecha, nenhum estalo de corda. Em vez de se levantar, abaixou o ombro e rolou de volta para a posição original. Kublai continuava visível, coberto de folhas e rindo. Não havia arco em suas mãos.

Yao Shu abriu a boca para falar e ouviu um assobio baixo atrás. Outro homem teria se virado, mas ele se jogou no chão de novo, engatinhando para fora do caminho e partindo numa corrida entrecortada na direção do som.

Hulegu estava sorrindo diante da extensão da flecha única que Yao Shu dera a eles naquela tarde ensolarada. O monge budista parou escorregando. O garoto tinha mãos rápidas, ele sabia. Talvez rápidas demais. Mesmo assim, haveria um momento.

— Isso foi inteligente — disse Yao Shu.

Os olhos de Hulegu começaram a se franzir e seu sorriso se alargou. Movendo-se suavemente, sem espasmos, Yao Shu chegou perto e agarrou a flecha na corda. Hulegu a liberou por instinto e por um instante Yao Shu achou que a havia retirado completamente. Então sua mão pulou como se tivesse sido escoiceada por um cavalo e ele girou. A corda de crina trançada havia acertado seus dedos, quase arrancando a flecha de sua mão. Os dedos de Yao Shu doeram e ele esperou não ter quebrado nenhum. Não revelou a dor ao garoto enquanto estendia a flecha e Hulegu a tirou dele com uma expressão chocada. Tudo tinha acontecido no tempo de um batimento cardíaco, quase rápido demais para ver.

— Essa foi boa, fazer Kublai lhe dar o arco — disse Yao Shu.

— Foi ideia dele — disse Hulegu, um pouco na defensiva. — Ele disse que você iria procurar a casaco verde dele e ignorar o meu azul.

Hulegu segurou a flecha cautelosamente, como se não acreditasse no que tinha acabado de testemunhar. Kublai foi para perto deles e tocou-a quase com reverência.

— Você tirou a flecha da corda — disse Kublai. — Isso é impossível.

Yao Shu franziu a testa diante de um pensamento tão simples e cruzou as mãos às costas. A dor na mão direita continuava aumentando. Nesse ponto tinha certeza de que havia rachado um osso, talvez partido totalmente. Na verdade aquele fora um movimento vaidoso. Havia uma centena de modos de afastar a ameaça de Hulegu assim que ele estivesse ao alcance. Um simples bloqueio no nervo do cotovelo o faria largar o arco. Yao Shu conteve um suspiro. A vaidade sempre fora sua fraqueza.

— Velocidade não é tudo — disse. — Nós treinamos devagar até que vocês se movam bem, até que seu corpo tenha sido treinado para reagir sem pensar, mas então, quando vocês soltarem, devem se mover o mais rapidamente que puderem. Isso lhes dá força e poder. Torna difícil serem bloqueados, torna difícil até mesmo serem vistos. O inimigo mais forte pode ser derrotado pela velocidade e vocês são todos jovens e vigorosos. Seu avô era como uma cobra dando o bote, até o dia em que morreu. Vocês têm isso por dentro, se treinarem bastante.

Hulegu e Kublai se entreolharam enquanto Arik-Boke se juntava a eles, com o rosto ruborizado e alegre. Ele não vira o ministro do cã arrancar a flecha diretamente da corda de um arco retesado.

— Retornem aos estudos, jovens senhores — disse Yao Shu. — Vou deixá-los agora para ouvir os relatórios sobre o cã e o pai de vocês.

— E Mongke — disse Hulegu. — Ele disse que vai esmagar nossos inimigos.

— E Mongke — concordou Yao Shu, com um risada. Ficou feliz ao ver o clarão de desapontamento no rosto dos garotos quando perceberam que o tempo passado com ele havia terminado.

Por um momento Yao Shu contemplou Kublai. Gêngis teria orgulho dos netos. Mongke havia crescido forte, evitando os perigos da doença e dos ferimentos. Seria um guerreiro digno de confiança, um general a ser seguido. No entanto, era Kublai, cuja mente saltava sobre uma ideia e a despedaçava antes que ela pudesse respirar, que mais impressionava os tutores. Claro que fora Kublai quem sugerira a troca do arco. Era um truque simples, mas quase havia funcionado.

Yao Shu fez uma reverência aos jovens e se virou. Sorriu enquanto os deixava nos caminhos, ouvindo os sussurros enquanto Kublai e Hulegu descreviam outra vez o que tinham visto. Percebeu que sua mão tinha começado a inchar. Teria de colocá-la de molho e fazer uma atadura.

Quando chegou à borda do jardim, conteve um gemido ao ver os homens que o esperavam. Quase uma dúzia de escribas e mensageiros esticava o pescoço para ver o ministro de Ogedai, suando ao sol da manhã. Eram seus funcionários mais importantes. Por sua vez, eles comandavam muitos outros, quase outro exército de tinta e papel. Yao Shu se divertia pensando neles como seus oficiais de *minghaans*. Juntos controlavam a administração de uma área vasta e em expansão constante, desde impostos até licenças de importação e obras públicas, como as novas pontes de pedágio. O tio de Ogedai, Temuge, quisera o posto, mas o cã o dera ao monge budista que havia acompanhado Gêngis em quase todas as suas vitórias e treinado seus irmãos e seus filhos, com variados graus de sucesso. Temuge recebera as bibliotecas de Karakorum e suas exigências de verbas eram crescentes. Yao Shu sabia que Temuge seria um dos que tentariam falar com ele naquele dia. O ministro tinha seis instâncias de homens entre os suplicantes e ele, mas o irmão de Gêngis geralmente conseguia obrigá-los à obediência.

Yao Shu foi até o grupo e começou a enfrentar as perguntas, dando respostas ríspidas e tomando as decisões rápidas que eram o motivo para Ogedai o ter escolhido. Ele não precisava de anotações nem escribas para ajudar a sua memória. Tinha descoberto que era capaz de reter quantidades gigantescas de informação e juntar todas quando precisasse. Era por meio de seu trabalho que as terras mongóis estavam sendo estabelecidas, mas ele usava jin eruditos como burocratas. Devagar, mas com firmeza, levava uma influência civilizadora à corte mongol. Gêngis odiaria isso, mas, afinal de contas, ele odiaria a própria ideia de Karakorum. Yao Shu sorriu para si mesmo quando as perguntas chegaram ao fim e o grupo voltou correndo para o trabalho. Gêngis havia realizado suas conquistas em cima de um cavalo, mas um cã não podia governar num cavalo. Ogedai parecia entender isso, coisa que jamais teria acontecido com seu pai.

Yao Shu entrou sozinho no palácio, indo em direção ao seu local de trabalho. Decisões mais sérias o esperavam lá. O tesouro estava fornecendo armaduras, armas, comida e roupas para três exércitos e por causa disso ia diminuindo dia a dia. Nem mesmo as quantias gigantescas que Gêngis reunira durariam para sempre, mas ele tinha ainda um ou dois anos antes que o tesouro ficasse sem ouro e prata. Porém, até lá os impostos certamente teriam aumentado, passando de um fio d'água até se tornar um rio de bom tamanho.

Viu Sorhatani caminhando com duas serviçais e teve um momento para apreciá-la antes de ela o notar. A postura dela a destacava. Era uma mulher que caminhava como imperatriz, e sempre havia caminhado assim. Isso a fazia parecer muito mais alta do que era de fato. Havia gerado quatro filhos e ainda caminhava agilmente, com a pele oleada brilhando de saúde. Enquanto ele olhava, as mulheres riram de alguma coisa, as vozes leves nos corredores frescos. O marido e o filho mais velho de Sorhatani estavam em campanha com o cã, milhares de quilômetros a leste. Segundo todos os relatos, estavam se saindo bem. Yao Shu pensou num relatório que tinha lido naquela manhã, alardeando sobre inimigos empilhados como troncos podres. Suspirou ao pensar. Os relatórios mongóis costumavam ser exagerados.

Sorhatani o viu e Yao Shu fez uma reverência profunda, depois segurou as duas mãos dela com as suas, como ela insistia que ele fizesse sempre que se encontravam. Ela não notou o calor no dedo quebrado.

— Meus filhos andaram dando trabalho para você, ministro? — perguntou ela.

Ele sorriu brevemente enquanto soltava as mãos. Ainda era suficientemente jovem para sentir a força da beleza dela e resistia do melhor modo possível.

— Estão satisfatórios, senhora — respondeu, formalmente. — Levei-os ao jardim para fazer exercícios. Pelo que soube, a senhora vai sair da cidade.

— Devo ver as terras que meu marido recebeu. Mal consigo me lembrar delas, da minha infância. — Ela deu um sorriso distante. — Gostaria de ver onde Gêngis e seus irmãos corriam quando eram garotos.

— É uma terra linda — admitiu Yao Shu. — Mas rigorosa. A senhora deve ter se esquecido dos invernos de lá.

Sorhatani estremeceu ligeiramente.

— Não, o frio é uma coisa de que me lembro. Reze pelo tempo quente, ministro. E meu marido? Meu filho? Tem notícias deles?

Yao Shu respondeu com mais cautela à pergunta aparentemente inocente.

— Não ouvi falar de infortúnios, senhora. Os *tumans* do cã conquistaram um trecho de terra, quase até as fronteiras do território sung, ao sul. Acho que retornarão em um ano, talvez dois.

— É bom ouvir isso, Yao Shu. Rezo pela segurança do cã.

Yao Shu respondeu, mas sabia que ela se divertia provocando-o por causa da religião.

— A segurança dele não será afetada por orações, Sorhatani, como tenho certeza de que a senhora sabe.

— Você não reza, ministro? — perguntou ela, fingindo espanto.

Yao Shu suspirou. Ela o fazia sentir-se velho, de algum modo, quando estava com esse tipo de humor.

— Não peço nada, a não ser um pouco mais de compreensão, Sorhatani. Em meditação, meramente ouço.

— E o que Deus diz quando você ouve?

— O Buda disse: "Tomados pelo medo, os homens vão às montanhas sagradas e aos bosques sagrados, às árvores sagradas e aos templos." Não tenho medo da morte, senhora. Não preciso de um deus para me confortar em meu medo.

— Então rezarei por você também, ministro, para que encontre a paz.

Yao Shu levantou os olhos, mas fez uma reverência de novo, sabendo que as servas estavam observando com interesse divertido.

— A senhora é muito gentil — murmurou.

Yao Shu viu que os olhos dela estavam brilhando. O dia do ministro seria cheio de mil detalhes. Tinha de mandar suprimentos para o exército do cã nas terras jin, para mais um em Khwarezm sob o comando de Chagatai e um terceiro com Tsubodai, pronto para atacar mais a norte e a oeste do que a nação mongol jamais havia se aventurado. No entanto sabia que iria passar boa parte do dia pensando nas dez coisas que poderia ter dito a Sorhatani. Era simplesmente irritante.

Ogedai não havia atacado Suzhou. A cidade ficava do outro lado da fronteira de Sung, nas margens do rio Yangtze. Mesmo que não estivesse em território sung, era um lugar de beleza extraordinária e ele não queria vê-lo ser destruído. Dois *tumans* descansavam do lado de fora das muralhas da cidade, com apenas um *jagun* de cem acompanhando o cã.

Enquanto caminhava com dois guardas por um local cercado, com lagos e árvores, Ogedai sentia-se em paz. Imaginou se os jardins de Karakorum algum dia seriam iguais àquela confusão tão lindamente planejada. Tentou não demonstrar inveja ao administrador sung que quase corria nervoso ao seu lado.

Ogedai pensara em Karakorum como um modelo do mundo novo, mas a posição de Suzhou junto a um grande lago, suas ruas e suas construções antigas faziam sua capital parecer tosca, inacabada pelos séculos. Sorriu ao pensar na reação de seu pai a essa desigualdade. Gêngis se divertiria em pegar a criação deles e deixá-la como entulho fumegante e esse seria seu comentário pessoal sobre as vaidades dos homens.

Ogedai imaginou se Yao Shu vinha de um lugar como Suzhou. Nunca havia perguntado ao monge, mas era fácil imaginar homens como ele caminhando pelas ruas perfeitamente limpas. Tolui e Mongke tinham ido à praça do mercado procurar presentes para Sorhatani. Levavam apenas uma dúzia de guerreiros, mas não havia indício de perigo na cidade. Ogedai tinha avisado aos seus homens que não haveria estupros nem destruição. A penalidade por desobedecer a essa ordem era clara e Suzhou permaneceu aterrorizada, porém intocada.

A manhã do cã fora preenchida com maravilhas, desde o depósito municipal de pólvora negra, onde todos os trabalhadores usavam sandálias macias, até a perplexidade diante de um moinho d'água e teares gigantescos. No entanto, essas coisas não eram a razão para levar seus *tumans* ao território sung. A pequena cidade tinha armazéns de seda e cada um de seus guerreiros usava uma blusa feita desse material. Era a única trama capaz de prender uma flecha enquanto ela tentava penetrar na carne. A seu modo, a seda era mais valiosa do que a armadura. Ogedai não conseguia pensar em quantas vidas ela salvara. Infelizmente, seus homens conheciam o valor da seda e poucos deles jamais tiravam as camisas para lavar. O cheiro de seda apodrecendo fazia parte do miasma que pairava ao redor dos *tumans*, e, enquanto criava crostas com sal e suor, o tecido ia perdendo a maleabilidade. Ele precisava de toda a produção de Suzhou e de outros lugares assim. Destruir os campos de antigas amoreiras brancas que alimentavam as larvas acabaria com a produção do material para sempre. Talvez seu pai os tivesse queimado. Ogedai não podia fazer isso. Passara parte da manhã vendo os tonéis onde as larvas eram fervidas em seus casulos antes de serem desenrolados. Aquelas coisas eram verdadeiras maravilhas. Os trabalhadores não haviam parado enquanto eles passavam, apenas fazendo uma pausa para mastigar as últimas larvas que eram reveladas ao ar. Ninguém passava fome nos barracões de produção de seda em Suzhou.

O cã não havia se incomodado em aprender o nome do homenzinho que bamboleava e suava ao seu lado, lutando para acompanhar o passeio de Ogedai pelos jardins aquáticos. O administrador sung tagarelava como um pássaro apavorado quando o cã fazia uma pergunta. Pelo menos eles conseguiam se comunicar. Ogedai agradecia a Yao Sun por isso, e aos anos passados aprendendo a língua.

Seu tempo nos jardins aquáticos seria breve, ele sabia. Os *tumans* estavam inquietos no meio de tanta prosperidade. Apesar de toda a disciplina, haveria problema se ele os mantivesse perto da cidade durante muito tempo. Notara que os homens de Suzhou tiveram o bom senso de afastar suas mulheres das vistas dos guerreiros, mas sempre existiam tentações.

— Mil peças de seda por ano — disse Ogedai. — Suzhou pode produzir essa quantidade, não pode?

— Sim, senhor. De bom peso, boa cor e brilho. Bem tingida, sem manchas nem fios emaranhados.

O administrador balançava a cabeça desamparadamente enquanto falava. Independentemente do que acontecesse, suspeitava de que estava arruinado. Os exércitos mongóis iriam embora e os soldados do imperador chegariam para perguntar por que ele havia feito acordos de comércio com um inimigo de seu senhor. Não queria nada mais do que encontrar um local quieto no jardim, escrever seu último poema e abrir as veias.

Ogedai viu que os olhos do sujeito estavam vítreos e presumiu que ele estivesse aterrorizado. Fez um gesto com a mão e seu guarda avançou e segurou o administrador pelo pescoço. O olhar vítreo desapareceu, mas Ogedai continuou falando como se nada tivesse acontecido:

— Solte-o. Está ouvindo agora? Seus senhores, seu imperador, não importam. Eu controlo o norte e eles vão acabar comerciando comigo.

O peito de Ogedai doía e ele andava com uma taça de vinho na mão, que era enchida constantemente. Junto com o pó de dedaleira, a bebida aliviava a dor, mas ele tinha vertigens. Esvaziou a taça e estendeu-a. O segundo guarda avançou instantaneamente com um odre de vinho pela metade. Ogedai xingou quando ele derramou um pouco do líquido escuro no punho de sua manga.

— Vou mandar meus escribas à sua casa ao meio-dia — disse. Tinha de falar lenta e firmemente para as palavras serem entendidas, mas o homenzinho não parecia notar. — Eles vão resolver os detalhes. Vou pagar com prata boa, entende? Ao meio-dia, não à noite, nem daqui a alguns dias.

O administrador concordou. Ao meio-dia estaria morto; não importava que concordasse com esse homem estranho e seu modo enrolado de falar. Só o cheiro dos mongóis era suficiente para tirar seu fôlego. Não era apenas a seda podre e a gordura de carneiro, mas o odor denso de homens que nunca haviam se acostumado a lavar a pele no norte distante, onde o ar era seco. No sul eles suavam e fediam. O administrador não ficou surpreso ao ver que o cã gostava do jardim. Com os pequenos lagos e o riacho, era um dos locais mais frescos de Suzhou.

Algo nos modos do homem atraiu a atenção de Ogedai e ele parou numa ponte sobre um riacho. Lírios flutuavam serenos na superfície, as raízes desaparecendo na água negra.

— Eu lidei com senhores e comerciantes jin por muitos anos — disse Ogedai, segurando a taça acima da água e olhando o reflexo embaixo.

Sua alma espelho olhou-o de volta, parente da alma sombra que seguia teimosa seus passos à luz do sol. O rosto dela parecia inchado, ele viu, mas mesmo assim tomou o resto do vinho e estendeu a taça para ser enchida de novo, numa ação que havia se tornado tão natural quanto o ato de respirar. A dor no peito diminuiu outra vez e ele esfregou preguiçosamente um ponto no esterno.

— Entende? Eles mentem, atrasam e fazem listas, mas não agem. São muito bons em adiar. Eu sou muito bom em obter o que quero. Será que devo deixar claro o que vai acontecer se você não preparar meus contratos hoje?

— Entendo, senhor — respondeu o homem.

Estava ali de novo, um certo brilho nos olhos dele que deixou Ogedai inseguro. De algum modo o homenzinho havia ultrapassado o medo. Seus olhos estavam escurecendo, como se ele não se importasse com nada. Ogedai também tinha visto isso antes e começou a levantar a mão para que o homem fosse acordado com um tapa. O administrador recuou bruscamente e Ogedai riu, derramando mais vinho. Parte dele caiu na água como gotas de sangue.

— Não há como escapar de mim, nem mesmo na morte. — Nesse ponto ele sabia que sua voz estava confusa, mas se sentia bem e seu coração era apenas uma pressão distante, latejando. — Se você tirar a própria vida antes que os acordos estejam terminados, farei com que Suzhou seja destruída, cada tijolo seja separado de seu companheiro, depois despedaçado no fogo. O que não estiver molhado queimará, administrador, entendeu? É. O que não estiver molhado queimará.

Viu a fagulha de resistência morrer nos olhos do sujeito, substituída pelo fatalismo. Ogedai balançou a cabeça. Era difícil governar um povo que podia escolher calmamente a morte como resposta à agressão. Era uma das muitas coisas que admirava neles, mas naquele dia não estava com paciência. Pela experiência passada, sabia que precisava fazer com que a escolha de morrer resultasse num sofrimento tão grande que eles só pudessem viver e continuar a servi-lo.

— Corra e faça seus preparativos, administrador. Desfrutarei deste pequeno jardim por mais algum tempo.

Ficou olhando o homem se afastar correndo levemente, para cumprir a ordem. Seus guardas manteriam distantes os mensageiros que vinham constantemente até ele, pelo menos até estar pronto para partir. A pedra sob seus antebraços nus estava muito fresca. Terminou de beber da taça outra vez, com os dedos desajeitados.

No fim da tarde, 20 mil guerreiros montaram do lado de fora de Suzhou junto com Ogedai e Tolui. A guarda de elite de Ogedai compunha metade das forças, homens designados com arcos e espadas. Sete mil homens de seu *tuman* montavam cavalos pretos e usavam armaduras pretas com acabamentos em vermelho. Muitos dos guerreiros grisalhos tinham servido com Gêngis e mereciam a reputação de ferocidade. Os 3 mil restantes eram seus guardas de noite e dia, que montavam cavalos castanho-claros ou malhados e usavam armaduras mais comuns. Baabgai, o lutador, havia se juntado a eles, presente de Khasar ao cã. Com a única exceção do campeão de luta, eram homens escolhidos não só pela força, mas também pela inteligência. Fora Gêngis que começara a regra de que um homem precisava servir na guarda do cã antes de poder liderar ao menos outros mil em batalha. Dizia-se que o menor deles era capaz de comandar um *minghaan*, se quisesse. Príncipes de sangue comandavam os *tumans*, mas os guardas do cã eram os profissionais que os faziam trabalhar.

A visão deles jamais deixava de agradar a Ogedai. O simples poder que podia exercer por meio de seus homens era inebriante, empolgante. O *tuman* de Khasar estava ao norte, com linhas de batedores entre eles. Não seria difícil encontrá-lo de novo e Ogedai estava satisfeito com o trabalho da manhã.

Além de guerreiros, levara às terras jin um exército de escribas e administradores para fazer a contabilidade de tudo que conseguisse. O novo cã aprendera com as conquistas do pai. Para um povo ficar em paz, deveria haver um pé em cima de seu pescoço. Impostos e leis mesquinhas mantinham o povo quieto, até mesmo o reconfortava, mas ele achava isso enganador. Não bastava mais destruir seus exércitos e ir em frente. Talvez a existência de Karakorum fosse o gatilho, mas ele tinha homens em cada cidade jin fazendo coisas em seu nome.

Tinha esgotado odres de vinho e airag naquele dia, mais do que podia se lembrar. Enquanto cavalgavam para o norte, Ogedai sentiu que estava muito bêbado. Não se importava. Tinha seus contratos de seda, selados pelo aterrorizado senhor local depois de ser arrastado de sua casa na cidade para testemunhar o acordo. O imperador sung iria honrá-los ou dar a Ogedai a desculpa que precisava para invadir seu território.

Suas nádegas ainda ficavam em carne viva todos os dias devido à sela de madeira, de modo que as roupas grudavam na secreção que brotava da pele partida. Não conseguia mais se despir sem primeiro se encharcar num banho quente, mas isso também era uma dificuldade menor. Não esperara viver tanto tempo e cada dia era uma vitória.

Viu as nuvens de poeira adiante, depois de uma curta cavalgada que rachou as cascas de ferida e as fez minar líquido de novo. Nesse ponto as terras sung estavam 16 quilômetros atrás. Ogedai sabia que não era esperada sua vinda do sul. Sorriu ao pensar no pânico que se seguiria ao aparecimento de seus *tumans*. À distância, Khasar enfrentava o último exército remanescente que os jin podiam mandar ao campo de batalha. Em número menor e numa planície aberta, tudo que Khasar podia fazer era contê-lo, mas sabia que os *tumans* de Ogedai e Tolui estavam chegando. Haveria um massacre e Ogedai começou a cantar enquanto cavalgava, achando aquilo ótimo.

CAPÍTULO 10

Os olhos afiados de Khasar viram os estandartes de Ogedai Khan. O terreno estava longe de ser perfeito; era uma planície coberta de capim onde não houvera rebanhos durante anos, de modo que árvores e arbustos cresciam em toda parte. Ele se mantinha na sela, equilibrado casualmente enquanto sua montaria pastava.

– Ogedai, bom garoto – murmurou.

Khasar se posicionara numa pequena elevação, fora do alcance das flechas, mas suficientemente perto do inimigo para direcionar seus ataques. O exército do imperador estava exausto depois de dias mantendo os cavaleiros mongóis à distância. No entanto, os regimentos jin eram disciplinados e fortes, como Khasar aprendera na pele. Repetidamente eles haviam mantido uma sólida linha de lanças contra seus homens. O terreno impedia uma carga completa com lanças e só o permitia cutucá-los com ondas de flechas. À medida que a manhã passava, seus arqueiros punham fora de combate dezenas de inimigos, mas o tempo todo os soldados jin se moviam com firmeza para o sul e o *tuman* mongol deslizava com eles. Khasar viu cabeças cansadas se virarem para perceber a nova ameaça, olhando o jorro de estandartes laranja do cã mongol.

Em algum lugar em meio àquelas brilhantes fileiras dos jin, um rapaz em particular estaria furioso com a visão, pensou Khasar. Quando era um menino imperador, Xuan se ajoelhara diante de Gêngis na ocasião em que o grande cã queimou sua capital. O próprio Khasar havia feito uma armadilha para o jovem na cidade de Kaifeng antes de ser chamado para voltar para casa. Era como sangue quente e leite em seu estômago saber que o imperador jin estava de novo à sua mercê, com a vida nas mãos de Khasar. Era um desfecho que havia demorado a acontecer.

Mesmo assim, o imperador quase alcançara o império do sul, onde sua família ainda governava num isolamento esplêndido. Se Gêngis tivesse tido ao menos mais alguns anos, entraria naquelas terras, Khasar tinha certeza. Não sabia nada sobre as reviravoltas políticas entre as duas nações, a não ser que os sung pareciam ter exércitos com milhões de homens. Por enquanto, bastava causar a morte do imperador do norte. Bastava cavalgar com seu *tuman*. Só lamentava que Gêngis não tivesse vivido para ver.

Perdido em lembranças, Khasar se virou ligeiramente para dar uma ordem a Ho Sa e Samuka antes de se lembrar que os dois estavam mortos havia anos. Estremeceu ligeiramente ao vento. Houvera muitos mortos desde o tempo em que ele e os irmãos se escondiam dos inimigos numa dobra minúscula do terreno, com o inverno a caminho. A partir daquelas crianças apavoradas e famintas uma nova força havia se estabelecido no mundo, mas apenas Kachiun, Temuge e Khasar tinham sobrevivido. O custo fora alto, mas ele sabia que Gêngis não regateara com isso.

— Os melhores de nós — sussurrou sozinho, olhando as forças de Ogedai chegando cada vez mais perto.

Tinha visto o bastante. Acomodou-se de novo na sela e deu um assobio forte. Dois mensageiros galoparam até ele. Ambos estavam com os braços desnudos, pretos de sujeira e usando apenas túnicas de seda e calças justas para ser rápidos e leves.

— Os *minghaans* de um a quatro devem pressionar o flanco oeste deles — gritou Khasar ao primeiro. — Não deixem o inimigo sair do caminho do cã.

O mensageiro disparou pelo campo de batalha, com o rosto jovem iluminado pela empolgação. O outro esperou pacientemente enquanto Khasar olhava o ir e vir de seus homens como um velho falcão sobre um campo de trigo. Viu lebres correndo em sua direção, saindo de alguma toca, antes que seus oficiais, deliciados, as acertassem com flechas e apeassem para pegá-las. Era outro sinal de que o terreno era áspero e cheio de obstáculos. Uma carga ficava mais perigosa ainda quando um cavalo podia prender uma pata num buraco e matar seu cavaleiro com a queda.

Khasar se encolheu com esse pensamento. Não haveria vitória fácil, pelo menos naquele dia. O exército jin estava em maior número do que o seu, pelo menos numa relação de seis para um. Mesmo quando Ogedai e Tolui chegassem, a relação seria de dois para um. Khasar os havia assediado e derrubado enquanto se moviam para o sul, mas não conseguira forçar o imperador a permanecer e lutar. O próprio Ogedai sugerira o vasto círculo ao redor, para poderem voltar pelo sul. Três dias tinham se passado com lentidão agonizante, até que ele começara a pensar que o imperador conseguiria chegar à fronteira e à segurança antes que Ogedai conseguisse retornar.

Khasar se pegou desejando que Gêngis é que estivesse vindo do sul. Partia seu coração imaginar isso e ele balançou a cabeça para afastar seus sonhos de velho. Havia trabalho a ser feito.

— Leve esta ordem a Yusep — disse ao mensageiro. — Pegue a ala oeste, force-a num funil em direção ao cã. Use todas as flechas, se for preciso. Ele deve comandar os *minghaans* de cinco a oito. Eu tenho 2 mil como reserva. Repita as ordens. — Khasar esperou impaciente enquanto o batedor repetia, então dispensou-o para galopar.

Olhando pela planície aberta, Khasar pensou em como o imperador jin havia crescido. Não era mais um menininho orgulhoso; devia ser um homem no auge da forma, mas tivera negado seu direito de nascença. As terras que conhecera eram governadas por príncipes mongóis. Os gigantescos exércitos de seu pai tinham sido esmagados. Só restavam aqueles. Talvez por isso tivessem lutado com tanto empenho, pensou. Eram a última esperança de seu imperador e sabiam disso. A fronteira sung estava próxima, hipnotizante, e eles continuavam fortes. Ainda eram muitos, como vespas multicoloridas.

Khasar cavalgou de volta à sua reserva, aos homens montados com tranquilidade que olhavam o inimigo, apoiando os arcos no arção das selas. Eles se empertigaram quando Khasar assumiu posição, sabendo que o líder notaria cada pequeno detalhe.

Adiante viram as fileiras jin se formarem de novo, eriçando-se com lanças para enfrentar a nova ameaça. Como Khasar havia esperado, eles começaram a manobrar para longe da rota direta em direção ao sul. Ele não se importaria com a ausência de Ogedai. O imperador jin queria chegar à fronteira sung. Se pudesse ser forçado a seguir pela borda sem atravessá-la, eventualmente seu exército se cansaria e os *tumans* mongóis dividiriam seus flancos em partes. O pôr do sol ainda estava um pouco distante e os soldados de infantaria do imperador iriam se enfraquecer à frente dos cavaleiros mongóis. A cavalaria jin fora a primeira a ser atacada por Khasar, arrancada dos que ela protegia durante dias de batalhas sangrentas e flechas. Os que sobreviveram estavam no centro, humilhados e abalados.

Quando Ogedai alcançasse os jin eles estariam presos entre dois inimigos. Khasar cantarolava baixinho, desfrutando da perspectiva. Nada abalava o moral mais do que o medo de ser atacado pelas costas.

Olhou enquanto seus 4 mil primeiros homens cavalgavam lentamente através de um enxame de setas, abaixados nas selas e confiando nas armaduras. Alguns caíram, mas o resto forçou o caminho cada vez mais para perto. Pequenas árvores os golpeavam e Khasar viu animais tropeçarem. Um caiu de joelhos quando o terreno cedeu, mas o cavaleiro levantou o animal à força e continuou. Khasar apertou mais as rédeas enquanto olhava.

A 50 passos, o ar estava repleto de setas e as fileiras jin mais próximas atiravam lanças, mas a maioria caía muito antes, no capim. As fileiras mongóis estavam com dificuldade no terreno desigual, mas seus arcos se retesaram como se fossem um só. Os soldados do imperador recuaram encolhidos, apesar dos gritos dos oficiais. Tinham enfrentado a mesma tempestade muitas vezes e estavam em desespero. Na distância que diminuía rapidamente, os arcos mongóis podiam fazer as flechas atravessarem praticamente qualquer coisa. Seus homens arfavam com os músculos dos ombros se retorcendo, segurando as cordas com anéis de osso no polegar. Nenhum outro arco tinha esse poder e os outros homens não tinham força para usá-los.

Eles soltaram as flechas com um estalo que ecoou até onde Khasar observava. A saraivada abriu um grande buraco nas linhas inimigas, empurrando os homens para trás de modo que suas lanças e suas bestas subiram bruscamente ao longo de toda a linha. Khasar balançou a cabeça com força. Nem ele nem Jebe tinha ganhado o ouro no festival. Essa honra fora para os arqueiros de Tsubodai. Mesmo assim, esse era um trabalho que ele conhecia.

Corpos caíam crivados por muitas flechas e os gritos eram carregados pela brisa até onde Khasar estava. Ele riu. Haviam rompido a pele do exército. Ansiava por dar uma ordem para que seguissem com machados e lanças, penetrando fundo. Tinha visto exércitos serem cortados em pedaços desse modo, apesar de toda a força, dos tambores e dos estandartes coloridos.

A disciplina mongol se manteve, endurecida em batalhas por todo o mundo. Seus homens disparavam uma flecha depois da outra, escolhendo alvos entre os inimigos que tentavam se virar para longe ou se esconder atrás de escudos enquanto eram despedaçados. As bordas mais externas encontravam espadas golpeando e mais homens caíram dos dois lados antes que os oficiais de *minghaan* tocassem uma nota grave e os puxassem de volta, em júbilo.

Um grito de comemoração áspero soou vindo das fileiras jin intocadas mais atrás, mas nesse momento os homens de Khasar se viraram nas selas e lançaram uma última flecha, justamente quando o inimigo se levantava outra vez. O som parou e os *minghaans* uivaram enquanto giravam para uma nova posição e se preparavam para avançar de novo. O movimento do exército jin fora reduzido em mais de 800 metros e os feridos foram deixados para trás, aos montes, gemendo e se retorcendo.

— Aí vêm eles — murmurou Khasar. — O cã entra no campo.

Podia ver os porta-estandartes de Ogedai na horda que trotava pela terra rachada. As fileiras jin se prepararam para recebê-los, baixando escudos e lanças que poderiam estripar um cavalo no meio da carga. Quando chegaram a 200 passos, as flechas mongóis começaram a ser lançadas em ondas negras. Os estalos de milhares de arcos disparando era como uma fogueira furiosa, um som que Khasar conhecia muito bem. Tinha-os vencido, teve uma súbita certeza. Naquele dia o imperador não teria segurança.

Outra pancada soou, muito mais alta do que o chacoalhar das cordas dos arcos que ele conhecia desde a infância. Estrondeou como um trovão e foi seguida por uma respiração ofegante que atravessou seus homens.

Khasar olhou uma nuvem crescente de fumaça que obscureceu parte das linhas onde as fileiras de Ogedai e dos jin haviam se chocado.

— O que foi aquilo? — perguntou.

Um dos seus oficiais respondeu imediatamente:

— Pólvora, senhor. Eles têm potes de fogo.

— No campo? — Khasar xingou alto.

Vira aquelas armas serem usadas em muralhas e conhecia seu efeito. Potes de ferro cheios de pólvora negra podiam espalhar lascas de metal quente em meio às fileiras compactas de seus homens. Eles precisavam ser lançados para bem longe para que os defensores também não fossem atingidos. Não conseguia imaginar como os jin estavam usando-os sem matar o próprio povo.

Antes que pudesse organizar os pensamentos perplexos, outro estrondo enorme soou. A distância o som chegou abafado, mas ele viu homens e cavalos serem lançados para trás pela explosão, caindo desfigurados no capim. Então o cheiro chegou até ele, acre e amargo. Alguns de seus homens tossiram na brisa. Os jin comemoraram com mais energia e o rosto de Khasar se enfureceu.

Cada instinto o induzia a galopar em direção ao inimigo antes que aquele pudesse usar a pequena vantagem obtida. O avanço de Ogedai perdera o ímpeto e só a borda dos dois exércitos estava em contato, como insetos lutando à distância. Khasar se obrigou a se controlar. Aquele não era um ataque qualquer contra tribos. Os jin tinham números e coragem o bastante para perder metade de seus homens apenas para estripar o cã dos mongóis. O pai céu sabia que o imperador jin tinha esse desejo. Khasar sentiu seus homens encarando-o, esperando a ordem. Apertou o maxilar, trincando os dentes.

— Calma. Esperem — ordenou, olhando a batalha.

Seus 2 mil homens poderiam significar a diferença entre a vitória ou a derrota ou simplesmente se perder no meio da massa. A escolha, a decisão, era dele.

Ogedai nunca havia escutado um trovão assim. Cavalgara bem atrás, nas fileiras, quando os exércitos se juntaram. Rugiu quando as flechas voaram, milhares ao mesmo tempo, de novo e de novo, antes que seus soldados desembainhassem espadas e atacassem. Os homens ao redor tinham avançado como uma massa única, cada qual ansioso para demonstrar coragem e obter a aprovação do cã. Para eles aquela era uma rara oportunidade de estar à vista do homem que governava a nação. Ninguém queria desperdiçá-la e todos se preparavam para lutar como maníacos, sem mostrar dor ou fraqueza.

Quando avançaram, um estrondo forte lançou homens para trás e deixou os ouvidos de Ogedai retinindo. Torrões de terra bateram nele, enquanto tentava, atordoado, entender o que acontecera. Viu um homem sem cavalo, de pé e entorpecido, com sangue escorrendo pelo rosto. Um pequeno grupo estava morto, enquanto muitos outros se retorciam e arrancavam pedaços de metal cravados na carne. A explosão tinha ensurdecido e atordoado os mais próximos. À medida que as fileiras avançavam, Ogedai viu um homem sem cavalo cambalear no caminho de um cavaleiro e cair sob os cascos.

Ogedai balançou a cabeça para afastar o zumbido que vinha de seu cérebro. Seu coração martelava nos ouvidos e uma dor localizada pressionava sua cabeça. Pensou num homem que vira ser torturado uma vez, uma imagem relampejante de tiras de couro amarradas na cabeça e apertadas por um pedaço de pau. Era um instrumento simples, mas produzia uma agonia assustadora enquanto o crânio se mexia e acabava se partindo. A cabeça de Ogedai estava com aquela sensação, como se a tira estivesse se apertando lentamente em volta dela.

Outro estrondo pareceu levantar o chão embaixo deles. Cavalos relinchavam e empinavam, os olhos arregalados, enquanto os guerreiros lutavam de forma selvagem para controlá-los. Ogedai pôde ver lascas pretas, vindas das forças jin, atiradas para o alto. Não sabia o que eram nem como se defender delas. Com um choque súbito que atravessou até mesmo seu estado de torpor, percebeu que poderia morrer naquela planície pedregosa. Não era questão de coragem ou mesmo de resistência, mas de pura sorte. Balançou a cabeça de novo para desanuviá-la, e seus olhos brilhavam. Seu corpo estava fraco, o coração frágil, mas acima de todas as coisas ele tinha sorte. Outro estalo chicoteou pelo campo, seguido por mais dois. Os homens de Ogedai estavam hesitando, numa imobilidade chocada. À sua direita, o *tuman* de Tolui havia ido mais longe, mas eles também estavam atordoados com as explosões enormes que matavam homens dos dois lados.

Ogedai desembainhou a espada de seu pai num gesto rápido, gritando em desafio enquanto a levantava. Seus oficiais viram a ousadia imprudente e ela ativou seu sangue. Eles acompanharam Ogedai enquanto ele instigava a montaria, já rindo para o cã maníaco que atacava sozinho o inimigo. Todos eram jovens. Cavalgavam com o mais amado filho de Gêngis, marcado pelo pai céu, cã da nação. A vida deles não valia tanto quando a de Ogedai e eles a jogavam fora tão desleixadamente quanto fariam com uma rédea partida.

As explosões vinham mais rapidamente à medida que as bolas pretas eram lançadas cuspindo fagulhas no ar e pousando aos pés dos mongóis. Enquanto avançava trovejando, Ogedai viu um cavaleiro sem cavalo pegar uma delas. O cã gritou, mas o homem foi explodido numa massa sangrenta. De repente o ar estava cheio de moscas zumbindo. Cavalos e homens gritavam quando agulhas de ferro vindas de todos os lados os rasgavam.

Os oficiais de Ogedai mergulharam na refrega, protegendo seu cã ao centro. Lanças abaixadas faziam os cavalos pararem, porém mais e mais de seus homens tinham perdido a montaria e matavam os lanceiros com facas e espadas, abrindo caminho enquanto os cavalos empurravam e suavam às costas deles. Ogedai viu outra bola preta cair quase aos seus pés e um dos seus homens se jogou sobre ela. O som da explosão foi abafado, mas uma pequena cratera vermelha apareceu nas costas do guerreiro e um pedaço de osso saltou, quase até a altura de um adulto. Os que estavam ao redor de Ogedai se encolheram, mas se empertigaram imediatamente, com vergonha de o cã ter visto o medo deles.

Ogedai percebeu que tinha visto uma possibilidade de conter aquelas armas. Levantou a voz para as fileiras.

— Caiam sobre elas quando elas baterem no chão, por seu cã — gritou.

A ordem foi repetida pelas fileiras enquanto a próxima onda de mísseis voava alto. Eram seis bolas de ferro, cada uma chiando com um pavio curto. Ogedai olhou com orgulho quando guerreiros lutaram para alcançá-las, abafando a ameaça de modo que seus amigos pudessem viver. Virou-se de volta para o inimigo e viu o medo nos rostos dos jin. No seu havia apenas fúria e vingança.

— Arcos! — rugiu. — Abram caminho e tragam lanças. Lanças aqui!

Havia lágrimas em seus olhos, mas não pelos que tinham dado a vida. Havia júbilo em cada momento em que estava acordado, respirando. O ar era frio e amargo em sua garganta, misturado com o cheiro estranho da pólvora queimada. Respirou-o profundamente e durante um tempo a dor, atravessando seu rosto e sua cabeça, pareceu aliviar a pressão enquanto seus homens abriam um talho nas fileiras jin.

Khasar bateu o punho na armadura, numa aprovação inconsciente das manobras de Ogedai. Os dois *tumans* mongóis tinham sido sacudidos para trás pelas explosões, afastando-se instintivamente da fonte daquele som e dos estalos de luz. Khasar tinha visto os oficiais do cã suplantarem o medo e rasgarem as linhas jin. De repente as pancadas das explosões se tornaram mais abafadas e ele não via mais o jorro de pedras e terra a cada vez que uma delas estourava. Era como se caíssem no exército mongol e fossem engolidas. Riu diante desse pensamento.

— Acho que o cã está comendo aquelas bolas de ferro — disse aos seus homens. — Olhe, ele ainda está faminto. Ele quer mais, para encher o estômago.

Escondeu o próprio medo diante de um ataque tão imprudente por parte de Ogedai. Se ele morresse naquele dia, Chagatai governaria a nação e tudo pelo que haviam lutado teria sido inútil.

Seu olhar experiente passou pelo campo de batalha enquanto trotava para o sul, mantendo-os ao alcance. Pelo menos nisso o imperador jin não havia hesitado. Seus homens se moviam o mais rapidamente possível, lutando por cima dos mortos enquanto marchavam. Um exército daqueles não poderia ser parado facilmente por outro com metade do seu tamanho. Era um problema tático e Khasar lutou com ele. Se ordenasse que linhas mais finas se espalhassem como uma rede, os jin poderiam rompê-la usando lanças. Se mantivesse a profundidade de homens, eles poderiam ser ultrapassados pelos flancos enquanto o imperador forçava passos teimosos na direção da fronteira. Devia ser uma agonia para ele, pensou Khasar, estar tão perto e ter um inimigo fervilhando ao redor.

Seus *minghaans* matavam quase à vontade na retaguarda do inimigo, deixando uma trilha de corpos no capim áspero. Os jin não virariam, tão decididos que estavam em chegar à fronteira. Enquanto trotava para o sul atrás deles, Khasar encontrou um soldado dobrado nos galhos de um espinheiro baixo. Olhou para o homem e viu seu rosto se retorcer e os olhos se abrirem numa agonia cega. Khasar estendeu a espada e passou a ponta pela garganta do sujeito. Não era misericórdia. Ele não havia matado naquele dia e ansiava por fazer parte da batalha.

Essa ação eliminou parte de seu controle e ele gritou uma ordem para os mil guerreiros que o acompanhavam:

— Avancem comigo. Não serviremos para nada aqui e o cã está no campo.

Seguiu a meio galope até ficar a apenas 100 passos atrás do inimigo, procurando o melhor lugar e a melhor oportunidade para atacar. Manteve-se o mais alto que pôde na sela, olhando à distância na esperança de ver os porta-estandartes do imperador. Eles deviam estar próximos do centro das fileiras compactas, tinha certeza, uma barreira de homens, cavalos e metal para levar seu governante desesperado à segurança. Khasar limpou a espada num trapo antes de embainhá-la. Seus homens escolheram os alvos e dispararam flechas contra os soldados jin com uma precisão implacável. Era difícil se conter, e o controle dele estava diminuindo.

A carga de Ogedai o havia levado para além das linhas externas de lanceiros. Os regimentos jin eram disciplinados, mas a disciplina por si só não seria capaz de garantir o dia. Apesar de não se dobrar, eram derrubados pelos cavaleiros enlouquecidos. Suas fileiras eram fendidas, empurradas para trás ou reduzidas a núcleos e nós de homens que lutavam até ser cravados por flechas.

Trombetas soaram nas fileiras jin e 10 mil homens desembainharam espadas e atacaram, gritando em desafio. Corriam em direção a uma chuva constante de flechas disparadas a curta distância. As linhas de frente foram derrubadas e pisoteadas. Eles corriam como uma massa e então cada fileira se viu separada em duplas, trios e dezenas solitárias, enfrentando as espadas dos cavaleiros. Ao ver aquela matança, os de trás hesitaram e os mongóis foram estocando em linha. Em alguns instantes aceleraram até ficar em pleno galope e golpearam numa carga plena, impossíveis de ser parados. As linhas jin se dobraram mais para trás.

Tolui viu que seu irmão havia penetrado fundo nas formações inimigas, com a cunha de oficiais do cã matando como se achassem que poderiam atravessar diretamente até o outro lado. Nesse momento sentiu uma admiração assustada por Ogedai. Não esperava vê-lo agir insanamente em um campo de batalha, mas não havia como contê-lo e seus oficiais eram pressionados a acompanhar. Ogedai cavalgava como se fosse imortal e nada o tocava, ainda que o ar estivesse cheio de morte e fumaça.

Tolui nunca tinha visto fumaça num campo de batalha. Era um elemento novo, e seus homens odiavam vê-la pairando em sua direção. Ele estava se acostumando ao odor estranhos, mas os estalos e os trovões eram alguns dos momentos mais terríveis que já presenciara. Não podia se conter, não com Ogedai movendo-se para dentro da massa. A frustração de ser incapaz de impedir a ida do inimigo para o sul estava dominando todos eles. A batalha estava perto de se tornar uma briga caótica, com as vantagens de velocidade e precisão dos mongóis sendo sacrificadas pela sua fúria vingativa.

Tolui orientou seus oficiais de *minghaans* a proteger o cã, movendo-se rapidamente para reforçar os flancos de Ogedai e alargar a cunha que ele abria no exército jin. Sentiu uma pontada de orgulho quando seu filho Mongke deu uma ordem aos seus mil e eles o seguiram sem hesitar. Houvera poucas ocasiões em que Gêngis cavalgara para a guerra com os filhos. Junto ao medo pela segurança de Mongke, Tolui podia rir de prazer ao ver um rapaz tão forte. Sorhatani ficaria orgulhosa quando ele contasse.

Os rolos de fumaça se afastaram de novo e Tolui esperou uma nova onda de trovões. Nesse ponto estava mais perto e o exército jin espiralava ao redor de seus homens, movendo-se, sempre para o sul. Tolui xingou-os enquanto um soldado jin passava cegamente quase sob a cabeça de seu cavalo, tentando permanecer nas fileiras em marcha. Tolui matou-o com um golpe rápido dado de cima, mirando em um ponto no pescoço onde a armadura não o protegia.

Levantou os olhos e encontrou mais centenas marchando rapidamente para sua posição. Usavam armaduras como soldados comuns, mas cada um carregava um tubo de ferro preto. O tubo era pesado, mas eles chegaram mais perto, com estranha confiança. Os oficiais deles rosnaram ordens para carregar e se preparar. Tolui soube instintivamente que não deveria lhes dar tempo.

Berrou suas ordens, com a voz já rouca. Mil de seus homens se viraram para enfrentar a nova ameaça, deixando a cunha de Ogedai prosseguir sozinha. Eles seguiram seu general sem hesitar, brandindo espadas e disparando flechas contra qualquer coisa no caminho.

Os soldados jin foram trucidados. Alguns foram esmagados por cavalos, outros morreram enquanto tentavam acender o estopim da arma, cheia de pedra e pedaços de ferro. Muitos tubos caíram no chão e, em resposta, os guerreiros mongóis puxaram as montarias para longe ou mesmo se jogaram em cima, fechando os olhos com força.

Não conseguiram pegar todos. Um chacoalhar de estalos mais fracos soou, ondulando através das linhas. Tolui viu um homem jogado pelos ares para longe dele, tirado da sela antes mesmo de conseguir gritar. Outro cavalo tombou de joelhos, o peito jorrando sangue. O som era espantoso e então a fumaça invadiu tudo numa grande onda cinza e eles ficaram cegos. Tolui girou a espada em volta até ela se partir e ficou olhando o punho, incrédulo. Algo caiu contra ele, mas não podia saber se era um inimigo ou um de seus homens. Sentiu a vida se esvair de sua montaria e saltou para longe antes que ela pudesse esmagá-lo. Desembainhou uma faca comprida de dentro da bota, segurando-a no alto enquanto mancava pelo terreno enfumaçado. Mais daqueles estalos estranhos soaram ao redor, enquanto os tubos disparavam sua carga, alguns girando inutilmente no chão enquanto os donos caíam mortos.

Tolui não sabia dizer por quanto tempo estavam lutando. Na fumaça densa, sentia-se quase dominado pelo medo. Acalmou-se com cálculos, forçando a mente a trabalhar no meio do barulho e do caos. O exército jin poderia chegar à fronteira ao pôr do sol. Nesse momento estava a poucos quilômetros ao sul, mas eles haviam sofrido e morriam a cada passo dado. À medida que a fumaça clareava, Tolui lançou um olhar para o sol, vendo-o mais perto do horizonte, como se tivesse baixado enquanto ele permanecia envolto em fumaça. Mal conseguiu acreditar enquanto agarrava um cavalo sem cavaleiro e segurava as rédeas, examinando o terreno em busca de uma espada em condições de uso. O capim estava escorregadio e sangrento. Seu estômago se revirou com o fedor de tripas e morte misturado com pólvora negra queimada, uma combinação amarga que ele desejou nunca mais encontrar.

Xuan, o Filho do Céu, cavalgava intocado pela carnificina, mas podia sentir o cheiro da pólvora no ar da tarde. Ao redor os *tumans* mongóis, com seus nobres soldados, rasgavam e berravam, dilacerando-os com dentes e ferro. O rosto de Xuan estava frio enquanto olhava para o sul por cima das cabeças. Podia ver a fronteira, mas não achava que os mongóis se conteriam quando ele passasse pelo templo simples, de pedra, que marcava o limite entre as duas nações. Por acaso o exército jin havia serpenteado de volta para a estrada principal. A construção de pedra branca era um ponto distante, um oásis de paz com exércitos em choque convergindo em sua direção.

Xuan suava na armadura, envergonhado pelo pensamento de que poderia fazer sua montaria cavalgar sozinha ao longo daquela estrada. Seu cavalo era um bom garanhão, mas Xuan não era idiota. Não poderia entrar nas terras sung como pedinte. Seu exército protegia seu corpo, mas também a última riqueza dos reinos jin, em mil sacos e bolsas. Suas esposas e filhos também estavam ali, escondidos pelas muralhas de ferro e pelos homens leais. Não podia deixá-los à mercê do cã mongol.

Com sua riqueza, ele seria bem recebido pelo primo. Com um exército, teria o respeito do imperador sung, e um lugar à mesa dos nobres enquanto planejavam uma campanha para tomar de volta as terras de seus ancestrais.

Xuan encolheu-se com o pensamento. Havia pouco apreço por sua linhagem na corte sung. O imperador, Lizong, era um homem da geração de seu pai que se considerava dono do território jin, afirmando que por um mero erro da história ele já não era seu por direito. Havia uma chance de Xuan estar enfiando a mão numa toca de rato ao se colocar sob o poder dos sung. Não havia outra opção. Pastores de cabras mongóis percorriam suas terras como se fossem donos, espiando dentro de cada armazém, contabilizando a riqueza de cada povoado para cobrar impostos que jamais saberiam como utilizar. A vergonha daquilo devia ser avassaladora, mas Xuan jamais conhecera a paz. Crescera acostumado com a humilhação de perder seu reino, pedaço por pedaço, para um exército de gafanhotos e vendo a capital de seu pai queimar. Certamente seu primo sung não subestimaria a ameaça. No entanto, houvera conquistadores antes, líderes tribais que montavam um exército e depois morriam. Seus impérios se despedaçavam, destruídos pela arrogância e pela fraqueza de homens inferiores. Xuan sabia que Lizong ficaria tentado a ignorá-los e simplesmente esperar um ou dois séculos. Enxugou o suor dos olhos, piscando diante da ardência do sal. O tempo curava muitas feridas, mas não aqueles malditos homens das tribos. Os mongóis tinham perdido seu grande conquistador no auge do poder e simplesmente continuaram em frente, como se aquele homem não importasse. Xuan não sabia se isso os tornava mais civilizados ou somente uma alcateia, com outro assumindo a liderança.

Apertou o punho com prazer ao ouvir os estalos de seus artilheiros. Tinha muito poucas armas daquelas, mas eram maravilhosas, temíveis. Isso também era algo que levava para os sung: conhecimento vital sobre o inimigo, além de meios para destruí-lo. Um lobo não podia enfrentar um homem com uma haste de ferro soltando chamas. Xuan sabia que podia ser essa arma, se tivesse tempo e espaço para planejar.

Foi arrancado do devaneio pelos gritos de seus oficiais. Eles estavam apontando para o sul e ele protegeu os olhos do sol poente para olhar à distância.

Um exército vinha se aproximando da fronteira, a apenas uns 3 quilômetros. Podia ver gigantescas formações quadradas em movimento, derramando-se sobre os morros. Como vespas, os regimentos sung estavam reagindo à ameaça, pensou. Ou respondendo à arrogância de um cã que tinha ousado entrar em suas terras. Enquanto Xuan olhava, concentrando-se, começou a perceber que não era uma força pequena ou um governador regional. O próprio imperador jamais deixaria sua capital pelo negócio imundo da guerra. Tinha de ser um dos seus filhos, talvez até mesmo o herdeiro. Ninguém mais poderia comandar tantos homens. Os quadrados se posicionaram no terreno como uma estampa de tecido, cada qual com pelo menos 5 mil homens descansados, bem treinados e com suprimentos. Xuan tentou contá-los, mas era impossível com a poeira e a distância. Os homens ao redor já estavam em júbilo, mas ele estreitou os olhos para pensar, examinando as forças mongóis que ainda rosnavam junto aos seus calcanhares.

Se seu primo atravessasse a fronteira, não sobreviveria. Xuan coçou irritado um fio de suor no rosto, deixando uma marca vermelha de suas unhas. Certamente eles não ficariam parados olhando-o ser morto, não era? Não sabia. Não podia saber. A tensão fez a bile subir no estômago enquanto seu cavalo o levava cada vez mais para perto, para o olho do furacão.

Respirando fundo, convocou seus generais e começou a gritar ordens. Os comandos ondularam para fora e as bordas de seu exército se prepararam. Homens carregando escudos pesados correram para se posicionar, estabelecendo uma defesa sólida que conteria os mongóis por tempo suficiente para eles alcançarem a fronteira. Era seu plano final, simplesmente sobreviver, mas nesse ponto isso também poderia servir para manter o maior número possível de soldados vivos. Travara uma batalha defensiva durante dias. Se a fronteira estivesse fechada, seria obrigado a se virar e golpear o cã. Ainda tinha a supremacia numérica e seus homens estavam ansiosos para revidar os golpes recebidos.

O pensamento era inebriante e Xuan se perguntou se deveria atacar mesmo se o exército da fronteira se abrisse para deixá-lo passar. Só queria encontrar a segurança com homens suficientes para se estabelecer como uma voz poderosa nos conselhos que viriam em seguida. No entanto o cã mongol permanecia em menor número. O sujo pastor mongol ficaria desnorteado e irritado ao ver tantos regimentos impecáveis.

As primeiras fileiras dos sung chegaram à fronteira e pararam, perfeitas linhas de armaduras coloridas e estandartes balançando. Enquanto os olhava, Xuan viu um sopro de fumaça na linha de soldados e ouviu um estalo quando uma bola de pedra veio voando por cima do capim. Não acertou ninguém, mas a mensagem não era para ele. O príncipe sung havia levado um canhão para o campo, enormes tubos de metal sobre rodas que podiam rasgar uma fileira de cavalos e homens com um único disparo. Que o cã digerisse aquele pequeno detalhe.

O exército de Xuan continuou marchando, seu coração batendo como o de um pássaro enquanto eles se aproximavam das linhas escuras.

CAPÍTULO 11

Khasar mal pôde acreditar no tamanho do exército que havia cavalgado até a fronteira sung, estendendo-se para trás através da terra. A nação do sul não tivera sua batalha da Boca do Castor, como a do norte. Seu imperador não havia mandado exércitos para vê-los serem derrotados, destruídos, debandados. Seus soldados nunca tinham fugido cheios de terror dos cavaleiros mongóis. Khasar odiou-os por seu esplendor e desejou de novo que Gêngis estivesse ali, nem que fosse para ver a raiva de seu irmão se acender diante daquela visão.

As linhas sung se estendiam por quilômetros, fazendo os quadrados em marcha de seus primos jin parecerem anões enquanto deslizavam. Khasar viu que o ritmo estabelecido em direção à fronteira havia diminuído. Imaginou se o imperador jin sabia se teria permissão para buscar abrigo ou se seria repelido. Esse pensamento lhe deu alguma esperança, o único pequeno conforto para equilibrar fúria e indignação. Tinha vencido a batalha! Os regimentos jin haviam lutado para mantê-lo longe durante dias, mas em nenhum momento tinham feito uma investida. Só atacavam quando seus homens rasgavam as fileiras. Seu *tuman* havia encharcado o chão com o sangue deles, sofrido com explosões e tempestades de metal quente. Seus homens tinham sido queimados e partidos, cortados e mutilados. Tinham merecido a vitória, e agora ela seria arrancada de suas mãos.

Sua reserva de 2 mil homens ainda estava descansada. Khasar mandou um sinal de bandeira para os que montavam camelos manterem o ritmo com ele. Os garotos sobre animais tinham os tambores naccara presos de cada lado da corcova. Ao longo das fileiras eles começaram a trovejar, batendo à esquerda e à direita com as duas mãos. Os cavalos com armaduras saltaram adiante ao sinal e os guerreiros baixaram lentamente suas lanças pesadas, equilibrando-as numa demonstração casual de força e habilidade. A muralha de cavaleiros acompanhou os tambores com um rugido de gargantas que aterrorizou os inimigos.

Os 2 mil de Khasar chegaram à velocidade plena a meros 20 passos dos abalados jin. O general teve tempo de ver alguns deles cravarem os escudos longos na terra, mas apenas uma sólida muralha de escudos teria parado sua carga. Bons oficiais poderiam contê-los, misturando escudos e lanceiros numa barreira sem falhas. Os homens do imperador precisavam marchar, aterrorizados.

Os pôneis mongóis usavam um tecido blindado leve, cobrindo o rosto e o peito. Os próprios guerreiros usavam armaduras de escamas sobrepostas e capacetes e carregavam lanças e espadas, além de bolsas cheias de suprimentos. Chocaram-se contra as linhas jin como uma montanha desabando.

Khasar viu as fileiras mais próximas desmoronarem, os homens partidos por lanças e cascos. Alguns cavalos refugavam e relinchavam com perturbação nos olhos arregalados; os cavaleiros cortavam suas bocas com os freios, gritando com raiva enquanto os levavam de volta. Outros mergulhavam diretamente no meio dos jin, com as lanças se partindo pela força do golpe. Jogavam de lado os cabos quebrados e prosseguiam com espadas, usando os músculos de vinte anos de trabalho com o arco para golpeá-los incansavelmente, cortando, sempre de cima para baixo, os rostos que rosnavam.

Khasar foi coberto por gotas quentes de sangue quando seu cavalo foi morto e saltou livre. Sentiu o gosto do sangue de alguém nos lábios e cuspiu enojado, ignorando o braço estendido de um dos seus oficiais que tentava puxá-lo para uma sela. Sua fúria contra a possível fuga do imperador obscurecia sua capacidade de julgamento. A pé, perseguia os soldados inimigos, a espada mantida baixa até que eles atacassem. Seus contragolpes eram mortais e precisos e enquanto caminhava com seus homens, os jin recuavam para não enfrentá-lo.

Podia sentir o olhar carrancudo dos soldados do imperador, observando em silêncio enquanto marchavam para longe dele. Khasar grunhiu quando prendeu a espada num escudo, deixando-a para trás e dando um tapa com as costas da mão num soldado antes de arrancar outro do chão. Só então montou na garupa do cavalo de um guerreiro para ver o que estava acontecendo.

À distância, as fileiras do exército jin haviam chegado às linhas sung.

— Arranje-me um cavalo — gritou no ouvido do oficial.

O guerreiro girou e cavalgou para fora da área livre que tinham aberto. Ela se fechou atrás, com os escudos golpeados se levantando de novo.

Khasar procurou Ogedai; o sangue esfriando enquanto avaliava a ameaça. Uma criança poderia ver que aquela posição não poderia ser mantida. Diante de um exército daqueles, tudo que os tumans podiam fazer era se afastar. Se os regimentos sung atacassem, os mongóis seriam forçados para longe, debandados na fronteira. A única escolha era entre uma retirada digna e fugir como se houvesse lobos atrás deles. Khasar trincou os dentes até que seu maxilar doeu. Não havia saída.

Com as costas eretas, Xuan trotou na direção da fileira sung, flanqueado por três generais com armaduras e capas ornamentadas. Todos estavam empoeirados e exaustos, mas Xuan cavalgava como se não houvesse possibilidade de ser recusado. Sabia que precisava ser o primeiro a chegar. Claro que os sung recusariam a soldados comuns o direito de entrar em seu reino. Só Xuan poderia estabelecer as regras ao redor, como imperador reinante. Ele era o Filho do Céu. Era um título sem nação, um imperador sem cidades, no entanto mantinha a dignidade quando chegou à primeira linha de soldados.

Eles não se moveram e Xuan baixou a mão para tirar um grão de poeira das luvas. Não demonstrava desconforto ao olhar por cima das cabeças do exército sung. Podia ouvir os mongóis rasgando seus homens, mas não se moveu nem admitiu isso. Havia uma chance de seu primo Lizong deixar seu exército ser destruído enquanto esperavam. Xuan fumegou ao pensar nisso, mas não havia o que pudesse fazer. Tinha vindo como suplicante às terras sung. Se o imperador optasse por retirar sua força desse modo, Xuan sabia que não poderia reagir. Era um golpe ousado e ele quase era capaz de aplaudi-lo. Que o prejudicado imperador jin entrasse, mas que antes visse seu exército se reduzir a apenas alguns homens. Que chegasse de joelhos, implorando favores.

Todas as escolhas de Xuan, todos os seus planos e estratagemas tinham se reduzido a um único rumo de ação. Tinha cavalgado até as linhas. Se elas se abrissem para deixá-lo entrar ele poderia passar para a segurança junto com quem permanecesse vivo em seu exército. Xuan tentou não pensar no que poderia acontecer se seus venenosos primos sung tivessem decidido tirá-lo da balança. Não seria estranho se eles o tivessem manobrado exatamente para essa posição, esperando e esperando. Ele podia ficar montado no cavalo diante deles até que os mongóis terminassem de trucidar seu exército e viessem pegá-lo. Havia uma chance de Lizong não levantar a mão para salvá-lo mesmo assim.

O rosto de Xuan estava totalmente desprovido de emoção enquanto estudava os soldados sung. O que quer que acontecesse era seu destino e não poderia ser negado. Alguma fagulha oculta dentro dele estava branca de fúria, mas nada transparecia. Do modo mais casual que pôde, virou-se para um dos seus generais e perguntou sobre o canhão que os sung tinham usado.

O general suava, mas respondeu como se estivessem numa inspeção militar:

— É uma peça de campo, majestade imperial, semelhante às que usamos nas muralhas das cidades. O bronze é derramado num molde e então limado e polido. A pólvora negra queima com grande ferocidade, lançando uma bola para causar terror no inimigo.

Xuan aquiesceu como se estivesse fascinado. Pelos espíritos de seus ancestrais, quanto tempo teria de esperar?

— Um canhão tão grande assim deve ser muito pesado — disse, rigidamente. — Deve ser difícil transportá-lo em terreno áspero.

O general concordou, satisfeito porque seu senhor conversava com ele, mas conhecia os riscos mais do que ninguém.

— Ele fica numa carroça de madeira, majestade imperial. Ela tem rodas, mas, sim, são necessários muitos homens e bois para arrastá-lo até a posição, mais soldados ainda para carregar as bolas de pedra, os sacos de pólvora, as mechas e os pavios. Talvez o senhor tenha a chance de inspecionar um deles mais de perto quando entrarmos no território sung.

Xuan olhou para o general, reprovando sua falta de sutileza.

— Talvez, general. Fale agora sobre os regimentos sung. Não conheço todos aqueles estandartes.

O homem, especialista em seu campo, como Xuan sabia muito bem, começou a recitar os nomes e as histórias. Xuan inclinou a cabeça para ouvir a voz retumbante, mas o tempo todo observava as linhas sung. O Filho do Céu levantou os olhos quando um oficial cavalgou um garanhão magnífico até a fronteira. Tentou não demonstrar que seu coração saltava.

Era difícil permitir que seu general terminasse a litania de nomes, mas Xuan obrigou-se a ouvir, fazendo o oficial sung esperar pelos dois. Seu precioso exército estava sendo massacrado enquanto ele acenava com a cabeça diante dos detalhes tediosos, mas o rosto de Xuan continuava calmo e interessado.

Por fim o general teve o bom-senso de parar e Xuan agradeceu, fingindo notar pela primeira vez o oficial sung. O homem apeou assim que seus olhares se encontraram. Avançou e se prostrou no terreno poeirento antes de tocar a testa no estribo do general. Não olhou para Xuan enquanto falava.

— Trago uma mensagem para o Filho do Céu.

— Fale sua mensagem a mim, soldado. Eu a transmitirei — respondeu o general.

O homem se prostrou de novo e depois se levantou.

— Sua majestade imperial lhe dá as boas-vindas em suas terras, Filho do Céu. Que o senhor viva 10 mil anos.

Xuan não se rebaixaria respondendo a um mero soldado. A mensagem deveria ter sido mandada por algum nobre e ele imaginou o que deveria pensar do insulto sutil. Mal escutou enquanto seu general terminava as formalidades. Xuan não olhou para trás enquanto fazia sua montaria avançar. O suor escorria pelas costas e axilas sob a armadura. Ele sabia que a túnica interna devia estar totalmente encharcada.

As fileiras sung se separaram enquanto ele prosseguia, um movimento de ondulação que se espalhou por 800 metros. Desse modo, o resto do exército jin poderia caminhar entre as fileiras e a fronteira continuaria sendo contida contra o inimigo mútuo. Xuan e seus generais atravessaram a linha invisível, sem demonstrar emoção pelos que os observavam. As fileiras jin começaram a segui-los, como uma bolha estourando na pele.

Ogedai olhava com uma incredulidade furiosa. Viu pavilhões se erguerem no meio das fileiras sung, grandes quadrados de seda cor de pêssego. Estandartes flutuavam ao vento, marcando regimentos de arqueiros, piqueiros, lanceiros. Foi a visão da cavalaria descansada que acalmou sua loucura de batalha. Regimentos de cavaleiros olhavam para a planície rachada com sua trilha de mortos. Será que os sung seriam capazes de resistir a uma carga súbita, assim que o imperador jin estivesse em segurança? Apenas o sol poente conteria a mão deles e talvez nem mesmo isso. Os pôneis mongóis haviam cavalgado por dias. Estavam tão cansados quanto seus cavaleiros e pela primeira vez o próprio cã estava no campo, em número expressivamente inferior e vendo cada vantagem ser anulada. Ogedai balançou a cabeça. Tinha visto o sopro de fumaça que revelava a presença de canhões pesados. Era um pensamento para outro dia, mas não via como seria capaz de levar aquelas armas a um campo de batalha. Elas eram lentas e pesadas demais para um exército cuja força principal sempre fora a velocidade e as manobras. À distância, viu um pequeno grupo de cavaleiros se mover através das fileiras sung. Talvez 10 mil ainda marchassem para segui-los, mas o imperador jin já havia passado através da rede.

Ogedai sentiu uma onda de cansaço substituir a empolgação da luta. Mal podia acreditar que tinha caminhado sem medo. Havia enfrentado os inimigos e sobrevivido incólume. Apenas por um instante, pelo tempo de uma batida de coração, o orgulho se inchou nele.

Mesmo assim havia fracassado. A pressão em torno da cabeça retornou, apertando. Imaginou zombarias em cada rosto preocupado. Quase podia ouvir os sussurros entre seus guerreiros. Gêngis não teria fracassado. Seu pai de algum modo teria arrancado a vitória do meio daquele desastre.

Ogedai deu ordens novas e os três *tumans* se afastaram das fileiras jin que recuavam. Os homens haviam esperado essa ordem e os *minghaans* se moveram rápida e facilmente, montando quadrados de cavalos de frente para a fronteira sung.

O silêncio repentino era como uma pressão e Ogedai cavalgou lentamente ao longo das fileiras de seus homens, o rosto vermelho e suando. Se os generais sung o quisessem realmente, nem esperariam que o resto dos jin atravessasse. Metade do exército sung poderia lançar um ataque naquele momento. Ogedai engoliu em seco, movimentando a língua em sua boca que estava tão seca que ele pensou que iria engasgar. Fez um gesto para um mensageiro, que lhe trouxe um odre de vinho tinto. A bebida umedeceu seus lábios e ele a engoliu, sugando em desespero a teta de couro. A dor na cabeça estava aumentando o tempo todo e ele percebeu que tinha a visão turva. A princípio pensou que fosse apenas o suor nos olhos, mas aquilo persistia, não importando o quanto os esfregasse.

Enquanto os *tumans* mongóis se reorganizavam, centenas de homens ainda ofegavam ou amarravam ataduras em cortes. Ogedai viu Tolui trotando numa égua em direção a ele, pelo terreno irregular. Os dois irmãos se encontraram com um rápido olhar de resignação e Tolui virou a montaria para ver o imperador jin escapar de novo.

— Aquele sujeito tem muita sorte — disse Tolui, baixinho. — Mas nós temos sua terra e suas cidades. Tiramos seus exércitos, a não ser por aquela ralé de sobreviventes.

— Chega — reagiu Ogedai rispidamente, esfregando as têmporas. — Não precisa suavizar a situação. Agora devo levar um exército para as terras dos sung. Eles deram refúgio aos meus inimigos e sabem que preciso reagir. — Ele se encolheu e sugou de novo o odre de vinho. — Haverá outros dias para vingar os mortos. Forme os homens para voltarmos aos norte, mas não de modo visível demais, entendeu?

Tolui sorriu. Nenhum comandante gostava de ser visto recuando, mas os homens entenderiam aquilo muito melhor do que Ogedai percebia. Eles podiam ver a muralha de soldados sung tão bem quanto qualquer pessoa. Nenhum guerreiro mongol clamava para ser o primeiro a ir contra aquela barreira sólida.

Enquanto Tolui se virava, um único estalo soou à distância. Ele estremeceu recuando e viu o sopro de fumaça subir acima da fileiras de canhões sung. Só um havia disparado e os dois homens viram um objeto subir por uma pequena distância e cair quicando no chão.

Veio pousar a poucas centenas de passos do cã e de seu irmão. Por um momento ninguém se mexeu e então Tolui deu de ombros e cavalgou até lá. Manteve as costas eretas enquanto seguia, sabendo que era observado por mais homens do que no festival de Karakorum.

Quando retornou a Ogedai carregando uma trouxa de pano, Khasar havia cavalgado entre os *tumans* para ver o que acontecia. Ele acenou para os sobrinhos e estendeu a mão para a bolsa de pano. Tolui balançou a cabeça ligeiramente antes de estendê-la para Ogedai.

O cã ficou piscando para aquilo, com a visão duplicada. Tolui esperou uma ordem, mas quando não veio nenhuma, cortou a corda em volta da sacola e fungou, enojado, quando puxou pelos cabelos uma cabeça suja, com os olhos virados para cima.

Khasar e Tolui ficaram olhando sem expressão enquanto a cabeça pendia girando lentamente. Ogedai apertou os olhos, franzindo a testa ao reconhecer o administrador que havia cavalgado com ele pela manhã. Tinha sido naquele mesmo dia? Parecia impossível. Na ocasião não havia exército nas terras sung, mas eles deviam estar marchando logo atrás dele. A mensagem era tão clara quanto as fileiras silenciosas que se mantinham estáticas e não moviam um pé sequer para longe da fronteira. Ele não entraria em terras sung sob nenhum propósito.

Ogedai abriu a boca para falar e uma dor súbita chamejou em sua cabeça, pior do que qualquer coisa que ele já conhecera. Fez um som baixo na garganta, impotente. Tolui viu sua perturbação e largou a cabeça ensanguentada, movendo a montaria para segurar o braço do irmão.

— Você está bem? — sussurrou.

Seu irmão oscilou na sela e Tolui temeu que ele caísse diante dos *tumans*. O cã jamais se recuperaria desse mau agouro, principalmente à vista do inimigo. Tolui apertou o cavalo contra a montaria do irmão e manteve a mão no ombro de Ogedai para firmá-lo. Khasar ficou do outro lado, sem jeito por causa da preocupação. Passo a passo, dolorosamente, eles forçaram o pônei para as fileiras mongóis, então apearam assim que estavam cercados por guerreiros olhando-os.

Ogedai se sustentara, as mãos agarrando o arção da sela como a morte. Seu rosto havia se retorcido, o olho esquerdo chorando num fluxo constante e o direito arregalado e límpido com agonia, mas ele não se soltou até que Tolui começou a puxar seus dedos. Então ele se curvou e deslizou para os braços do irmão, o corpo frouxo como de uma criança adormecida.

Tolui ficou confuso, olhando o rosto pálido do irmão. De repente levantou os olhos para Khasar, vendo sua expressão espelhada no tio.

— Tenho um bom xamã no acampamento — disse Tolui. — Mande o seu para mim, também, com qualquer médico jin ou muçulmano, os melhores que você conhecer.

Pela primeira vez Khasar não discutiu. Seu olhar se voltava para o sobrinho, consciente mas impotente. Era um destino que fez Khasar estremecer.

— Muito bem, general — disse. — Mas devemos colocar alguma distância entre aquele exército e o nosso antes que eles decidam testar nossa força.

— Comande os *tumans*, tio. Eu levarei meu irmão.

Tolui fez um gesto e Khasar ajudou-o a colocar Ogedai no pônei de Tolui, fazendo o animal bufar sob o peso dobrado. Tolui segurou o irmão pelo peito, firmando-o no lugar. As pernas de Ogedai pendiam frouxas e sua cabeça balançava enquanto Tolui partia num trote.

À medida que o sol se punha, os guerreiros do cã ainda estavam se movendo lentamente para o acampamento, mais de 150 quilômetros ao norte, atravessando a planície. Atrás deles os soldados sung acendiam tochas por toda a linha, marcando um horizonte falso que eles podiam ver por muitos quilômetros enquanto recuavam.

Chagatai puxou as rédeas de sua égua no topo de um morro, abaixando a mão para dar um tapinha no animal e coçar suas orelhas. Dois *tumans* pararam atrás dele, com os filhos e as esposas dos guerreiros esperando pacientemente com o restante. Ele havia escolhido deliberadamente aquele lugar elevado, querendo uma visão do canato que Gêngis havia conquistado e Ogedai concedido a ele. Chagatai podia ver por muitos quilômetros e sua respiração ficou presa na garganta diante da vastidão da terra da qual agora era dono. Essa era a única riqueza verdadeira.

Muitos anos haviam se passado desde que os exércitos de Gêngis tinham atravessado aquela região como uma tempestade. As marcas daquela passagem violenta demorariam gerações para desvanecer. Ele sorriu com o pensamento. Seu pai fora um homem meticuloso. Algumas cidades permaneceriam como ruínas para sempre, varridas pela poeira e vazias a não ser pelos fantasmas. No entanto, o presente de Ogedai não era falso. Os cidadãos de Samarkand e Bukhara haviam reconstruído suas muralhas e seus mercados. Dentre todos os povos, eles sabiam que a sombra do cã era longa, que sua vingança era implacável. Sob essa asa protetora, eles haviam crescido e apostado na paz.

Chagatai franziu os olhos para o sol poente e viu linhas pretas a distância, caravanas de carroças, bois e camelos se estendendo a leste e oeste. Iam para Samarkand, um borrão de branco no horizonte. Chagatai não gostava muito de comerciantes, mas sabia que as estradas mantinham as cidades vivas, tornavam-nas fortes. Ogedai lhe dera uma região de terra boa, rios e belos rebanhos. A paisagem à sua frente era suficiente para fazê-lo pensar na própria ambição. Não seria suficiente governar aquela terra, com água e capim bom? Sorriu. Para o filho e herdeiro de Gêngis, não, não era.

Um vento quente soprou no morro à medida que o sol se punha e ele fechou os olhos virando naquela direção, desfrutando da brisa que agitava seu cabelo comprido e preto. Construiria um palácio junto ao rio. Caçaria com flechas e falcões nos morros. Faria um lar em suas novas terras, mas não dormiria nem sonharia. Tinha espiões e informantes com Ogedai, Tsubodai e todos os homens de poder da nação. Chegaria um tempo em que colocaria de lado o canato de leite e mel e estenderia a mão para o que lhe fora prometido. Estava em seu sangue ser cã, mas ele não era mais um garoto idiota. Com um domínio daqueles, poderia esperar o chamado.

Pensou nas mulheres que aquelas cidades produziam, de carne macia e perfumada. Sua beleza e sua juventude não lhes era retirada com a vida nas planícies. Talvez esse fosse o propósito das cidades, manter as mulheres suaves e gordas, em vez de duras. Esse era um motivo suficientemente bom para deixá-las existir. Enquanto se preparava para continuar cavalgando, deu uma risada ao pensar no lobo entrando no aprisco. Não cavalgaria com fogo e destruição. O pastor não assustava suas ovelhas bonitas.

CAPÍTULO 12

A IURTA CHEIRAVA A ALGUMA COISA DESAGRADÁVEL, COM O AR CARREGADO. Tolui e Khasar estavam sentados em camas baixas no canto, olhando desconfortavelmente enquanto o xamã de Ogedai manipulava os membros do cã. Mohrol era um homem de corpo poderoso, baixo e atarracado, com um tufo de barba grisalha e densa na ponta do queixo. Khasar tentava não olhar para a mão direita dele, que o havia marcado desde o nascimento como alguém que jamais poderia caçar ou pescar. Um sexto dedo, marrom e retorcido de encontro aos outros, tinha tornado Mohrol um xamã.

O status de sua profissão havia decaído sensivelmente desde a traição de Gêngis, anos antes, por um xamã cujo nome não era mais falado. No entanto, Mohrol havia conferenciado apenas brevemente com médicos vestidos em mantos e com outros xamãs antes de mandá-los embora. O xamã do cã ainda tinha algum poder para usar, pelo menos entre os colegas de ofício.

Mohrol parecia não perceber que os homens o observavam. Empertigou as costas e dobrou cada um dos membros de Ogedai, deixando-os cair frouxos enquanto trabalhava com os polegares nas juntas e murmurava sozinho. Dedicou uma atenção particular à cabeça e ao pescoço. Enquanto os generais esperavam, Mohrol sentou-se na cama com as pernas cruzadas e puxou a cabeça e os ombros de Ogedai para seu colo, de modo que o cã olhava para cima sem enxergar. Os dedos finos do xamã sentiram e pressionaram os ossos do crânio, apertando o topo da cabeça de Ogedai enquanto Mohrol olhava a distância. Khasar e Tolui não entendiam nada daquilo, enquanto Mohrol balançava e murmurava, sozinho.

O corpo do cã estava escorregadio de suor. Ogedai não tinha dito nenhuma palavra desde o colapso na fronteira sung, dois dias antes. Não tinha ferimentos, mas sua respiração era doce como uma fruta apodrecendo e era aquele cheiro que preenchia a iurta e fazia Khasar engasgar. Os médicos jin tinham acendido varas de incenso, dizendo que a fumaça iria ajudá-lo a se curar. Mohrol havia permitido essas coisas, mas não disfarçava seu desdém.

O xamã já trabalhara em Ogedai durante um dia inteiro, mergulhando sua carne em água gelada, depois batendo seu corpo com um pano áspero de modo que o sangue florescesse sob a superfície. Os olhos do cã ficavam espiando o tempo todo e às vezes se mexiam, mas ele não reagia. Quando era virado de lado, babava longos fios de saliva com seus lábios frouxos.

Ogedai não sobreviveria se permanecesse assim, percebeu Khasar, arrasado. Água e até mesmo sangue quente e leite podiam ser forçados para dentro do seu estômago com um fino tubo de bambu, mas ele engasgava e sangrava pela boca quando o tubo machucava a garganta. Tratado como um bebê desamparado, poderia ser mantido vivo quase indefinidamente. No entanto, a nação estava sem um cã e havia outras coisas que poderiam matar um homem.

Khasar tinha recusado todas as permissões de saída do acampamento. Quando os mensageiros chegavam, tinham seus cavalos apreendidos e eram postos sob guarda. Por um curto tempo a notícia poderia ser contida. Chagatai ainda não estaria preparando suas forças para um retorno triunfante a Karakorum. Mesmo assim, nos *tumans* havia homens ambiciosos que sabiam muito bem como seriam recebidos se levassem essa notícia. Chagatai iria recompensá-los com ouro, promoção e cavalos, o que quer que quisessem. Cedo ou tarde um ou mais de um seria tentado a desaparecer na noite. Se nada mudasse antes desse momento, mesmo que Ogedai ainda vivesse, estaria acabado. Khasar se encolheu diante desse pensamento, imaginando quanto tempo tivera de ficar na iurta do cã. Não fazia nada de bom sentado ali, remexendo-se como um velho com hemorroidas.

O rosto de Ogedai parecia mais inchado ainda do que antes, como se o líquido estivesse se juntando sob a pele. No entanto, ele estava quente ao toque, o corpo queimando as reservas. O tempo se esgueirava lento na iurta à medida que lá fora o sol ia para o alto e passava do meio-dia. Tolui e Khasar olhavam enquanto Mohrol pegava cada um dos braços de Ogedai e cortava-os na dobra do cotovelo, deixando o sangue escorrer numa tigela de latão. O xamã olhou atentamente a cor do líquido, franzindo os lábios em desaprovação. Colocando as tigelas de lado, entoou um canto junto o corpo do cã, batendo subitamente no peito dele com a palma da mão aberta. Nada mudou. Ogedai continuou com os olhos fixos, piscando raramente. Eles não sabiam se ele sequer conseguia ouvi-los.

Por fim o xamã ficou em silêncio, puxando irritado a barbicha do queixo como se quisesse arrancá-la. Pousou a cabeça de Ogedai de volta nos cobertores ásperos e se levantou. Seu serviçal se aproximou para colocar bandagens nos cortes que o mestre havia feito, silencioso pelo espanto de estar tratando do cã da nação.

Com a calma autoridade de sua vocação, Mohrol fez um gesto pedindo que os dois homens que olhavam o seguissem para o ar puro. Eles o acompanharam, respirando fundo na brisa para limpar aquela doçura imunda dos pulmões. Ao redor, guerreiros do cã se levantaram com esperança no rosto, aguardando boas notícias. Mohrol balançou a cabeça e muitos deles se viraram.

— Não tenho remédios para isso — disse o xamã. — O sangue dele corre bem, mas me parece escuro, sem o espírito da vida. Não creio que seja o coração, mas me disseram que ele é fraco. Ele andou usando xaropes dos jin. — O xamã levantou um frasco azul vazio, com nojo. — Ele assumiu um risco enorme ao confiar nas poções e imundícies deles. Eles usam qualquer coisa, desde crianças não nascidas até o pênis de um tigre. Eu já vi.

— Nada disso me importa — reagiu Khasar rispidamente. — Se você não pode fazer algo por ele, vou encontrar outros com mais imaginação.

Mohrol pareceu inchar de raiva e Khasar reagiu dando um passo adiante no mesmo instante, deliberadamente ficando muito perto e usando sua altura como vantagem.

— Cuidado, homenzinho — murmurou Khasar. — Se eu fosse você, tentaria continuar sendo útil.

— Vocês não fazem bem a Ogedai discutindo aqui fora — disse Tolui. — Não importa o que aconteceu antes ou que poções ou pós ele tomou. Você pode ajudá-lo agora?

Mohrol continuou olhando furioso para Khasar enquanto respondia:

— Fisicamente não há nada errado com ele. Seu espírito está fraco ou foi enfraquecido. Não sei se ele foi amaldiçoado, levado a isso por algum inimigo ou se é algo que ele mesmo fez. — O xamã soprou o ar, enojado. — Às vezes os homens simplesmente morrem — disse. — O pai céu os chama e eles são arrancados, até mesmo os cãs. Nem sempre existe resposta.

Sem aviso, a mão de Khasar saltou e agarrou o manto do xamã, torcendo o tecido enquanto o puxava para perto. Mohrol reagiu lutando antes que seu instinto de sobrevivência o fizesse baixar as mãos. Khasar era um homem poderoso e a vida de Mohrol pendia num único fio de sua boa vontade. O xamã dominou o próprio ultraje.

— Existe uma magia negra — rosnou Khasar. — Eu já vi. Eu comi o coração de um homem e senti a luz explodindo em mim. Não diga que nada pode ser feito. Se os espíritos exigem sangue, vou derramar lagos de sangue pelo cã.

Mohrol começou a gaguejar uma resposta, mas então sua voz ficou firme.

— Será como o senhor diz, general. Vou sacrificar uma dúzia de éguas esta noite. Talvez isso baste.

Khasar soltou-o e Mohrol cambaleou para trás.

— Sua vida depende da dele, entendeu? — perguntou Khasar. — Ouvi coisas demais de gente do seu tipo, com suas promessas e mentiras. Se ele morrer, você será sepultado no céu junto com ele, preso com estacas nas montanhas para os falcões e as raposas.

— Entendo, general — respondeu Mohrol, rigidamente. — Agora devo preparar os animais para o sacrifício. Eles devem ser mortos do modo adequado, senhor, o sangue deles pelo dele.

Houvera uma cidade na região de Jiankang durante quase 2 mil anos. Alimentada pelo imenso rio Yangtze, que era a artéria vital de toda a China, fora capital dos antigos Estados e dinastias, enriquecida pelas tinturas e pela seda. O som dos teares era sempre presente, estalando e batendo dia e noite para fornecer roupas, sapatos e tapeçarias aos nobres sung. O cheiro de larvas fritando pesava no ar enquanto elas alimentavam os trabalhadores em todas as refeições, reviradas até ficar de um marrom dourado, com ervas, peixe e óleos.

Em comparação com a pequena cidade de Suzhou, ao norte, ou com as aldeias de pescadores que alimentavam os trabalhadores, Jiankang era um verdadeiro baluarte de poder e riqueza. Isso era visível nos soldados coloridos em cada esquina, nos palácios e nas ruas movimentadas com um milhão de trabalhadores, cujas vidas giravam em torno de uma larva de mariposa que fazia um casulo de fio tão perfeito que poderia ser desenrolado e transformado em tecidos extraordinariamente belos.

A princípio Xuan fora tratado razoavelmente bem enquanto deixava a fronteira, quilômetros ao norte. Suas esposas e seus filhos tinham sido postos em palácios longe dele. Seus soldados tinham sido levados mais para o sul, onde não podiam representar perigo. Ele não fora informado da localização dos alojamentos. As autoridades sung haviam demonstrado a cortesia mínima devida ao seu posto e o próprio filho do imperador tinha se dignado e recebê-lo e usar palavras doces como mel. Xuan controlou o espasmo de raiva que ameaçava engolfá-lo enquanto se lembrava do encontro. Tinha perdido tudo e eles deixavam clara sua posição com os insultos mais sutis. Só um homem acostumado à perfeição teria detectado o leve tom de idade no chá que lhe ofereciam ou o fato de que os serviçais que lhe mandavam tinham feições ásperas, até mesmo desajeitadas. Xuan não sabia se o imperador pretendia humilhá-lo ou se o filho suave e perfumado dele era simplesmente um idiota. Não importava. Tinha consciência de que não estava entre amigos. Nunca teria ido para as terras dos sung se a situação não fosse desesperadora.

Suas armas haviam provocado alguma empolgação a princípio, à medida que os soldados sung começavam a catalogar as bagagens e os suprimentos. Isso também gerou um momento de irritação quando Xuan se lembrou de suas risadas furtivas. Suas posses mais preciosas tinham sido espalhadas num vasto pátio que fazia o resto da riqueza de seu pai parecer reduzida. Mesmo assim Xuan não tinha certeza se iria vê-la de novo. Baús de moedas de ouro e prata haviam desaparecido em algum tesouro escondido, talvez nem estivessem na cidade. Em troca, Xuan tinha apenas um maço de papéis ornamentados, carimbados com as marcas de uma dúzia de autoridades. Estava completamente sob o poder de homens que, na melhor das hipóteses, o consideravam um aliado fraco e, na pior, um obstáculo para as terras que consideravam suas.

Enquanto olhava para Jiankang, Xuan trincou os dentes em silêncio, o único sinal de sua tensão. Eles haviam escarnecido de seus potes de fogo e dos canhões de mão. Os sung tinham essas armas aos milhares e com um projeto mais avançado. Estava claro que se consideravam intocáveis. Seus exércitos eram fortes e bem supridos, suas cidades eram ricas. Uma parte amarga dele quase queria que os mongóis revelassem a tolice dessa arrogância. Fazia seu estômago se revirar ver como os oficiais sung olhavam para ele e sussurravam, como se ele tivesse simplesmente entregado as terras jin aos pastores de ovelhas. Era peculiar sentir prazer na imagem do cã mongol cavalgando com seus guerreiros para dentro de Jiankang, fazendo os exércitos sung fugirem desorganizados.

Xuan sorriu com esse pensamento. O sol havia subido e os teares de seda podiam ser ouvidos batendo como insetos no fundo de uma tora de madeira. Passaria o dia com seus principais conselheiros, falando interminavelmente e fingindo que tinham algum propósito enquanto esperavam que o imperador sung notasse sua existência.

Enquanto Xuan olhava por sobre os telhados de Jiankang, um sino tocou ali perto, um dentre as centenas de tons diferentes que ressoavam na cidade em várias horas do dia. Alguns sinalizavam a mudança das horas ou anunciavam a chegada de mensageiros, outros chamavam as crianças à escola. À medida que o sol se punha, as palavras de um poema da juventude de Xuan retornaram e ele murmurou os versos, sentindo prazer com a lembrança.

— O sol enfraquece e mergulha no crepúsculo. As pessoas vão para casa e os picos luminosos escurecem. Gansos selvagens voam para os juncos brancos. Penso na porta de uma cidade ao norte e ouço um sino tocar entre mim e o sono.

Lágrimas brotaram de seus olhos enquanto ele pensava na gentileza de seu pai com o menininho que ele fora, mas piscou para afastá-las antes que alguém pudesse ver e contar sobre sua fraqueza.

Todas as éguas que Mohrol havia escolhido eram jovens, capazes de parir. Ele as havia tirado do rebanho de montarias de reserva que seguia os *tumans*, e gastou metade do dia escolhendo cada égua pela perfeição da cor e da pele sem marcas. Um dos donos ficou parado num sofrimento mudo enquanto duas de suas melhores éguas brancas, produtos de gerações de seleção e criação cuidadosa, eram marcadas para o sacrifício. Nenhuma havia parido, e sua linhagem sanguínea seria perdida. O nome de Ogedai fez com que toda a resistência desvanecesse, apesar do relacionamento quase sagrado entre os pastores e seus amados animais.

Uma coisa assim jamais havia sido vista nas planícies. Os *tumans* se comprimiram tanto ao redor da iurta onde Ogedai estava que Mohrol teve de pedir que ficassem afastados. Mesmo assim os guerreiros se esgueiravam à frente com as esposas e os filhos, desesperados para ver o poder da magia e o grande sacrifício. A vida de nenhum outro homem valeria tal preço e eles olhavam com fascínio e pavor enquanto Mohrol afiava suas facas de açougueiro e as abençoava.

Khasar sentou-se perto de onde Ogedai estava deitado num estrado coberto de seda ao sol poente. O cã fora vestido com armadura polida e a intervalos sua boca se abria e se fechava devagar, como se ofegasse querendo água. Era impossível ver sua pele pálida e não lembrar de Gêngis esperando a morte. Khasar se encolheu com esse pensamento, o coração batendo mais rapidamente com um sofrimento antigo. Tentou não olhar a primeira égua branca ser levada, com dois homens fortes segurando sua cabeça. Os outros animais foram mantidos bem afastados, onde não poderiam ver a matança, mas Khasar sabia que eles sentiriam o cheiro de sangue.

A jovem égua já estava nervosa, percebendo algo no ar. Empinou, balançando a cabeça para cima e para baixo e relinchando alto, lutando contra o aperto dos dedos na crina. Sua pele clara era perfeita, sem marcas de cicatrizes ou carrapatos. Mohrol havia escolhido bem e alguns dos guerreiros que olhavam estavam com a boca apertada diante daquele sacrifício.

Mohrol montou uma fogueira mais alta do que ele próprio, diante da iurta do cã, depois acendeu um galho de cedro, abafando as chamas de modo que a madeira criasse uma trilha de fumaça branca e fragrante. O xamã foi até Ogedai e segurou o galho enfumaçado acima do corpo dele, limpando o ar e abençoando o cã pelo ritual que viria. Com passos lentos, circulou a figura deitada, murmurando um encantamento que fez os pelos da nuca de Khasar se eriçarem. Khasar olhou para o sobrinho Tolui e o encontrou arrebatado, fascinado pelo xamã. O rapaz jamais entenderia como Khasar ouvira uma vez Gêngis falar uma língua antiga, com o sangue dos inimigos ainda fresco nos lábios.

A escuridão pareceu vir rapidamente, logo depois de ele olhar as chamas da fogueira de Mohrol. Milhares de guerreiros estavam sentados em silêncio e até os que haviam se ferido na luta foram levados para longe, para que seus gritos de dor não perturbassem o ritual. O silêncio era tão perfeito que Khasar pensou que mesmo assim conseguia ouvir os gritos ansiosos deles, fracos e distantes, como pássaros.

Com grande cuidado, as patas dianteiras e traseiras da égua foram amarradas em pares. Relinchando perturbada, ela lutou brevemente enquanto os guerreiros empurravam suas ancas, virando-as de modo que ela não pudesse permanecer de pé. Incapaz de dar um passo, a égua caiu desajeitadamente, com a cabeça erguida. Um dos guerreiros segurou seu pescoço musculoso com os braços, firmando-a. O outro agarrou as patas traseiras e os dois levantaram os olhos para Mohrol.

O xamã não queria se apressar. Rezou alto, cantando e sussurrando alternadamente. Dedicou a vida da égua à mãe terra que receberia o sangue. Pediu repetidamente que a vida do cã fosse poupada.

No meio do ritual, Mohrol se aproximou da égua. Tinha duas facas e continuou a cantar e rezar enquanto escolhia um lugar embaixo do pescoço, onde a pele branca e lisa começava a baixar para o peito. Os dois guerreiros se prepararam.

Com um movimento rápido, Mohrol cravou a lâmina até o cabo. O sangue jorrou, bombeando intenso e escuro, cobrindo suas mãos. A égua estremeceu e relinchou em pânico, bufando e lutando para se levantar. Os guerreiros sentaram-se nas ancas do animal e o sangue continuou a jorrar a cada batida do coração, cobrindo os guerreiros que lutavam para segurar a carne molhada.

Mohrol pôs uma das mãos no pescoço da égua, sentindo a pele esfriar. Ela ainda lutava, porém mais fraca. Ele puxou os lábios dela para trás e balançou a cabeça ao ver as gengivas pálidas. Em voz alta, o xamã invocou de novo os espíritos da terra e estendeu a segunda faca. Era um bloco de metal com cabo pesado, do tamanho de seu antebraço e gume fino. Esperou até que o fluxo de sangue ficasse lento, então cortou rapidamente, passando a faca para trás e para a frente na garganta da égua. A lâmina desapareceu na carne. Mais sangue jorrou e ele viu as pupilas do animal ficarem grandes e muito escuras.

Os braços de Mohrol estavam cobertos de sangue quando ele andou até o cã. Sem perceber tudo que era feito em seu nome, Ogedai permanecia deitado e imóvel, pálido como a morte. Mohrol balançou a cabeça dele ligeiramente e marcou as bochechas do cã com uma linha vermelha de seu dedo.

Ninguém ousou falar enquanto ele voltava à égua morta. Sabiam que existia magia no sacrifício. Enquanto Mohrol afastava um inseto do rosto, muitos fizeram um sinal contra o mal, pensando em espíritos que se reuniam como moscas sobre carniça.

Mohrol não pareceu desencorajado enquanto acenava para os homens arrastarem o animal morto e trazerem o próximo. Sabia que as éguas lutariam ao sentir o cheiro de sangue, mas pelo menos podia poupar-lhes a visão de um animal morto.

De novo começou o canto que terminaria num sacrifício. Khasar desviou os olhos e muitos guerreiros se afastaram, para não testemunhar tamanha riqueza sendo arruinada por uma faca.

A segunda égua pareceu mais calma do que a primeira, menos agitada. Permitiu-se ser levada, mas sentiu alguma coisa. Num momento entrou em pânico, relinchando alto e usando toda sua força para puxar a rédea do homem que a segurava. Enquanto eles faziam força em direções opostas, o cabresto se partiu e ela ficou livre. Na escuridão, trombou com Tolui, derrubando-o.

Não chegou longe. Os guerreiros abriram os braços e a contiveram, virando-a até poderem pegar um cabresto novo e levá-la de volta.

Tolui ficou de pé com apenas alguns arranhões, espanando-se. Viu que Mohrol estava olhando-o estranhamente e deu de ombros sob o olhar do xamã. O canto começou de novo e a segunda égua foi atada facilmente, pronta para as facas. Seria uma noite longa e o cheiro amargo de sangue já estava forte.

CAPÍTULO 13

O TERRENO AO REDOR DO CÃ ESTAVA ENCHARCADO DE VERMELHO. O SANGUE de uma dúzia de éguas havia empapado a terra até um ponto em que o solo não conseguia absorvê-lo mais, fazendo-o empoçar. Moscas gordas e pretas zumbiam e mergulhavam ao redor, atraídas pelo cheiro em frenesi. Mohrol estava escuro como elas, os braços nus e o dil ainda molhados enquanto as tochas estalavam e o sol começava a nascer. Sua voz estava rouca, o rosto imundo. Mosquitos haviam se juntado em nuvens no ar quente e úmido. O xamã estava exaurido, mas o cã permanecia imóvel no estrado, com os olhos parecendo buracos negros.

Os guerreiros dormiam no capim, esperando novidades. Não haviam pegado as éguas para usar a carne e os corpos estavam esparramados num monte, as pernas finas esticadas enquanto as barrigas começavam a inchar com o gás. Ninguém sabia se o sacrifício poderia ser prejudicado se consumissem a carne, por isso ela seria deixada para apodrecer, intocada, enquanto o acampamento se movimentava. Muitos deles haviam deixado a cena de matança, indo até suas iurtas e suas mulheres, incapazes de continuar olhando a morte de éguas tão boas.

No alvorecer Mohrol se ajoelhou no capim molhado e seus joelhos afundaram no chão mole. Havia matado 12 animais e sentia-se pesado, esmagado pela morte. Recusou-se a deixar o desespero transparecer enquanto o cã permanecia impotente, o rosto marcado por riscos de sangue seco. Mohrol sentia-se tonto ao se ajoelhar e sua voz começou a falhar completamente, de modo que ele sussurrava os feitiços e presságios antigos, cantos rítmicos que rolavam repetidamente até as palavras se turvarem num jorro de som.

— O cã está acorrentado — grasnou. — Perdido e sozinho numa jaula de carne. Mostrem-me como partir suas amarras. Mostrem-me o que devo fazer para trazê-lo para casa. O cã está acorrentado...

O xamã podia sentir a luz fraca do alvorecer em seus olhos fechados. Tinha caído em desespero, mas achava que podia sentir o sussurro dos espíritos ao redor da figura imóvel de Ogedai. À noite havia segurado o pulso do cã e procurado os batimentos, de tão imóvel que ele estava. No entanto, sem aviso, Ogedai estremecia e se retorcia de vez em quando, a boca se abrindo e fechando, os olhos brilhando por alguns instantes com algo semelhante à consciência. A resposta estava ali, Mohrol tinha certeza. Se ao menos pudesse encontrá-la...

— Tengri do céu azul, Erlik do mundo subterrâneo, senhor das sombras, mostrem-me como partir as correntes — sussurrou Mohrol, a voz raspando. — Deixem que ele veja sua alma espelho na água, deixem que ele veja sua alma sombra ao sol. Eu lhes dei rios de sangue, éguas virgens sangrando suas vidas no chão. Dei sangue aos 99 deuses do branco e do preto. Mostrem-me as correntes e eu as partirei. *Façam* de mim o martelo. Pelos 99, pelas três almas, mostrem o caminho. — Ele ergueu a mão direita ao sol, abrindo os dedos que eram sua marca e vocação. — Esta é sua terra antiga, senhores espíritos dos jin. Se ouvirem minha voz, mostrem como serão aplacados. Sussurrem suas necessidades nos meus ouvidos. Mostrem as correntes.

Ogedai gemeu na plataforma, a cabeça tombando de lado. Num instante Mohrol estava com ele, ainda entoando. Depois daquela noite, com o alvorecer ainda cinzento e o orvalho meio congelado no capim vermelho, podia *sentir* os espíritos ao redor do cã. Podia ouvi-los respirar. Sua boca estava seca com uma pasta amarga que deixava uma crosta preta nos lábios. Com ela havia voado na escuridão, mas não houvera resposta, nenhum clarão de luz e entendimento.

— O que vocês aceitariam para soltá-lo? O que desejam? Esta carne é a jaula para o cã de uma nação. Vocês terão o que quiserem. — Mohrol respirou fundo, perto de um colapso. — É a minha vida? Eu daria. Digam como partir as correntes. As éguas não foram suficientes? Posso mandar trazer outras mil para marcar a pele dele. Posso tecer uma teia de sangue ao redor dele, uma meada de fios negros e magia negra. — Ele respirou mais rapidamente, forçando o corpo a ofegar, aumentando o calor por dentro, que poderia levar a visões mais poderosas. — Devo trazer virgens a este lugar? Devo trazer escravos ou inimigos? — Sua voz ficou mais baixa, de modo que ninguém mais pudesse ouvir. — Devo trazer crianças para morrer pelo cã? Elas dariam a vida com prazer. Mostrem-me as correntes para que eu possa parti-las. Façam de mim o martelo. É um parente que ele precisa? Sua família daria a vida pelo cã.

Ogedai se moveu. Piscou rapidamente e, enquanto Mohrol olhava atônito, o cã começou a sentar-se, caindo para trás quando o braço direito se dobrou. O xamã o pegou e inclinou a cabeça para trás, para uivar em triunfo como um lobo.

— É o filho dele? — continuou Mohrol desesperado, enquanto segurava o cã. — Suas filhas? Seus tios ou amigos? Deem-me o sinal, golpeiem as correntes!

Com o uivo do xamã, homens a toda volta haviam despertado do sono. Centenas foram até lá correndo de todas as direções. A notícia se espalhou e, enquanto ouviam, homens e mulheres levantaram as mãos e comemoraram, batendo panelas ou espadas, qualquer coisa que tivessem. Soltaram um trovão de júbilo e Ogedai sentou-se, encolhendo-se diante daquilo.

— Tragam água — disse, com a voz fraca. — O que está acontecendo? — Ele abriu os olhos e viu o campo manchado de sangue e o cadáver da última égua caído no escuro à luz do alvorecer. Ogedai não entendia o que tinha acontecido e esfregou o rosto que coçava, olhando confuso para os flocos de sangue seco nas palmas das mãos.

— Ergam uma nova iurta para o cã — ordenou Mohrol, a voz pouco mais do que uma brisa, mas ficando mais forte com seu júbilo. — Façam-na limpa e seca. Tragam comida e água fresca.

A iurta foi erguida ao redor de Ogedai, ainda que ele fosse capaz de sentar-se. A fraqueza no braço foi se esvaindo em estágios lentos. Quando o sol nascente foi bloqueado por feltro e madeira, ele estava bebendo água e pedindo vinho, mas Mohrol não quis permitir isso. A autoridade do xamã havia crescido com o sucesso e os serviçais do cã não podiam ignorar sua expressão séria. Por um curto tempo, o xamã podia passar por cima do próprio cã. Mohrol se empertigou com sua nova importância e orgulho visível.

Khasar e Tolui se juntaram a Ogedai na iurta nova, assim como os homens mais importantes do acampamento. O cã ainda estava pálido, mas deu um sorriso débil diante das expressões preocupadas deles. Seus olhos estavam fundos e escuros e as mãos tremiam quando Mohrol lhe entregou uma tigela de chá salgado, dizendo para beber tudo. O cã franziu a testa e lambeu os lábios pensando em vinho, mas não protestou. Tinha sentido a morte rondando e isso o deixara cheio de pavor, mesmo achando que estava preparado para ela.

— Houve ocasiões em que eu podia ouvir tudo, mas não conseguia reagir — disse Ogedai, a voz parecendo a respiração de um velho. — Achei que estava morto, com espíritos nos ouvidos. Foi...

Seus olhos ficaram sombrios enquanto ele bebia e não contou sobre o terror doentio que sentira, preso no próprio corpo, retomando e perdendo a consciência. Seu pai havia dito para jamais falar de seus medos. Os homens eram tolos, sempre imaginando que os outros eram mais fortes, mais rápidos e menos temerosos, dissera Gêngis. Mesmo em sua fraqueza, Ogedai recordava isso. O terror daquela escuridão o havia ferido, mas ele ainda era o cã.

Serviçais puseram mantas de feltro áspero no chão sangrento ao redor. As mantas grossas absorveram o sangue num instante, ficando pesadas e vermelhas. Outras foram trazidas e empilhadas sobre as de baixo, até que todo o piso da iurta estivesse coberto. Então Mohrol se ajoelhou ao lado de Ogedai e estendeu a mão para examinar seus olhos e suas gengivas.

— Você fez bem, Mohrol — disse Ogedai. — Eu não esperava retornar.

Mohrol franziu a testa.

— Não terminou, senhor. O sacrifício das éguas não foi suficiente. — Ele respirou fundo e ficou em silêncio enquanto mordia uma unha quebrada, sentindo o gosto dos flocos de sangue. — Os espíritos desta terra estão cheios de amargura e ódio. Eles somente liberaram sua alma quando falei sobre outro ir em seu lugar.

Ogedai virou os olhos turvos para o xamã, lutando para não mostrar o medo.

— O que você quer dizer? Minha mente está confusa, Mohrol. Fale claramente, como se eu fosse uma criança. Eu entenderei você assim.

— Há um preço pelo seu retorno, senhor. Não sei quanto tempo o senhor tem antes de o agarrarem de volta para a escuridão. Pode ser um dia ou mesmo algumas respirações a mais, não posso dizer.

Ogedai se enrijeceu.

— Não posso passar por isso de novo, entende, xamã? Eu não conseguia respirar... — Ele sentiu os olhos arderem e esfregou-os furiosamente. Seu corpo era um vaso fraco, sempre fora. — Traga-me vinho, xamã.

— Por enquanto, não, senhor. Só temos pouco tempo e o senhor precisa pensar com clareza.

— Faça o que for preciso, Mohrol. Pagarei qualquer preço. — Ogedai tinha visto as éguas mortas e balançou a cabeça cansado, olhando através das paredes da iurta, para onde sabia que elas ainda estavam. — Você tem meus rebanhos, meus magarefes, o que precisar.

— Cavalos não bastam, senhor, sinto muito. O senhor voltou para nós...

Ogedai levantou os olhos rapidamente.

— Fale! Quem sabe quanto tempo eu tenho?

Pela primeira vez o xamã gaguejou, odiando o que teria de dizer.

— Outro sacrifício, senhor. Deve ser alguém de seu próprio sangue. Foi a oferta que o arrancou de volta da morte. Foi esse o motivo pelo qual o senhor retornou.

Mohrol estava tão atento observando a reação de Ogedai que não sentiu Khasar aproximando-se por trás dele até ser levantado do chão para encará-lo.

— Seu sujeitinho... — A boca de Khasar se remexeu em fúria, lançando gotas de cuspe no rosto de Mohrol enquanto segurava o xamã e o sacudia como um cão faria com um rato. — Já ouvi homens como você propondo esse tipo de jogo. Nós partimos as costas do último e o deixamos para os lobos. Acha que pode amedrontar minha família? *Minha* família?

Acha que pode exigir uma dívida de sangue em troca de seus feitiços e sortilégios mesquinhos? Bem, depois de *você*, xamã. Você morre primeiro e depois veremos.

Enquanto falava, Khasar havia tirado do cinto uma curta faca de esfolar, mantendo a mão abaixada. Antes que alguém pudesse falar qualquer coisa ele girou o punho rapidamente, cortando a virilha de Mohrol. O xamã ofegou e Khasar deixou-o cair de costas. Limpou o sangue da faca mas a manteve a postos na mão enquanto Mohrol se retorcia, com as mãos em concha.

Ogedai se levantou lentamente do estrado. Estava magro e fraco, mas seus olhos mostravam fúria. Khasar encarou-o com frieza, recusando-se a se submeter.

— Em meu acampamento você corta meu xamã, tio? — rosnou Ogedai. — Você se esqueceu de onde está? Esqueceu-se de quem *eu* sou?

Khasar estendeu o queixo em desafio, mas guardou a faca.

— Veja-o com clareza, Ogedai... senhor cã — respondeu Khasar. — Este aí quer minha morte, por isso sussurra que alguém do seu sangue tem de ser sacrificado. Eles estão afundados até os quadris em artimanhas de poder e causaram à minha família, à sua família, dor suficiente. Você não deveria ouvir uma palavra sequer vinda dele. Vamos esperar alguns dias e ver como você se recupera. Você ficará forte de novo, aposto minhas próprias éguas.

Mohrol rolou, ficando de joelhos. A mão que apertava contra a virilha estava vermelha de sangue fresco e ele se sentiu enjoado e trêmulo com a dor. Olhou furioso para Khasar.

— Não sei o nome ainda. A escolha não é minha. Eu gostaria que fosse.

— Xamã — disse Ogedai, baixinho. — Você não terá meu filho, nem que minha vida dependa disso. Nem minha esposa.

— Sua esposa não é do seu sangue, senhor. Deixe-me lançar outro augúrio e descobrir o nome.

Ogedai concordou, acomodando-se de volta no estrado. Até mesmo esse pequeno esforço o levara à beira de um desmaio.

Mohrol se levantou como um velho, encurvado por causa da dor. Khasar sorriu friamente para ele. Manchas de sangue caíram entre as pernas do xamã, desaparecendo instantaneamente no feltro.

— Faça isso depressa, então — disse Khasar. — Não tenho paciência para gente do seu tipo, principalmente hoje.

Mohrol olhou para o outro lado, com medo do homem que usava a violência com tanta facilidade quanto respirava. Não podia desamarrar o manto e examinar o ferimento com Khasar olhando-o cheio de desprezo. Sentia-se doente e o talho latejava e ardia. Balançou a cabeça, tentando limpá-la. Ele era o xamã do cã e o augúrio tinha de ser correto. Mohrol imaginou o que aconteceria se os espíritos dessem o nome de Khasar. Não achava que viveria muito tempo depois disso.

Enquanto Khasar olhava cheio de desprezo, Mohrol mandou seus serviçais buscarem correndo velas e incenso. Logo o ar na iurta estava denso e Mohrol acrescentou ervas à tigela que ardia, respirando um frescor que fazia a dor na virilha se tornar apenas uma irritação distante. Depois de um tempo, até ela se reduziu e foi embora.

A princípio Ogedai tossiu enquanto a fumaça áspera penetrava em seus pulmões. Um dos serviçais finalmente desafiou a proibição de Mohrol e um odre de vinho havia aparecido aos pés do cã. Ele bebeu como alguém que morresse de sede e um pouco de cor voltou às suas bochechas. Os olhos estavam brilhantes de fascínio e pavor enquanto Mohrol juntava os ossos para lançar o augúrio, segurando-os para os quatro ventos e chamando os espíritos para guiar sua mão.

Ao mesmo tempo, o xamã pegou um pote de pasta preta e terrosa e esfregou uma tira dela ao longo da língua. Era perigoso liberar seu espírito de novo em tão pouco tempo, mas ele se firmou, ignorando o modo como seu coração palpitava no peito. A amargura trouxe lágrimas aos olhos, fazendo-os brilhar na semiobscuridade. Quando Mohrol fechou a boca, suas pupilas ficaram enormes, como os olhos dos cavalos agonizantes.

Lentamente o sangue estava penetrando nas camadas de feltro e o cheiro era intenso. Com o incenso narcótico, os homens exaustos mal podiam suportá-lo, mas Mohrol parecia prosperar no ar denso, com a pasta dando força à sua carne. Sua voz iniciou um canto enquanto ele movia a sacola de ossos para o norte, o leste, o sul e o oeste, repetidamente, chamando os espíritos de casa para ajudá-lo.

Por fim jogou os ossos; lançou-os com força demais, de modo que as peças amarelas se espalharam no feltro. Seria um presságio vê-las saltar para longe dele? Mohrol xingou alto e Khasar gargalhou enquanto o xamã tentava ler o modo como eles haviam caído.

— Dez... 11... onde está o último? — disse Mohrol, falando para ninguém.

Nenhum deles notou que Tolui havia ficado quase tão pálido quanto o próprio cã. O xamã não tinha visto o osso de tornozelo encostado na bota de Tolui, tocando o couro macio.

Tolui tinha visto. Havia guardado para si o medo doentio que sentira ao ouvir que o sacrifício deveria ser de alguém do sangue de Ogedai. Desde aquele momento fora apanhado por um desamparo entorpecido, uma resignação a um destino que não poderia evitar. A égua em fuga havia-o derrubado e a ninguém mais. Pensou que entendera naquele momento. Parte dele queria empurrar o osso fundo no feltro, para escondê-lo com o pé, mas com um grande esforço da vontade não fez isso. Ogedai era o cã da nação, o homem que seu pai escolhera para governar. Nenhuma vida valia tanto quanto a dele.

— Está aqui — sussurrou Tolui, depois repetiu, porque ninguém tinha ouvido.

Mohrol espiou-o e seus olhos relampejaram com uma compreensão súbita.

— A égua que acertou você — disse o xamã, num sussurro. Seus olhos estavam sombrios, mas havia algo parecido com compaixão no rosto.

Tolui aquiesceu, mudo.

— O que foi? — interveio Ogedai, levantando os olhos rapidamente. — Nem pense nisso, xamã. Tolui não faz parte disso. — Falou com firmeza, mas o medo da sepultura ainda estava nele e suas mãos tremeram na taça de vinho. Tolui percebeu.

— Você é meu irmão mais velho, Ogedai — disse Tolui. — Mais do que isso, você é o cã, o homem que nosso pai escolheu. — Ele sorriu e esfregou a mão no rosto, parecendo quase infantil por um momento. — Uma vez ele me disse que seria eu quem iria lembrar-lhe coisas que você esqueceu. Que eu iria guiá-lo como cã e ser seu braço direito.

— Isso é loucura — disse Khasar, a voz tensa com fúria contida. — Deixe-me derramar primeiro o sangue desse xamã.

— Muito bem, general! — reagiu Mohrol, subitamente. Em seguida avançou para encarar Khasar com os braços abertos. — Eu pagarei esse preço. Você já derramou meu sangue esta manhã. Derrame o resto, se quiser. Isso não mudará os presságios. Não mudará o que tem de ser feito.

Khasar tocou a faca embaixo do cinto, enfiada nas dobras de tecido sujo, mas Mohrol não afastou o olhar. A pasta que havia consumido tinha roubado qualquer medo e em vez disso ele viu o amor de Khasar por Ogedai e Tolui, misturado com frustração. O velho general poderia enfrentar qualquer inimigo, mas estava perdido e confuso com aquela decisão. Depois de um tempo Mohrol baixou os braços e ficou parado com paciência, esperando que Khasar visse o inevitável.

No fim, foi a voz de Tolui que rompeu o silêncio.

— Eu tenho muito que fazer, tio. Você deve me deixar agora. Preciso ver meu filho e preparar cartas para minha esposa. — Seu rosto estava rígido de dor, mas a voz permanecia firme enquanto Khasar o olhava.

— Seu pai não teria cedido — disse Khasar, carrancudo. — Acredite, eu o conhecia melhor do que ninguém.

Ele não tinha tanta certeza quanto aparentava. Em alguns estados de humor, Gêngis teria jogado a vida fora sem pensar, desfrutando da atitude grandiosa. Em outros, teria lutado até o último minuto, condenado ou não. Khasar desejou de todo o coração que seu irmão Kachiun estivesse ali. Ele teria encontrado uma resposta, um modo de atravessar os espinhos. Era puro azar o fato de que Kachiun estava cavalgando com Tsubodai e Batu no norte. Pela primeira vez Khasar estava sozinho.

Sentiu a pressão vinda dos homens mais novos que o olhavam com esperança de algum golpe que cortasse aquela decisão. Só conseguia pensar em matar o xamã. Esse também seria um ato inútil, percebeu. Mohrol acreditava nas próprias palavras e, pelo que Khasar sabia, poderia estar falando toda a verdade. Fechou os olhos e se esforçou para escutar a voz de Kachiun. O que ele diria? Alguém precisava morrer por Ogedai. Khasar levantou a cabeça, com os olhos se abrindo.

— Eu serei seu sacrifício, xamã. Leve a minha vida em troca da do cã. Posso fazer isso, pela memória do meu irmão, pelo filho dele.

— Não — respondeu Mohrol, dando-lhe as costas. — Não é você, hoje não. Os augúrios são claros. A escolha é tão simples quanto difícil.

Tolui deu um sorriso cansado enquanto o xamã falava. Chegou perto de Khasar e os dois se abraçaram por um momento enquanto Ogedai e o xamã olhavam.

— Ao pôr do sol, Mohrol — disse Tolui, olhando de volta para o xamã. — Dê-me um dia para me preparar.

— Senhor, os augúrios estão postos. Não sabemos quanto tempo resta ao cã antes que seu espírito seja levado.

Ogedai não disse qualquer coisa enquanto Tolui o olhava. O queixo de seu irmão mais novo se retesou à medida que ele lutava contra si mesmo.

— Não vou fugir, irmão — sussurrou ele. — Mas não estou pronto para a faca, pelo menos por enquanto. Dê-me o dia e eu irei abençoá-lo do outro lado.

Ogedai concordou debilmente, com uma expressão torturada. Queria falar, mandar Mohrol embora e desafiar os espíritos malévolos a voltar para pegá-lo. Não podia. Um fiapo de lembrança do seu desamparo lhe voltou. Não podia sofrer de novo.

— Ao pôr do sol, irmão — disse Ogedai, finalmente.

Sem outra palavra, Tolui saiu da iurta, abaixando-se para passar pela porta pequena, para o ar puro e o sol.

Ao redor, o vasto acampamento se espalhava por todas as direções, movimentado e vivo com o barulho de cavalos e mulheres, crianças e guerreiros. O coração de Tolui batia forte e cheio de dor diante de uma cena tão agradável e normal. Percebeu com uma pontada de desespero que aquela era sua derradeira manhã. Não veria o sol nascer de novo. Durante um tempo simplesmente ficou parado olhando, segurando a mão sobre os olhos para protegê-los da claridade forte.

CAPÍTULO 14

Tolui guiou um pequeno grupo de dez cavaleiros até o rio que corria junto ao acampamento. Seu filho Mongke seguia do seu lado direito, com o rosto jovem pálido de tensão. Duas escravas seguiam junto aos estribos de Tolui. Ele apeou na margem e as escravas retiraram sua armadura e a roupa de baixo. Nu, entrou na água fria, sentindo os pés afundarem na lama fresca. Lavou-se devagar, usando lodo para tirar a gordura da pele, depois mergulhando para enxaguar.

As duas escravas se despiram para entrar na água com ele. Elas tremiam enquanto passavam instrumentos de osso embaixo das unhas dele para limpá-las. As duas estavam com água até a cintura, os seios firmes e arrepiados. Não havia leveza nem risos vindos delas e Tolui não ficou excitado com a visão, enquanto em qualquer outro dia poderia brincar na parte rasa espirrando água para fazê-las gritar.

Com cuidado e concentração, aceitou um frasco de óleo límpido e esfregou o líquido no cabelo. A escrava mais bonita amarrou-o, fazendo um rabo comprido que pendia às costas. A pele dele era muito branca na nuca, onde o cabelo a protegia do sol.

Mongke ficou parado olhando o pai. Os outros *minghaans* eram homens mais velhos que tinham visto batalhas mil vezes. Perto deles ele se sentia jovem e inexperiente, mas eles não podiam olhá-lo. Estavam silenciosos com respeito por Tolui e Mongke sabia que precisava manter o rosto impassível em honra ao pai. O general seria envergonhado caso seu filho chorasse, por isso Mongke manteve o rosto duro como uma pedra. No entanto, não conseguia olhar para longe do pai. Tolui havia contado a decisão e todos estavam abalados, impotentes diante de sua vontade e da necessidade do cã.

Um deles deu um assobio baixo ao ver Khasar vir cavalgando de outra parte do acampamento. O general merecia respeito, mas mesmo assim eles estavam dispostos a impedi-lo de chegar ao rio. Naquele dia não se importavam que ele fosse filho de Gêngis.

Tolui estivera parado com os olhos vazios enquanto seu cabelo era amarrado. O assobio tirou-o da distração e ele acenou para que Mongke, deixasse Khasar passar, olhando o tio apear e ir até a margem.

— Você vai precisar de um amigo para ajudá-lo nisso — disse Khasar.

O olhar de Mongke se cravou na nuca de Khasar, mas ele não notou.

Tolui levantou os olhos em silêncio, no rio, e finalmente baixou a cabeça em aceitação, saindo da água. Suas escravas foram junto e ele ficou parado, paciente, enquanto elas o esfregavam. O sol o aqueceu e parte da tensão se esvaiu. Ele olhou para a armadura que esperava, uma pilha de ferro e couro. Tinha usado algo assim durante toda a vida adulta, mas de repente aquilo parecia uma coisa estranha. Sendo uma criação jin, não se adequava ao seu humor naquele momento.

— Não usarei a armadura — disse a Mongke, que estava esperando ordens. — Mande guardar. Talvez, com o tempo, você a use por mim.

Mongke lutou com o sofrimento enquanto se abaixava e juntava as peças nos braços. Khasar olhou aprovando, satisfeito ao ver como o filho de Tolui mantinha a dignidade. O orgulho do pai brilhava nos olhos, mas Mongke se virou sem vê-lo.

Tolui ficou olhando enquanto as mulheres pegavam roupas para cobrir a nudez. Mandou uma delas sair descalça pelo capim, com instruções para encontrar um dil específico e calças em sua iurta, além de botas novas. Ela corria bem, e muitos dos homens se viraram para ver as pernas da jovem relampejando ao sol.

— Fico tentando acreditar que isso está mesmo acontecendo — disse Tolui, baixinho. Khasar olhou-o e estendeu a mão para segurar seu ombro desnudo num apoio silencioso, enquanto ele continuava: — Quando vi você chegando, esperei que algo tivesse mudado. Acho que parte de mim espera um grito, um adiamento, até os últimos instantes. É uma coisa estranha o modo como a gente se tortura.

— Seu pai teria orgulho de você, sei disso — respondeu Khasar. Sentia-se inútil, incapaz de encontrar as palavras certas.

Estranhamente, foi Tolui quem percebeu a perturbação do tio e falou com gentileza:

— Acho que estarei melhor sozinho por enquanto, tio. Tenho meu filho para me confortar. Ele levará minhas mensagens para casa. Precisarei de você mais tarde, ao pôr do sol. — Ele suspirou. — Precisarei de você ao meu lado, sem dúvida. Mas agora ainda tenho palavras para escrever e ordens a dar.

— Muito bem, Tolui. Voltarei quando o sol estiver se pondo. Garanto uma coisa: quando isto acabar, vou matar aquele xamã.

Tolui deu um risada.

— Eu não esperaria nada menos do que isso, tio. Precisarei de um serviçal no outro mundo. Ele serviria muito bem.

A jovem escrava retornou com uma braçada de roupas limpas, de lã. Com o peito despido, Tolui vestiu as calças justas e ásperas, escondendo as partes íntimas. A escrava amarrou a tira na cintura enquanto Tolui permanecia com os braços abertos, olhando a distância. As mulheres tinham começado a chorar e nenhum dos homens as censurou. Tolui estava satisfeito em ouvir os choros delas por ele. Não ousava pensar em Sorhatani e em como ela reagiria. Viu Khasar montar em seu cavalo de novo, silencioso e cheio de sofrimento enquanto levantava a mão direita e se virava para ir embora.

Tolui sentou-se no capim e as escravas se ajoelharam diante dele. As botas eram novas, de couro macio. As mulheres enrolaram seus pés em lã não tratada e calçaram as botas por cima, amarrando-as com movimentos rápidos e precisos. Finalmente ele se levantou.

O dil era o mais simples que ele possuía, um tecido levemente acolchoado, praticamente sem enfeites além de botões em forma de sinos minúsculos. Era uma peça antiga que pertencera a Gêngis, marcada com a costura da Tribo dos Lobos. Tolui passou as mãos no desenho grosseiro e descobriu que isso trazia conforto a ele. Seu pai o havia usado e talvez restasse no tecido um traço de sua antiga força.

— Caminhe comigo um pouco, Mongke — gritou ao filho. — Há coisas que quero que você lembre para mim.

O sol foi baixando no último dia, espalhando uma luz fresca que perdeu lentamente as cores, fazendo as planícies se suavizarem em cinza. Sentado com as pernas cruzadas no capim, Tolui viu o sol tocar os morros a oeste. Tinha sido um bom dia. Ele havia passado parte dele fornicando com as escravas, perdendo-se por algum tempo nos prazeres da carne. Tinha nomeado seu segundo no comando para liderar o *tuman*. Lakota era um homem bom e leal. Não envergonharia a memória de Tolui e, com o tempo, quando Mongke tivesse mais experiência, ele se afastaria para dar lugar ao filho.

Ogedai fora procurá-lo à tarde, dizendo que nomearia Sorhatani chefe da família de Tolui, com todos os direitos que seu marido tivera. Ela manteria a riqueza e a autoridade dele sobre os filhos. Quando retornasse ao lar, Mongke receberia as outras esposas e os escravos de Tolui, protegendo-os de quem tentasse se aproveitar. A sombra do cã manteria sua família em segurança. Era o mínimo que Ogedai poderia oferecer, mas Tolui sentiu-se mais leve, menos temeroso, depois de ouvir isso. Só desejava poder falar com Sorhatani e seus outros filhos pela última vez. Ditar cartas aos escribas não era a mesma coisa, e ele desejava abraçar a mulher, só uma vez, apertá-la contra o corpo e respirar o aroma de seu cabelo.

Suspirou. Era difícil encontrar a paz enquanto o sol baixava. Tentou se agarrar a cada momento, mas sua mente o traía, desviando-se e voltando à clareza com um susto. O tempo escorria como óleo entre as mãos e ele não conseguia reter um único instante.

Os *tumans* tinham se reunido em fileiras para testemunhar seu sacrifício. À frente dele, no capim, Ogedai estava com Khasar e Mohrol. Mongke esperava ligeiramente afastado dos outros três. Só ele olhava diretamente para o pai, um olhar constante que era o único sinal do horror e da incredulidade que sentia.

Tolui respirou fundo, desfrutando do cheiro dos cavalos e das ovelhas na brisa da tarde. Estava satisfeito por ter escolhido aquela roupa simples de pastor. A armadura iria sufocá-lo, confiná-lo no ferro. Em vez disso, sentia os membros frouxos, limpos e calmos.

Caminhou na direção do pequeno grupo de homens. Mongke olhava-o como um bezerro perplexo. Tolui estendeu a mão e puxou o filho para um abraço rápido, soltando-o antes que o tremor que sentia no peito se transformasse em soluços.

— Estou pronto — disse.

Ogedai se abaixou, sentando-se com as pernas cruzadas de um dos lados dele, com Khasar do outro. Mongke hesitou, antes de sentar-se de um lado.

Havia uma certa animosidade compartilhada enquanto todos olhavam Mohrol encostar uma vela nos potes de latão. Finas tiras de fumaça se arrastaram pela planície e o xamã começou a cantar.

Mohrol estava com o peito desnudo, a pele marcada em linhas de vermelho e azul-escuro. Seus olhos espiavam a partir de uma máscara que mal parecia humana. Os quatro homens estavam voltados para o oeste e, enquanto o xamã cantava as seis estrofes da canção da morte, eles olhavam o sol poente, engolido aos poucos pelo horizonte até haver apenas uma gorda linha de ouro.

Mohrol bateu com os pés no chão enquanto terminava a estrofe dedicada à mãe terra. Cravou uma faca no ar ao invocar o pai céu. Sua voz ficou mais forte, um tom duplo saindo do nariz e da garganta, e esse era um dos sons mais antigos que Tolui recordava. Ele ouvia distraidamente, incapaz de afastar os olhos do fio dourado que o amarrava à vida.

Enquanto os versos dedicados aos quatro ventos terminavam, Mohrol pôs uma faca nas mãos de Tolui, posicionadas em concha. Tolui olhou a lâmina preto-azulada à última luz do sol. Encontrou a calma de que precisava. Tudo ao redor estava nítido e definido e ele respirou fundo enquanto encostava a lâmina na pele.

Ogedai estendeu a mão e segurou seu ombro esquerdo. Khasar fez o mesmo com o direito. Tolui sentiu a força deles, o sofrimento, e isso afastou o resto de seu medo.

Olhou para Mongke e viu que os olhos do rapaz estavam marejados de lágrimas. Não havia vergonha nisso.

— Cuide de sua mãe, garoto — disse Tolui, depois olhou para baixo e respirou fundo. — É hora — disse. — Sou um sacrifício adequado ao cã. Sou alto, forte e jovem. Tomarei o lugar do meu irmão.

O sol desapareceu no oeste e Tolui cravou a faca no peito, até o coração. Todo o ar em seus pulmões saiu numa respiração longa e áspera. Ele descobriu que não podia respirar e lutou contra o pânico. Sabia quais cortes precisavam ser feitos. Mohrol havia explicado cada detalhe do ritual. Seu filho estava olhando e ele precisava ter a força necessária.

O corpo de Tolui tinha ficado tenso e duro, cada músculo fazendo força enquanto ele aspirava o ar de volta e enfiava a faca entre as costelas, cortando o coração. A dor era um ferro em brasa dentro dele, mas ele puxou a faca e olhou atônito o jorro de sangue que veio junto. Sua força estava se esvaindo e, enquanto ele começava a cair para a frente, Khasar segurou sua mão com dedos inacreditavelmente fortes. Tolui virou os olhos para ele, em agradecimento, incapaz de falar. Khasar guiou sua mão mais para o alto, apertando-a de modo que ele não pudesse largar a faca.

Tolui ficou frouxo enquanto Khasar o ajudava a passar o gume pela garganta. Estava congelado, um homem de gelo, enquanto seu sangue quente escorria até o capim. Não viu o xamã segurar uma tigela junto ao seu pescoço. Sua cabeça tombou à frente e Khasar segurou-o pela nuca. Tolui pôde sentir o toque quente enquanto morria.

Mohrol ofereceu a tigela cheia a Ogedai. O cã se ajoelhou de cabeça baixa, olhando para a escuridão. Não soltou o corpo de Tolui, que permaneceu de pé, preso entre os dois homens.

— O senhor deve beber, enquanto eu termino — disse Mohrol.

Ogedai ouviu e pegou a tigela com a mão esquerda, inclinando-a para trás. Engasgou com o sangue quente do irmão e parte dele escorreu pelo queixo e pelo pescoço. Mohrol não disse nada enquanto o cã se firmava e lutava contra a ânsia de vomitar. Quando a esvaziou, Ogedai jogou a tigela para a escuridão. Mohrol começou a cantar as seis estrofes de novo, desde o início, atraindo os espíritos para testemunhar o sacrifício.

Antes que estivesse na metade, ouviu Ogedai vomitando no capim. Já estava escuro demais para enxergar e o xamã ignorou os sons.

Sorhatani cavalgava a toda velocidade, gritando "Chuh"! e forçando a égua a galopar pelas planícies marrons. Seus filhos a acompanhavam, com as montarias de reserva e os animais de carga, formavam uma bela pluma de poeira, erguendo-se atrás. Sob o sol quente, Sorhatani cavalgava com os braços nus, usando uma túnica de seda amarela e calças justas de pele de cervo, com botas macias. Estava suja e não se banhava havia muito tempo, mas exultava enquanto o animal voava pela antiga terra das tribos.

O capim estava muito seco e os vales, sedentos. A seca havia esgotado todos os rios, menos os mais largos. Para encher de novo os odres de água, era necessário cavar na argila do rio até a água escorrer no buraco, salobra e cheia de limo. A seda havia mostrado seu valor outra vez, separando a lama e os insetos do líquido precioso.

Enquanto cavalgava, via os ossos pálidos de ovelhas e bois, as formas brancas partidas em lascas por lobos ou raposas. Para qualquer outra pessoa, uma terra tão seca poderia não parecer uma grande recompensa para seu marido. Mas Sorhatani sabia que sempre havia anos difíceis ali, que aquela terra produzia homens fortes e mulheres mais fortes ainda. Seus filhos já tinham aprendido a conseguir suprimentos de água e a não bebê-la como se sempre houvesse um riacho ao alcance. Os invernos congelavam e os verões queimavam, mas havia liberdade naquela imensidão, e as chuvas retornariam. Suas memórias de infância eram de morros que pareciam seda verde ondulada, estendendo-se de todos os lados até o horizonte. A terra sofria com as secas e o frio, mas renascia.

A distância podia ver a montanha de Deli'un-Boldakh, um pico de significado quase místico nas lendas das tribos. Gêngis havia nascido em algum lugar perto dali. Seu pai Yesugei tinha cavalgado ali com seus oficiais, protegendo seus rebanhos contra agressores durante os meses mais frios.

Sorhatani mantinha os olhos num penhasco diferente, a pedra vermelha que Gêngis havia escalado com os irmãos quando o mundo era menor e todas as tribos viviam se atacando. Seus três filhos a acompanhavam e o morro vermelho crescia à frente. Ali, Gêngis e Kachiun haviam encontrado um ninho de águia e levado dois filhotes perfeitos para mostrar ao pai. Sorhatani podia imaginar a empolgação deles, até conseguia ver os rostos deles nas feições de seus filhos.

Só desejava que Mongke estivesse ali, mas sabia que era uma tolice de mãe. Mongke tinha de aprender a comandar, a fazer campanha com o pai e os tios. Os guerreiros não respeitariam um oficial que não soubesse qualquer coisa sobre terreno ou tática.

Imaginou se a mãe de Gêngis havia amado Bekter como ela amava seu primogênito. Segundo diziam as lendas, Bekter tinha espírito solene, assim como Mongke. Seu filho mais velho não era dado facilmente ao riso ou aos luminosos clarões de inteligência e humor que caracterizavam um garoto como Kublai.

Olhou Kublai cavalgar, com sua trança jin balançando ao vento. Ele era magro e musculoso como o pai e o avô. Seus meninos disputavam entre si através da poeira e ela se glorificava com a juventude e a força deles, tanto quanto com as próprias.

Tolui e Mongke estavam fora havia muitos meses. Tinha sido difícil para ela sair de Karakorum, mas sabia que precisava preparar um acampamento para o marido e examinar a terra. Era sua tarefa erguer iurtas à sombra do Deli'un-Boldakh e encontrar boa pastagem nas planícies do rio. Milhares de homens e mulheres tinham ido com ela à sua terra natal, mas por enquanto esperariam por sua vontade enquanto ela cavalgava até o morro vermelho.

Talvez um dia Mongke comandasse um exército como Tsubodai ou se tornasse um homem poderoso sob o comando de seu tio Chagatai. Era fácil sonhar com coisas assim, com o vento fazendo seu cabelo voar para trás num rio de fios de seda.

Sorhatani olhou para trás, verificando a presença dos oficiais de seu marido. Dois dos guerreiros mais ferozes sob seu comando cavalgavam a pouca distância da família. Enquanto os observava, viu a cabeça deles virando à esquerda e à direita, procurando o sinal de menor perigo. Sorriu. Antes de sair, Tolui dera ordens muito claras quanto a manter sua esposa e seus filhos em segurança. Podia ser verdade que os morros e as estepes da terra natal estivessem praticamente vazios de famílias nômades, mas mesmo assim ele se preocupava. Era um bom homem, pensou ela. Caso tivesse apenas uma fração da ambição do pai, teria ido longe. O humor de Sorhatani não desapareceu ao pensar nisso. O destino de seu marido nunca fora dela para ser moldado. Ele sempre fora o filho mais novo de Gêngis e desde muito jovem sabia que seus irmãos comandariam e ele seguiria.

Seus filhos eram outra coisa. Mesmo o mais novo, Arik-Boke, fora treinado como guerreiro e erudito desde o momento em que podia andar. Todos sabiam ler e escrever a escrita da corte dos jin. Apesar de ela rezar a Cristo e à mãe dele, os meninos tinham aprendido a religião dos jin e dos sung, na qual morava o verdadeiro poder. Independentemente do que o futuro reservasse, ela sabia que os havia preparado da melhor maneira possível.

O pequeno grupo apeou ao pé do morro vermelho e Sorhatani gritou de prazer ao ver as águias circulando lá no alto, parecendo pequenos pontos vistas dali. Parte dela havia pensado que o boato sobre a presença das aves era apenas uma invenção dos pastores, um modo de honrar a história de Gêngis. No entanto elas estavam ali e seu ninho deveria se encontrar em algum local dos penhascos.

Os oficiais de seu marido fizeram uma reverência profunda diante dela, esperando ordens pacientemente.

— Meus filhos vão escalar em busca do ninho — disse ela, empolgada como uma menina. Não precisava dar explicações. Os dois guerreiros tinham franzido os olhos para os pássaros que circulavam. — Examinem a área em busca de água, mas não vão longe demais.

Em instantes os homens haviam saltado de volta nas selas e estavam se afastando a meio-galope. Tinham aprendido que Sorhatani esperava o mesmo tipo de obediência instantânea do marido. Ela havia crescido perto de homens poderosos e se casara com alguém da família do grande cã quando era muito nova. Sabia que os homens preferiam seguir, que é necessário um esforço da vontade para comandar. Ela possuía essa vontade.

Kublai e Hulegu já estavam na base da montanha vermelha, abrigando os olhos contra o sol em busca do ninho. Era mais tarde no ano do que o ideal. Se houvesse filhotes, eles já seriam fortes, talvez até capazes de sair do ninho e voar independentes. Sorhatani não sabia se seus filhos ficariam desapontados, mas isso não importava. Tornara-os parte de uma história da vida de Gêngis e eles jamais esqueceriam a escalada, quer trouxessem um filhote ou não. Ela lhes dera uma lembrança que um dia contariam aos seus filhos.

Os garotos tiraram as armas e começaram a subir pela encosta menos íngreme, enquanto Sorhatani puxava de debaixo da sela uma sacola cheia de bolas de queijo macias. Ela própria havia socado as lascas de queijo duro, partindo-as em tamanho suficientemente pequeno para não ferirem a pele da égua enquanto eram amaciadas com suor. A densa pasta amarela era amarga e revigorante, uma de suas comidas prediletas. Lambeu os lábios enquanto enfiava a mão dentro e em seguida chupava os dedos.

Não demorou muito para pegar água nos cavalos de carga e matar a sede dos animais com um balde de couro. Quando a tarefa estava terminada, Sorhatani remexeu mais nas bolsas de sela até encontrar algumas tâmaras secas e doces. Olhou cheia de culpa para o morro enquanto mordia uma, sabendo que seus filhos adoravam aquela iguaria rara. Mas eles não estavam ali. Podia vê-los subindo cada vez mais alto, usando as pernas finas e fortes. O sol estaria se pondo quando eles retornassem e pela primeira vez ela estava sozinha. Maneou o pônei com um pedaço de corda para ele não ir longe, depois sentou-se no capim seco, abrindo um cobertor de sela para se deitar.

Cochilou durante a tarde, desfrutando da solidão pacífica. Às vezes pegava um dil que estava bordando com fios de ouro para Kublai. Ficaria muito bonito quando estivesse pronto e ela trabalhava de cabeça baixa sobre os pontos, cortando pedaços de fio com dentes fortes e brancos. No calor do sol, era fácil deixar a cabeça tombar por cima do tecido, e ela cochilou por um tempo. Quando acordou de novo, descobriu que a tarde havia se esvaído num frescor. Levantou-se e se espreguiçou, bocejando. Era uma terra boa e ela se sentia em casa. Tinha sonhado com Gêngis jovem e seu rosto estava molhado de suor. Não fora um sonho para compartilhar com os filhos.

À distância, o movimento de um cavaleiro atraiu seu olhar. Era um talento instintivo, nascido de gerações passadas para as quais identificar um inimigo era a chave da sobrevivência. Franziu a testa e abrigou os olhos, depois fez uma concha com as mãos para focalizar a visão ainda mais. Mesmo com o velho truque de batedor, a imagem escura era apenas um ponto.

Os oficiais de seu marido não tinham dormido durante a tarde e já estavam galopando para interceptar o cavaleiro solitário. Sorhatani percebeu que seu sentimento de paz foi se esvaindo enquanto eles alcançavam o homem e o ponto único se transformava num nó.

— Quem é você? — murmurou, sozinha.

Era difícil não sentir uma pontada de preocupação. Um cavaleiro sozinho só podia ser um mensageiro do yam, que entrecruzavam milhares de quilômetros para o cã e seus generais. Com cavalos descansados, podiam percorrer 160 quilômetros num dia, às vezes até mais, se fosse uma questão de vida e morte. Para aqueles homens as forças do cã em território jin só estavam a dez dias de distância. Ela viu os três cavaleiros começando a se aproximar da montanha vermelha e seu útero se comprimiu numa premonição súbita.

Atrás, ouviu o som dos filhos retornando da escalada. Suas vozes estavam claras e alegres, mas não havia gritos de triunfo. As águias jovens tinham deixado o ninho ou voado para longe de suas mãos. Sorhatani começou a guardar os suprimentos, enfiando as preciosas agulhas e os carretéis de volta no rolo de tecido e amarrando os nós com habilidade automática. Preferiu fazer isso do que esperar impotente e se demorou com as bolsas de sela, guardando com cuidado os odres de água.

Quando se virou de volta, sua mão voou até a boca ao reconhecer o cavaleiro solitário flanqueado pelos oficiais. Ainda estavam um tanto distantes e ela quase gritou para que viessem mais rápido. À medida que se aproximavam, viu como Mongke oscilava na sela, perto da exaustão completa.

Ele estava coberto de pó e os flancos de seu cavalo, onde ele havia esvaziado a bexiga sem apear arfavam com lama seca. Ela sabia que os batedores só faziam isso quando a notícia que portavam precisava ser levada para casa a toda velocidade e seu coração falhou de pavor. Não falou enquanto o filho mais velho apeava e cambaleava, quase caindo quando as pernas o traíram. Ele se agarrou ao arção da sela, usando a forte mão direita para esfregar as cãibras. Por fim seus olhares se encontraram e ele não precisou falar.

Sorhatani não chorou nesse momento. Ainda que parte dela soubesse que o marido havia morrido, permaneceu ereta, com a mente disparando. Havia coisas demais que precisaria fazer.

— Bem-vindo ao meu acampamento, filho — disse, finalmente.

Quase num transe, virou-se para os oficiais e mandou prepararem uma fogueira e chá salgado. Os outros filhos permaneceram em estupefação silenciosa ao ver o pequeno grupo.

— Sente-se comigo, Mongke — disse ela, baixinho.

Seu filho aquiesceu, os olhos vermelhos de cansaço e sofrimento. Ele ocupou o lugar no capim ao lado dela e acenou para Kublai, Hulegu e Arik-Boke enquanto eles formavam um círculo fechado em volta da mãe. Quando o chá salgado ficou pronto, Mongke bebeu a primeira tigela em poucos goles para cortar a poeira da garganta. As palavras ainda precisavam ser ditas. Sorhatani quase gritou para impedi-lo, com as emoções em polvorosa. Se Mongke não falasse, não seria totalmente verdade. Assim que as palavras saíssem, sua vida, a vida de seus filhos, tudo mudaria e ela teria perdido seu amado.

— Meu pai está morto — disse Mongke.

A mãe fechou os olhos por um momento. Sua última esperança fora arrancada. Ela respirou fundo.

— Ele era um bom marido — sussurrou, engasgando. — Era um guerreiro que comandava 10 mil para o cã. Eu o amava mais do que vocês jamais compreenderão. — Lágrimas aumentavam seus olhos e sua voz ficou rouca enquanto a garganta se fechava em sofrimento. — Conte como aconteceu, Mongke. Não deixe nada de lado.

CAPÍTULO 15

Tsubodai puxou as rédeas na borda de um penhasco, inclinando-se na sela para espiar o vale em baixo. Havia levado um dia seguindo trilhas de cabras para chegar ao local, mas dessa altura podia ver até mais de 30 quilômetros, o olhar abarcando morros e aldeias, rios e cidades. O amplo rio Volga corria a oeste, mas não era um obstáculo considerável. Ele já havia mandado homens vadearem pelos bancos de areia para examinar ilhas e a margem oposta. Havia feito ataques naquelas terras, anos antes. Sorriu ao se lembrar de ter levado seus homens através daqueles rios congelados. Os russos não acreditavam que alguém pudesse suportar seu inverno. Estavam errados. Só Gêngis poderia tê-lo chamado de volta na ocasião. Quando o grande cã ordenou que ele retornasse, Tsubodai obedeceu, mas isso não voltaria a acontecer. Ogedai lhe dera carta branca. As fronteiras jin estavam garantidas no leste. Se ele pudesse esmagar as terras do oeste, a nação dominaria as planícies centrais desde um mar até o outro, um império tão vasto que ultrapassava toda a imaginação. Tsubodai ansiava por ver as terras para além das florestas russas, até os lendários mares frios e os povos brancos e fantasmagóricos que nunca viam o sol.

Com uma visão como aquela, era fácil imaginar os fios de sua influência se estendendo para trás. Tsubodai estava no centro de uma teia de mensageiros e espiões. Por centenas de quilômetros ao redor do local onde se encontrava, tinha homens e mulheres em cada mercado, aldeia, cidade e fortaleza. Alguns não faziam ideia de que as moedas que recebiam vinham dos exércitos mongóis. Alguns de seus batedores e informantes vinham das tribos túrquicas, que não tinham as dobras dos olhos características de seus guerreiros. Outros vinham dos que Tsubodai e Batu já haviam recrutado ou dominado à força. Eles saíam cambaleando das cinzas de cada cidade, sem teto e desesperados, prontos para aceitar qualquer coisa que os conquistadores pedissem em troca da vida. A prata do cã fluía como um rio através das mãos de Tsubodai e ele comprava informação tanto quanto comprava carne e sal, e a valorizava mais.

O general virou a cabeça quando Batu fez a última curva e levou seu pônei para a crista do morro antes de apear. Batu olhou os vales em baixo com uma expressão de ressentimento entediado. Tsubodai franziu a testa. Não podia mudar o passado, assim como não podia questionar o direito de Ogedai Khan de elevar aquele rapaz carrancudo para comandar 10 mil. Um adolescente imaturo à frente de um exército poderia causar grandes danos. O estranho era que Tsubodai persistia em treiná-lo para ser o guerreiro mais eficiente que pudesse. Só o tempo traria perspectivas e sabedoria, coisas das quais Batu carecia atualmente.

Ficaram sentados por longo tempo em silêncio antes que a paciência de Batu se esgotasse, como Tsubodai sabia que iria acontecer. Não havia calma no âmago do jovem guerreiro, não havia paz interna. Em vez disso ele fervilhava com uma fúria constante e todos ao redor sentiam isso.

— Eu vim, Tsubodai *Bahadur*. — Batu pronunciou o apelido do general com um riso de desprezo, fazendo com que "o valente" soasse como uma zombaria. — O que é que apenas seus olhos podem ver?

Tsubodai respondeu como se não fosse nada, a voz com a indiferença mais irritante de que ele era capaz.

— Quando nos movermos, seus homens não poderão ver o terreno, Batu. Eles poderiam se perder ou ser impedidos por algum obstáculo. Está vendo aqueles morros lá?

Batu espiou para onde Tsubodai apontava.

— Daqui você pode ver como eles correm quase juntos, deixando um terreno central por... 1,5 quilômetro, talvez pouco mais de dois. Quatro ou cinco *li*, como os jin medem a distância. Nós poderíamos esconder dois *minghaans* de cada lado numa emboscada. Se trouxermos os russos para a batalha alguns quilômetros mais adiante, uma retirada falsa vai atraí-los de volta para aqueles morros e eles não sairão.

— Isso não é nada de novo — disse Batu. — Sei sobre a falsa retirada. Achei que você teria algo mais interessante para que valesse a pena ter arrastado meu cavalo até aqui.

Tsubodai manteve os olhos frios fixos no rapaz durante um momento, mas Batu sustentou seu olhar com uma confiança insolente.

— Sim, orlok Tsubodai? — perguntou ele. — Há algo que queira me dizer?

— É importante escolher o terreno, depois examiná-lo bem em busca de obstáculos escondidos — respondeu Tsubodai.

Batu deu uma risada e olhou para baixo de novo. Apesar de toda a sua fanfarronice e arrogância, Tsubodai viu que ele estava captando cada detalhe da terra, os olhos saltando de um lado e para o outro enquanto os memorizava. Era um aluno desagradável, mas sua mente era mais afiada do que a de qualquer um que Tsubodai conhecera. Era difícil não pensar no pai dele às vezes e as lembranças afastavam a irritação do general.

— Diga o que você vê nos nossos *tumans* — continuou Tsubodai.

Batu deu de ombros. Lá em baixo, podia ver cinco colunas movendo-se lentamente pela terra. Foi preciso apenas um olhada para lê-las.

— Marchamos separados e atacamos juntos. Cinco dedos cobrindo o máximo de terreno possível. Os mensageiros os mantêm em contato para uma reação rápida a qualquer contra-ataque. Acredito que meu avô deu início a essa prática. Funcionou bem desde então.

Ele riu sem olhar para Tsubodai. Batu sabia que o general era responsável pela formação que permitia a um exército pequeno varrer áreas enormes, limpando cidades e povoados à frente e deixando uma paisagem fumegante para trás. Eles só se uniam quando o inimigo aparecia em força máxima, um punho para esmagar a resistência antes de ir em frente.

— Seus olhos são astutos, Batu. Diga o que mais você vê.

A voz de Tsubodai era calma a ponto de enlouquecer e Batu mordeu a isca, decidido a mostrar ao outro que não precisava de suas lições. Falou rapidamente e usou a mão para cortar o ar.

— Para cada coluna há batedores na frente, em grupos de dez. Eles se afastam até 130 quilômetros, procurando pelo inimigo. No centro estão as famílias, as bagagens, as iurtas, os bois, camelos, tambores e milhares de iurtas desmontadas. Há forjas móveis em carroças com rodas vazadas, reforçadas com ferro. Acredito que você é o responsável por elas, general. Meninos e guerreiros a pé marcham ali, e são nossa defesa final caso os guerreiros sejam dominados. Ao redor estão os rebanhos de ovelhas, cabras e, claro, montarias de reserva, três ou mais para cada homem. — Ele falava rapidamente, desfrutando a chance de mostrar o conhecimento. — Para além disso fica a cavalaria pesada do *tuman*, em fileiras de *minghaans*. Mais adiante ainda temos a rede formada pela cavalaria ligeira, a primeira a enfrentar com flechas qualquer ataque. Finalmente temos a retaguarda, que segue com dificuldade e gostaria de estar mais perto da frente, em vez de cavalgar por cima da bosta de todo mundo. Devo começar a dar os nomes dos oficiais? Você é o orlok, no comando geral, pelo que me disseram. Não tem linhagem sanguínea que valha a pena mencionar, por isso eu sou o príncipe cujo nome aparece nas ordens, o neto de Gêngis Khan. É um arranjo estranho, mas vamos discutir isso em outra ocasião. Eu comando um *tuman*, assim como os generais Kachiun, Jebe, Chulgetei e Guyuk. Os oficiais de *minghaan*, em ordem de importância, são...

— Chega, Batu — disse Tsubodai, baixinho.

— Ilugei, Muqali, Degei, Tolon, Onggur, Boroqul...

— Chega — repetiu Tsubodai, rispidamente. — Sei os nomes deles.

— Certo — respondeu Batu, levantando uma sobrancelha. — Então não entendo o que você queria que eu aprendesse perdendo metade do dia para cavalgar subindo essa rocha. Se cometi erros, você deve ser capaz de me chamar atenção para eles. Estou errado, general? Desagradei-o de algum modo? Deve me dizer, para que eu possa corrigir a falha.

Seus olhos se cravaram em Tsubodai, permitindo que a amargura aparecesse pela primeira vez. Tsubodai controlou sua irritação, sentiu-a crescer por dentro e se firmou mais, antes que prejudicasse um rapaz culpado apenas de ter despeito e arrogância. Batu se parecia demais com Jochi para Tsubodai não saber que ele tinha razão.

— Você não mencionou os auxiliares — disse Tsubodai calmamente, por fim. Em resposta, Batu deu mal uma risada, um som desagradável.

— Não, e não vou mencionar. Nossos conscritos maltrapilhos servem apenas para absorver os projéteis de nossos inimigos. Vou me juntar de novo ao meu *tuman*, general.

Ele começou a virar a montaria e Tsubodai segurou suas rédeas. Batu olhou-o furioso, mas teve o bom-senso de não levar a mão à espada que pendia em sua cintura.

— Ainda não dei permissão para você sair — disse Tsubodai.

Seu rosto continuava sem emoção, mas a voz havia endurecido e os olhos estavam frios. Batu sorriu e Tsubodai pôde ver que ele estava a ponto de dizer alguma coisa que rasgaria a cortesia dissimulada entre os dois. Por isso preferia lidar com homens mais velhos, que tinham alguma ideia das consequências e não jogariam toda a vida fora num momento de mau humor. Tsubodai falou com rapidez e firmeza para desarmá-lo.

— Se eu tiver a menor dúvida de sua capacidade de seguir minhas ordens, Batu, vou mandá-lo de volta a Karakorum. — Batu começou a respirar, o rosto se contorcendo enquanto Tsubodai continuava implacável: — Você pode levar suas reclamações ao seu tio, mas não vai mais cavalgar comigo. Se eu lhe der uma colina para tomar, você vai preferir destruir todo o seu *tuman* a falhar. Se eu lhe disser para cavalgar até uma posição, você vai esfalfar seus cavalos para chegar a tempo. Entendeu? Se você falhar em qualquer coisa, não haverá segunda chance. Isso não é um jogo, general, e não me importa o que você pensa de mim, nem um pouco. Agora, se tem algo a dizer, diga.

Com quase 20 anos, Batu amadurecera desde que vencera a corrida de cavalos em Karakorum. Controlou seu humor com uma rapidez que surpreendeu Tsubodai, puxando as rédeas das emoções e trancando-as de modo que seus olhos ficaram vazios. Isso mostrava que já era mais homem do que menino, mas o tornava um adversário muito mais perigoso.

— Pode confiar em mim, Tsubodai *Bahadur* — disse Batu, desta vez sem a zombaria na voz. — Com sua permissão, retornarei à minha coluna.

Tsubodai inclinou a cabeça e Batu trotou de volta pelo caminho de cabras que levava à base do morro. Tsubodai ficou um tempo olhando-o, então fez uma careta. Deveria ter ordenado que ele voltasse para Karakorum. Se fosse qualquer outro oficial, Tsubodai mandaria chicoteá-lo e o amarraria num cavalo para ser levado para casa em desgraça. Só as lembranças do pai de Batu e, sim, de seu avô contiveram a mão de Tsubodai. Aqueles eram homens dignos de ser seguidos. Talvez o filho pudesse ser feito à imagem deles, a não ser que antes conseguisse provocar a própria morte. Ele precisava ser testado, ganhar o peso da alma que vinha apenas do verdadeiro conhecimento de sua capacidade, e não da arrogância vazia. Tsubodai balançou a cabeça enquanto olhava as terras adiante. Haveria muitas oportunidades para temperar o jovem príncipe com fogo.

As terras russas possuíam a abertura necessária para o tipo de ataque que Tsubodai aperfeiçoara. Até os nobres ali tinham casas e cidades protegidas por pouco mais do que uma paliçada de madeira. Algumas possuíam a solidez de décadas ou mesmo séculos, mas a máquina de guerra mongol havia superado esse tipo de obstáculo em território jin. Suas catapultas esmagavam os troncos antigos, às vezes junto com os que se abrigavam atrás. Era verdade que os arqueiros mongóis precisavam superar florestas mais densas do que jamais tinham visto, às vezes se estendendo por milhares de quilômetros e capazes de esconder grandes forças de cavaleiros. O verão anterior havia sido quente e a chuva forte fizera com que o chão frequentemente ficasse mole demais para permitir movimentos rápidos. Tsubodai abominava os pântanos, mas estava chegando à opinião de que se não fossem eles, Gêngis teria cometido um erro ao atacar para o leste. As terras a oeste ainda eram maduras e até o momento Tsubodai não vira uma força digna de desafiar seus *tumans* enquanto devastavam a terra. O avanço mongol levou-os a centenas de quilômetros para o norte e o inverno trouxe um alívio abençoado das moscas, da chuva e da doença.

 Durante o primeiro ano ele havia se mantido a leste do rio Volga, preferindo esmagar qualquer ameaça possível da área que se tornaria sua retaguarda e faria parte da rota de suprimentos para Karakorum. Ainda que as distâncias fossem grandes, já havia um fluxo constante de cavaleiros. Os primeiros postos do yam estavam se erguendo atrás de seus *tumans*, mais bem fortificados do que qualquer outra coisa em território russo. Tsubodai não se importava com as construções, mas elas abrigavam grãos, selas e as montarias mais rápidas dos rebanhos, prontas para quem precisasse viajar a grande velocidade.

Era uma manhã de primavera quando Tsubodai juntou seus oficiais mais importantes numa campina perto de um lago cheio de aves selvagens. Seus batedores tinham passado a manhã capturando milhares de pássaros com redes ou derrubando-os no voo, como esporte. As mulheres nos acampamentos depenavam as aves para serem assadas à noite, fazendo com que grandes montes de penas rolassem pelo capim como óleo derramado.

Batu observava com interesse cuidadosamente disfarçado enquanto Tsubodai levava um dos seus guerreiros mais fortes. O rosto do homem não podia ser visto sob o elmo de ferro polido. Tudo que ele usava fora capturado mais a oeste. Até o cavalo era um monstro, preto como a noite e bem mais alto do que qualquer pônei mongol. Como o cavaleiro, ele estava coberto de ferro, desde placas em volta dos olhos até uma vestimenta de couro endurecido e metal para proteger os flancos contra flechas.

Alguns homens o espiavam com cobiça nos olhos, mas Batu desprezou aquela fera. Por maior que fosse, com um fardo de armadura tão grande o cavalo certamente seria lento, pelo menos nos avanços e recuos da batalha.

— É isso que enfrentaremos quando formos para o oeste — disse Tsubodai. — Homens como esse, em jaulas de ferro, são a força mais temida no campo de batalha. Segundo os monges cristãos em Karakorum, eles não podem ser parados durante uma carga, um peso de metal e couro que pode esmagar qualquer coisa que temos.

Os homens de posto mais alto se remexeram desconfortáveis, sem saber se deveriam acreditar nessa afirmação. Ficaram olhando fascinados enquanto Tsubodai levava seu pônei para perto do animal maior. Ele parecia pequeno perto do homem e do cavalo, mas usou suas rédeas com leveza para guiar o pônei ao redor, num círculo largo.

— Levante a mão quando puder me ver, Tangut — disse.

Não se passou muito tempo até que eles entendessem. A linha de visão que Tsubodai havia revelado era apenas uma pequena faixa na frente.

— Mesmo com a viseira levantada, ele não pode ver nada do lado ou atrás e esse ferro é difícil de ser virado rapidamente. — Tsubodai estendeu a mão e bateu o punho na placa peitoral do guerreiro. Ela ressoou como um sino.

"O peito dele está bem protegido. Sob isso há uma camada de elos de metal, como um tecido metálico. Ela serve a um propósito semelhante às nossas túnicas de seda, mas é feita para aguentar machados e facas, mais do que flechas."

Tsubodai fez um gesto para um garoto que segurava uma lança comprida. O garoto correu até o guerreiro com armadura e entregou a arma a ele, batendo em sua perna para atrair atenção.

— É assim que elas são usadas — disse Tsubodai. — Como nossa cavalaria pesada, eles cavalgam de frente contra o inimigo. Numa carga, eles não têm falha nem buraco na armadura.

Ele acenou para Tangut e todos viram o guerreiro trotar para longe, com a desajeitada carapaça de metal ressoando a cada passo.

A duzentos passos, o sujeito virou a montaria pesada, que empinou e achatou as orelhas. Ele bateu os calcanhares e o animal saltou adiante, com as pernas grossas socando o chão. Batu viu como o movimento de abaixar a cabeça do cavalo juntava a armadura do peito e a do crânio, formando uma casca impenetrável. A lança baixou, com a ponta cortando o ar em círculos à medida que apontava para o peito de Tsubodai.

Batu descobriu que estava prendendo o fôlego e soltou-o, irritado consigo mesmo por cair sob o feitiço de Tsubodai. Olhou com frieza enquanto o guerreiro chegava a pleno galope, a lança como uma arma mortal. Os cascos trovejavam e Batu teve uma visão súbita de uma fileira de homens como aquele varrendo um campo de batalha. Engoliu em seco.

Tsubodai se moveu rapidamente, saltando de lado com seu pônei. Eles viram o guerreiro com armadura tentar corrigir o rumo, mas ele foi incapaz de se virar a toda velocidade e passou direto.

Tsubodai se levantou e retesou o arco num movimento fluido, apontando casualmente. A frente do cavalo era tão bem blindada quanto o cavaleiro. Havia até mesmo uma crista de armadura seguindo a linha da crina, mas abaixo disso o grande pescoço estava aberto e nu.

A flecha de Tsubodai penetrou na carne e o cavalo gritou, espirrando sangue brilhante pelas narinas.

— Dos lados, contra um bom arqueiro, eles são desprotegidos — gritou Tsubodai, acima do ruído. Falava sem orgulho: qualquer um dos homens que olhavam poderia ter feito aquele disparo. Eles sorriram ao pensar em inimigos tão poderosos vencidos por velocidade e flechas.

Todos puderam ouvir o resfolegar torturado do cavalo, que balançava a cabeça para trás e para a frente, sentindo dor. Lentamente o animal tombou de joelhos e o guerreiro saltou para longe. Ele largou a lança e pegou uma espada longa, avançando contra Tsubodai.

— Para derrotar esses homens com armadura, devemos primeiro matar os cavalos — prosseguiu Tsubodai. — A armadura deles é projetada para desviar flechas atiradas pela frente. Tudo é pensado para a carga, mas a pé eles são como tartarugas, lentos e pesados.

Para enfatizar o argumento, escolheu uma flecha grossa com uma longa ponta de aço. Era uma coisa de aparência maligna, lisa e polida, sem farpas que reduzissem a velocidade.

O guerreiro que se aproximava viu a ação e hesitou. Não sabia até onde Tsubodai estava disposto a ir na demonstração, mas o general seria igualmente implacável com um homem cuja coragem fugisse. O momento de indecisão passou e o guerreiro avançou chacoalhando, esforçando-se para mover rapidamente as pernas e os braços pesados, para posicionar a espada.

Na sela, Tsubodai guiou a montaria com os joelhos, fazendo o pônei dançar para longe do alcance da espada. Retesou o arco de novo, sentindo o poder imenso da arma enquanto puxava a flecha de 90 centímetros até a orelha. Com o guerreiro a apenas alguns passos, Tsubodai disparou e olhou com atenção enquanto a flecha passava diretamente através das placas laterais.

O guerreiro caiu com um estrondo de metal. A flecha estava alojada na armadura, como revelaram as penas que apareciam claramente enquanto ele tombava. Tsubodai riu.

— Eles só têm uma força: em linha, virados para a frente. Se deixarmos que usem essa força, eles vão nos decepar como uma foice cortando trigo. Se nos espalharmos e fizermos emboscadas, montarmos falsas retiradas e os flanquearmos, eles serão crianças para nós.

Batu ficou olhando enquanto os homens que serviam Tsubodai carregavam o guerreiro agonizante, suando e lutando com aquele peso enorme. À distância eles tiraram a armadura, revelando uma cota de malha atravessada pela flecha. Tiveram de quebrar a flecha para soltar a placa e levá-la de volta a Tsubodai.

— Segundo os orgulhosos cristãos que queriam nos amedrontar, esses cavaleiros não tiveram rival nos campos de batalha durante cem anos. — Ele levantou a placa de metal e todo mundo pôde ver a luz do sol brilhar através do buraco. — Não podemos deixar uma grande força ou uma cidade atrás de nós ou nos flancos, mas se isso é o melhor que eles têm, acho que vamos surpreendê-los.

Então eles levantaram os arcos e as espadas, gritando o nome de Tsubodai. Batu se juntou ao restante, tendo o cuidado de não ser o único a permanecer de fora. Viu o olhar de Tsubodai passar rapidamente por ele. Uma expressão satisfeita cruzou o rosto do general ao ver Batu gritando com os outros. Batu sorriu com o pensamento de manter a cabeça de Tsubodai erguida daquele modo. Era apenas uma fantasia. O exército era forte, mas todos sabiam que precisavam de Tsubodai para comandá-los em direção ao oeste, contra os grandes exércitos de cavaleiros e mais adiante, até aqueles homens de ferro. Para Batu homens como Tsubodai eram velhos e estavam se aproximando do fim de seu tempo. Sua chance viria naturalmente; ele não precisava se precipitar.

Chagatai construíra um palácio de verão às margens do rio Amu Darya, a borda oeste de seu império que, para o sul, ia até Cabul. Escolhera uma crista elevada acima do rio, onde sempre havia uma brisa fresca, mesmo nos meses mais quentes. O sol de seu canato o havia deixado ficar magro e moreno, como se toda a umidade tivesse sido fervida, deixando-o duro como uma bétula antiga. Ele governava as cidades de Bukhara, Samarkand e Cabul, com toda a riqueza que possuíam. Os cidadãos tinham aprendido a lidar com o calor do verão, tomando bebidas frescas e dormindo à tarde, antes de se levantar de novo. Chagatai escolhera quase uma centena de novas esposas somente naquelas cidades e muitas delas já haviam dado à luz filhos e filhas. Ele obedecera literalmente a ordem de Ogedai de gerar um novo exército, e gostava do som de crianças chorando nos quartos dos bebês de seu harém. Até aprendera a nova palavra para sua coleção de lindas mulheres, já que não havia nada parecido em sua língua.

No entanto, havia ocasiões em que sentia falta das planícies geladas de sua terra natal. O inverno era uma coisa passageira naquelas terras, sempre com a promessa do retorno de uma vida verdejante. Ainda que as noites pudessem ser frias, o povo de seu novo canato não sabia do frio interminável, esmagador, que havia moldado o povo mongol, das planícies altas e desoladas contra as quais era preciso lutar para obter cada refeição, com a vida e a morte apostando uma com a outra. O coração de sua terra atual tinha pomares de figos e frutas, morros ondulados e rios que transbordavam a intervalos de alguns anos e que, na memória de qualquer pessoa viva, nunca haviam secado.

Seu palácio de verão fora projetado com a mesma especificação e medidas do de Ogedai em Karakorum, depois reduzido cuidadosamente em todas as dimensões. Chagatai nem de longe era o idiota que alguns acreditavam. Nenhum grande cã gostaria de saber de uma construção que rivalizasse com a sua e Chagatai tinha o cuidado de se manter como aliado, e não como qualquer tipo de ameaça.

Ouviu seu serviçal se aproximar pelo corredor de mármore que levava à sala de audiências acima do rio. A única concessão de Suntai ao clima era o uso de sandálias abertas, com cravos de ferro, que estalavam e ecoavam muito antes que ele pudesse ser visto. Chagatai estava na sacada, desfrutando da visão dos patos voando para pousar nos leitos de juncos ao longo das margens. Acima, uma águia solitária de cauda branca permanecia perfeitamente imóvel, silenciosa e mortal.

Quando Suntai entrou, Chagatai se virou e indicou uma garrafa de áraque na mesa. Os dois haviam desenvolvido o gosto pela bebida de anis, tão popular entre os persas. Chagatai se virou de volta para o rio enquanto Suntai batia as taças e o servia, acrescentando um pouco d'água para que a bebida ficasse branca como leite de égua.

Chagatai aceitou a taça sem afastar os olhos da águia acima do rio. Semicerrou os olhos por causa do sol poente quando a ave parou, mergulhando de súbito nas águas e subindo de novo com um peixe se retorcendo nas garras. Os patos voaram num pânico insensato e Chagatai sorriu. Quando o ar esfriava nos fins de tarde ele descobria que havia criado um afeto por seu novo lar. Era uma terra adequada para os que viriam depois dele. Ogedai tinha sido generoso.

— Você soube da notícia — disse Chagatai.

Era mais uma afirmação do que uma pergunta. Qualquer mensagem que chegasse ao seu palácio de verão passaria pelas mãos de Suntai em algum momento.

Suntai confirmou, contente em estar prestes a saber o que seu senhor pensava. Para os que não o conheciam, ele se parecia com qualquer outro guerreiro, mas um guerreiro que havia marcado as bochechas e o queixo com pesadas linhas de cicatrizes de faca como alguns faziam, suprimindo a necessidade de se barbear durante as campanhas. Suntai vivia sujo e seu cabelo estava oleoso e rançoso. Ele desprezava o hábito persa de se banhar e sofria mais do que a maioria dos outros, com bolhas e eczemas que se espalhavam. Com os olhos escuros e o corpo magro, parecia um matador implacável. Na verdade, a mente por trás da imagem criada com cuidado era mais afiada do que as facas que ele carregava escondidas junto à pele.

— Eu não esperava perder outro irmão tão cedo — disse Chagatai, baixinho. Em seguida esvaziou a taça garganta abaixo e arrotou. — Dois se foram. Restam apenas dois de nós.

— Senhor, não deveríamos estar numa janela discutindo essas coisas. Sempre há ouvidos escutando.

Chagatai deu de ombros e fez um gesto com a taça vazia. Suntai caminhou com ele pegando habilmente a jarra de áraque enquanto passava pela mesa. Os dois se sentaram frente a frente junto a uma ornamentada mesa de madeira preta com incrustações em ouro, que já fora propriedade de um rei persa. Ela não havia sido posta no centro da sala por simbolismo. Suntai sabia que eles não poderiam ser ouvidos nem mesmo pela pessoa mais atenta com as orelhas encostadas nas paredes externas. Suspeitava que Ogedai tivesse espiões no novo palácio de verão, assim como Suntai os havia posto com Tsubodai e Ogedai, Khasar e Kachiun, todos os homens importantes que pôde alcançar. A lealdade era um jogo difícil, mas ele o adorava.

— Tenho relatórios sobre o colapso que o cã sofreu — informou Suntai — Não posso afirmar o quanto ele esteve perto da morte sem conversar o xamã que cuidou de Ogedai. Infelizmente não é um dos meus.

— Mesmo assim devo estar pronto para me mover assim que o primeiro mensageiro chegar a galope. — Apesar da posição da mesa, Chagatai não pôde resistir a olhar em volta, para certificar-se de que ninguém podia ouvi-lo, e se inclinou para a frente, com a voz muito baixa. — Demorei 49 dias para saber disso, Suntai. Isso não é bom o bastante. Se eu quiser tomar o grande canato, devo ter notícias melhores e mais rapidamente. Na próxima vez que Ogedai cair, quero estar lá antes de ele esfriar, entendeu?

Suntai tocou a testa, a boca e o coração com as pontas dos dedos, no gesto árabe de respeito e obediência.

— Sua vontade me comanda, senhor. Um dos meus serviçais mais próximos foi ferido numa caça ao javali. Demorei para conseguir substituí-lo na comitiva do grande cã. Mas tenho dois outros prontos para serem promovidos ao serviço pessoal dele. Dentro de apenas alguns meses eles farão parte dos conselhos mais íntimos do cã.

— Faça isso, Suntai. Só haverá uma chance de pegar as rédeas. Não quero que aquele fraco filho dele junte as tribos antes de eu agir. Sirva-me bem nisso e você crescerá comigo. A nação do meu pai é forte demais para um homem que não pode comandar sequer o próprio corpo.

Suntai deu um sorriso nervoso, esfregando a pele feia e cheia de ondulações nas bochechas. O instinto de anos o impedia de concordar com a traição ou mesmo confirmar com a cabeça. Passara tempo demais com espiões e informantes e nunca falava sem pesar cuidadosamente as palavras. Chagatai estava acostumado com seus silêncios e simplesmente encheu de novo as taças, acrescentando o pouco d'água que tirava o excesso de amargor.

— Vamos beber ao meu irmão Tolui — disse Chagatai.

Suntai olhou-o atentamente, mas havia sofrimento sincero nos olhos dele. Chagatai continuou:

— Foi insano, mas, pelo pai céu, foi uma insanidade gloriosa.

Suntai bebeu, consciente de que seu senhor já havia bebido durante a maior parte do dia. Em comparação, Suntai tomou apenas um gole. Quase engasgou quando Chagatai lhe deu um tapa no ombro e gargalhou, derramando o líquido branco sobre a laca.

— Família é tudo, Suntai, nunca pense que me esqueci disso... — Ele parou de falar, olhando durante um tempo para as lembranças. — Mas eu era a escolha de meu pai para sucedê-lo. Houve um tempo em que meu destino esteve escrito em pedra, gravado fundo. Agora devo fazê-lo eu mesmo, mas não é nada mais do que realizar os sonhos do velho.

— Entendo, senhor — disse Suntai, enchendo de novo a taça de Chagatai. — É um objetivo digno.

CAPÍTULO 16

A CHUVA NÃO PODIA DURAR, TSUBODAI TINHA QUASE CERTEZA. A SIMPLES força dela era espantosa, batendo em seus *tumans* como tambores. O céu era uma parede de nuvens pretas e raios relampejavam a intervalos regulares, revelando o campo de batalha em imagens nítidas. Tsubodai jamais lutaria num dia daqueles se o inimigo não tivesse se posicionado no escuro. Era um movimento ousado, tanto para cavaleiros montados e armados quanto para seus guerreiros.

O rio Volga estava atrás deles. Havia demorado mais um ano, o segundo desde que haviam saído de Karakorum, para garantir as terras do outro lado do rio. Ele optara por ser meticuloso, provocar os homens grandes atacando suas cidades muradas, seguindo numa frente ampla até que eles fossem obrigados a se unir contra ele. Desse modo seus *tumans* podiam destruir todos, em vez de passar muitos anos caçando cada duque e nobre inferior, seja lá como se chamassem. Durante meses Tsubodai vira estranhos observando suas colunas de cima dos morros, mas eles sumiam ao ser desafiados, desaparecendo nas florestas úmidas. Parecia que seus senhores não tinham qualquer lealdade uns para com os outros e durante um tempo ele fora obrigado a pegá-los um a um. Isso não bastava. Para cobrir todo o terreno que pretendia, não ousava deixar nenhum grande exército ou cidade intocados. Era uma complexa teia de terrenos e informações que ficava mais difícil de ser administrada a cada mês que passava. Sua ponta de lança estava se alargando cada vez mais, enquanto os recursos iam se esgotando. Ele precisava de mais homens.

Os batedores haviam cavalgado para fora como sempre, num revezamento constante. Uns dias antes, sem aviso, alguns não tinham voltado. Assim que os primeiros sumiram, Tsubodai se preparou para o ataque por quase dois dias inteiros, antes que algum inimigo estivesse à vista.

Ainda no escuro, com uma chuva gelada encharcando-os até a pele, soaram toques de aviso com trombetas, repassados de homem a homem. As colunas mongóis tinham se unido, aproximando-se de quilômetros de distância, formando uma única massa de cavalos e guerreiros. Não havia acampamento separado para os que não podiam lutar. Desde crianças até velhas em carroças, Tsubodai preferia que se movessem dentro da segurança do exército principal. Sua rápida cavalaria assumiu posições nos limites externos, cada homem cobrindo o arco com medo do momento em que teria de disparar flechas na chuva. Todos carregavam cordas de reserva, mas a chuva as arruinava rapidamente, esticando as tiras de pele e tirando a força dos disparos.

O terreno já estava encharcado quando a manhã cinzenta clareou quase imperceptivelmente. As carroças iriam atolar. Tsubodai começou a montar um curral para elas atrás do campo de batalha. O tempo todo continuava a juntar informações. Muitos de seus batedores tinham sido derrubados, mas outros lutavam para lhe trazer notícias. Alguns estavam feridos e um tinha uma flecha alojada nas costas, perto das omoplatas. Antes que Tsubodai pudesse ao menos ver o horizonte, tinha estimativas dos números do inimigo. Ele vinha rapidamente em sua direção, arriscando a vida e as montarias para surpreender as colunas mongóis e pegá-las fora de formação.

Sorriu ao pensar nisso. Não era um selvagem para ser surpreendido ao alvorecer. Seus homens não podiam ser debandados por uma carga súbita. Os nobres russos estavam reagindo como formigas para repelir um invasor, sem parar para pensar.

Os *tumans* moveram-se com facilidade, em formação, cada *jagun* de cem seguindo o outro no escuro, gritando uns para os outros para manter a formação. Os cinco generais falavam com Tsubodai alternadamente e ele lhes dava ordens sem hesitar. Eles se afastavam a galope para passá-las para a linha de comando.

Era costume de Tsubodai interrogar prisioneiros se o ouro não comprasse o que necessitava. Moscou ficava adiante, um centro de poder na região. Os prisioneiros sabiam da localização da cidade no rio Moskva. Agora Tsubodai também sabia. Os russos eram famosos por sua arrogância, considerando-se senhores das planícies centrais. Tsubodai sorriu de novo.

O aguaceiro havia começado depois que os cavaleiros inimigos iniciaram o ataque, mas eles não o interromperam. O terreno macio iria atrapalhá-los tanto quanto a seus guerreiros. Seus *tumans* estavam em menor número, mas sempre era assim. As forças auxiliares desprezadas por Batu eram suficientemente boas para sustentar os flancos e impedir que o exército fosse cercado. Tsubodai tinha seus melhores homens em meio a elas, treinando-as constantemente e estabelecendo cadeias de comando. Já eram mais do que uma ralé de camponeses e ele não iria desperdiçá-los sem um bom motivo. Aos seus olhos experientes, as formações de soldados a pé eram precárias em comparação com a disciplina dos *tumans*, porém mesmo assim eram muitos, de pé na lama com machados, espadas e escudos.

Tsubodai tinha dado as ordens e o restante estava a cargo dos indivíduos que comandavam. Seus homens sabiam que os planos poderiam mudar num instante, se algum fator novo aparecesse. A ondulação de ordens correria de novo e as formações mudariam mais rapidamente do que qualquer inimigo poderia reagir.

A luz não ficou mais clara sob as nuvens. Subitamente a chuva aumentou, embora os trovões tivessem silenciado por um tempo. Nesse ponto Tsubodai pôde vislumbrar cavaleiros movendo-se pelos morros como uma mancha. Cavalgou ao longo de seus *tumans*, verificando cada detalhe enquanto os mensageiros disparavam pelo campo. Se não fosse a chuva, teria dividido a força e mandado Batu para um lado, flanquear ou rodear o inimigo. Como estava, ele optara por parecer lento e desajeitado, uma única massa de guerreiros cavalgando às cegas para o inimigo. Era o que os russos esperariam de cavaleiros com armaduras.

Tsubodai olhou para onde Batu cavalgava com seu *tuman*. A posição do rapaz era marcada na terceira fileira por uma aglomeração de estandartes, mas Tsubodai sabia que ele não estava ali. Isso também era uma inovação. Os exércitos concentravam as flechas contra oficiais e reis. Tsubodai havia ordenado que revelassem esses pontos com bandeiras, mas colocar os generais de um dos lados, em meio aos homens. Os porta-estandartes carregavam escudos pesados e seu moral estava alto, enquanto pensavam em enganar o inimigo daquele modo.

Um torrão de lama levantado por um casco bateu no rosto de Tsubodai e ele o limpou. Os russos não estavam a mais de 1,5 quilômetro e sua mente estalava com cálculos à medida que os exércitos se aproximavam. O que mais poderia ter feito? Fez uma careta ao pensar. Boa parte do plano dependia de Batu seguir suas ordens, mas se o jovem general fracassasse ou desobedecesse, Tsubodai estaria preparado. Não daria outra chance a Batu, não importava quem tivessem sido seu pai e seu avô.

A chuva morreu sem aviso e a manhã se encheu de repente com os sons de cavalos e homens, as ordens subitamente claras quando antes tinham sido abafadas. O príncipe russo havia alargado a linha ao ver os números dos mongóis, preparando-se para cercá-los. Um dos flancos russos lutava para acompanhar o resto no terreno lamacento, os cavalos afundando e subindo. Era uma fraqueza e Tsubodai mandou batedores aos seus generais para se certificar de que eles notassem isso.

Oitocentos passos os separavam e ele mantinha as colunas juntas. Era longe demais para flechas e num atoleiro daqueles os canhões teriam sido deixados para trás. Tsubodai viu que os guerreiros russos levavam lanças e arcos. Não podia ver os enormes cavalos montados por cavaleiros vestidos com aço. O nobre russo parecia favorecer as armaduras leves e a velocidade acima da força tanto quanto Tsubodai. Se os inimigos entendiam realmente essas qualidades, Tsubodai sabia que eles seriam difíceis de subjugar, mas não demonstravam qualquer sinal desse conhecimento. Tinham visto sua força menor, movendo-se com dificuldade num bloco único. Quem os comandava tinha escolhido uma formação simples de cabeça de martelo para esmagar aqueles meros selvagens e pastores.

A quatrocentos passos as primeiras flechas foram mandadas para o alto, disparadas por jovens idiotas dos dois lados que deveriam saber da inutilidade disso. Nenhuma flecha vinda dos russos alcançou seus homens e a maioria dos seus guerreiros protegia as cordas dos arcos, mantendo-os cobertos até o último instante. Homens que tinham feito seus arcos pessoalmente não arriscariam dar chance para que fossem destruídos por uma corda partida. As armas eram preciosas, às vezes a única coisa de valor que possuíam, além de um pônei e uma sela.

Tsubodai viu o príncipe russo que comandava a força. Assim como Batu, ele estava cercado por bandeiras e guardas, mas não havia como se enganar com o cavalo enorme no centro do exército e seu cavaleiro com uma armadura que brilhava como prata na chuva. A cabeça dele estava desnuda e, a duzentos passos, com os olhos ainda afiados a distância, Tsubodai pôde ver uma barba loura. Mandou outro cavaleiro até Batu para garantir que ele havia localizado seu alvo, mas era desnecessário. Assim que o mensageiro se afastou, Tsubodai viu Batu apontar e trocar ordens com seus *minghaans*.

O trovão resmungou de novo acima de suas cabeças e por um instante Tsubodai viu milhares de rostos mais claros em meio ao inimigo, quando os homens olharam para cima. Muitos eram barbudos, percebeu. Comparado com o rosto mongol, no qual cresciam poucos pelos, eles eram como grandes ursos pesados. Milhares de flechas foram disparadas para o alto por sua cavalaria ligeira. Nos primeiros disparos, um homem em cada dez usava uma ponta que assobiava, escavada e afilada para gritar no ar. Essas pontas causavam menos dano do que as de aço, mas o som era fantasmagórico e aterrorizante. No passado, exércitos haviam debandado e fugido daquela primeira saraivada. Tsubodai riu ao ouvir os tambores naccara tocarem o próprio trovão, respondendo à tempestade que ia se esvaindo a leste.

As flechas se curvavam para o alto, caindo com força. Tsubodai notou como os russos protegiam o líder louro com escudos, ignorando a própria segurança. Alguns guardas dele caíram, mas então a aproximação constante pareceu ficar mais acentuada e a distância diminuiu rapidamente. A ligeira cavalaria mongol disparou outra tempestade de flechas antes de recuar no último instante e deixar os lanceiros passarem. Era o momento de loucura de Batu, exatamente como Tsubodai havia ordenado.

O neto de Gêngis desafiaria pessoalmente o líder louro. Um cavaleiro de ferro esperaria exatamente um desafio assim.

Os tambores naccara rugiram, as pancadas se embolando enquanto os garotos nos camelos batiam nos grandes instrumentos dos dois lados. Quando os *minghaans* de Batu partiram a meio-galope numa formação de lança, avançando à frente dos *tumans*, os guerreiros gritaram, um berro ululante capaz de fazer os homens ficarem brancos.

Flechas voaram, vindas dos cavaleiros russos. Caíram com mais intensidade nos porta-bandeiras na terceira fila da formação principal, cercados pelos estandartes que estalavam. Eles levantaram os escudos acima da cabeça e suportaram. À frente, Batu levava 3 mil homens numa carga para o centro da força russa.

Tsubodai olhava friamente, satisfeito porque a coragem do rapaz estava à altura da tarefa. A ponta de lança serviria a um propósito. Tsubodai viu-a abrir um buraco com flechas nas linhas russas, depois prosseguir com lanças, penetrando ainda mais. O líder louro estava apontando para eles, gritando para seus homens enquanto os *minghaans* de Batu jogavam fora lanças quebradas e desembainhavam as espadas leves e curvas feitas de aço resistente. Cavalos e homens caíram, mas os outros foram em frente. Antes de ele se perder de vista na massa, Tsubodai viu Batu na ponta sangrenta da lança, pressionando sua montaria.

Batu fumegava golpeando com a espada contra um rosto que rugia, passando a lâmina pela boca de um homem de modo que o maxilar pendeu frouxamente. O braço da espada doía, mas seu sangue estava pegando fogo e ele se sentia capaz de lutar o dia inteiro. Sabia que Tsubodai estaria olhando: o tático implacável, o orlok *Bahadur* que jogava guerreiros fora como se eles não significassem nada. Bom, que os velhos vissem como a coisa era feita.

Os *minghaans* de Batu se chocaram contra os russos, indo em direção ao príncipe e suas bandeiras longas. Havia momentos em que Batu podia ver o guerreiro louro com sua armadura brilhante. Ele sabia que os mongóis vinham pegá-lo, arriscando tudo num golpe único contra sua garganta. Era o tipo de ataque que um exército russo poderia ter feito.

Batu conhecia o plano verdadeiro. Isso Tsubodai lhe informara, antes de mandá-lo. Ele deveria atacar com força até que seus homens começassem a ser suplantados. Só então poderia lutar para sair de novo. Sorriu com amargura. Não seria difícil fingir pânico naquele ponto. A falsa retirada desmoronaria o centro mongol, transformando-se rapidamente numa debandada enquanto os *tumans* recuavam. Os cavaleiros inimigos seriam atraídos através das alas de soldados de infantaria, cada vez mais longe, esgarçados pelo terreno. Então as mandíbulas iriam se fechar. Se algum deles conseguisse passar pela armadilha, a reserva de Kachiun, escondida 5 quilômetros atrás, numa floresta densa, atacaria dos dois lados. Era um bom plano, se os auxiliares pudessem conter os flancos e se Batu sobrevivesse. Enquanto puxava a espada passando-a pela bochecha de um cavalo, abrindo uma grande aba, ele se lembrou do desafio nos olhos do general enquanto lhe dava a ordem. Batu não havia demonstrado nem um traço da fúria violenta que o preenchera. Claro que Tsubodai o havia escolhido. Quem mais havia sido um espinho em seu pé durante tantos meses? Seus oficiais de *minghaans* tinham trocado olhares resignados quando ouviram, mas mesmo assim se ofereceram como voluntários. Nenhum deles havia recuado em vez de cavalgar com o neto de Gêngis.

Uma fúria nova preencheu Batu ao pensar na lealdade desperdiçada. Até onde ele havia ido? Duzentos passos, trezentos, mais, para dentro do inimigo? Eles se amontoavam ao redor, as lâminas voando rapidamente, os escudos recebendo seus golpes. Flechas passavam voando perto de seu rosto. Eles usavam armaduras de couro e sua lâmina era afiada o bastante para cortá-las com uma estocada ou mesmo abrir um talho enquanto passava, deixando-os sem ar com as costelas abertas. Não fazia ideia de quanto tempo estivera pressionando dentro daquela massa de cavalos, cada vez mais para longe da segurança dos *tumans*. Só sabia que precisava escolher bem o momento. Se fosse cedo demais, os russos sentiriam a armadilha e simplesmente cerrariam fileiras atrás dele. Se demorasse demais não restariam guerreiros suficientes para montar a falsa retirada. Seus homens tinham optado por segui-lo para dentro da boca da fera. Não por causa de Tsubodai, mas por causa dele.

Sentiu sua carga diminuindo a velocidade enquanto os guerreiros mongóis eram contidos. Cada passo levava mais guerreiros russos contra seus flancos, fazendo a força deles diminuir cada vez mais, como uma agulha penetrando numa pele que a apertasse com força. Batu sentiu o medo subir pela garganta como ácido. Agarrou um escudo de couro e madeira e puxou-o com a mão esquerda, golpeando por cima da borda contra o homem que estava atrás. Mandou a lâmina com toda a força e depois socou com o punho, fazendo o inimigo cair longe, o rosto transformado numa massa de sangue.

Três guerreiros permaneceram em linha com ele enquanto Batu forçava sua montaria em mais quatro passos adiante, matando um homem para abrir espaço. Sem aviso, um de seus companheiros sumiu, atingido por uma flecha na garganta e caindo para trás, de modo que o cavalo bufou e escoiceou, com o pânico crescendo. Era a hora. Sem dúvida era a hora. Batu olhou ao redor. Teria feito o bastante? A agonia da escolha o devorava. Não podia voltar cedo demais e enfrentar a expressão séria de Tsubodai. Era melhor morrer do que o general achar que ele havia perdido a coragem.

Sempre fora difícil olhar nos olhos de um homem que conhecera Gêngis. Como poderia estar à altura daquelas lembranças? O avô que havia conquistado uma nação, que jamais conhecera Batu. O pai que havia traído a nação e fora morto como um cão na neve. Era a hora.

Batu recebeu um golpe de espada na manga da armadura, deixando-a deslizar inutilmente enquanto talhava o braço que a segurava. Mais sangue cobriu-o e havia gritos por toda parte. Os russos que ele enfrentava estavam pálidos de medo e fúria, segurando escudos pesados eriçados de flechas mongóis. Batu se virou para começar a retirada e, por um único instante, enxergou através das fileiras dos inimigos, até onde o líder louro estava montado calmamente observando-o, com uma espada gigantesca a postos, atravessada no arção da sela.

Tsubodai não havia esperado que a ponta de lança chegasse tão perto. Batu viu que seus homens estavam prontos para abrir o caminho de volta. Mesmo não tendo insígnias que fariam dele o alvo para cada arqueiro russo, seus guerreiros o observavam, arriscando a vida para olhar em sua direção. A maioria dos russos continuava virada para a frente, para onde os *tumans* se chocavam contra eles. Eles uivariam e perseguiriam quando os mongóis se virassem para fugir, mas Batu achava que seus homens conseguiriam passar, iniciando a debandada. Ele estava tão perto! Quem teria pensado que sua ponta de lança poderia alcançar o príncipe russo?

Respirou fundo.

— Não recuem! — gritou, alertando seus homens.

Bateu os calcanhares e seu pônei escoiceou com as patas da frente, derrubando um escudo dos dedos quebrados de seu dono. Batu partiu para a abertura, girando a lâmina como um louco. Algo o acertou de lado e ele sentiu uma onda de dor que desapareceu antes que pudesse saber se o golpe era sério. Viu o líder louro levantar a espada e o escudo, e o cavalo enorme bufou. O príncipe russo tinha decidido não esperar, com o sangue fervendo diante do desafio. Seus escudeiros foram derrubados enquanto o corcel de guerra partia adiante.

Batu gritou empolgado, uma confusão de insultos e fúria. Não sabia se poderia romper as últimas fileiras sólidas, mas ali estava o próprio príncipe, vindo para derrubar os cavaleiros insolentes. Batu viu a espada dele se erguer atrás do ombro. Os dois cavalos ficaram frente a frente, mas a montaria de Batu havia sofrido golpes, estava cansada e machucada com o impacto constante e os milhares de arranhões e cortes resultantes de correr através de uma linha de batalha.

Batu levantou sua espada, tentando se lembrar das palavras de Tsubodai sobre os pontos fracos dos cavaleiros do ocidente. O louro barbudo parecia um gigante à medida que se aproximava, envolto em aço e impossível de ser parado. No entanto não usava elmo e Batu era jovem e rápido. Quando a lâmina russa baixou com força suficiente para cortá-lo ao meio, Batu virou o pônei à direita, para longe do golpe. Sua própria espada estocou para cima e ele a sustentou apenas por tempo suficiente para resvalar na garganta do sujeito por baixo da barba.

Batu xingou quando sua arma raspou em metal. Um pedaço da barba fora cortado, mas o sujeito permanecia incólume, apesar de ter rugido em choque. Os cavalos foram passando em meio à confusão, incapazes de se mover com liberdade, mas os dois estavam lado a lado, cada um com o lado esquerdo, mais fraco, exposto. A espada do príncipe subiu de novo, mas ele era lento e pesado. Antes que pudesse reagir, Batu havia golpeado três vezes seu rosto, acertando as bochechas e os dentes e cortando fora parte da mandíbula. O príncipe russo cambaleou quando Batu martelou sua armadura, fazendo uma mossa na placa de metal que protegia o peito.

O rosto do príncipe era uma mutilação sangrenta, os dentes partidos e o maxilar pendendo frouxamente. Certamente morreria de um ferimento tão terrível, mas seus olhos ficaram límpidos e ele girou o braço esquerdo como se fosse um porrete. Envolto em ferro, acertou Batu no peito. Ele estava guiando o pônei com a pressão dos joelhos e não tinha rédeas. O alto arção de madeira da sela o salvou e ele girou num ângulo impossível. Sua espada havia sumido e ele não conseguia se lembrar de quando ela caíra. Cuspindo de raiva, tirou uma faca de uma bainha no tornozelo e golpeou-a contra a massa vermelha que se tornara o maxilar do príncipe, fazendo movimentos de serra contra a densa barba loura, que brilhava vermelha.

O príncipe caiu e um uivo de horror se ergueu de seus escudeiros e vassalos. Batu levantou as duas mãos em vitória, rugindo alto e longamente por estar vivo e ser vitorioso. Não sabia o que Tsubodai estava fazendo ou o que pensaria. Tinha sido decisão de Batu e o príncipe o havia enfrentado. Ele derrotara um inimigo forte e poderoso e, por um tempo, não se importou se os russos poderiam matá-lo. Era o seu momento e ele estava adorando.

A princípio não viu a onda que varreu os russos à medida que a notícia se espalhava. Para metade do exército a coisa havia acontecido atrás e a notícia da morte do príncipe teve de ser gritada de unidade em unidade. Antes que Batu baixasse os braços, alguns dos nobres mais distantes tinham virado as montarias e começado a recuar, levando junto milhares de cavaleiros que estavam descansados. Os que tentavam continuar a luta viam-nos ir embora e gritavam furiosos pelo campo de batalha, soprando trompas. O príncipe estava morto e seus exércitos se abalaram com o mau presságio. Aquele dia não seria deles, a vitória não seria deles. Eles passaram de guerreiros determinados a homens apavorados à medida que ouviam, recuando para longe dos *tumans* de Tsubodai enquanto esperavam para ser reunidos, aguardando que outro assumisse o comando.

Isso não aconteceu. Tsubodai mandou *minghaans* a toda velocidade pelos flancos, os pôneis esguios espalhando torrões de terra como chuva. Flechas jorravam de novo nas fileiras russas e a cavalaria pesada de

Tsubodai partiu da frente e depois voltou em pontas de lança como a que Batu havia comandado em direção ao coração do inimigo. Três golpes separados rasgaram as fileiras que se juntavam. Mesmo assim os defensores estavam desanimados. Tinham visto seus principais nobres indo embora e regimentos e unidades começando a recuar. Era pedir demais que ficassem para ser massacrados. Que outra pessoa recebesse o impacto dos guerreiros mongóis, agora que o sangue deles estava agitado. Mais e mais russos marchavam para longe, olhando para trás, para o núcleo que se encolhia, enquanto seus companheiros cavalgavam e morriam. Foi o bastante. O príncipe estava morto e eles haviam feito o possível.

Tsubodai olhou calmamente enquanto o exército russo se despedaçava. Imaginou como seus *tumans* iriam se comportar se ele fosse visto caindo, mas sabia a resposta. Eles iriam em frente. Suportariam. Nos *tumans*, os guerreiros praticamente nunca viam o orlok nem seus próprios generais. Conheciam o líder de sua dezena, um homem que eles próprios elegiam. Conheciam o oficial da centena, talvez até o oficial *minghaan*, de vista. Eram esses que falavam com autoridade, e não algum comandante longínquo. Tsubodai sabia que se caísse a nação completaria sua tarefa e promoveria outro para comandar em seu posto. Era um esquema implacável, mas a alternativa era testemunhar a destruição de um exército a partir da morte de um homem.

    Mandou mensageiros a seus generais, parabenizando-os enquanto recebiam novas ordens. Imaginou se os que haviam deixado o campo esperavam que ele os deixasse ir. Nem sempre podia entender os soldados estrangeiros que encontrava, mas aprendia tudo que pudesse com eles. Sabia que alguns deles poderiam ter esperança de retornar para casa, mas isso era tolice. Por que deixar vivos homens que um dia poderiam enfrentar você de novo? Era a guerra na forma de um jogo e Tsubodai sabia que haveria uma caçada longa, de semanas ou até mesmo meses, antes que seus homens matassem os últimos deles. Não precisava mostrar-lhes sua tolice, só precisava destruí-los e ir em frente. Esfregou os olhos, subitamente cansado. Teria de enfrentar Batu, se o rapaz ainda estivesse vivo. Ele havia desobedecido suas ordens. Tsubodai imaginou se poderia mandar um general ser chicoteado depois de lhe entregar uma vitória daquelas.

Olhou em volta enquanto homens comemoravam ali perto. Seus lábios se afinaram irritados ao ver que Batu estava no centro. Metade do exército russo continuava no campo e os *minghaans* deles passavam odres de vinho e soltavam gritos de alegria como crianças.

Tsubodai virou seu cavalo e trotou lentamente na direção do grupo. O silêncio caiu em meio àqueles por quem passava, à medida que percebiam que o orlok estava entre eles. Seus porta-estandartes desenrolaram longas tiras de seda que balançavam e estalavam na brisa.

Batu sentiu ou ouviu sua aproximação. Já começara a perceber os resultados do embate. Um olho e uma bochecha estavam inchando, fazendo seu rosto parecer torto. Estava imundo de sangue e suor e com o cheiro forte de cavalos molhados entranhado. Escamas de sua armadura pendiam frouxas e ele tinha uma linha de crosta vermelha marcando a pele desde uma orelha até a túnica. No entanto estava em júbilo e o rosto azedo de Tsubodai não podia estragar seu humor.

— General, você está jogando fora uma manhã — disse Tsubodai.

Os homens ao redor de Batu engasgaram com os gritos de comemoração. Enquanto os sons morriam, Tsubodai continuou friamente:

— Persiga o inimigo, general. Não deixe nenhum deles escapar. Localize seus pertences e o acampamento e impeça que sejam saqueados.

Batu olhou-o, subitamente quieto.

— E então, general? — continuou Tsubodai. — Vai querer enfrentá-los de novo amanhã, quando tiver jogado fora essa vantagem? Vai permitir que cheguem à segurança de Moscou ou Kiev? Ou vai caçar os russos agora, com os outros *tumans* sob meu comando?

Os guerreiros ao redor de Batu se viraram com movimentos subitamente bruscos, como meninos pegos no flagra roubando. Não iriam olhar para Tsubodai e apenas Batu sustentou o olhar dele. Tsubodai esperou algum tipo de resposta, mas avaliara mal o rapaz.

Outro grupo de cavaleiros veio a meio-galope atravessando as linhas. A chacina dos inimigos estava começando, com lanceiros e arqueiros escolhendo-os quase como um esporte. Tsubodai viu que o grupo era comandado pelo filho do cã, Guyuk, que se aproximava com o rosto fixo em Batu. Ele parecia não ver Tsubodai.

— Batu *Bahadur*! — gritou Guyuk, levando seu cavalo para perto. — Isso foi muito bom, primo. Eu vi tudo. Pelo pai céu, pensei que você não conseguiria voltar, mas quando chegou àquele nobre... — Sem palavras, ele deu um tapa nas costas de Batu, cheio de admiração. — Vou colocar isso nos relatórios para meu pai. Que momento foi aquele!

Batu olhou para Tsubodai, para ver como ele recebia aqueles elogios tão generosos. Guyuk notou e se virou.

— Parabéns por essa vitória, Tsubodai — disse Guyuk. Estava expansivo e alegre, aparentemente sem perceber o momento tenso que havia interrompido. — Que golpe! Você viu? Pensei que iria engasgar quando vi o príncipe avançando para enfrentar Batu.

Tsubodai inclinou a cabeça reconhecendo.

— Mesmo assim, os russos não devem ter chance de se reagrupar. É hora de perseguir, de caçá-los até Moscou. Seu *tuman* vai cavalgar também, general.

Guyuk deu de ombros.

— Uma caçada, então. Foi um bom dia.

Sem pensar mais, deu um outro tapa no ombro de Batu e cavalgou para longe com seus homens, gritando ordens para que outro grupo fosse com ele. O silêncio inchou enquanto ele se afastava e Batu riu, esperando. Tsubodai não disse nada e Batu balançou a cabeça, virando o cavalo e se juntando aos seus oficiais de *minghaans*. Deixou Tsubodai olhando-o.

CAPÍTULO 17

Sorhatani virou a esquina totalmente ataviada, com seus filhos e serviçais marchando junto. Era membro da família do cã, por meio de seu casamento! Tinha pensado que ele talvez jamais retornasse das terras jin. Durante um tempo enorme elas pareciam ter engolido seu exército, que não dava notícias sobre retorno. No entanto, quando Ogedai finalmente voltou para casa, não houve convocação, absolutamente nada da parte dele. Ela não aceitaria mais nenhuma delonga da parte de autoridades mesquinhas e pomposas. Seus mensageiros e serviçais tinham sido contidos e mandados de volta sem ao menos uma desculpa. Por fim ela fora pessoalmente a Karakorum.

Em vez de simplesmente obter permissão para ver o cã, falar sobre o sofrimento e a perda que compartilhavam, fora impedida por uma autoridade jin cheia de papadas e mãos macias. O que Ogedai estava pensando ao usar aqueles cortesãos perfumados em seu palácio? Que tipo de mensagem de autoridade isso mandaria a pessoas menos benignas do que Sorhatani?

O cortesão a havia impedido uma vez, mas hoje seus quatro filhos estavam juntos. Ela veria Ogedai! Não importava o sofrimento do cã, ela poderia compartilhá-lo. O cã perdera um irmão, mas ela havia perdido o marido, pai de seus filhos. Se houvera um tempo em que Ogedai poderia ser persuadido de alguma coisa, era esse. A ideia era inebriante. Um homem com tanto poder quanto Gêngis tivera ficava deitado em seus aposentos como um junco partido. O palácio estava cheio de boatos de que ele praticamente não falava ou comia. Quem o alcançasse poderia ter o que quisesse, no entanto ele dera ordens para manter os visitantes a distância. Bom, ela iria dizer como esse insulto a havia magoado e começaria as negociações com isso. Uma última esquina ficava adiante no labirinto dos corredores do palácio. Ela passou por baixo de murais pintados sem olhar para cima, a concentração dirigida para coisas mais importantes.

O último corredor era longo e os passos de seu grupo ecoavam nas pedras. Mesmo vendo que havia homens e guardas na frente da porta de cobre polido, Sorhatani continuou intempestivamente, forçando os filhos a acompanhá-la. Que o pequeno cortesão gorducho suasse ao ouvi-la chegando. O cã era seu cunhado, doente e fraco de tristeza. Como um eunuco jin ousava barrar a entrada de sua família?

Enquanto se aproximava, procurou em vão as sedas coloridas usadas pelo sujeito. Quase hesitou um passo ao ver que Yao Shu estava ali, no lugar dele. Não havia sinal do homem com quem tinha discutido naquela manhã mesmo. Yao Shu se virara para encará-la, com sua postura entregando sua atitude. Sorhatani revisou o plano enquanto seguia, soltando a raiva a cada passo como a pele de uma cobra.

Quando chegou à porta de metal brilhante, estava andando a passo normal e sorriu do modo mais doce que podia para o ministro do cã. Mesmo assim fumegou ao pensar em outro jin parando-a junto à porta, especialmente um jin com tanta autoridade. Yao Shu não podia ser forçado à submissão nem ameaçado. Ela não precisava olhar para seus filhos mais novos para saber que eles se sentiam intimidados pelo homem que fora seu tutor. Num momento ou em outro Yao Shu espancara os quatro garotos devido a alguma transgressão. Batera em Kublai como se esse fosse um tapete quando o menino pôs um escorpião em sua bota.

Agora ele a encarava, o rosto tão intimidante quanto os guardas dos dois lados.

— O cã não recebera visitas hoje, Sorhatani. Lamento que você tenha atravessado a cidade à toa. Mandei um mensageiro ao amanhecer, avisando para que não viesse.

Sorhatani escondeu a irritação atrás de um sorriso. Dar-lhe uma casa bem longe do palácio era outro sinal de vozes que não eram de Ogedai atuando. Tinha certeza de que o cã teria lhe providenciado aposentos no palácio se soubesse que ela tinha vindo.

Sorhatani enfrentou o desafio que havia no rosto impassível de Yao Shu.

— Que trama é essa? — sibilou para ele. — Você assassinou o cã, Yao Shu? Por que apenas homens jin percorrem os corredores de Karakorum atualmente?

Enquanto Yao Shu respirava fundo, chocado, ela falou aos filhos sem afastar os olhos do ministro.

— Preparem as espadas, Mongke, Kublai. Não confio mais neste homem. Ele afirma que o cã não quer ver a esposa de seu irmão amado.

Ela ouviu o tilintar de metal atrás, porém, mais importante, viu a dúvida súbita aparecer no rosto dos guardas mongóis dos dois lados de Yao Shu.

— O cã tem um exército de serviçais, escribas, concubinas e esposas — disse ela. — No entanto, onde está a esposa dele, Torogene? Por que não está aqui para cuidar dele na doença? Por que não consigo encontrar alguém que possa dizer que o viu vivo há dias ou mesmo semanas?

Ela se empolgou ao ver o extremo controle de Yao Shu se rachar diante das acusações. Ele ficou imediatamente ruborizado, desequilibrado enquanto as palavras dela atingiam o alvo.

— O cã esteve muito doente, como você disse — respondeu Yao Shu. — Pediu silêncio no palácio. Eu sou o ministro, Sorhatani. Não é meu dever dizer para onde a família dele foi ou falar disso num corredor.

Ela viu que ele estava realmente tendo que lidar com ordens difíceis e pressionou, sentindo o ponto fraco na gentileza essencial do ministro:

— Você diz que a família partiu, Yao Shu? Guyuk está com Tsubodai. Não conheço as filhas de Ogedai ou os filhos das outras esposas. Então Torogene não está aqui?

Os olhos dele saltaram rapidamente diante da pergunta simples.

— Sei — continuou ela. — Talvez esteja no palácio de verão, no rio Orkhon. É, é para onde eu a teria mandado se pretendesse roubar o poder nesta cidade, Yao Shu. Se eu pretendesse assassinar o cã na cama e substituí-lo, por quem digamos? Por seu irmão Chagatai? Ele estaria aqui num instante. É esse o seu plano? O que há atrás desta porta, Yao Shu? O que você fez?

Sua voz havia encorpado, estava mais alta e mais aguda. Yao Shu se encolheu com aquele tom estridente, mas não sabia o que fazer. Não podia mandar os guardas tirarem-na dali a força, não com os filhos prontos para defender a mãe. O primeiro que encostasse a mão em Sorhatani iria perdê-la, era óbvio. Mongke, em particular, não era mais o garoto carrancudo que ele havia conhecido. Yao Shu manteve o olhar deliberadamente fixo em Sorhatani, mas podia sentir Mongke olhando-o com frieza, desafiando-o a encará-lo.

— Devo seguir as ordens que recebi, Sorhatani — tentou Yao Shu de novo. — Ninguém deve passar por esta porta. Ninguém terá audiência com o cã. Ele não tem de responder a você, nem eu. Agora, por favor, passe o dia na cidade, descanse e coma. Talvez ele a receba amanhã.

Sorhatani se retesou como se fosse atacá-lo. No entanto, Yao Shu não perdera as habilidades por causa de seus deveres burocráticos. Os filhos dela tinham contado como ele arrancara uma flecha da corda do arco no jardim do palácio. Parecia ter sido há séculos, quando seu marido ainda era vivo. Ela sentiu lágrimas brotando nos olhos e piscou para afastá-las. Este era um tempo para raiva, e não para tristeza. Sabia que, caso se permitisse começar a chorar, não passaria por aquela porta naquele dia.

Respirou fundo.

— Assassinato! — gritou. — O cã está em perigo! Venham depressa!

— Não há perigo! — gritou Yao Shu, por cima dela.

A mulher estava louca! O que ela esperava ganhar gritando como um gato escaldado nos corredores? Ouviu passos correndo, chegando mais perto, e xingou-a baixinho. A noite antes de Ogedai se tornar cã ainda era uma lembrança dolorosa entre os guardas. Eles reagiam a qualquer sinal de ameaça com uma demonstração maciça de força.

Em apenas alguns instantes o corredor estava bloqueado nas duas extremidades por guerreiros correndo. Eram comandados por *minghaans* com armadura laqueada em vermelho e preto, as espadas já desembainhadas. Yao Shu levantou as duas mãos com as palmas abertas e vazias.

— Foi um engano... — começou.

— Não foi engano, Alkhun — reagiu Sorhatani, rispidamente, virando-se para o oficial superior.

Yao Shu gemeu baixinho. Claro que ela sabia o nome do oficial. Sorhatani tinha uma memória prodigiosa para essas coisas, e provavelmente fazia parte de seu plano saber os nomes dos oficiais. O ministro lutou em busca de palavras que salvassem a situação.

— A senhora está perturbada — disse.

O oficial de *minghaan* ignorou-o e falou diretamente com Sorhatani.

— Qual é o problema?

Sorhatani olhou para baixo, balançando a cabeça. Para irritação de Yao Shu, havia lágrimas em seus olhos.

— Este oficial jin afirma que o cã não pode ser visto por ninguém. Há dias não surgem notícias. Ele fala de modo suspeito, Alkhun. Não confio na palavra dele.

O soldado aquiesceu. Era um homem de pensamento e ação rápidos, como seria esperado de alguém de seu posto. Virou-se para Yao Shu.

— O senhor terá de abrir caminho, ministro. Preciso verificar como está o cã.

— Ele deu ordens — começou Yao Shu, mas o oficial simplesmente deu de ombros.

— Eu irei vê-lo. Saia do caminho, agora.

Os dois homens ficaram imóveis, olhando-se irritados como se fossem os únicos no corredor. Yao Shu fora posto numa situação insustentável e Sorhatani viu que poderia haver uma luta breve e sangrenta no corredor a qualquer momento. Falou para romper o impasse:

— Você vai nos acompanhar, claro, Yao Shu.

A cabeça dele girou rapidamente em sua direção, mas ela lhe dera uma saída e ele a aceitou.

— Muito bem — disse, a expressão tensa de raiva. Em seguida se virou para Alkhun. — Sua preocupação lhe dá crédito, *minghaan*. No entanto você não irá permitir homens armados como estes na presença do cã. Primeiro todos deverão ser revistados em busca de armas.

Sorhatani começou a protestar, mas Yao Shu foi inflexível.

— Insisto — disse ele, reivindicando o equilíbrio de poder.

— Eles permanecerão aqui — disse Sorhatani, para não perder o momento.

Na verdade, não se importava que seus filhos tivessem de permanecer do lado de fora, com as armaduras e espadas. Eles haviam servido ao seu propósito apoiando-a junto à porta. Não precisava que ouvissem tudo, depois disso.

Com uma careta, Yao Shu levantou a pequena barra de latão que formava a fechadura central. Era uma peça ornamentada, esculpida e marcada com um dragão enrolado no centro da porta. Mais um sinal da influência jin sobre o cã, pensou Sorhatani enquanto a porta se abria. Um jorro de vento esfriou todos eles enquanto ela seguia Yao Shu e Alkhun para dentro.

Não havia lâmpadas acesas, mas uma luz fraca vinha de uma janela aberta. Os postigos tinham sido escancarados com tanta força que um deles estava torto, com a dobradiça quebrada. Longas cortinas de seda balançavam-se para dentro do aposento, farfalhando e estalando contra as paredes a cada sopro de vento.

A sala estava incrivelmente fria e a respiração deles se transformou instantaneamente em uma névoa branca. A porta externa se fechou depois que eles entraram e Sorhatani estremeceu quando seu olhar pousou na figura num sofá no centro da sala. Como Ogedai conseguia suportar um frio daqueles usando apenas uma fina túnica de seda e calças? Seus braços estavam nus e os pés azulados enquanto ele permanecia deitado de costas, olhando o teto.

Ele não havia percebido sua entrada e Yao Shu teve um momento de pavor pensando que poderiam ter encontrado o cadáver do cã. Depois viu uma névoa pálida subir da figura imóvel e respirou de novo.

Por um momento nenhum deles sabia como proceder. O oficial *minghaan* tinha visto que o cã ainda vivia. Sua tarefa havia terminado, mas sua dignidade o impedia de simplesmente sair, pelo menos até ter pedido desculpas por invadir a privacidade do cã. Yao Shu também ficou quieto, sentindo culpa por ter fracassado em cumprir as ordens. Sorhatani havia manipulado todos.

Claro, ela foi a primeira a falar:

— Senhor cã — disse, forçando a voz para ficar acima do barulho do vento, mas Ogedai não reagiu. — Vim ao senhor em meu sofrimento.

Continuou sem resposta e Yao Shu viu com interesse ela contrair o maxilar, nitidamente controlando a irritação. O ministro sinalizou para ela ser levada embora e o oficial levantou a mão para segurar seu braço.

Sorhatani afastou-se do toque.

— Meu marido deu a vida pelo senhor. Como vai usar o presente dele? Assim? Esperando a morte numa sala gelada?

— Isso *basta* — interveio Yao Shu, horrorizado.

Em seguida segurou o braço de Sorhatani com firmeza e virou-a de volta para a porta. Os três se imobilizaram ao ouvir um estalo atrás. O cã tinha se levantado do sofá. Suas mãos tremiam ligeiramente enquanto eles se viravam para encará-lo e sua pele estava de um amarelo doentio, os olhos vermelhos.

Sob aquele olhar frio, o principal *minghaan* dos guardas do cã se ajoelhou e encostou a cabeça no chão.

— Levante-se, Alkhun — disse Ogedai, num sussurro áspero. — Por que está aqui? Eu não disse que queria ficar sozinho?

— Sinto muito, senhor cã. Fui levado a entender que o senhor poderia estar doente ou morrendo.

Para sua surpresa, Ogedai sorriu sem alegria.

— Ah, as duas coisas, Alkhun. Bem, você me viu. Agora saia.

O oficial moveu-se muito rapidamente para sair da sala. Ogedai olhou para seu ministro. Até então não olhara para Sorhatani, mas havia se levantado ao escutar a voz dela.

— Deixe-me também, Yao Shu — disse Ogedai.

Seu ministro fez uma reverência profunda, então apertou com mais força o braço de Sorhatani e começou a guiá-la para fora.

— Senhor cã! — gritou ela.

— Chega! — reagiu Yao Shu rispidamente, puxando-a. Se tivesse soltado, ela teria caído, mas em vez disso ela girou, impotente e furiosa.

— Tire as mãos — sibilou para ele. — Ogedai! Como você pode me ver sendo atacada e não fazer nada? Eu não fiquei com você na noite das facas, neste mesmo palácio? Meu marido teria reagido a este insulto. Onde ele está agora? Ogedai!

Ela estava na porta quando o cã respondeu:

— Está dispensado, Yao Shu. Deixe-a se aproximar.

— Senhor — começou ele. — Ela...
— Deixe-a se aproximar.

Sorhatani lançou um olhar de puro veneno para o ministro enquanto esfregava o braço e se mantinha ereta. Yao Shu fez outra reverência e saiu da sala sem olhar para trás, com o rosto frio e sem emoção. A porta se fechou quase sem barulho depois de ele sair e ela respirou devagar, escondendo seu deleite. Estava dentro. Tinha sido por pouco, e até mesmo perigoso, mas havia aberto caminho até o cã, sozinha.

Ogedai olhou-a chegar. Sentia culpa, mas enfrentou o olhar dela. Antes que ela pudesse falar de novo, soaram passos e um tilintar de vidro e metal. Sorhatani parou ao ver o serviçal do cã, Baras'aghur, levando uma bandeja para a sala.

— Tenho uma visita, Baras — murmurou Ogedai.

O serviçal olhou para Sorhatani com hostilidade explícita.

— O cã não está bem. A senhora deveria voltar em outra ocasião.

Ele falava com a firmeza de um homem de confiança, cujo serviço ao cã era indiscutível. Sorhatani sorriu, imaginando se ele havia assumido um papel mais maternal durante a doença do cã. Ele certamente parecia feliz fazendo um rebuliço ao redor de Ogedai.

Quando ela não se moveu, Baras'aghur apertou os lábios e pousou a bandeja perto de seu senhor com um tilintar suave. Depois encarou-a.

— O cã não está suficientemente bem para receber visitas — insistiu, um pouco alto demais.

Sorhatani viu a indignação crescente dele, por isso falou mais alto ainda:

— Obrigada pelo chá, Baras'aghur. Eu servirei ao cã em seu lugar. Você se *lembra* do seu lugar?

O serviçal gaguejou por um momento, olhando para Ogedai. Quando o cã não disse nada, Baras'aghur fez uma reverência com uma aversão escancarada e saiu da sala. Sorhatani acrescentou uma pitada de sal marrom ao líquido dourado e fumegante, sal que era precioso para a vida. Por fim acrescentou leite de uma jarra minúscula, cuja superfície era lisa em suas mãos. Seus dedos eram rápidos e seguros.

— Sirva-me — disse Ogedai.

Graciosamente, ela se ajoelhou diante dele e estendeu uma xícara, baixando a cabeça.

— Estou às suas ordens, senhor cã — disse.

Estremeceu ligeiramente ao toque das mãos dele pegando a xícara. Ele era como gelo naquela sala onde o vento soprava constantemente. Por baixo das pálpebras caídas, Sorhatani podia ver que o rosto dele estava manchado e escuro, como se houvesse hematomas por dentro. De perto, os pés dele estavam cheios de veias como mármore. Os olhos eram de um amarelo pálido enquanto a observavam. Ele bebericou o chá, com a pluma de vapor sendo levada na brisa.

Sorhatani se acomodou, ajoelhando-se aos pés dele e olhando seu rosto.

— Obrigada por me mandar meu filho — disse. — Foi um conforto receber dele a notícia.

Ogedai olhou para longe. Trocou a xícara de uma das mãos para a outra, enquanto o calor queimava a pele congelada. Imaginou se ela sabia como era linda, ajoelhada com as costas tão eretas e o vento agitando seu cabelo. Parecia uma coisa viva e ele ficou olhando em silêncio, hipnotizado. Desde o retorno a Karakorum não havia falado sobre a morte de Tolui. Podia sentir Sorhatani se aproximando do assunto e se encolheu para trás no sofá baixo, aninhando a xícara como se fosse sua única fonte de calor. Não podia explicar a lassidão e a fraqueza que assolavam seus dias. Meses voavam para longe sem que ele notasse e os desafios do canato não eram atendidos. Ele não conseguia se levantar dos alvoreceres e crepúsculos mal iluminados. Esperava a morte e amaldiçoava sua demora em chegar.

Sorhatani mal podia acreditar nas mudanças que via em Ogedai. Ele deixara Karakorum cheio de vida, constantemente bêbado e rindo. Recém-saído do triunfo de se tornar cã, tinha ido com seus *tumans* de elite garantir as fronteiras jin, prosperando numa tarefa difícil em campo. Lembrar-se daqueles dias era como olhar de volta para a juventude. O homem que retornara tinha envelhecido, com rugas fundas aparecendo na testa e ao redor dos olhos e da boca. Os olhos pálidos não lembravam mais os de Gêngis. Não havia faíscas neles, nenhum sentimento de alerta no olhar silencioso.

— Meu marido tinha boa saúde — disse ela, de repente. — Teria vivido muitos anos, visto seus filhos crescerem e virarem bons homens. Talvez tivesse outros filhos, mais esposas. Com o tempo seria avô. Gosto de pensar no júbilo que ele teria nesses anos.

Ogedai se encolheu como se ela o tivesse atacado, mas Sorhatani continuou sem hesitar, a voz firme e clara para que ele ouvisse cada palavra.

— Ele tinha um sentimento de dever que é raro demais hoje em dia, senhor cã. Acreditava que a nação vinha antes de sua saúde, de sua vida. Acreditava em algo maior do que ele próprio, ou do que minha felicidade, ou mesmo do que a vida de seus filhos. A mesma visão do seu pai, senhor, de que uma nação pode brotar a partir das tribos das planícies, de que ela pode encontrar um lugar no mundo. De que ela *merece* esse lugar.

— Eu... eu disse que ele... — começou Ogedai.

Sorhatani interrompeu-o e, por um instante, a raiva apareceu nos olhos de Ogedai, antes de sumir.

— Ele jogou esse futuro ao vento, mas não só pelo senhor. Ele o amava, mas não foi somente por amor. Também foi pela vontade e pelos sonhos de seu pai, entende?

— Claro que entendo — disse Ogedai, debilmente.

Sorhatani aquiesceu, mas continuou:

— Ele lhe deu a vida, foi um segundo pai para o senhor. Mas não somente para o senhor. Para os que virão depois do senhor, na linhagem de seu pai, para a nação que virá, para os guerreiros que ainda são crianças, os que nascerão.

Ele fez um gesto com a mão, tentando se proteger das palavras.

— Estou cansado, Sorhatani. Talvez fosse melhor...

— E como o senhor usou esse presente preciosíssimo? — sussurrou ela. — Mandou sua esposa embora, deixou seu ministro dominar um palácio vazio. Seus guardas são deixados criando problemas na cidade sozinhos, sem serem controlados. Dois deles foram enforcados ontem. Sabia disso? Eles assassinaram um açougueiro por causa de um pedaço de carne. Onde está o bafo do cã no pescoço deles, o sentimento de que fazem parte da nação? Está nesta sala, neste vento gelado, enquanto o senhor fica sentado sozinho?

— Sorhatani...

— O senhor vai morrer aqui. Eles vão encontrá-lo rígido e frio. E o presente de Tolui será jogado fora. Então me diga como vou justificar o que ele fez pelo senhor.

O rosto dele se retorceu e com perplexidade ela viu que Ogedai estava lutando para não chorar. Aquele não era Gêngis, que teria saltado de fúria ao ouvir suas palavras. Aquele diante dela era um homem abalado.

— Eu não deveria ter deixado que ele fizesse aquilo — disse Ogedai. — Quanto tempo eu tenho? Meses? Dias? Não sei.

— Que idiotice é essa? — perguntou Sorhatani, esquecendo-se de si mesma, com exasperação. — O senhor viverá por quarenta anos e será temido e amado por toda uma enorme nação. Um milhão de crianças nascerão com seu nome, em sua homenagem, se o senhor deixar esta sala e esta fraqueza para trás.

— Você não entende — disse Ogedai.

Somente dois outros homens sabiam da fraqueza que o assolava. Se contasse a Sorhatani, estava arriscando que isso se tornasse conhecimento comum nos acampamentos e *tumans*. No entanto, eles estavam sozinhos e ela ajoelhada à sua frente, os olhos arregalados na penumbra. Ele precisava de alguém.

— Meu coração é fraco — disse, com a voz saindo num fiapo. — Realmente não sei quanto tempo tenho. Não deveria ter deixado que ele se sacrificasse por mim, mas fui... — Ele tropeçou nas palavras.

— Ah, meu marido — disse Sorhatani para si mesma, finalmente entendendo. Um súbito jorro de tristeza a fez engasgar. — Ah, meu amor.

Ela ergueu a cabeça para ele, os olhos brilhando com lágrimas.

— Ele sabia? Tolui sabia?

— Acho que sim — respondeu Ogedai, afastando o olhar.

Não sabia bem como responder. Descobrira que seu xamã havia mencionado a fraqueza de seu corpo a seu irmão e a seu tio, mas não tinha perguntado a Tolui. Tendo chegado à superfície depois de estar afundado num rio escuro, ofegando e tentando voltar à vida, Ogedai agarrara a primeira coisa que lhe ofereceram. Na ocasião teria feito qualquer coisa só para ter um dia à luz. Agora era difícil recordar aquele anseio pela vida, como se aquilo tivesse acontecido com outra pessoa. A sala fria com a seda balançando pareceu se sacudir com as lembranças. Ele olhou ao redor, piscando como se tivesse acabado de acordar.

— Se ele sabia, foi um sacrifício ainda maior — disse ela. — E mais um motivo para o senhor não desperdiçar nenhum dia dele. Se ele puder vê-lo agora, Ogedai, vai pensar que deu a vida em troca de alguma coisa de valor? Ou sentirá vergonha de você?

Ogedai sentiu uma pontada de raiva ao ouvir as palavras dela.

— Você ousa falar assim comigo?

Ele parara de piscar como um cordeiro recém-nascido. O olhar que fixou nela tinha um toque do antigo cã. Sorhatani gostou de ver, apesar de continuar furiosa com o que ouvira. Se Ogedai morresse, quem comandaria a nação? A resposta seguiu-se sem pausa. Chagatai voltaria a Karakorum em alguns dias, cavalgando em triunfo para aceitar a vontade benéfica do pai céu. Ela trincou os dentes simplesmente ao pensar no prazer dele.

— Levante-se — disse. — Levante-se, senhor. Se não tem muito tempo, ainda há muito a fazer. Não deve desperdiçar mais um dia, mais uma manhã! Agarre a vida com as duas mãos e aperte-a contra o corpo, senhor. O senhor não terá outra neste mundo.

Ele começou a falar e Sorhatani estendeu a mão e puxou sua cabeça, beijando-o com força na boca. O hálito e os lábios dele estavam frios com o cheiro do chá. Quando ela o soltou, ele se balançou para trás, então se levantou, olhando-a incrédulo.

— O que é isso? Eu tenho esposas suficientes, Sorhatani.

— Isso foi para ver se o senhor ainda estava vivo. Meu marido deu a vida em troca desses dias preciosos, não importando se eram curtos ou longos. Em nome dele, o senhor confiará em mim?

Ogedai ainda estava atordoado, ela sabia. Tinha acordado alguma parte dele, mas a névoa de desespero, talvez fruto das drogas jin, ainda pesava muito, embotando sua vontade. No entanto, ela viu um brilho de interesse nos olhos que a espiavam ajoelhada diante dele. Ogedai agarrou a vontade como um galho boiando numa enchente, visível por um instante antes de desaparecer nas profundezas.

— Não, Sorhatani, não confio em você.

Ela sorriu.

— Isso é de se esperar, senhor. Mas descobrirá que estou do seu lado.

Ela se levantou e fechou as janelas, finalmente deixando de fora o vento que gemia.

— Vou chamar seus serviçais, senhor. O senhor vai se sentir melhor quanto tiver comido uma refeição de verdade.

Ele a encarou enquanto ela gritava chamando Baras'aghur, dando uma torrente de instruções ao sujeito. Baras olhou para Ogedai por cima dos ombros dela, mas o cã apenas deu de ombros e aquiesceu. Era um alívio ter outra pessoa que soubesse do que ele precisava. Esse pensamento provocou outro.

— Eu deveria mandar que trouxessem minha mulher e meus filhos de volta ao palácio, Sorhatani. Eles estão na casa de verão no Orkhon.

Sorhatani pensou um momento.

— O senhor ainda não está bem. Acho que deve esperar alguns dias antes de trazer sua família e os serviçais. Vamos aos poucos.

Durante algum tempo ela seria a única a ter os ouvidos do cã. Com a autorização dele, poderia colocar seu filho junto de Tsubodai na grande jornada, na qual o futuro estava sendo escrito. Não estava pronta para abandonar essa influência tão depressa.

Ogedai concordou, incapaz de resistir.

CAPÍTULO 18

O TERRENO ESTAVA COBERTO PELA GEADA DE OUTONO E OS CAVALOS BUFAVAM uma névoa branca enquanto Mongke cavalgava passando por mais um par de batedores de Tsubodai. Ele já estava sentindo uma admiração assustada pelo general, mas nada o preparara para levar 10 mil guerreiros pela trilha de destruição do comandante. Desde o outro lado do rio Volga, por centenas de quilômetros em direção ao oeste, cidades e aldeias tinham sido saqueadas ou destruídas. Passara pelos locais de três grandes batalhas, onde ainda havia um bando de pássaros e pequenos animais excitados com a presença de tanta carne apodrecendo. O odor parecia ter penetrado nele, de modo que Mongke podia senti-lo em cada brisa.

Mandou batedores galopando à frente durante dias, antes de conseguir ver a parte principal do exército mongol. Esse havia passado o verão num acampamento equivalente a Karakorum, antes de a cidade do cã ter sido construída. Era uma vastidão de iurtas brancas, uma cena bucólica de fogueiras matinais e vastos rebanhos de cavalos a distância. Mongke balançou a cabeça num espanto silencioso enquanto trotava para mais perto. Seus estandartes tinham sido reconhecidos, claro, mas mesmo assim Tsubodai mandou um *minghaan* para recebê-lo antes que o *tuman* estivesse a uma distância visível do acampamento principal. Ele reconheceu o oficial e o viu acenar. Então soube que Tsubodai havia mandado um homem que pudesse confirmar sua identidade ao vê-lo. Observou com fascínio o oficial fazer um gesto a um companheiro que levou aos lábios um comprido tubo de latão. A nota soou e Mongke olhou ao redor, atônito, enquanto ela era respondida à esquerda e à direita. Cavalos e homens apareceram a menos de 1,5 quilômetro de distância, dos dois lados. Tsubodai tinha mandado uma força pelos flancos para contê-lo, todos deitados com os cavalos escondidos atrás de uma elevação do terreno. Isso servia para explicar como o general de gelo havia aberto caminho até tão longe de casa.

Quando chegaram ao acampamento principal, um espaço fora aberto, um vasto campo vazio com acesso a um rio pequeno. Mongke estava nervoso.

— Vá até eles com o rosto impassível — disse a si mesmo, baixinho.

Enquanto seu *tuman* entrava nas rotinas do acampamento e começava a montar as iurtas com rapidez e eficiência, Mongke apeou. Seus 10 mil homens e os cavalos que eles levaram precisavam de terra do tamanho de uma grande cidade simplesmente para descansar. Tsubodai se preparara para a chegada.

Virou-se rapidamente ao ouvir um grito de prazer e viu seu tio Kachiun andando pelo capim arrancado. Ele parecia muito mais velho do que quando Mongke o vira pela última vez e mancava fortemente. Mongke o observou com expressão resguardada, mas apertou sua mão quando Kachiun a estendeu.

— Esperei durante dias para vê-lo — disse Kachiun. — Tsubodai gostará de ter notícias de casa esta noite. Você está convidado a ir à iurta dele. Terá informações novas. — Ele sorriu para o jovem adulto que seu sobrinho havia se tornado. — Sei que sua mãe tem fontes que nossos batedores não podem igualar.

Mongke tentou esconder sua confusão. Karakorum ficava a 5 mil quilômetros a leste. Ele havia levado quatro meses viajando rapidamente para chegar ao general. Houvera ocasiões nos meses anteriores em que Tsubodai estava se movendo tão rapidamente a ponto de ele chegar a pensar que jamais iria alcançá-lo. Se o general não tivesse parado durante uma estação para descansar os rebanhos e os homens, Mongke ainda estaria viajando. No entanto, Kachiun falava como se Karakorum ficasse no vale ao lado.

— O senhor é bem informado, tio — disse Mongke, depois de uma pausa. — Tenho várias cartas de casa.

— Alguma coisa para mim?

— Sim, tio. Tenho cartas de suas duas esposas e também do cã.

— Excelente, vou pegá-las agora, então.

Kachiun esfregou as mãos com expectativa e Mongke conteve um sorriso ao perceber que essa era a principal razão para seu tio ter ido recebê-lo daquele jeito. Talvez eles não estivessem ocupados demais para querer notícias recentes de casa. Foi até seu pônei, que mastigava o capim com bordas de gelo, e abriu as bolsas das selas, tirando um maço de pergaminhos amarelados e gordurosos.

Kachiun olhou ao redor enquanto Mongke os folheava.

— Você não teria trazido o *tuman* de seu pai só para proteger um punhado de cartas, Mongke. Então, vai ficar?

Mongke pensou nos esforços de sua mãe para que Ogedai designasse seu filho mais velho para aquele exército. Ela acreditava que o futuro da nação estava nas honras de batalha que ele poderia obter ali, e que quem retornasse daquele vasto ocidente teria uma das mãos controlando as rédeas do Estado. Imaginou se ela estaria correta.

— Com a permissão do orlok Tsubodai, sim — respondeu ele, entregando as cartas destinadas ao tio.

Kachiun sorriu ao pegá-las e deu um tapa no ombro do sobrinho.

— Vejo que você está sujo e cansado. Descanse e coma enquanto suas iurtas são construídas. Vou vê-lo esta noite.

Mongke e Kachiun levantaram os olhos quando outro cavaleiro veio trotando pelo acampamento na direção deles.

Homens cobriam todo o piso do vale, com o acampamento e suas fogueiras enfumaçadas se estendendo até onde a vista de Mongke alcançava. Com a necessidade constante de água, comida, fossas sanitárias e os milhares de detalhes simples da vida, era um lugar de agitação e movimento constantes. Crianças corriam, gritando e brincando de guerreiros. Mulheres as olhavam com indulgência enquanto trabalhavam em mil tarefas diferentes. Guerreiros de verdade treinavam ou simplesmente montavam guarda aos rebanhos.

Em meio a tudo isso Tsubodai cavalgava com os olhos fixos em Mongke, mantendo o passo rápido. Usava uma nova armadura de escamas, limpa e bem oleada, de modo que se movia facilmente com ela. Seu cavalo era marrom-acobreado, quase vermelho ao sol. O orlok não olhava à esquerda ou à direita enquanto cavalgava.

Para Mongke era um esforço sustentar o olhar dele. Viu Tsubodai franzir a testa ligeiramente, e então o general bateu os calcanhares e aumentou a velocidade, levando o pônei rapidamente, de modo que o animal ficou soprando e pateando o chão.

— Bem-vindo ao meu acampamento, general — disse Tsubodai, dando a Mongke seu título oficial sem hesitar.

Mongke baixou a cabeça calmamente. Tinha consciência de que só possuía tal posto porque sua mãe parecia ter influência sobre o cã. No entanto, o sacrifício de seu pai havia elevado o filho e isso era certo. Ele havia cavalgado em guerra contra os jin. Iria se sair melhor com Tsubodai, tinha certeza.

— Lamentei saber da morte de seu pai — disse Tsubodai. — Ele era um bom homem. Certamente você será útil aqui.

O orlok estava obviamente satisfeito com a visão de tantos guerreiros a mais. Isso elevava seus *tumans* em seis vezes, com uma quantidade quase equivalente de homens nos regimentos auxiliares. Sem dúvida o pai céu sorria para aquela campanha.

— Você tem um ou dois meses ainda antes de nos movermos — continuou Tsubodai. — Devemos esperar que os rios congelem e fiquem sólidos. Depois disso vamos cavalgar até a cidade de Moscou.

— No inverno? — perguntou Mongke, antes que pudesse se conter. Para seu alívio, Tsubodai apenas deu um risinho.

— O inverno é o nosso tempo. Eles fecham as cidades nos meses de frio. Colocam os cavalos em estábulos e sentam-se ao redor de grandes fogueiras em enormes casas de pedra. Se você quiser uma pele de urso, escolhe atacar no verão, quando ele está forte e é rápido, ou corta a garganta do bicho enquanto ele dorme? Nós aguentamos o frio, Mongke.

Eu tomei Riazan e Kolomna no inverno. Seus homens vão se juntar às patrulhas e treinar imediatamente. Isso os manterá ocupados.

Tsubodai acenou para Kachiun, que baixou a cabeça enquanto o orlok estalava a bochecha e trotava para longe com o cavalo vermelho.

— Ele é... impressionante — disse Mongke. — Acho que estou no lugar certo.

— Claro que está — respondeu Kachiun. — É incrível, Mongke. Só o seu avô tinha um toque como o dele em campanha. Há ocasiões em que acho que ele deve estar possuído por algum espírito de guerra. Ele sabe o que o inimigo vai fazer. No mês passado me mandou para o meio de lugar nenhum, para esperar. Eu estava lá somente por dois dias quando uma força veio galopando por cima do morro, 3 mil cavaleiros com armaduras vindo libertar Novgorod. — Ele sorriu ao lembrar. — Onde mais você preferiria estar? Na segurança de sua casa? Você estava certo em vir para cá. Temos uma chance de colocar o mundo de joelhos, Mongke. Se pudermos fazer isso, haverá séculos de paz. Se não, tudo que seu avô construiu se tornará cinzas em apenas uma geração. É isso que está em jogo, Mongke. Desta vez não pararemos até chegar ao mar. Juro, se Tsubodai puder encontrar um modo de pôr cavalos em navios, talvez não paremos nem assim!

Chagatai cavalgava ao longo dos penhascos de Bamiyan com seu filho mais velho, Baidur. A noroeste de Cabul, os penhascos de um marrom-avermelhado corriam para longe das terras concedidas por Ogedai, mas, afinal de contas, sua família nunca havia reconhecido de fato as fronteiras. Riu com esse pensamento, satisfeito por estar cavalgando no calor que diminuía, à sombra de picos escuros. A cidade de Bamiyan era um local antigo, as casas construídas com a mesma pedra castanha que formava o pano de fundo. Ela já havia sofrido com conquistadores e exércitos, mas Chagatai não tinha problemas com os fazendeiros dali. Ele e seus homens patrulhavam áreas perto do rio Amu Darya, mas não havia motivo para transformar as aldeias e as cidades em ruínas fumegantes.

Com a sombra do cã se estendendo sobre elas, na verdade estavam prosperando. Milhares de famílias migrantes tinham ido morar nas terras ao redor de seu canato, sabendo que ninguém ousaria mover um exército ao alcance de Samarkand ou Cabul. Chagatai havia deixado sua autoridade clara nos primeiros dois anos, à medida que assumia o controle de uma área povoada por salteadores e tribos locais agressivas. A maioria fora trucidada e o resto havia sido expulso como cabras para levar a notícia aos que não tinham ouvido. A mensagem não se perdera e muitas pessoas das cidades acreditavam que o próprio Gêngis havia retornado. Os homens de Chagatai não se incomodaram em corrigir o erro.

Baidur já estava alto, com os olhos amarelo-claros que marcavam a linhagem do grande cã, garantindo obediência instantânea em meio aos que haviam conhecido Gêngis. Chagatai observava-o atentamente enquanto ele guiava sua égua pelo terreno irregular. Era um mundo diferente, pensou Chagatai, um pouco pesaroso. Na idade de Baidur, ele estivera preso numa luta com o irmão mais velho, Jochi, nenhum dos dois querendo abrir mão da perspectiva de ser cã depois do pai. Era uma lembrança amarga. Chagatai nunca esqueceria o dia em que seu pai negou esta honra a ambos e tornou Ogedai seu herdeiro.

O ar estivera quente o dia todo, mas à medida que o sol se punha ficou mais fresco e Chagatai pôde relaxar e desfrutar das paisagens e dos sons ao redor. Seu canato era uma área gigantesca, maior até mesmo do que sua terra natal. Fora conquistado por Gêngis, mas Chagatai não desprezaria o presente de seu irmão. Os penhascos estavam mais próximos e ele viu Baidur olhar para trás, para ver aonde ele queria ir.

— Ao pé dos penhascos — disse Chagatai. — Quero que você veja uma coisa espantosa.

Baidur sorriu e Chagatai sentiu uma pontada de afeto e orgulho. Será que seu pai sentira algum dia uma emoção assim? Não fazia ideia. Por um momento quase desejou que Jochi estivesse vivo, para lhe contar como as coisas eram diferentes, como seu mundo ficara maior do que a pequena herança pela qual haviam lutado. O mundo era grande o bastante para todos, percebia agora, mas a sabedoria da idade é amarga quando as pessoas com quem fracassamos já se foram. Não podia trazer de volta os anos de juventude e vivê-los com entendimento maior. Como tinha sido impaciente, como tinha sido idiota! Havia prometido muitas vezes não cometer os mesmos erros com seus filhos, mas eles também teriam de encontrar o próprio caminho. Pensou então em outro filho, morto num ataque feito por alguns guerreiros de uma tribo isolada. Tinha sido azar ele os ter encontrado enquanto acampavam. Chagatai os fizera sofrer pela morte do garoto. Sua dor cresceu e desapareceu com a mesma velocidade. Sempre houvera morte em sua vida. Mas de algum modo ele sobrevivia enquanto outros homens, talvez melhores, haviam caído. Sua linhagem tinha sorte.

Na base dos penhascos Chagatai podia ver milhares de pontos escuros. Devido às viagens anteriores, sabia que eram cavernas, algumas naturais, mas a maioria fora aberta na rocha pelos que preferiam aqueles refúgios frescos a uma casa de tijolos na planície. O bandoleiro que ele procurava naquele dia tinha uma base naquelas cavernas. Algumas recuavam para dentro da terra com grande profundidade, mas Chagatai não achava que seria uma tarefa muito difícil. O tuman que cavalgava às suas costas tinha levado lenha suficiente para colocar na entrada de cada caverna e tirá-los com fumaça, como abelhas selvagens.

Em meio às manchas curvas das bocas das cavernas, dois dedos de sombras subiam acima, alcovas imensas cortadas na pedra. Os olhos afiados de Baidur captaram-nas de 1,5 quilômetro de distância e ele apontou empolgado, olhando para o pai em busca de respostas. Chagatai sorriu para ele e deu de ombros, mas sabia muito bem o que eram. Esse era um dos motivos de ter levado o filho no ataque. As formas escuras cresceram diante dele à medida que chegavam mais perto, até que Baidur puxou as rédeas da égua ao pé da maior das duas. O rapaz estava pasmo enquanto seus olhos captavam as formas dentro do penhasco.

Era uma estátua gigantesca, maior do que qualquer coisa feita pelo homem já vista por Baidur. As dobras do manto podiam ser vistas na pedra marrom. Uma das mãos estava levantada, com a palma aberta, a outra estendida, como que em oferenda. A segunda escultura era ligeiramente menor: duas figuras sorridentes olhando para o sol que se punha.

— Quem fez isso? — perguntou Baidur, espantado. Ele teria chegado mais perto, mas Chagatai estalou a língua para impedi-lo. Os moradores das cavernas tinham visão afiada e eram bons com arcos. Não seria bom tentá-los com seu filho.

— São estátuas do Buda, uma divindade dos jin — disse.

— Aqui? Os jin estão muito longe — respondeu Baidur. Suas mãos se abriram e fecharam enquanto ele ficava ali parado, obviamente querendo se aproximar e tocar as figuras enormes.

— As crenças dos homens não conhecem fronteiras, filho. Há cristãos e muçulmanos em Karakorum, afinal de contas. O próprio ministro do cã é um desses budistas.

— Não vejo como as estátuas poderiam ser transportadas... não, elas foram cortadas aqui, a rocha foi removida ao redor delas — disse Baidur.

Chagatai confirmou, satisfeito com a inteligência do filho. As estátuas tinham sido cinzeladas nas próprias montanhas, reveladas com esforço gigantesco.

— Segundo os moradores do local, elas estão aqui desde que qualquer pessoa consegue lembrar, talvez até por milhares de anos. Há outra nos morros, uma figura gigantesca de um homem deitado.

Chagatai sentiu um orgulho estranho, como se de algum modo fosse responsável por elas. O prazer juvenil de seu filho era um júbilo para ele.

— Por que queria que eu as visse? — perguntou Baidur. — Agradeço. Elas são... espantosas. Mas por que me mostrou?

Chagatai acariciou o focinho macio de sua égua, organizando os pensamentos.

— Porque meu pai não acreditava em construir um futuro. Ele dizia que não havia modo melhor de um homem passar a vida do que em guerra contra os inimigos. Os despojos, a terra e o ouro que você tem visto vieram, quase por acidente, dessas crenças. Ele nunca os procurava por eles próprios. No entanto, aqui está a prova, Baidur. O que construímos pode durar e ser lembrado, talvez por mil gerações futuras.

— Entendo — disse Baidur, baixinho.

Chagatai balançou a cabeça.

— Hoje vamos expulsar com fumaça os ladrões e os bandoleiros que vivem nas cavernas. Eu poderia ter golpeado os penhascos com catapultas. Em meses ou anos poderia reduzi-los a entulho, mas prefiro não fazer isso por causa dessas estátuas. Elas me lembram de que o que fazemos pode viver mais do que nós.

À medida que o sol se punha, pai e filho ficaram olhando as sombras se moverem no rosto das gigantescas figuras de pedra. Atrás deles, oficiais de *minghaans* gritavam e assobiavam para seus homens até que a iurta do cã estivesse erguida e as fogueiras acesas para a refeição noturna. Os homens nas cavernas esperariam mais uma noite. Alguns escapariam na escuridão, talvez, mas Chagatai tinha guerreiros escondidos do outro lado, esperando por quem tentasse isso.

Enquanto se sentavam para comer, Chagatai observou Baidur cruzando as pernas e pegando o sal na mão direita, com a esquerda apoiando o cotovelo automaticamente. Ele era um ótimo jovem guerreiro, chegando aos anos de plenitude.

Chagatai aceitou seu chá e um prato cheio de pão ázimo e carne de cordeiro, bem temperada e perfumada.

— Espero que você entenda agora por que devo mandá-lo para longe, filho — disse, finalmente.

Baidur parou de mastigar e Chagatai continuou:

— Esta é uma terra bonita, madura e rica. É possível cavalgar o dia inteiro aqui. Mas não é o lugar em que a nação fará história. Não há luta aqui, mesmo que você conte alguns rebeldes e ladrões de gado. Não, o futuro está sendo construído no amplo ocidente, Baidur. Você deve fazer parte dele.

Seu filho não respondeu, com os olhos sombreados na penumbra. Chagatai fez um gesto com a cabeça, satisfeito porque ele não desperdiçava palavras. Enfiou a mão dentro do dil e pegou um maço de pergaminhos amarrados.

— Mandei mensagens ao cã, meu irmão, pedindo que você tivesse permissão de se juntar a Tsubodai. Ele me deu a permissão. Você pegará meu primeiro *tuman* e aprenderá tudo que puder com Tsubodai. Ele e eu nem sempre lutamos do mesmo lado, mas não existe professor melhor. Nos próximos anos o fato de você ter conhecido o orlok valerá muito aos olhos dos homens.

Baidur engoliu sua comida com dificuldade, baixando a cabeça. Esse era seu maior desejo e ele não sabia como o pai entendera. A lealdade o mantivera no canato, mas seu coração estivera na grande jornada, a milhares de quilômetros a oeste e ao norte. Ficou dominado pela gratidão.

— O senhor me honra — disse, com a voz emocionada.

Chagatai deu um risinho e desgrenhou o cabelo do filho.

— Cavalgue rapidamente, garoto. Se eu conheço Tsubodai, ele não vai diminuir o passo para ninguém.
— Pensei que o senhor poderia me mandar para Karakorum.
Seu pai balançou a cabeça, com o rosto subitamente amargo.
— Não há futuro sendo escrito lá. Acredite em mim. É um lugar de água estagnada, onde nada se move e nenhuma vida se agita. Não, o futuro está no ocidente.

CAPÍTULO 19

O VENTO GEMIA E DEPOIS SUSSURRAVA COMO SE ESTIVESSE VIVO, MORDENDO seus pulmões enquanto eles respiravam. A neve caía constantemente, mas não podia obscurecer o caminho. Tsubodai e seus homens faziam os cavalos andarem pela linha do congelado rio Moskva. O gelo era como osso; branco e morto no escuro. A cidade de Moscou ficava adiante, com catedrais e igrejas erguendo-se no horizonte. Mesmo na escuridão, luzes brilhavam atrás de postigos de madeira: milhares de velas acesas para comemorar o nascimento de Cristo. Boa parte da cidade estava fechada no auge do inverno, protegida do frio terrível que ceifava os velhos e os fracos.

Os mongóis prosseguiam, cabeça baixa, cascos e rédeas abafados com panos. O rio em que andavam passava diretamente pelo centro da cidade. Era largo demais para ser guardado ou bloqueado, o que representava uma fraqueza natural. Muitos guerreiros olhavam para cima ao passar sob uma ponte de madeira e pedra que sustentava a estrada gélida em arcos ancorados sobre colunas gigantescas. Não houve nenhum grito de alerta vindo da ponte. Os nobres da cidade não haviam pensado que qualquer exército invasor seria insano o bastante para caminhar sobre o gelo até o meio deles.

Apenas dois *tumans* seguiam o curso do rio entrando em Moscou. Batu e Mongke percorriam o sul, atacando cidades e certificando-se de que não houvesse forças em seu caminho para interceptar os exércitos mongóis. Guyuk e Kachiun estavam mais ao norte, impedindo que um exército de apoio marchasse para salvar a cidade. Não era provável. Os *tumans* pareciam ser os únicos dispostos a se mover nos meses mais frios. O ar gelado era brutal. O frio entorpecia os rostos, as mãos e os pés, solapando a força. No entanto, os guerreiros suportavam. Muitos usavam dils e capas por cima da armadura. Passavam uma camada grossa de gordura de carneiro na pele exposta e se enrolavam em camadas de seda, lanugem e ferro, os pés congelados apesar da lã de cordeiro enfiada nas botas. Mesmo assim muitos perderiam dedos. Os lábios já estavam cheios de rachaduras, fechados com cuspe congelado. No entanto sobreviviam, e quando as rações ficavam escassas bebiam sangue de suas montarias, enchendo a boca com o líquido quente que podia sustentá-los. Os pôneis eram magros, mas sabiam cavar através da neve para pastar o capim congelado que estava embaixo. Eles também tinham sido criados numa terra inóspita.

Os batedores de Tsubodai se moviam mais rapidamente do que a força principal, arriscando as montarias no terreno gelado para levar de volta o primeiro aviso de qualquer defesa organizada. A cidade parecia estar num silêncio fantasmagórico, a neve gerando uma imobilidade tão grande no ar que Tsubodai podia ouvir hinos sendo cantados. Não conhecia a língua, mas as vozes distantes pareciam combinar com o frio. Balançou a cabeça. A estrada de gelo era estranhamente bela nas sombras e ao luar, mas não era um local para sentimentalismo. Seu objetivo era esmagar qualquer um que tivesse força para se opor a ele. Só então poderia ir em frente, sabendo que os flancos e a retaguarda estavam em segurança.

A cidade propriamente dita não era grande. Suas catedrais tinham sido construídas em terreno elevado, acima do rio, e ao redor delas se amontoavam as casas dos religiosos e das famílias ricas. Ao luar, elas podiam ser vistas espalhando-se morro abaixo até uma cidade feita de construções menores, distribuídas aleatoriamente na paisagem. O rio alimentava todos, dava vida, assim como agora causaria a morte. A cabeça de Tsubodai se levantou bruscamente quando ele ouviu uma voz gritar ali perto, aguda e entrecortada. O pânico era inconfundível. Finalmente haviam sido vistos. Só ficou surpreso por isso ter demorado tanto. A voz gritava e gritava, então foi sufocada quando um dos batedores que cavalgavam pelas margens usou o som para se orientar e chegar a seu dono. Haveria sangue vermelho vivo na neve, o primeiro da noite. No entanto, o vigia fora ouvido e não se passou muito tempo até que os sinos soaram a distância, num dobre de aviso em meio à escuridão opressiva.

A catedral estava em silêncio, o ar pesado com o incenso que brotava do turíbulo numa trilha de fumaça branca. O grão-duque Yaroslav estava sentado com sua família nos bancos reservados para ele, a cabeça baixa ouvindo as palavras entoadas de uma oração escrita oito séculos antes.

"Se Ele não era carne, quem foi posto numa manjedoura? Se Ele não é Deus, quem os anjos que desceram do céu glorificaram?"

O duque não estava em paz, não importando o quanto tentasse deixar de lado as preocupações do mundo e sentir o conforto de sua fé. Quem saberia onde os malditos mongóis atacariam em seguida? Eles se moviam com velocidade incrível, transformando em crianças os exércitos que ele mandara. Três mil de seus melhores cavaleiros tinham sido trucidados no início do inverno. Haviam cavalgado para encontrar o exército mongol e informar sobre a posição dele, não para entrar em batalha. Não voltaram. Tudo que ele tinha eram boatos de uma trilha de sangue nas colinas, já coberta de neve.

O duque Yaroslav juntou as mãos e as torceu enquanto o incenso oloroso enchia seus pulmões.

— Se Ele não era carne, quem João Batista batizou? — entoou o padre Dmitri, a voz forte e sonora na igreja cheia de ecos.

Os bancos estavam repletos e não era somente para celebrar o nascimento de Cristo. Yaroslav se perguntou quantos deles teriam ouvido falar do lobo de boca vermelha caçando nas colinas e na neve. A catedral era um lugar de luz e segurança, embora estivesse suficientemente fria para necessitarem de peles grossas. Que lugar melhor para ir numa noite daquelas?

— Se Ele não é Deus, a quem o Pai disse: Este é meu Filho amado?

As palavras eram reconfortantes e invocavam uma imagem do jovem Cristo. Numa noite assim, Yaroslav sabia que deveria estar focalizando os pensamentos em nascimento e renascimento, mas em vez disso pensava em crucificação, em dor e agonia num jardim, mais de mil anos antes.

A mão de sua esposa tocou seu braço e ele percebeu que estivera sentado de olhos fechados, balançando-se em silêncio como as velhas carolas. Tinha de manter uma fachada de calma, com tantos olhos observando. Eles o olhavam para que os protegesse, mas ele se sentia impotente, perdido. O inverno não fazia com que os exércitos mongóis parassem. Se seus irmãos e primos tivessem confiado nele, poderia ter posto no campo uma força capaz de destruir os invasores, mas em vez disso eles acreditavam que ele tramava pelo poder e ignoraram suas cartas e mensagens. Estar cercado por aqueles idiotas! Era difícil encontrar a paz, mesmo numa noite como aquela.

— Se Ele não era carne, quem foi convidado à boda em Caná? Se Ele não é Deus, quem transformou a água em vinho?

A voz do padre ecoava, evoluindo num ritmo próprio que deveria ser reconfortante. Eles não leriam versos sombrios na noite do nascimento de Cristo. Yaroslav não sabia se a horda mongol atacaria suas cidades de Vladimir e Moscou. Será que ao menos chegariam a Kiev? Não fazia tantos anos desde que tinham atacado tão para dentro nas florestas e na tundra, arremetendo à vontade e desaparecendo de novo. Havia muitas histórias e lendas dos temíveis "tártaros". Era tudo que tinham deixado para trás da última vez. Como uma tempestade, haviam chegado e depois sumido.

Yaroslav não possuía qualquer coisa que pudesse impedi-los. Começou a torcer as mãos de novo, rezando de todo o coração para que sua cidade e sua família pudessem ser poupadas. Deus tinha misericórdia, ele sabia. Os mongóis, não.

Longe, sons fracos puderam ser ouvidos. O duque levantou a cabeça. Sua esposa estava encarando-o com uma expressão confusa. Ele se virou ao ouvir o som de pés correndo. Sem dúvida não seria chamado a uma hora daquelas, seria? Será que seus oficiais não podiam passar uma noite sem pedir sua ajuda, enquanto ele encontrava consolo na Madre Igreja? Não queria se afastar do calor obtido com dificuldade no banco. Enquanto hesitava, mais passos apressados puderam ser ouvidos enquanto alguém subia a escada até a torre do sino. O estômago de Yaroslav se apertou com horror súbito. Não, não ali, não naquela noite.

O sino começou a tocar acima de sua cabeça. Metade da congregação olhou para o alto como se pudesse ver através das traves de madeira. Yaroslav viu o padre Dmitri andando em sua direção e se levantou rapidamente, lutando para dominar o medo. Antes que o sacerdote pudesse alcançá-lo, ele se abaixou e falou ao ouvido da mulher:

— Leve as crianças agora. Leve a carruagem até o alojamento, pela sua vida. Encontre Konstantin; ele estará lá, com meus cavalos. Saiam da cidade. Eu irei quando puder.

Sua esposa estava com o rosto branco de terror, mas não hesitou enquanto juntava as filhas e os filhos, arrebanhando-os como gansos sonolentos. O duque Yaroslav já deixara seu banco e caminhava pelo corredor central. Todos os olhares estavam nele enquanto o padre Dmitri o alcançava e ousava segurar seu braço. A voz do sacerdote era um sussurro áspero.

— É um ataque? Os tártaros? O senhor pode sustentar a cidade?

O duque Yaroslav parou subitamente, de modo que o velho trombou nele. Em outra noite poderia mandar chicotear o padre por aquela insolência. No entanto, não mentiria na presença do Cristo nascido.

— Se eles estiverem aqui, não posso contê-los, padre, não. Cuide do seu rebanho. Devo salvar minha família.

O padre cambaleou para trás como se tivesse sido golpeado, com a boca aberta de horror. Acima da cabeça deles, o sino continuava tocando, espalhando desespero pela cidade e pela neve.

O duque podia ouvir gritos a distância enquanto corria para fora, com as botas de montaria escorregando nas pedras geladas. A carruagem de sua família já estava partindo, uma sombra deslizando na escuridão com os estalos do chicote do cocheiro ecoando dos dois lados. Podia ouvir a voz aguda do filho sumindo ao longe, sem perceber o perigo, como só pode acontecer com as crianças.

A neve havia começado a cair de novo e Yaroslav estremeceu, imóvel, com a mente disparando. Durante meses tinha ouvido relatórios das atrocidades dos mongóis. A cidade de Riazan tinha sido reduzida a um entulho fumegante, com animais selvagens rasgando corpos nas ruas. Ele próprio fora até lá com apenas alguns de seus guardas e dois deles tinham vomitado na neve diante do que viram. Eram homens enrijecidos, acostumados com a morte, mas o que encontraram estava além da desolação, numa escala que jamais haviam conhecido. Aquele era um oponente sem conceito de honra, que travava guerras e destruía cidades para esmagar a vontade do inimigo. O duque foi até a montaria de seu ajudante, que bufava no frio. Era um garanhão rápido e preto como a noite.

— Apeie — ordenou. — Volte a pé para o alojamento.

— Sim, sua graça — respondeu o homem imediatamente, passando a perna por cima do animal e pulando na neve.

Enquanto o duque montava em seu lugar, encontrando a sela ainda quente, o ajudante ficou para trás e prestou continência. Yaroslav não olhou para ele, já virando o cavalo e batendo os calcanhares. Os cascos ressoaram na rua coberta de neve enquanto ele trotava. Não podia galopar no gelo sem se arriscar a sofrer uma queda que poderia matá-lo e ao animal. Escutou vozes gritando ali perto e em seguida uma única pancada de aço contra aço, um golpe de espada que ressoou no ar gelado, de uma distância que só Deus sabia.

Ao redor, a cidade adormecida estava acordando. Velas e lâmpadas apareciam nas janelas e balançavam nas mãos de homens que saíam para a rua e gritavam perguntas uns para os outros. Nenhum deles sabia dizer qualquer coisa. Mais de uma vez eles tropeçaram e caíram ao tentar evitar o cavalo preto e seu cavaleiro.

O alojamento não ficava longe. Ele de certa forma esperava ver a carruagem da família adiante. O cocheiro poderia forçar os cavalos em mais velocidade, firmados pelo peso da carruagem e dos que estavam dentro. O duque Yaroslav rezou baixinho, pedindo à virgem inocente para cuidar de seus pequeninos. Não podia sustentar a cidade contra os lobos que vinham na neve. Só podia fugir. Disse a si mesmo que era a decisão tática certa, mas a vergonha ardia, mesmo contra o frio.

Enquanto cavalgava, ignorou as vozes gritando atrás. Haveria poucos sobreviventes, principalmente agora que o inimigo viera no auge do inverno. Ninguém poderia ter esperado por isso, disse a si mesmo. Ele reunira a parte principal de seu exército perto de Kiev, pronto para a primavera. Os homens estavam num acampamento de inverno atrás de vastas paliçadas de madeira, a quase 500 quilômetros a sudoeste. Tinha apenas 2 mil homens em Moscou e não eram suas melhores tropas. Muitos eram soldados feridos passando o inverno no conforto da cidade para não ficar nos acampamentos do exército, onde a disenteria e a cólera eram ameaças constantes. O duque endureceu o coração diante do destino daqueles homens. Eles tinham de lutar, para lhe dar tempo de sair incólume. Só podia esperar que o exército mongol ainda não tivesse bloqueado as estradas para fora da cidade. Uma delas ainda devia estar aberta para sua família.

O luar brilhava através da neve que caía enquanto ele atravessava uma ponte de madeira, com o congelado rio Moskva embaixo. Olhou para ele enquanto passava ruidosamente pela madeira antiga e se enrijeceu na sela ao ver o rio branco coberto por cavalos e homens. Já estavam se espalhando para as margens como sangue derramado, negros na escuridão da noite. Podia ouvir mais gritos quando os inimigos invadiram as casas perto do rio. Baixou a cabeça enquanto cavalgava, desembainhando a espada ornamentada presa ao quadril. Com terror, viu figuras escuras subindo por cima dos corrimões da ponte de madeira: dois, não, quatro homens. Tinham ouvido seu cavalo e quando ele os viu, algo passou zumbindo perto de seu rosto, obrigando-o a se encolher. Esperou que o cavalo preto fosse um alvo difícil e bateu os calcanhares de novo, subitamente não se importando com o chão escorregadio. Um homem surgiu em seu flanco direito e Yaroslav chutou, sentindo uma pontada de dor subir pelas pernas quando o impacto torceu seu joelho. O homem caiu para longe em silêncio, o peito esmagado pelo golpe. Então o duque passou, a rua branca se abrindo diante dele quando a ponte chegou ao fim.

Sentiu um flecha acertar sua montaria com um tremor. O animal relinchou de dor, bufando cada vez mais forte a cada passo. O galope ficou mais lento e Yaroslav bateu os calcanhares e se inclinou para a frente, tentando um último pique. Suas mãos haviam segurado rédeas desde muito jovem e ele quase podia sentir a vida se esvair do garanhão que continuava lutando, o pânico e o dever mantendo-o em frente. Virou uma esquina, deixando a ponte para trás, mas o grande coração do animal não podia levá-lo mais longe. O garanhão caiu com força, sem aviso, as patas da frente se dobrando. Yaroslav tombou, inclinando a cabeça e tentando rolar ao bater no chão. Mesmo com a neve, o chão era como ferro e ele ficou sem fôlego e atordoado, sabendo que de algum modo precisava se levantar antes que viessem procurá-lo. Tonto e desamparado, lutou para ficar de pé, encolhendo-se de dor quando o joelho estalou e se mexeu. Não iria gritar. Podia escutar as vozes guturais bem perto, do outro lado da esquina.

Começou a andar cambaleando, mais por instinto do que com algum objetivo em mente. Seu joelho pegava fogo e quando se abaixou para tocá-lo mordeu os lábios para impedir um grito de dor. Já estava inchando. A que distância ficava o alojamento? Andar havia se tornado uma agonia e ele só conseguia arrastar a perna ruim. Seus olhos se enchiam de lágrimas indesejadas quando era forçado a pôr o peso em cima do joelho deslocado. Gradualmente a dor ia piorando, até que ele achou que iria desmaiar na neve. Certamente não suportaria muito mais. Chegou a outra esquina e escutou as vozes ficando mais altas. Eles haviam encontrado o cavalo.

O duque vira os mortos queimados em Rizan. Obrigou-se a dar alguns passos mais rapidamente, mas então sua perna se dobrou como se ele não tivesse controle sobre ela. Bateu no chão com força e mordeu a língua, sentindo o sangue azedo encher a boca.

Fraco e ainda tonto, virou-se e cuspiu. Não podia se ajoelhar para respirar fundo e se recuperar. O joelho ainda estava dolorido demais, até mesmo ao toque. Em vez disso, estendeu a mão até uma parede e se arrastou para cima usando os braços. A qualquer momento esperava escutar sons de corrida quando os animais mongóis o encontrassem, talvez atraídos pelo cheiro de sangue. Yaroslav se virou para enfrentá-los, sabendo que não podia correr mais.

Das sombras profundas perto da parede de uma casa viu um grupo de mongóis a pé, puxando os cavalos enquanto seguiam seus rastros. Gemeu ao ver aquilo. A neve continuava caindo, mas suas pegadas seriam visíveis durante uma hora ou mais. Eles ainda não o tinham visto, mas até uma criança poderia encontrar aquele rastro. Olhou ao redor desesperado em busca de alguma rota de fuga, dolorosamente consciente de que todos os seus soldados estavam no alojamento. Sua família já estaria na estrada para o sudoeste, em direção a Kiev. Se ele conhecia Konstantin, o soldado velho e grisalho mandaria uma centena de seus melhores homens com eles.

Yaroslav não sabia se o resto ficaria e lutaria ou se simplesmente iria desaparecer na escuridão, deixando os cidadãos entregues ao destino. Já podia sentir cheiro de fumaça no ar, mas não podia afastar o olhar dos homens que o caçavam. Em seu delírio, pensou que tinha ido mais longe, mas eles não estavam a mais de cinquenta ou sessenta passos de distância. Já apontavam em sua direção.

Um cavaleiro apareceu trotando pela rua que vinha da ponte. Yaroslav viu os homens se empertigarem, afastando o olhar de seus rastros. Aos seus olhos eles pareciam cachorros diante de um lobo e ficaram de pé com a cabeça baixa. O homem gritou ordens e três dos quatro começaram a se mover imediatamente. O último olhou para as sombras que escondiam o duque como se pudesse vê-lo. Yaroslav prendeu o fôlego até que seus sentidos começaram a se desvanecer. Finalmente o último homem aquiesceu sério e montou em seu pônei, virando o animal de volta para a ponte.

O duque olhou-os ir embora com emoções confusas. Mal podia acreditar que viveria, mas ao mesmo tempo descobrira que os mongóis tinham disciplina, hierarquia e táticas. Alguém num posto superior dissera para tomarem e sustentarem a ponte. A breve perseguição havia-os arrastado para longe. Ele tinha sobrevivido, mas ainda precisava enfrentá-los no campo e a tarefa subitamente se tornara muito mais difícil.

Cambaleando partiu de novo, com a dor fazendo-o xingar baixinho. Conhecia a rua dos tecelões. O alojamento não ficava longe. Só podia rezar para que ainda houvesse alguém esperando-o lá.

Tsubodai estava sozinho numa torre de pedra, olhando para a cidade congelada. Para chegar à janela se esgueirara ao lado de um enorme sino de bronze, verde-escuro devido à idade. Enquanto olhava para a noite, partes dela estavam iluminadas por chamas, pontos de ouro e amarelo tremeluzentes. Tamborilou com os dedos na superfície gravada do sino, ouvindo distraído o tom profundo que continuava por um longo tempo.

O ponto de observação lhe servia perfeitamente. À luz das chamas distantes, podia ver o resultado de seu ataque súbito ao longo da estrada gelada. Abaixo, guerreiros mongóis já corriam enlouquecidos. Dava para ouvir risos enquanto arrancavam tapeçarias de seda das paredes e jogavam taças e cálices pelos pisos de pedra incrivelmente antigos. Gritos soavam em baixo, além das risadas.

Houvera pouca resistência. Os poucos soldados foram trucidados rapidamente enquanto os mongóis se espalhavam pelas ruas. A conquista de uma cidade era sempre sangrenta. Os homens não recebiam ouro ou prata de Tsubodai ou seus generais. Em vez disso, esperavam saquear e pegar escravos onde quer que ele os levasse. Isso os deixava famintos quando olhavam as muralhas das cidades, bêbados de vinho e violência. Ofendia os sentidos de Tsubodai ver os guerreiros reduzidos àquele estado. Como comandante, precisava manter alguns *minghaans* sóbrios para o caso de um contra-ataque ou de um novo inimigo surgir de manhã. Os *tumans* tinham feito sorteios para ver quem seriam os azarados a ficar de pé tremendo a noite toda, ouvindo os gritos e a diversão e desejando participar.

Tsubodai apertou os lábios, irritado. A cidade precisava queimar, quanto a isso ele não tinha problemas. Não se importava nem um pouco com o destino dos cidadãos. Não eram seu povo. Mesmo assim aquilo parecia... um desperdício, uma indignidade. Ofendia seu sentimento de ordem ver seus *tumans* criando tumulto quando uma cidade caía. Sorriu cansado ao pensar em como eles reagiriam se ele lhes oferecesse um pagamento regular e sal em vez de saque. Gêngis lhe dissera uma vez que nunca daria uma ordem que eles não fossem obedecer. Nunca deveria permitir que vissem os limites de sua autoridade. A verdade era que ele poderia tê-los chamado de volta da cidade. Eles iriam se formar sob sua ordem, largando tudo, bêbados ou sóbrios, para cavalgar de volta. Certamente fariam isso uma vez. Só uma.

Ouviu gargalhadas ásperas aproximando-se. Houve um gemido de mulher e ele soprou o ar irritado ao perceber que os homens estavam subindo a escada. Em apenas alguns instantes viu dois de seus guerreiros arrastando uma jovem e procurando um lugar calmo. O primeiro se imobilizou ao ver o orlok parado na janela da torre do sino da catedral. O guerreiro estava totalmente bêbado, mas o olhar de Tsubodai foi capaz de atravessar a névoa. Apanhado de surpresa, o homem tentou fazer uma reverência nos degraus e tropeçou. Seu companheiro atrás gritou um insulto para ele.

— Vou deixá-lo em paz, orlok — disse o guerreiro, enrolando a língua e baixando a cabeça. Seu companheiro escutou e ficou em silêncio, mas a mulher continuou a lutar.

Tsubodai dirigiu o olhar para ela e franziu a testa. As roupas eram bem-feitas, com bons materiais. Era filha de alguma família rica, provavelmente já morta diante dela. Seu cabelo castanho-escuro fora ajustado com um prendedor de prata, mas havia se soltado em parte e pendia em tranças longas, balançando enquanto ela tentava se soltar dos guerreiros. Ela olhou para Tsubodai e ele viu seu terror. Quase se virou e deixou que eles se retirassem. Os guerreiros não estavam tão bêbados a ponto de ousar se mover antes que ele os dispensasse. Tsubodai não tinha filhos vivos, nem filhas.

— Deixem-na aqui — disse rispidamente, surpreendendo-se enquanto falava.

Ele era o general de gelo, o homem sem emoção. Entendia a fraqueza dos outros, mas não a compartilhava. No entanto, a catedral era linda a seu modo, com grandes arcos de pedra afilados que o atraíam. Disse a si mesmo que eram essas coisas que tocavam sua sensibilidade, e não o pânico selvagem da jovem.

Os guerreiros a soltaram e desapareceram escada abaixo rapidamente, satisfeitos em ir embora sem um castigo ou tarefas extras. Enquanto o som das botas sumia, Tsubodai se virou de novo para olhar a cidade. Nesse ponto havia mais fogueiras e partes de Moscou reluziam rubras com as chamas. Pela manhã boa parte estaria reduzida a cinzas, as pedras tão quentes que se rachariam e explodiriam nas paredes.

Ouviu-a ofegar e o leve som arrastado quando ela se sentou escorregando junto à parede.

— Você me entende? — perguntou ele na língua jin, virando-se.

Ela o olhou com expressão vazia e Tsubodai suspirou. A língua russa tinha pouco em comum com as que ele conhecia. Aprendera algumas palavras, mas nada que a deixaria saber que estava em segurança. Ela o encarou e ele se perguntou como um pai se sentiria naquela situação. A garota sabia que não poderia escapar descendo a escada. Homens violentos e bêbados percorriam as ruas em volta. Ela não iria longe. Estava mais segura na calma torre da igreja e Tsubodai suspirou quando ela começou a soluçar baixinho, puxando os joelhos para o peito e gemendo como uma criança.

— Fique quieta — ordenou o general, subitamente irritado com ela por estragar seu momento de paz.

Notou que ela havia perdido os sapatos. Seus pés estavam arranhados e descalços. Ficara quieta ao ouvir seu tom de voz e ele a observou por um tempo até que ela o espiou. Ele estendeu as mãos, mostrando que estavam vazias.

— Menya zavout Tsubodai — disse lentamente, apontando para o peito. Não sabia como perguntar o nome dela. Esperou com paciência e parte da tensão dela se esvaiu.

— Anya — respondeu ela.

Uma torrente de sons veio em seguida e Tsubodai não conseguiu entender. Tinha praticamente exaurido seu estoque de palavras. Na própria língua, continuou:

— Fique aqui — disse gesticulando. — Você estará segura aqui. Eu vou sair agora.

Começou a passar por ela e a princípio a garota se encolheu. Quando percebeu que ele estava tentando ir para a escada de pedra, ela gritou assustada e falou de novo, com os olhos arregalados. Tsubodai suspirou.

— Certo. Vou ficar aqui. Tsubodai fica. Até o sol nascer, entendeu? Depois vou embora. Os soldados vão embora. Então você poderá encontrar sua família.

Ela viu que ele estava se virando de volta para a janela. Nervosa, esgueirou-se mais para dentro do cômodo até sentar-se aos seus pés.

— Gêngis Khan — murmurou Tsubodai. — Já ouviu falar do nome?

Viu os olhos dela se arregalarem e aquiesceu. Uma rara amargura apareceu em sua expressão.

— Vão falar dele durante mil anos, Anya. Mais do que isso. No entanto, Tsubodai é desconhecido. O homem que venceu as batalhas para ele, que seguiu suas ordens. O nome de Tsubodai não passa de fumaça na brisa.

Anya não podia entendê-lo, mas a voz era tranquilizante e ela puxou as pernas com mais força, tornando-se pequena junto aos pés dele.

— Ele está morto, garota. Foi-se. Fui deixado para expiar meus pecados. Acho que vocês, cristãos, entendem isso.

Ela o olhou com expressão vazia e como não entendia, o general se sentiu à vontade para falar palavras que estavam trancadas havia muito no fundo do peito.

— Minha vida não é mais minha — disse Tsubodai baixinho. — Minha palavra não tem valor. Mas meu dever continua, Anya, enquanto eu respirar. É tudo que me resta.

O ar estava congelado e ele viu que ela tremia. Com um suspiro tirou a capa e a pôs sobre ela. Olhou-a se enrolar nas dobras do pano até que só aparecesse o rosto. O frio se intensificou sem o tecido quente em volta dos ombros, mas Tsubodai acolheu o desconforto. Seu espírito estava tumultuado e a tristeza crescia enquanto ele pousava as mãos no parapeito de pedra e esperava o amanhecer.

CAPÍTULO 20

Yao Shu fumegava encarando Sorhatani. Até mesmo o ar da sala era sutilmente perfumado, diferente de antes. Ela usava sua nova posição como mantos pesados, deliciando-se com o número de serviçais que a atendiam. Através de Ogedai tinha recebido os títulos do marido. Num golpe único controlava o coração das planícies mongóis, o local de nascimento do próprio Gêngis. Yao Shu não podia deixar de pensar se o cã havia considerado todas as implicações quando fizera a oferta a Tolui, antes da morte desse.

Outra mulher teria administrado discretamente as terras e os títulos para os filhos até passá-los a eles. Certamente era isso que Ogedai havia pretendido. No entanto, Sorhatani tinha feito mais. Naquela manhã mesmo, Yao Shu fora obrigado a carimbar e selar uma ordem de verbas do tesouro do cã. O selo pessoal de Tolui fora usado nos papéis e, como ministro, Yao Shu não poderia recusá-lo. Sob seu olhar azedo, vastas quantias em ouro e prata foram postas em caixotes de madeira e entregues aos guardas de Sorhatani. Só podia imaginar o que ela faria com metal precioso em quantidade suficiente para construir um palácio, ou um povoado, ou uma estrada para o ermo.

Enquanto permanecia sentado na presença dela, Yao Shu repassava um mantra budista na mente, levando calma aos seus pensamentos. Ela lhe concedera uma audiência posicionando-se como superiora, totalmente consciente de como seus modos irritavam o ministro do cã. Ele não deixou de notar que os serviçais do próprio Ogedai corriam para lhes servir o chá. Sem dúvida Sorhatani havia escolhido alguns que ele conheceria pessoalmente, para demonstrar seu poder.

Yao Shu permaneceu em silêncio enquanto recebia a tigela rasa. Tomou um gole, notando a qualidade da folha jin que fora usada. Provavelmente era do suprimento pessoal do cã, oriundo a um custo imenso das plantações de chá em Hangzhou. Yao Shu franziu a testa enquanto pousava a tigela. Em apenas alguns meses Sorhatani se tornara indispensável ao cã. Sua energia era extraordinária, mas Yao Shu ainda podia se surpreender com a habilidade com que ela percebera as necessidades do cã. O que era particularmente irritante era que Yao Shu respeitara as ordens que recebera. Aceitara a necessidade de privacidade e reclusão por parte de Ogedai. O ministro não fizera nada errado, mas de algum modo ela penetrara no palácio, usando sua autoridade súbita sobre os serviçais como se tivesse nascido para aquilo. Em menos de um dia tinha arejado e mobiliado uma suíte ao lado da de Ogedai. Os serviçais presumiram a aprovação do cã e, apesar de Yao Shu suspeitar que ela tivesse ultrapassado em mais de cem vezes os favores dele, Sorhatani se enfiou no palácio como um carrapato se enterra sob a pele. Observou-a atentamente enquanto ela tomava o chá. Seu manto de fina seda verde não lhe passou despercebido, nem o modo como o cabelo estava preso com prata e a pele coberta com um pó claro, de modo a parecer feita de porcelana, fria e perfeita. Os mantos e os modos de uma nobre jin eram postos deliberadamente, mas ela devolvia seu olhar com a calma direta de seu povo. Em si, o olhar dela era um desafio e ele lutava para não reagir.

— O chá está fresco, ministro? — perguntou ela.

Ele inclinou a cabeça.

— Está muito bom, mas devo perguntar...

— O senhor está confortável? Devo pedir que os serviçais tragam uma almofada para suas costas?

Yao Shu coçou uma orelha antes de se acomodar de novo.

— Não preciso de almofadas, Sorhatani. O que preciso é de uma explicação para as ordens que foram levadas aos meus aposentos ontem à noite.

— Ordens, ministro? Certamente essas coisas são entre o senhor e o cã, não são? Certamente não são da minha conta.

Os olhos dela estavam arregalados e inocentes e ele escondeu a irritação pedindo mais chá com um gesto. Tomou o líquido pungente de novo antes de tentar outra vez.

— Como tenho certeza de que você sabe, Sorhatani, os guardas do cã não me deixam falar com ele.

Era uma admissão humilhante e ele ficou vermelho enquanto falava, lembrando-se de como ela se interpusera entre Ogedai e o mundo com uma tranquilidade imensa. Todos os homens ao redor do cã haviam respeitado os desejos dele. Ela os havia ignorado, tratando Ogedai como se fosse um inválido ou uma criança. As fofocas no palácio diziam que ela cuidava dele como uma galinha fazia com os pintos, mas em vez de ficar irritado, Ogedai parecia encontrar alívio em ser tratado como um bicho de estimação. Yao Shu só podia esperar pela rápida recuperação do cã, que ele expulsasse a loba do palácio e governasse de verdade outra vez.

— Se deseja, ministro, posso perguntar ao cã sobre as ordens que o senhor disse que foram mandadas. No entanto, ele não anda bem de espírito e de corpo. Não podemos exigir respostas até que ele esteja forte outra vez.

— Tenho consciência disso, Sorhatani. — Yao Shu trincou os dentes por um instante, de modo que ela viu ondulações em seu maxilar. — Mesmo assim houve algum engano. Não creio que o cã deseje que eu saia de Karakorum para fazer uma contabilidade sem sentido da coleta de impostos nas cidades do norte de Jin. Eu ficaria longe da cidade durante meses.

— Mesmo assim, se essas foram suas ordens... — disse ela, dando de ombros. — Nós obedecemos, Yao Shu, não é verdade?

As suspeitas de Yao Shu se fortaleceram, mas ele não conseguia ver como ela podia ser autora da ordem de mandá-lo para longe. Isso o deixou mais decidido a permanecer e desafiar o controle dela sobre o cã em seu estado de fraqueza.

— Mandarei um subordinado. Sou necessário aqui em Karakorum.

Sorhatani franziu a testa delicadamente.

— O senhor corre grandes riscos, ministro. No estado de saúde do cã, não seria bom deixá-lo irritado com uma desobediência.

— Tenho outros trabalhos, como trazer a esposa do cã de volta do palácio de verão, onde ela está definhando durante tantos meses.

Foi a vez de Sorhatani ficar desconfortável.

— Ele não pediu a presença de Torogene — disse.

— Ela não é uma serviçal do cã. E ficou muito interessada ao ter conhecimento dos seus cuidados para com o marido dela. Quando ficou sabendo da relação íntima entre você e o cã, disseram que se mostrou ansiosa para retornar e lhe agradecer pessoalmente.

Os olhos de Sorhatani estavam frios enquanto observava o ministro, com o ódio mútuo mal escondido pela fachada de bons modos e calma.

— Você falou com ela?

— Por carta, claro. Acredito que ela chegará dentro de alguns dias. — Num momento de inspiração ele floreou a verdade um pouco, em seu benefício, entrando no jogo. — Ela pediu que eu estivesse aqui para recebê-la, para que seja informada das últimas notícias da cidade. Agora você percebe que não posso ser mandado para longe nesta hora.

Sorhatani baixou a cabeça ligeiramente, concedendo-lhe o argumento.

— O senhor tem sido... consciencioso em seus deveres, pelo que vejo. Há muita coisa a fazer para dar as boas-vindas à esposa do cã. Devo lhe agradecer por ter me informado a tempo.

Um tique havia começado no alto da testa de Sorhatani, evidência de sua tensão interna. Yao Shu olhou aquilo deliciado, sabendo que ela sentia seu olhar naquele ponto. Escolheu esse momento para aumentar o desconforto.

— De minha parte, eu também gostaria de discutir a permissão que Ogedai concedeu para o sobrinho dele viajar até Tsubodai.

— O quê? — disse Sorhatani, arrancada de seu devaneio. — Mongke não será um observador do futuro, ministro. Ele ajudará a moldá-lo. É certo que meu filho esteja presente enquanto Tsubodai garante a conquista do ocidente. Ou será que o orlok deve receber todo o crédito por nos dar uma fronteira segura?

— Desculpe, eu não estava falando do seu filho. Falava de Baidur, o filho de Chagatai. Ele também está seguindo os passos de Tsubodai. Ah, achei que você saberia.

Ele tentou não sorrir enquanto falava. Apesar de todas as conexões no coração da cidade, Sorhatani não tinha acesso à rede de espiões e criadores de boatos de Yao Shu, que se estendia por milhares de quilômetros em todas as direções, pelo menos por enquanto. Ficou olhando-a dominar a surpresa e as emoções dela se acomodaram. Era um controle impressionante e ele teve de se lembrar de que a beleza de Sorhatani escondia mais inteligência do que a da maioria das pessoas.

Yao Shu se inclinou para a frente para que os serviçais ao redor não ouvissem com facilidade.

— Se você é realmente alguém que olha para o futuro, fico surpreso por não ter imaginado que Baidur iria se juntar à grande jornada para o ocidente. Afinal de contas, o pai dele é o próximo na linhagem para ser cã.

— Depois de Guyuk, o filho de Ogedai — reagiu Sorhatani, asperamente.

Yao Shu concordou.

— Se tudo correr bem, claro, mas não faz tantos anos que estes corredores e aposentos estiveram cheios de homens armados contestando isso. Que isso jamais aconteça de novo. Os príncipes estão se juntando sob o comando de Tsubodai, Sorhatani. Se está planejando que seus filhos tentem um dia chegar ao canato, deve ter em mente os riscos envolvidos. Guyuk, Batu e Baidur têm tanta possibilidade de reivindicação quanto você, não acha?

Sorhatani encarou-o furiosa, como se ele tivesse erguido a mão contra ela. Yao Shu sorriu e se levantou, considerando a reunião encerrada.

— Vou deixá-la com seu chá e suas comodidades, Sorhatani. Descobri que esses luxos são fugazes, mas desfrute-os por enquanto.

Enquanto a deixava sentada com seus pensamentos, ele prometeu a si mesmo que estaria presente para testemunhar o retorno da esposa do cã a Karakorum. Era um prazer que não iria se negar depois de tantos meses de tensão.

Os soldados estavam de pé, tremendo à sombra do portão gigantesco. Como a paliçada ao redor, ele era feito de troncos antigos e pretos, amarrados com cordas que se tornavam quebradiças no frio do inverno. Na paliçada havia homens cuja tarefa cotidiana era andar pela linha externa, pisando com cuidado numa passarela estreitíssima. Com as mãos congeladas, verificavam se cada corda ainda estava rígida no frio. Isso demorava boa parte do dia. A fortificação era mais parecida com uma cidade do que com um acampamento e havia milhares de pessoas apinhadas lá dentro.

O pátio diante do portão era um bom local onde ficar, pensou Pavel, um lugar seguro. Ele estava ali porque fora um dos últimos a chegar na noite anterior. Mas os soldados que batiam os pés e enfiavam as mãos nas axilas em busca de calor sentiam a força da paliçada erguendo-se acima. Tentavam não pensar nos momentos vindouros em que o portão seria aberto por bois bufando e eles sairiam em meio aos lobos.

Pavel recuou para longe dos homens próximos ao portão. Tateou a espada nervosamente, querendo desembainhá-la de novo e olhá-la. Seu avô lhe havia falado da importância de mantê-la afiada. Não dissera o que fazer se recebesse uma espada mais velha do que ele próprio, com mais pontos amassados, cortes e arranhões do que era possível acreditar. Pavel vira alguns soldados de verdade passarem uma pedra de amolar em suas espadas, mas não tivera coragem de pedir uma emprestada. Eles não pareciam o tipo de homem que emprestaria alguma coisa a um garoto. Pavel ainda não tinha visto o grão-duque, apesar de ter esticado o pescoço e tentado ficar o mais alto possível. Seria uma coisa a contar para o avô quando voltasse para casa. Seu *dedushka* se lembrava de Cracóvia e, quando bebia, afirmava ter visto o rei quando era jovem, mas podia ser apenas uma história.

Pavel ansiava por um vislumbre dos aventureiros, dos casaques que o duque levara para a campanha usando um rio de ouro. Tentou não alimentar esperanças de que seu pai estivesse entre eles. Parte dele via a tristeza nos olhos do avô sempre que falava do rapaz corajoso que fora se juntar aos cavaleiros. Pavel vira a mãe chorar dentro de casa quando pensava que não iriam ouvir. Suspeitava de que seu pai simplesmente os abandonara, como faziam tantos outros quando o inverno ficava rigoroso demais. Ele sempre fora um desgarrado. Tinham saído de Cracóvia procurando uma terra para comprar, mas o trabalho agrícola era o mesmo que estar a um passo da fome e com pouca alegria a mais. No mínimo os agricultores russos estavam em piores condições do que os que eles haviam deixado para trás.

Sempre havia homens que viajavam a Kiev ou Moscou procurando trabalho. Eles prometiam mandar dinheiro para as famílias, mas poucos faziam isso e quase nenhum voltava. Pavel balançou a cabeça. Não era uma criança esperando um pouquinho de verdade em todas as mentiras. Tinha uma espada e lutaria pelo duque ao lado daqueles cavaleiros ferozes e rudes. Sorriu, divertindo-se consigo mesmo. Ainda procuraria o rosto do pai no meio deles, cansado e enrugado pelo trabalho duro, com o cabelo cortado bem curto por causa dos piolhos. Esperava ser capaz de reconhecê-lo depois de tanto tempo. Os casaques estavam em algum lugar fora da paliçada, cavalgando na neve.

O frio era cortante enquanto o sol subia, o chão esfregado por homens e cavalos até virar um lamaçal misturado com neve. Pavel torceu as mãos unidas e xingou alto quando foi empurrado por trás. Gostava de xingar. Os homens ao redor usavam termos que ele nunca ouvira e ele resmungou uma forte blasfêmia contra o agressor não identificado. Sua irritação sumiu ao ver que era só um garoto mensageiro, carregando bolos de massa recheada com carne e ervas. As mãos de Pavel foram rápidas e ele pegou dois daqueles nacos fumegantes enquanto o garoto lutava para passar. O garoto xingou por causa do roubo, mas Pavel o ignorou, enfiando um na boca antes que alguém notasse e tirasse dele. O gosto era glorioso e os sucos pingaram pelo queixo e sob o gibão com cota de malha que tinham lhe dado naquela manhã. Na hora se sentira um homem, com um peso de homem para carregar. Achara que ficaria com medo, mas havia milhares de soldados na fortificação e um número muito maior de casaques do lado de fora. Eles não pareciam ter medo, mas muitos rostos estavam sérios e silenciosos. Pavel não falava com os que usavam barba ou bigodes grossos. Ainda esperava que brotassem pelos em seu rosto, mas por enquanto não havia nada. Pensou cheio de culpa na navalha de seu pai no celeiro. Durante cerca de um mês fora até lá toda noite para passá-la nas bochechas, para cima e para baixo. Os garotos da aldeia diziam que isso faria os pelos crescerem mais depressa, mas quase não havia sinal disso, pelo menos até agora.

Trompas soaram em algum lugar distante e os homens começaram a gritar ordens ao redor. Não havia tempo para comer o outro bolo de massa, por isso Pavel enfiou-o embaixo do gibão, sentindo o calor se espalhar na pele. Desejou que seu avô pudesse estar ali para vê-lo. O velho estivera longe de casa, catando lenha por quilômetros ao redor, para que o estoque ainda estivesse lá quando o inverno apertasse. Sua mãe chorara, claro, quando Pavel levou o recrutador do duque à porta dos fundos. Com o homem olhando, ela não pudera recusar, exatamente como ele planejara. Caminhara ereto atrás do recrutador e ainda se lembrava da mistura de empolgação e nervosismo no rosto de outras pessoas na estrada. Alguns rapazes eram mais velhos do que Pavel e um deles tinha uma barba que ia quase até o peito. Pavel ficou desapontado ao não ver outros garotos da aldeia ali. Sem dúvida tinham fugido dos recrutadores. Ele ouvira falar de garotos se escondendo em celeiros de feno e até se deitando em meio ao gado para evitar a convocação do duque. Os pais deles não eram casaques. Pavel não olhou para trás ao sair da aldeia, ou melhor, olhou apenas uma vez, vendo a mãe chegar até os limites e levantar a mão para ele. Esperava que seu avô se orgulhasse ao saber. Pavel não sabia como o velho reagiria, mas pelo menos havia escapado da surra. Riu ao pensar no velho diabo parado no pátio com as galinhas, sem ninguém em quem bater com a cinta.

Alguma coisa estava acontecendo, isso era óbvio. Pavel viu seu *sotski* passar com passos firmes, o único oficial que ele conhecia. Parecia cansado e apesar de não ter notado Pavel, o instinto o fez ir atrás dele. Se iriam sair, seu lugar era na centena, como haviam lhe dito. Pavel não conhecia nenhum dos que andavam com ele, mas era ali que deveria estar e seu *sotski* pelo menos parecia estar marchando com algum objetivo. Juntos atravessaram o portão e o oficial finalmente viu Pavel atrás dele.

— Você é um dos meus — disse, apontando em seguida para um grupo ligeiramente maior, sem esperar resposta.

Pavel e outros seis se aproximaram, sorrindo sem graça uns para os outros. Pareciam tão desajeitados quanto ele se sentia, parados com suas espadas e gibões de ferro que iam quase até os joelhos, esfregando as mãos geladas enquanto ficavam em tons de vermelho e de azul-claro no frio. O *sotski* tinha saído para arrebanhar mais alguns dos seus subordinados.

Pavel pulou quando as trompas soaram de novo, desta vez nas muralhas da fortificação. Um dos homens que estavam com ele deu uma risada desagradável diante de sua reação, revelando dentes marrons e quebrados. As bochechas de Pavel queimaram. Havia esperado o tipo de irmandade que seu avô descrevia, mas não podia vê-la no pátio congelado, com homens mijando na lama misturada com neve, os rostos magros franzidos de frio. A neve começou a cair do céu branco e muitos homens xingaram, sabendo que ela tornaria o dia mais difícil, em todos os sentidos.

Pavel ficou olhando quando bois marrons, soltando vapor, foram levados passando por ele e amarrados aos portões. Já iriam sair? Não podia ver o *sotski* em lugar algum. O sujeito parecia ter desaparecido, justamente quando Pavel precisava perguntar todo tipo de coisa. Podia ver a luz do dia através dos portões que rangiam virando-se para dentro. Os que estavam no pátio foram forçados a recuar sob ordens dos oficiais que gritavam, a turba oscilando para dentro como ar sendo inspirado. Alguns homens estavam virados para a abertura cada vez maior, mas uma nova agitação começou em algum lugar bem atrás e cabeças se viraram para ver o que era. Pavel pôde escutar vozes erguendo-se de dor e raiva. Esticou o pescoço para olhar atrás e o sujeito que havia rido balançou a cabeça.

— Os chicotes estão cantando, garoto — disse ele, carrancudo. — Vão mandar a gente para a batalha como animais sendo arrebanhados. É esse o estilo dos belos oficiais do duque.

Pavel não gostou do sujeito que falava, especialmente porque parecia estar criticando ninguém menos que o duque. Desviou o olhar para não responder, depois foi arrastando os pés enquanto os de trás começavam a pressionar em direção ao pátio aberto. O portão se arreganhou mais ainda e a brancura era quase ofuscante depois de tanto tempo à sua sombra.

O ar entrava doloroso nos pulmões e na garganta, o frio tão intenso que Batu mal conseguia respirar. As montarias de seu *tuman* passaram juntas a um meio-galope, avaliando a distância até os cavaleiros russos. Já estavam suando devido às manobras quando o sol nasceu. Tudo que podiam fazer então era continuar em movimento. Parar significava deixar que o suor congelasse e então começar a morrer lentamente, sem perceber o entorpecimento que se espalhava.

Pouco depois das primeiras luzes, Tsubodai tinha mandado sua ala direita à frente, com Batu na liderança. Eles não temiam os recrutas e os conscritos que o duque juntara em suas grandes paliçadas. Eles podiam ser despedaçados com flechas. A cavalaria inimiga era o verdadeiro perigo e Batu sentia orgulho por ser o primeiro a ir contra ela. Haviam fingido um avanço à esquerda durante o amanhecer, forçando os russos a reforçar suas linhas daquele lado. Enquanto o duque tirava homens de sua outra ala, Batu esperara o sinal de Tsubodai, então avançou rapidamente. Podia ver um número gigantesco de cavalos e enquanto cavalgava observou as linhas acelerarem na direção de seu *tuman*, ondulando enquanto as ordens eram dadas. O duque reunira uma força enorme para defender Kiev, mas nenhum de seus homens esperava lutar no inverno. Fazia um frio de matar.

Batu experimentou a corda de seu arco, soltando-a e retesando-a de novo enquanto cavalgava, sentindo a ação liberar os grandes músculos dos ombros. As flechas estavam amontoadas nas aljavas às costas e ele podia escutar as penas estalando umas contra as outras, junto ao ouvido.

O duque identificara a ameaça. Batu podia vê-lo e suas belas bandeiras de um dos lados. Trompas soavam suas ordens, mas Tsubodai tinha mandado Mongke pela esquerda, as duas alas indo à frente da força principal. O orlok sustentava o centro com Jebe e Kachiun, seus cavaleiros mais pesados armados com lanças. Quem saísse da paliçada seria recebido por uma linha preta e compacta, pronta para eles.

Batu acenou para seu porta-estandarte e uma grande tira de seda laranja começou a balançar para a frente e para trás, visível ao longo de toda a linha. O estalo de milhares de arcos se curvando soou, um gemido que pareceu crescer no ar. Quatro mil flechas foram para o alto quando as primeiras fileiras dispararam, levando a mão atrás para pegar outra flecha e ajustando-a a meio-galope, como haviam aprendido na infância. Eles se erguiam ligeiramente na sela, deixando os joelhos fazerem o equilíbrio contra os movimentos do cavalo embaixo. Não havia grande necessidade de precisão àquela distância. As flechas voavam alto e caíam sobre os casaques, turvando o ar e deixando-o limpo e parado em seguida.

Cavalos desmoronaram no meio do inimigo. Os que tinham arcos responderam, mas não podiam igualar o alcance das armas mongóis e suas flechas caíam a pouca distância. Batu diminuiu a velocidade, em vez de desperdiçar aquela vantagem. Seu sinal fez a linha a meio-galope diminuir para um trote e depois um passo de caminhada, mas as flechas continuavam a voar, uma a cada seis batimentos do coração, como marteladas numa bigorna.

Os cavaleiros russos forçaram suas montarias através da chuva de flechas, avançando às cegas e segurando os escudos no alto, abaixados o máximo que podiam nas selas. As duas alas iriam se chocar ao redor da cidade cercada e Batu se acomodou na primeira fileira. Seus homens esperavam vê-lo ali, desde sua cavalgada louca contra o príncipe russo, e seu sangue corria mais rapidamente e mais quente quando encarava o inimigo com seu *tuman* ao redor.

Não houve pausa, nenhuma folga nas ondas de flechas. Depois dos disparos pelo alto, os cavaleiros mongóis ajustaram a mira e passaram a mandá-las mais baixas, e em seguida escolhiam seus alvos. A cavalaria russa não estava protegida por aço como a guarda pessoal do duque. Tsubodai teria de enfrentar essa, no centro. Os casaques do duque continuavam a cair, cavalgando numa tempestade de flechas que não parecia deixar espaço para homem ou cavalo.

Batu encontrou sua aljava vazia e fez uma careta, prendendo o arco no gancho da sela sem pensar. Desembainhou a espada e foi imitado por toda a linha. A ala russa havia sofrido fortemente, com centenas de homens deixados para trás da carga. Os que permaneciam ainda avançavam, mas muitos estavam feridos, oscilando na sela, respirando sangue devido às flechas que atravessavam os pulmões. Ainda chiavam em desafio, mas os mongóis matavam-nos ao passar, golpeando com punhos e antebraços cobertos por armadura, usando as espadas com precisão absoluta.

O *tuman* de Batu passou varrendo pelos restos da ala e pelos muros da paliçada. Teve um vislumbre dos grandes portões se abrindo, mas isso logo ficou para trás e ele passou a perseguir inimigos meio pendurados na sela que tentavam escapar. Os guerreiros mongóis soltavam uivos enquanto cavalgavam, gritando uns para os outros ao indicar seus alvos escolhidos. Batu podia sentir o orgulho e o prazer dos homens que acenavam para ele. Este era o melhor dos tempos, quando o inimigo estava desorganizado e podia ser caçado como um rebanho de cervos.

Enquanto os portões se abriam, Pavel foi empurrado para a luz forte. A neve que marcava o amanhecer era ofuscante. Ele piscou confuso e com medo. Muitas vozes gritavam. Não conseguia entender nada daquilo. Desembainhou a espada e marchou, mas o homem à sua frente, aquele que havia falado antes, parou de súbito.

— Continue andando! — disse Pavel.

Já estava sendo empurrado por trás. O sujeito de dentes quebrados juntou catarro na garganta e cuspiu enquanto olhava o exército mongol cavalgar em sua direção. As lanças vinham abaixadas, em linha.

— Jesus Cristo nos salve — murmurou o sujeito.

Pavel não soube se era uma oração ou um xingamento. Ouviu os homens atrás gritarem palavras de ordem, tentando instigar uns aos outros, mas era uma tentativa débil ao vento e Pavel sentiu as mãos enfraquecerem, o estômago se apertar.

A linha mongol ficou mais larga, trazendo junto uma vibração crescente no chão sob os pés. Todos podiam senti-la e muitos se viraram uns para os outros. Os oficiais estavam gritando, apontando para os mongóis, com o rosto vermelho e cuspindo junto com as ordens. A coluna continuava se movendo, incapaz de parar porque os homens de trás empurravam para a neve. Pavel tentou andar mais lentamente, mas foi empurrado por homens tão relutantes quanto ele.

— Pelo duque! — gritou um dos oficiais.

Alguns homens repetiram o grito, mas suas vozes eram débeis e logo ficaram em silêncio. O *tuman* mongol se aproximava, uma linha de escuridão que varreria todos eles.

CAPÍTULO 21

Kachiun ouviu os risos antes mesmo que o grupo estivesse à vista. Encolheu-se quando sua perna ruim latejou. Um ferimento antigo havia supurado na coxa e ele precisava drená-lo duas vezes por dia, segundo o médico muçulmano de Tsubodai. Isso não parecia estar ajudando. O ferimento o incomodava havia meses, surgindo de novo sem aviso. Aproximar-se dos jovens oficiais mancando como um aleijado fazia-o sentir-se velho. Ele *era* velho, claro. Mancando ou não, eles o fariam sentir o peso de seus anos.

Escutou a voz de Guyuk erguer-se acima das outras, contando alguma história dos triunfos de Batu. Kachiun suspirou enquanto passava por uma última iurta. O barulho parou por um momento quando Guyuk o viu. Os outros se viraram para ver o que havia atraído a atenção do rapaz.

— O chá acabou de ferver, general — disse Guyuk, animado. — O senhor é bem-vindo para tomar um pouco ou alguma coisa mais forte, se preferir. — Os outros riram como se aquela fosse uma grande piada e Kachiun conteve a careta. Também já havia sido jovem.

Os quatro estavam esparramados como leões novos, e Kachiun resmungou enquanto se abaixava na manta de feltro, estendendo a perna com cuidado. Batu notou a coxa inchada, claro. Não deixava escapar nada.

— Como vai a perna, general?

— Cheia de pus — respondeu Kachiun, rispidamente.

O rosto de Batu se fechou diante do tom de voz, trancando as emoções. Kachiun xingou-se. Um pouquinho de dor e suor e ali estava ele, sendo grosseiro com rapazes como um cachorro velho e mal-humorado. Olhou o grupinho ao redor, acenando para Baidur, que tinha dificuldade para conter a pura empolgação que sentia por ter se juntado à campanha. O jovem guerreiro estava risonho e com os olhos brilhantes por se encontrar naquela companhia e ser tratado como igual. Kachiun se perguntou se algum deles sabia sobre as traições de seus pais ou se davam importância a isso, caso soubessem.

Kachiun aceitou a tigela de chá com a mão direita e tentou relaxar enquanto bebia. A conversa não foi retomada imediatamente em sua presença. Ele conhecera os pais de todos e, por sinal, o próprio Gêngis. Os anos pesaram muito quando pensou nisso. Podia ver Tolui em Mongke e a lembrança o entristeceu. As feições fortes de Chagatai surgiam no rosto de Baidur, nas linhas e no maxilar proeminente. O tempo diria se ele possuía também a força teimosa do pai. Kachiun podia ver que ele ainda precisava provar alguma coisa naquela companhia. Não fazia parte dos líderes do grupo, de modo algum.

Isso levou os pensamentos de Kachiun até Batu e enquanto o olhava encontrou o rapaz observando-o com uma espécie de sorriso, como se pudesse ler seus pensamentos. Os outros se submetiam a ele, isso era óbvio, mas Kachiun se perguntou se a amizade recém-encontrada sobreviveria ao desafio dos anos. Quando fossem rivais na luta pelos canatos, não ficariam tão tranquilos na presença uns dos outros, pensou, tomando o chá.

Guyuk sorria com facilidade, já que era um dos que esperavam herdar. Não tivera Gêngis como pai para endurecê-lo e fazê-lo entender os perigos da amizade fácil. Talvez Ogedai tivesse sido muito frouxo com ele ou talvez ele fosse apenas um guerreiro normal, sem a qualidade implacável que destacava homens como Gêngis.

"E homens como eu," pensou Kachiun, rememorando seus sonhos e suas glórias passadas. Ver o futuro nos sobrinhos-netos inocentes era agridoce para ele. Eles lhe mostravam respeito, mas Kachiun não achava que entendessem a dívida que tinham. Esse pensamento deixou o chá amargo em sua garganta, embora os dentes de trás estivessem apodrecendo e tudo tivesse gosto ruim para ele.

— O senhor veio nos visitar nesta manhã fria com algum objetivo? — perguntou Batu, subitamente.

— Vim dar as boas-vindas a Baidur no acampamento — respondeu Kachiun. — Eu estava fora quando ele trouxe o *tuman* de seu pai.

— O *tuman* dele, general — disse Guyuk, imediatamente. — Todos fomos criados pelas mãos de nossos pais.

Guyuk não notou como Batu havia amadurecido. O pai desse, Jochi, não fizera nada por ele, no entanto Batu estava sentado com os outros, primos e príncipes, tão forte e talvez mais duro do que eles. Kachiun não deixou de perceber o tremor de emoções que passou pelo rosto do rapaz. Desejou sorte a todos, em silêncio.

— Bom, não posso passar a manhã inteira aqui sentado — disse Kachiun. — Preciso exercitar esta perna, pelo que disseram, para manter o sangue ruim em movimento.

Levantou-se dolorosamente, ignorando o braço estendido de Guyuk. Aquela coisa inútil estava latejando de novo, no mesmo ritmo do seu coração. Ele voltaria ao médico e suportaria mais uma facada na carne para liberar a imundície marrom que enchia sua coxa. Franziu a testa diante da perspectiva, depois inclinou a cabeça para o grupo antes de sair mancando.

— Ele já viu muitas coisas em seu tempo — disse Guyuk, pensativamente.

— Ele não passa de um velho — respondeu Batu. — Nós veremos mais coisas ainda. — E riu para Guyuk. — Como o fundo de alguns odres de airag, para começo de conversa. Traga seu estoque particular, Guyuk. Não pense que não ouvi falar dos pacotes que seu pai mandou.

Guyuk ficou vermelho por ser o centro das atenções, enquanto os outros clamavam para ele buscar a bebida. Foi correndo pegar os odres para os amigos.

— Tsubodai me disse para me apresentar a ele ao nascer do sol — disse Baidur, com a voz preocupada.

Batu deu de ombros.

— E nós todos vamos, mas ele não disse que tínhamos de estar sóbrios. Não se preocupe, primo, vamos fazer uma boa apresentação para o velho diabo. Talvez seja tempo de ele perceber que *nós* somos os príncipes da nação. Ele é apenas um artesão que nós empregamos, como um pintor... ou um fazedor de tijolos. Por mais que ele seja bom, Baidur, ele é *apenas* isso.

Baidur pareceu desconfortável. Juntara-se ao exército depois das batalhas ao redor de Kiev e sabia que ainda precisava provar seu valor aos primos. Batu fora o primeiro a recebê-lo, mas Baidur era um bom avaliador, a ponto de ver o despeito no rapaz mais velho. Estava cauteloso com o grupo, porque todos eram seus primos e príncipes da mesma nação. Optou por não dizer nada e Batu relaxou de volta numa pilha de sacos de grãos. Não se passou muito tempo até que Guyuk retornou, levando gordos odres de airag em cima de cada ombro.

Yao Shu se esforçou bastante nos preparativos do encontro de Sorhatani com a esposa do cã. O palácio de verão no rio Orkhon ficava a apenas um dia de viagem para um batedor, mas a esposa do cã nunca viajara nessa velocidade. Apesar de toda a aparente urgência, transportar todo o pessoal e a bagagem havia levado boa parte de um mês. Yao Shu desfrutara do prazer secreto de observar a tensão de Sorhatani crescendo dia a dia enquanto ela se movimentava pelo palácio e pela cidade, verificando a contabilidade do tesouro e descobrindo mil coisas pelas quais poderia ser censurada nos cuidados para com o cã.

Nesse tempo, com apenas algumas cartas e mensageiros, ele havia recuperado a autonomia de seu cargo. Não era mais incomodado pelas indagações e exigências constantes de Sorhatani sobre seu tempo e seus recursos. Não era mais convocado a qualquer hora do dia ou da noite para explicar alguma questão política ou algum aspecto dos títulos e poderes que ela recebera no lugar do marido. Era uma aplicação perfeita de poder, decidiu ele: usar a força mínima para obter o resultado desejado.

Nos dois dias anteriores os corredores do palácio tinham sido lavados por um exército de serviçais jin. Todas as coisas feitas de pano foram mandadas ao pátio e batidas para se livrar da poeira antes de ser cuidadosamente recolocadas no lugar. Frutas frescas foram postas em barris com gelo e levadas à cozinha no subsolo, enquanto flores cortadas eram arrumadas em tamanha profusão que todo o prédio estava impregnado com o perfume. A esposa do cã estava indo para casa e não deveria ficar desapontada.

Yao Shu caminhava por um corredor arejado, desfrutando do sol fraco num dia frio e claro de céu azul. A melhor coisa de seu cargo era que ninguém desafiaria o próprio ministro do cã se ele optasse por estar ali quando Torogene retornasse. Era quase seu dever recebê-la e havia pouco que Sorhatani pudesse fazer a respeito.

Ouviu uma trompa soar nos arredores da cidade e sorriu sozinho. Finalmente o cortejo de Torogene era visível. Ele tinha tempo de ir aos seus escritórios e vestir os trajes mais formais. Seu dil estava sujo e ele espanou o tecido enquanto corria até suas salas de trabalho. Mal notou o serviçal se prostrando diante da porta enquanto passava. Tinha mantos limpos num baú. Deviam estar meio mofados, mas a madeira de cedro manteria as mariposas a distância. Atravessou a sala com passos rápidos e estava dobrado sobre o baú quando ouviu a porta se fechar. No momento em que girou, surpreso, um estalo soou, e depois o som de uma chave na fechadura.

Yao Shu se esqueceu do baú. Foi até a porta e experimentou a maçaneta, sabendo de qualquer forma que ela não iria abrir. Ordens de Sorhatani, claro. Quase pôde sorrir diante da ousada afronta da mulher de trancá-lo em seus aposentos. Isso era mais irritante ainda porque ele fora o responsável por colocar fechaduras nas portas do palácio, pelo menos as que guardavam coisas valiosas. As lições da longa noite, quando Chagatai mandara homens ao palácio para espalhar o terror e a destruição tinham sido aprendidas. As portas sólidas é que tinham salvado o cã. Yao Shu passou as mãos pela madeira, com a pele calejada fazendo um som sibilante. Acompanhou-o com um sopro de ar através dos dentes.

— Verdade, Sorhatani? — murmurou para si mesmo.

Resistiu à ânsia inútil de sacudir a maçaneta ou gritar pedindo ajuda. Todo o palácio estava movimentado naquela manhã. Poderia haver serviçais correndo do lado de fora, mas sua dignidade não permitiria que fosse resgatado dos próprios aposentos.

Bateu na porta com a palma da mão, testando a resistência. Desde a infância havia condicionado o corpo à dureza. Durante anos começara cada dia com mil socos nos antebraços. Os ossos haviam se rachado em fissuras minúsculas, preenchendo-as e ficando mais densos, de modo que ele podia liberar toda a força sem temer que os pulsos se partissem. No entanto, a porta parecia suficientemente sólida. Ele não era mais jovem e, sorrindo pesaroso, pôs de lado a reação juvenil de usar a força.

Em vez disso, suas mãos foram até as dobradiças. Eram simples cavilhas de ferro baixadas sobre anéis de ferro, mas a porta fora posta no lugar enquanto estava aberta. Agora que estava fechada, o portal o impedia de levantá-la. Olhou a sala ao redor, mas não havia armas ali. O baú era pesado demais para ser jogado contra a porta e o resto — sua pedra de tinta, suas penas e pergaminhos — era leve demais para ter qualquer utilidade. Murmurou um palavrão baixinho. As janelas da sala tinham barras de ferro, eram altas e pequenas para que o vento do inverno não o congelasse enquanto ele trabalhava.

Sentiu a raiva crescer de novo, enquanto todas as tentativas de raciocínio falhavam. Teria de ser a força. Esfregou os dois grandes nós dos dedos da mão direita. Anos desferindo socos em postes lhes deram uma cobertura de calo, mas os ossos por baixo eram como mármore, rachados e curados até se tornar uma massa de osso denso.

Yao Shu retirou as sandálias e alongou as pernas um momento. Elas também tinham sido endurecidas. O tempo diria se ele seria capaz de partir uma porta sem usar nada além do corpo.

Escolheu o ponto mais fraco, onde um painel fora encaixado na moldura principal. Respirou fundo, preparando-se.

Sorhatani estava no portão principal de Karakorum. Havia se preocupado por algum tempo sobre onde deveria receber a esposa de Ogedai. Pareceria um desafio obrigá-la a atravessar toda a cidade até o palácio antes de se encontrarem? Não conhecia Torogene suficientemente bem para ter certeza. Sua lembrança principal dela era a de uma mulher maternal, que havia permanecido calma na longa noite em que Ogedai fora atacado em seus aposentos. Sorhatani disse a si mesma que não tinha feito nada errado, que não podia ser censurada por seus cuidados para com o cã. Mas sabia muito bem que os sentimentos de uma esposa com relação a uma mulher mais nova nem sempre eram racionais. Não importando como acontecesse, o encontro seria delicado, para dizer o mínimo. Sorhatani se preparara do melhor modo possível. O resto era com o pai céu, e a mãe terra e com a própria Torogene.

O cortejo era impressionante, com cavaleiros na vanguarda e carroças se estendendo pela estrada por quase 1,5 quilômetro. Sorhatani ordenara que os portões da cidade fossem abertos, para não insultar Torogene, mas temia que a esposa do cã simplesmente passasse como se ela não existisse. Olhou nervosamente as primeiras filas de cavaleiros passarem sob o portão e a carroça maior se aproximar sacolejando. Puxada por seis bois, movia-se devagar e estalava com barulho suficiente para ser ouvida a alguma distância. A esposa do cã estava sentada sob um dossel, com quatro mastros de bétula sustentando um teto de seda. As laterais eram abertas e Sorhatani torceu as mãos diante da primeira visão de Torogene retornando ao marido e a Karakorum. Não era uma coisa tranquilizadora e Sorhatani sentiu os olhos da mulher procurando-a a distância, em seguida pousando nela como se fascinados. Pensou que podia distinguir o brilho deles e soube que Torogene estaria vendo uma mulher linda e magra, com um vestido jin de seda verde, o cabelo preso com uma presilha do tamanho da mão de um homem.

Os pensamentos de Sorhatani aceleraram quando a carroça parou a poucos passos de onde ela estava. A questão era de posição social e essa era a única coisa que ela não pudera decidir nos dias anteriores. Torogene era a esposa do cã, claro. Quando haviam se encontrado pela última vez, ela estava acima de Sorhatani na escala social. No entanto, desde então, Sorhatani recebera todos os títulos e a autoridade de seu marido. Não havia precedente para isso na história da nação. Certamente nenhuma outra mulher jamais tivera o direito de comandar um *tuman*, se quisesse. Essa concessão era uma marca do respeito do cã pelo sacrifício de seu marido.

Sorhatani respirou fundo e lentamente ao ver que Torogene estava indo para a borda da carroça, estendendo a mão para que a ajudassem a descer. A mulher grisalha era mais velha, mas mesmo sendo esposa do cã teria se curvado para Tolui se ele estivesse ali. A esposa do cã teria falado primeiro. Sem saber como Torogene reagiria, Sorhatani não queria desperdiçar sua única vantagem. Tinha a posição para exigir respeito, mas não queria transformar a mulher mais velha em inimiga.

O momento em que teria de decidir chegou depressa demais, mas sua atenção foi afastada pelo som de passos apressados. Sorhatani e Torogene levantaram a cabeça ao mesmo tempo, enquanto Yao Shu passava pelo portão. Seu rosto estava rígido de raiva e os olhos brilhavam enquanto absorviam a cena. Sorhatani vislumbrou os dedos ensanguentados do homem antes de ele cruzar as mãos às costas e fazer uma reverência formal para dar as boas-vindas à esposa do cã.

Talvez fosse o exemplo dele, mas Sorhatani deixou de lado sua dignidade recém-encontrada. Enquanto Torogene se virava para encará-la, ela também fez uma reverência profunda.

— Seu retorno é bem-vindo, senhora — disse Sorhatani, empertigando-se. — O cã está a caminho da recuperação de sua saúde e precisa da senhora mais do que nunca.

Torogene relaxou sutilmente, com uma leve tensão desaparecendo da postura. Enquanto Yao Shu olhava com expectativa, a mulher mais velha sorriu. Para sua fúria, ele viu Sorhatani retribuir o sorriso.

— Tenho certeza de que você vai me contar tudo que preciso saber — disse Torogene, com a voz calorosa. — Lamentei quando soube sobre seu marido. Ele era um homem corajoso, mais do que eu conhecia.

Sorhatani se descobriu ruborizando, aliviada além das palavras ao ver que a esposa do cã não a esnobara nem fora hostil. Num impulso, fez outra reverência, dominada pela emoção.

— Venha comigo na carroça, querida — disse Torogene, passando o braço pelo de Sorhatani. — Podemos conversar a caminho do palácio. Aquele que estou vendo ali é Yao Shu?

— Senhora — murmurou Yao Shu.

— Vou querer ver as contas, ministro. Traga-as a mim nos aposentos do cã, ao pôr do sol.

— Claro, senhora — respondeu ele.

Que truque era aquele? Yao Shu havia esperado duas gatas se arranhando por causa de Ogedai e em vez disso elas pareciam ter avaliado uma à outra e se entendido apenas num olhar e num cumprimento. Jamais entenderia as mulheres, pensou. Elas eram o grande mistério da vida. Suas mãos doíam e latejavam de tanto socar os painéis da porta e ele ficou subitamente cansado. Só queria retornar aos seus escritórios e se acomodar com algo quente para beber. Ficou olhando com uma frustração entorpecida Sorhatani e Torogene serem postas na carroça e ocuparem lugares lado a lado, já matraqueando como pássaros. A coluna se moveu com os gritos dos cocheiros e dos guerreiros da escolta. Não se passou muito até que ele estivesse sozinho na estrada poeirenta. Veio-lhe o pensamento de que as contas não estavam em condições de ser examinadas por ninguém, além de ele próprio. Tinha muito trabalho antes do pôr do sol, antes de poder descansar.

Karakorum não estava nem um pouco silenciosa enquanto os cavaleiros e as carroças prosseguiam pelas ruas. Os guardas do cã tinham sido trazidos dos alojamentos para controlar as ruas e manter afastadas as multidões de pessoas dando as boas-vindas, além dos que só queriam ver Torogene. A esposa do cã era considerada a mãe da nação e os guardas estavam sendo pressionados. Torogene sorria com indulgência enquanto serpeavam pelas ruas até a cúpula dourada e a torre do palácio do cã.

— Eu tinha me esquecido de que havia tantas pessoas aqui — disse Torogene, balançando a cabeça, espantada.

Homens e mulheres levantavam crianças, na esperança vã de que ela as abençoasse com um toque. Outros chamavam seu nome ou gritavam bênçãos ao cã e sua família. Os guardas deram-se os braços nas encruzilhadas, lutando para conter uma maré humana.

Quando Torogene falou de novo, Sorhatani pôde ver um leve rubor nas bochechas dela.

— Eu soube que Ogedai está muito próximo a você — começou Torogene.

Sorhatani fechou os olhos num momento de irritação: Yao Shu.

— Cuidar dele me ocupou enquanto suportava meu sofrimento — respondeu ela.

Seus olhos estavam isentos de culpa e Torogene olhou-a com interesse. Ela nunca fora tão linda, nem mesmo na juventude.

— Você parece ter ofendido o ministro de meu esposo, pelo menos. Isso diz algo a seu respeito.

Sorhatani sorriu.

— Ele acha que os desejos do cã deveriam ser respeitados. Eu... não os respeitei. Acho que irritei Ogedai a ponto de fazê-lo retomar os deveres. O cã não está totalmente bem, senhora, mas acho que verá uma mudança nele.

A esposa do cã lhe deu um tapinha no joelho, tranquilizada pela fala de Sorhatani. Pelos espíritos! Aquela mulher garantira os títulos do marido incomodando apenas algumas pessoas! Como se não bastasse, recuperara a saúde do cã quando ele se recusava a ver até a esposa ou o ministro. Torogene sabia que Ogedai optara por morrer sozinho no palácio. Ele a mandara para longe com uma espécie de resignação fria na qual ela não conseguia penetrar. Pensara que se o desafiasse ele desmoronaria completamente. Ele não lhe permitira compartilhar de seu sofrimento. Isso ainda doía.

Sorhatani fizera o que Torogene não conseguira e essa agradeceu em silêncio, não importando como a outra havia tornado isso realidade. Até Yao Shu fora forçado a admitir que Ogedai estava com um ânimo melhor. De algum modo era bom saber que Sorhatani podia ficar tão nervosa quanto uma menina. Isso a deixava menos amedrontadora.

Sorhatani olhou para a figura maternal ao seu lado. Fazia muito tempo desde que alguém lhe demonstrara esse tipo de afeto e se pegou gostando dela mais ainda. Mal podia expressar o alívio por não haver ressentimento entre as duas. Torogene não era idiota para voltar para casa intempestivamente. Se Ogedai tivesse o mínimo bom-senso, a teria mantido por perto desde o momento em que retornou das terras jin. Teria se curado nos braços dela. Em vez disso optou por esperar a morte numa sala gelada. Ele vira isso como uma recusa a se dobrar diante da morte, ela sabia agora. Ele se atormentara com pecados e erros do passado até não conseguir se mover nem mesmo para se salvar.

— Fico feliz porque você o ajudou, Sorhatani — disse Torogene. A cor no rosto dela se avisou de repente e Sorhatani se preparou para a pergunta que sabia que viria. — Não sou uma garota, uma virgem que vive ruborizando — continuou Torogene. — Meu marido tem muitas esposas... e escravas e serviçais para atender a cada necessidade dele. Não ficarei magoada, mas gostaria de saber se você o confortou em *todos* os sentidos.

— Não na cama — disse Sorhatani, sorrindo. — Ele quase me agarrou uma vez quando eu estava lhe dando banho, mas eu o acertei com uma escova para os pés.

Torogene deu um risinho.

— É esse o modo de lidar com eles quando ficam excitados, querida. Você é muito linda e sabe disso. Acho que eu ficaria com ciúme se você tivesse feito isso.

Sorriram uma para a outra, cada uma percebendo que havia encontrado uma amiga. As duas se perguntaram se a outra valorizava tanto essa descoberta.

CAPÍTULO 22

Tsubodai moveu-se lentamente para oeste na primavera e no verão seguintes. Deixando para trás os principados russos, chegou aos limites de seus mapas. Seus batedores se espalharam adiante dos *tumans*, percorrendo território desconhecido durante meses de cada vez, enquanto reconheciam vales, cidades e lagos, formando uma imagem da terra à frente. Os que sabiam ler e escrever faziam anotações sobre a força dos exércitos que encontravam ou sobre as colunas de refugiados que buscavam abrigo à frente deles. Os que não sabiam escrever juntavam gravetos em feixes de dez e cada feixe representava mil. Era um sistema grosseiro, mas Tsubodai estava contente por se mover no verão e lutar em cada inverno, aproveitando os pontos fortes de seu povo. Os senhores e nobres daquelas terras novas eram surpreendidos por essa abordagem da guerra. Por enquanto ainda não haviam lhe mostrado nada que pudesse ameaçar seus guerreiros montados.

Tsubodai presumiu que acabaria enfrentando exércitos equivalentes aos do imperador jin. Em algum momento os príncipes estrangeiros uniriam forças diante do vasto ocidente. Ouviu boatos sobre exércitos que pareciam nuvens de gafanhotos, mas não sabia se isso era exagero. Se os senhores estrangeiros não se juntassem, seriam dominados um a um e ele não pararia, *jamais* pararia, até ver o mar.

Cavalgava à frente de uma coluna formada pelos dois *tumans* mais próximos, verificando os suprimentos que Mongke prometera mandar depois de um achado ao acaso. Simplesmente manter tantos homens no campo os obrigava a se mover constantemente. Os cavalos precisavam de vastas planícies de capim doce e o número de soldados maltrapilhos a pé estava se tornando um problema maior a cada dia. Eles serviam a um propósito quando eram usados de modo implacável. Os *tumans* de Tsubodai os mandavam primeiro, forçando o inimigo a usar todos os arcos antes de enfrentar as principais forças mongóis. Desse modo eles eram bastante valiosos, mas qualquer coisa que vivesse ou se mexesse tinha de ser morta para alimentar os homens — não somente rebanhos de bois e ovelhas, mas raposas, cervos, lobos, lebres e aves selvagens, o que pudessem encontrar. Eles devastavam a terra, não deixando praticamente qualquer coisa viva atrás. Pensou que a destruição das aldeias era quase uma misericórdia. Melhor uma morte rápida do que passar fome, sem grãos ou carne para o inverno vindouro. Várias vezes os *tumans* de Tsubodai tinham encontrado aldeias abandonadas, lugares cheios de fantasmas de anos atrás, quando a peste ou a fome havia forçado o povo a ir embora. Não era de espantar que eles se juntassem em grandes cidades. Nesses locais podiam achar que estavam em segurança e encontrar conforto na quantidade de pessoas e nas grandes muralhas. Ainda não sabiam como essas muralhas eram vulneráveis para seus *tumans*. Ele havia derrubado Yenking, com o imperador jin dentro. Nada que tivesse visto no ocidente se igualava àquela cidade de pedra.

Tsubodai firmou o maxilar ao ver Batu de novo na companhia de Guyuk. Mongke e Baidur estavam a 150 quilômetros dali, mas se não fosse por isso ele pensava que poderia vê-los juntos, também. Os quatro príncipes haviam se tornado amigos, o que podia ser bastante útil se não fosse Batu que os mantivesse unidos. Talvez porque era o mais velho ou porque Guyuk seguia sua liderança, Batu parecia estabelecer o tom para os outros. Sempre demonstrara um grande respeito quando Tsubodai lhe falava, mas havia sempre um meio sorriso de zombaria. Nunca era tão óbvio a ponto de o orlok poder reagir, mas mesmo assim estava ali. Ele sentia aquilo como um espinho nas costas, longe demais para alcançar e arrancar.

Tsubodai puxou as rédeas quando chegou à frente da coluna. Atrás dele, o *tuman* de Batu cavalgava ao lado do de Guyuk. Não havia a competição rude usual entre esses guerreiros, como se seguissem os modos dos generais à frente. Tsubodai resmungou diante das linhas impecáveis. Não podia encontrar defeito nelas, mas se irritava ao ver Guyuk e Batu conversando o dia inteiro como se estivessem indo para uma festa de casamento, e não atravessando território hostil.

Tsubodai estava mal-humorado e irritadiço. Não tinha comido naquele dia e havia cavalgado cerca de 30 quilômetros desde o amanhecer, verificando as colunas que rasgavam o caminho pela terra. Conteve o mau humor enquanto Batu fazia uma reverência para ele na sela.

— Tem novas ordens, orlok? — gritou Batu.

Guyuk levantou os olhos também e Tsubodai levou o cavalo mais para perto, acompanhando o passo deles. Não se incomodou em responder a pergunta sem sentido.

— O rebanho de carne de Mongke já alcançou vocês? — perguntou. Sabia que sim, mas precisava abordar o assunto. Guyuk confirmou imediatamente.

— Logo antes do amanhecer. Duzentas cabeças, e das grandes. Nós matamos vinte touros e o resto está nos rebanhos atrás.

— Mande mais sessenta para Kachiun. Ele não tem nenhuma — disse Tsubodai, curto e grosso com eles. Não gostava sequer de aparentar que pedia um favor.

— Talvez porque Kachiun esteja sentado numa carroça, em vez de cavalgando para encontrar carne — murmurou Batu.

Guyuk quase engasgou enquanto continha a gargalhada. Tsubodai olhou-os friamente com autoridade. Como se não bastasse ter o próprio filho do cã bancando o idiota, a insolência de Batu era algo que ele teria de enfrentar e esmagar, eventualmente. Esperava que Batu passasse dos limites antes que aquilo se tornasse uma questão de morte. Ele era jovem e cabeça-dura. Cometeria um erro, Tsubodai tinha certeza.

Um batedor veio correndo com informações e Tsubodai se virou automaticamente e descobriu que o cavaleiro passava por ele indo até Batu. Respirou devagar quando o batedor o viu e levou um susto, fazendo uma reverência profunda na sela.

— O povoado junto ao rio está próximo, general — disse a Batu. — O senhor pediu para ser informado quando estivéssemos ao alcance.

— E o rio? — perguntou Batu. Ele sabia que Tsubodai havia mandado examiná-lo em busca de vaus e pontes nos dias anteriores. O meio sorriso irônico estava em sua boca de novo, sabendo que Tsubodai ouvia cada palavra.

— Há dois vaus rasos no nosso caminho, general. O melhor é o que fica ao norte.

— Muito bem. É esse que vamos usar. Mostre aos meus oficiais onde ele fica, depois nos guie para lá.

— Sim, senhor — respondeu o batedor. Em seguida fez uma reverência para Batu, depois outra para Tsubodai, antes de bater os calcanhares e trotar pela linha de guerreiros em movimento.

— Mais alguma coisa, orlok? — perguntou Batu, com inocência. — Tenho o que fazer aqui.

— Acampe assim que tiver atravessado o rio, depois vocês dois venham me ver ao pôr do sol.

Ele os viu se entreolhar e depois desviar os olhos antes que gargalhassem. Tsubodai trincou os dentes e deixou-os. Tinha notícias de duas cidades do outro lado das montanhas, cidades que, segundo seus batedores, estavam inundadas de refugiados em fuga dos *tumans* mongóis. Mas em vez de preparar uma campanha contra Buda e Pest, ele estava lidando com generais que agiam como crianças. Imaginou se poderia chamar Guyuk de lado e fazer o rapaz tomar vergonha e assumir algo que parecesse dever ou dignidade. Balançou a cabeça enquanto cavalgava. Desde seu ataque enfeitiçado ao coração de um exército russo, Batu havia desgastado a autoridade do orlok. Se isso continuasse, iria custar vidas, talvez levasse todos a serem destruídos. Não era cedo demais para agarrar o problema pelo pescoço, ou mesmo o desafeto. Não havia lugar na marcha para desafios à sua autoridade, mesmo vindos dos filhos e netos de cãs.

Os generais cavalgaram até a iurta de Tsubodai enquanto o sol se punha. Os *tumans* dormiam ao redor, um oceano de iurtas claras indo até onde a vista alcançava. Amontoada no meio havia uma massa mais escura de guerreiros. A vasta maioria era de russos, os que haviam sobrevivido à destruição de suas cidades ou um número muito menor que fora em busca de despojos, acompanhando o exército através dos vales e oferecendo as armas e a força. A maioria desses recebia postos acima do resto, já que sabiam identificar que lado da espada era a ponta e qual era o cabo. Seu equipamento era qualquer coisa que pudessem arranjar e a melhor comida ia para os *tumans*, de modo que eram magros e estavam sempre com fome.

Pavel era um deles, magro como um lobo selvagem e sempre machucado ou cansado do treinamento. Não entendia metade do que era obrigado a fazer, mas de qualquer forma fazia. Corria de manhã, pulando atrás dos *tumans* por 15 quilômetros de cada vez. Tinha perdido a espada enferrujada na única batalha de sua vida e estivera muito perto de perder a vida junto com ela. O golpe que o derrubara arrancou uma aba de pele de seu couro cabeludo, deixando-o atordoado. Quando finalmente acordou, viu a paliçada queimando e os *tumans* arrumados no vasto acampamento. Os cadáveres estavam onde haviam morrido e alguns corpos tinham sido despidos. Seu rosto estava rígido com o próprio sangue, congelado em camadas desde o cabelo até o queixo. Ele não ousou tocá-lo, mas o sangue havia fechado seu olho direito numa massa sólida.

Nesse ponto Pavel poderia ter-se deixado morrer, se não fosse o homem de dentes podres que passou por ele carregando um odre com algum líquido amargo. Aquela coisa fez Pavel vomitar, mas o homem apenas riu e disse que seu nome era Alexi e que eles haviam estado juntos. Foi Alexi que andou com ele pelo acampamento onde os guerreiros mongóis estavam esparramados e bêbados, a metade deles dormindo. Levou Pavel até um homem com tantas cicatrizes que fez Pavel se encolher.

— Sangue polonês — disse Alexi. — É só um garoto de fazenda, mas não fugiu.

O homem cheio de cicatrizes resmungou, depois falou em russo e lhe disse que eles poderiam precisar de mais uma espada. Pavel levantou as mãos vazias. Não fazia ideia de onde estava sua arma e o mundo ainda girava ao redor. Lembrou-se de que o homem dissera que seu crânio provavelmente fora rachado antes de ele desmaiar.

Sua vida nova era difícil. A comida era escassa, apesar de ele ter recebido uma espada nova sem as falhas e a ferrugem da anterior. Corria com os *tumans* e aguentava até que o ar nos pulmões soprasse tão quente a ponto de queimar e seu coração martelasse como se fosse explodir. Tentava não pensar na fazenda que havia deixado com a mãe e o avô. Eles estariam cuidando da pequena criação, vendo a plantação crescer até o ponto de ser colhida. Ele não estaria lá para ajudar naquele ano.

Pavel ainda estava acordado quando viu três homens cavalgando em direção à iurta maior no centro do acampamento. Sabia que o alto, de rosto cruel, era Batu, neto de Gêngis. Pavel aprendia todos os nomes que podia. Era o único modo de se orientar no novo caos de sua vida. Não sabia quem era o que riu feito idiota quando Batu fez algum comentário. Pavel passou os dedos no cabo da espada na escuridão, desejando ter força para andar até eles e matá-los. Não tinha visto o duque ser morto, mas os outros homens balançaram a cabeça e desviaram o olhar quando ele perguntou. Não pareciam se importar, como ele.

Sem ser visto, Pavel chegou mais perto da iurta. Sabia qual era o nome do líder deles, embora fosse difícil fazer sua boca imitar o som. Tsubodai, era como o chamavam, o homem responsável por queimar Moscou. Pavel se inclinou para tentar vê-lo, mas quando os três generais apearam, seus cavalos bloquearam a visão dentro da iurta. Ele suspirou. Podia correr mais do que acreditaria ser possível apenas alguns meses atrás. Era tentador escapar quando não houvesse lua, mas tinha visto o destino de alguns homens que tentaram. Foram levados em pedaços e os nacos de carne foram atirados para os outros, como um insulto. Ele não havia se juntado a eles, mas achava que seus companheiros famintos haviam comido a carne sangrenta. A fome zombava dos estômagos exigentes.

Sentiu na brisa cheiro de chá e cordeiro assando e sua boca se encheu de saliva. Estava com fome desde que havia saído da fazenda, mas não haveria nada até a manhã e mesmo assim só depois de ter corrido e carregado provisões nas carroças até que os braços e os ombros queimassem. Esfregou um ponto nas costas ao pensar nisso, sentindo o músculo novo. Ele não era grande, só havia endurecido com o trabalho. Em silêncio, na escuridão, disse a si mesmo que poderia fugir na próxima lua cheia. Se o apanhassem, pelo menos teria tentado, mas eles precisariam correr muito e rapidamente.

Batu baixou a cabeça para entrar na iurta, empertigando-se ao cumprimentar os que estavam dentro. Levara Guyuk e Baidur consigo e ficou satisfeito ao ver que Mongke já estava ali. Acenou para ele, mas Mongke meramente olhou-o e depois voltou a encher a boca com cordeiro quente. Batu se lembrou de que Mongke também havia perdido o pai. Compartilhar esse sofrimento talvez fosse um modo de fazer contato. O fato de sentir apenas ódio por seu pai não era obstáculo, se manobrasse o rapaz mais cuidadosamente. Todos eram príncipes da nação, com ligações de sangue com Gêngis que Tsubodai jamais poderia reivindicar. Batu gostava da ideia, do sentimento de identidade por saber que fazia parte daquele grupo. Não, eles eram o seu grupo, para ele liderar. Era o mais velho, mas Mongke tinha a compleição e os modos severos de um homem experiente, cheio de músculos. Seria o mais difícil de influenciar, pensou Batu. Guyuk e Baidur eram apenas garotos, em comparação, jovens e entusiasmados com tudo. Era fácil imaginar-se governando um império com eles.

Antes de sentar-se, cumprimentou Kachiun, Jebe e Chulgetei, baixando a cabeça ligeiramente. Mais homens velhos. Notou que a coxa de Kachiun estava muito inchada, bem pior do que antes. O general estava sentado num estrado baixo com a perna estendida diante do corpo. Um olhar rápido para o rosto de Kachiun revelou olhos cansados e a pele profundamente amarelada devido à doença. Batu pensou que seu tio-avô não sobreviveria ao próximo inverno, mas as coisas eram assim. Os velhos morriam para dar lugar aos novos. Não deixou que isso o perturbasse.

Tsubodai estava observando, os olhos frios enquanto esperava que Batu falasse primeiro. Batu fez questão de abrir um largo sorriso, seus pensamentos deixando-o afável.

— É uma bela noite, orlok — disse. — Meus homens dizem que é a melhor pastagem que veem desde que saíram de casa. Os cavalos ganharam uma camada de gordura que não dá para acreditar.

— Sente-se, Batu. Você é bem-vindo — respondeu Tsubodai, rapidamente. — Guyuk, Baidur, há chá na chaleira. Esta noite não temos serviçais, portanto sirvam-se.

Os dois jovens partiram para a tarefa, tilintando as tigelas e dando risinhos ao mesmo tempo em que serviam o chá fervente de uma enorme urna de ferro no fogão que ficava no centro da iurta, sob o buraco para a fumaça. Tsubodai ficou olhando enquanto Baidur entregava a Batu uma tigela do líquido salgado fumegante. Aquilo era bastante natural, mas essas coisas pequenas sempre se relacionavam com o poder. Em pouco tempo parecia que Batu havia encontrado outro seguidor. Tsubodai poderia ter admirado o dom de liderança de Batu, se isso não interferisse em seu controle sobre o exército. O pai dele, Jochi, tinha o mesmo talento. Tsubodai ouvira o nome que Batu dera ao exército. Seria difícil não ouvir. Com o passar dos anos de campanha, "Horda Dourada" havia quase se tornado uso comum, como acontece com essas coisas. Metade dos homens parecia achar que Batu era o comandante geral e ele não fazia nada para desfazer essa crença. Tsubodai trincou o maxilar pensando nisso.

Ogedai havia honrado o bastardo de Jochi com títulos e autoridade, certificando-se disso, mesmo diante das objeções de Tsubodai. De fato Batu não havia caído em desgraça, nem um pouco. Seu *tuman* era bem organizado, seus oficiais eram escolhidos cuidadosamente. Alguns homens eram capazes de inspirar lealdade e outros só podiam exigi-la. Era estranhamente irritante ver que Batu fazia parte dos primeiros. Esses homens eram sempre perigosos. A dificuldade estava em manobrá-los, direcionando suas energias, se já não fosse tarde demais.

— Os magiares da Hungria são cavaleiros — começou Tsubodai, a voz deliberadamente baixa, de modo que eles tivessem de se inclinar para ouvir. — Eles têm vastos rebanhos e usam as planícies centrais praticamente como nós. Mas não são nômades. Construíram duas cidades nas margens do rio Danúbio. Buda e Pest são os nomes. Nenhuma é bem defendida, mas Buda fica nas montanhas e Pest numa planície.

Ele parou esperando perguntas.

— Defesas? — perguntou Batu, imediatamente. — Muralhas? Armas? Linhas de suprimentos?

— Pest não tem muralhas. Os batedores informam sobre um palácio de pedra nos morros perto de Buda, que talvez seja a residência do rei. O nome dele...

— Não é importante — continuou Batu. — Não parece uma tarefa muito grande tomar essas cidades. Por que esperar o inverno?

— O nome dele é Bela IV — prosseguiu Tsubodai, os olhos sombrios de raiva. — Vamos esperar o inverno porque o rio pode ser atravessado quando congela. E como em Moscou, ele nos fornece uma estrada entre as cidades, direto para o coração delas.

Guyuk sentiu a tensão entre os dois homens e pôs a mão no braço de Batu. Ele repeliu-o, irritado.

— Meu *tuman* está pronto para cavalgar hoje, orlok — continuou Batu. — Meus batedores dizem que as montanhas a oeste são possíveis de ser atravessadas antes do inverno. Poderíamos estar nessas cidades antes da primeira neve. O senhor mesmo dizia que a velocidade era importante ou será que agora a cautela é que é importante?

— Mantenha a arrogância dentro da boca, garoto — reagiu Jebe, de repente.

O olhar de Batu saltou para o outro. Jebe havia cavalgado com Gêngis pelas montanhas afegãs. Era moreno e magro, o rosto riscado pelos anos e pela experiência. Batu fungou com desprezo.

— Não há necessidade de deixar os alvos principais para o inverno, general, como tenho certeza de que o orlok sabe. Alguns de nós gostaríamos de ver um fim das conquistas antes de nós estarmos velhos. Para outros, claro, já é tarde demais.

Jebe saltou de pé, mas Tsubodai levantou a mão diante dele, que não saiu do lugar. Batu deu um risinho.

— Eu cumpri todas as ordens de Tsubodai — disse. E olhou ao redor enquanto falava, deliberadamente incluindo os príncipes. — Tomei cidades e vilarejos porque o grande estrategista disse "Pode atacar. Vá até lá". Não questionei uma única ordem. — Ele parou e a iurta ficou totalmente silenciosa. Batu deu de ombros como se isso não fosse nada, e prosseguiu: — No entanto não me esqueço de que o próprio cã me elevou, e não o orlok. Em primeiro lugar sou homem do cã, assim como todos nós. Mais do que isso, sou do sangue, da linhagem de Gêngis, assim como Guyuk,

Baidur e Mongke. Não basta seguir às cegas e *esperar* que isso esteja certo. Somos nós que lideramos, que *questionamos* as ordens dadas, não está certo, orlok Tsubodai?

— Não — respondeu Tsubodai. — Não está certo. Você obedece às ordens porque se não fizer isso, não poderá esperar o mesmo de seus homens. Você é parte do lobo, e não o lobo inteiro. Eu achava que você havia aprendido isso quando era criança, mas não é o caso. Um lobo não pode ter mais de uma cabeça, general, caso contrário ele se despedaça.

Ele respirou fundo, pensando intensamente. Batu havia escolhido o momento errado para se afirmar, Tsubodai podia sentir isso. Estava chocado com as palavras dele, enquanto os príncipes nem de longe se sentiam preparados para derrubar Tsubodai *Bahadur*, pelo menos não naquela estação. Ocultando sua satisfação, falou de novo:

— Você me desagradou, Batu. Deixe-nos. Terei novas ordens para você de manhã.

Batu se virou para Guyuk, procurando apoio. Sentiu o estômago afundar quando o filho do cã não o encarou. Então Batu estremeceu e aquiesceu.

— Muito bem, orlok — concordou, rigidamente. Ninguém falou enquanto ele saía.

No silêncio, Tsubodai encheu de novo sua tigela e tomou um gole do chá quente.

— As montanhas à frente são mais do que apenas uma crista ou alguns picos — explicou. — Meus batedores dizem que teremos de atravessar de 100 a 110 quilômetros de penhascos. Meus batedores conseguiram, mas sem homens do local não podemos conhecer as passagens principais. Eu poderia forçar alguns *minghaans* para mapear os vales, sem carroças ou suprimentos para mais do que algumas semanas. Para o resto, para as máquinas de cerco, as carroças, as famílias e os feridos, vai ser lento e difícil para sobreviver, precisamos saber onde estão as passagens. Talvez tenhamos de construir rampas ou pontes. Mesmo assim precisamos conseguir uma boa velocidade, caso contrário perderemos muitos homens e animais quando o inverno chegar. Não há pastagens lá em cima.

Tsubodai olhou os generais reunidos ao redor. Havia um homem que ele precisava fortalecer, separar do resto, mas não era Batu.

— Guyuk. Você irá primeiro. Parta amanhã com dois *minghaans*. Leve ferramentas para abrir uma trilha, madeira, qualquer coisa de que possa necessitar. Faça um caminho adequado para as carroças pesadas. Permaneça em contato através de batedores e nos guie.

A reafirmação de autoridade sobre Batu não passou despercebida para Guyuk. Ele não hesitou.

— À sua vontade, orlok — disse baixando a cabeça.

Estava satisfeito com a responsabilidade, sabendo que a sobrevivência do restante dependia de que ele encontrasse um bom caminho. Ao mesmo tempo seria um trabalho duro e ele teria de encontrar e marcar cada beco sem saída ou abertura falsa.

— Meus batedores dizem que há terras abertas depois das montanhas — informou Tsubodai. — Eles não puderam ver o fim delas. Vamos forçar os povos de lá a nos enfrentar no campo. Para o cã, tomaremos suas cidades, suas mulheres e suas terras. Este é o grande ataque, o golpe mais distante na história da nação de Gêngis. Não seremos impedidos.

Jebe grunhiu de prazer e levantou um odre de airag, jogando-o para Tsubodai, que molhou a garganta com o líquido. A iurta fedia a lã molhada e carne de cordeiro, um cheiro doce com que ele convivia durante toda a vida. Guyuk e Baidur trocaram olhares ao ver o orlok tão animado e confiante. Mongke observava todos, com o rosto imperscrutável.

Pavel corria, o mais rapidamente que já correra na vida. As luzes fracas das fogueiras mongóis haviam se desbotado no horizonte atrás. Caiu mais de uma vez, e a terceira foi violenta o bastante para deixá-lo mancando. Tinha batido a cabeça com força em alguma coisa no escuro, mas a dor não era nada comparada com o que os mongóis fariam se o encontrassem.

Estava sozinho na noite, sem o som de cavalos perseguindo ou qualquer companheiro. Muitos dos outros homens haviam perdido seus lares nos anos de guerra. Alguns mal conseguiam se lembrar de outra vida, mas Pavel não tinha perdido a memória. Em algum lugar ao norte, esperava que o avô e a mãe ainda cuidassem da pequena fazenda. Estaria em segurança quando os alcançasse e disse a si mesmo que nunca mais iria embora de novo. Enquanto corria, imaginava outros rapazes olhando-o com inveja pelas coisas que ele vivera. As meninas do povoado iriam vê-lo como um soldado endurecido, diferente dos garotos do campo, ao redor. Ele jamais contaria a elas sobre os corpos amontoados como fardos de palha, ou o jorro quente quando sua bexiga se soltou de medo. Não mencionaria essas coisas. Sua espada era pesada e ele sabia que ela o deixava mais lento, mas não podia se obrigar a jogá-la fora. Entraria no pátio e sua mãe certamente iria chorar ao vê-lo retornar da guerra. Chegaria em casa. A espada o fez tropeçar e quando ele cambaleou, deixou-a cair e hesitou antes de ir em frente. Sentia-se muito mais leve sem ela.

CAPÍTULO 23

Batu xingou ao se pegar suando de novo. Sabia que o suor podia congelar sob as roupas naquele frio, deixando a pessoa distraída e sonolenta até simplesmente se deitar e morrer na neve. Fungou ao pensar nisso, imaginando se sua raiva constante, fervente, ajudaria a mantê-lo vivo. Era um fato conhecido que o suor deveria ser evitado, mas não havia saída quando a pessoa estava manobrando uma carroça pesada junto com outros oito homens, puxando-a e sacudindo-a até que aquela coisa teimosa finalmente se mexesse mais 1 metro. Cordas se estendiam da carroça até um grupo de homens que puxavam como cavalos; russos carrancudos, que se esforçavam, nunca olhavam para trás e não precisavam ser golpeados ou chicoteados para obedecer. Era um trabalho intenso, tendo de ser feito repetidamente enquanto as carroças estremeciam e derramavam o conteúdo. A primeira vez que vira uma se soltar e descer de volta a toda velocidade até o fim do morro, Batu quase gargalhou. Depois tinha visto um homem segurando o rosto ensanguentado, cortado por uma corda, e outro sustentando um pulso quebrado. Todo dia havia ferimentos e no frio até mesmo um machucado pequeno era enfraquecedor e tornava mais difícil se levantar na manhã seguinte. Todos estavam rígidos e doloridos, mas Tsubodai e seus preciosos generais os impeliam, cada vez mais para o alto nos montes Cárpatos, todo dia.

O céu tinha ficado mais baixo e de um branco ofuscante, ameaçando neve todas as manhãs. Quando ela começou a cair de novo, muitos homens gemeram. As carroças já eram suficientemente difíceis de ser manobradas em terreno bom. Com lama nova misturada à neve, os homens escorregavam e caíam a cada passo, ofegando para respirar e sabendo que ninguém iria substituí-los. Todo mundo estava envolvido e Batu se perguntava como tinham chegado a juntar um peso tão grande em carroças e equipamentos. Estava acostumado a cavalgar com seu *tuman* e deixar a maior parte daquilo para trás. Às vezes achava que poderiam ter construído uma cidade no ermo com todas as ferramentas e todos os equipamentos que tinham. Tsubodai havia levado até mesmo lenha para as montanhas, um peso em madeira que precisava de centenas de homens para mover. Isso significava que tinham fogueiras à noite, quando não havia mais nada para queimar, mas o vento sugava o pouco de calor ou gelava um lado da pessoa enquanto o outro assava. Batu sentia fúria pelo modo como fora tratado, mais ainda porque Guyuk não o havia defendido. Tudo que ele fizera foi questionar a autoridade absoluta de Tsubodai sobre eles, e não recusar uma ordem. Orgulhava-se disso, mas estava sendo castigado quase como se tivesse recusado.

Dobrou as costas de novo para colocar o ombro sob uma trave junto com os outros homens, pronto para levantar a carroça por cima de um buraco onde as rodas haviam afundado.

— Um, dois, três...

Todos grunhiram com o esforço enquanto ele marcava o ritmo. Tsubodai não pudera impedir que seus homens apeassem para ajudá-lo no trabalho. Talvez a princípio fosse apenas a lealdade de guerreiros para com seu general, mas depois de dias naquele trabalho que arrebentava as costas, Batu achou que os homens se sentiam tão enojados com Tsubodai *Bahadur* quanto ele.

— Um, dois, três... — rosnou de novo.

A carroça se levantou e baixou de novo com força. Os pés de Batu escorregaram e ele agarrou o fundo da carroça para se firmar. Suas mãos estavam enroladas em lã e pele de ovelha, mas ardiam intensamente, como se em carne viva. Ele usava os momentos de folga para balançar os braços, forçando o sangue para as pontas, de modo a não perdê-las congeladas. Um número muito grande de homens tinha manchas brancas no nariz ou nas bochechas. Isso explicava as cicatrizes desbotadas dos velhos que já haviam passado por aquilo.

Tsubodai tinha o direito de lhe dar qualquer tarefa, mas Batu achava que a autoridade do orlok era mais frágil do que ele percebia. Seu direito de comandar vinha do cã, mas, mesmo na marcha, nem todas as suas ações eram puramente militares. Haveria momentos em que decisões políticas precisariam ser tomadas e essas eram responsabilidade de príncipes, e não de guerreiros. Com o apoio de Guyuk, o orlok poderia ser suplantado, até mesmo dispensado, Batu tinha certeza. Teria de ser no momento certo, quando a autoridade do orlok não estivesse definida tão claramente. Batu segurou a carroça de novo enquanto aquela coisa maldita se sacudia e quase tombava. Estava disposto a esperar, mas descobria que seu pavio estava ficando mais curto a cada dia. Tsubodai não era de sangue real. Os príncipes fariam o futuro, e não algum general velho e quebrado que deveria ter se aposentado muito tempo atrás para cuidar de suas cabras. Batu usou a raiva num assomo de força, de modo que sentiu que levantava a carroça quase sozinho, empurrando-a para a frente e para cima.

Ogedai montou lentamente, sentindo que os quadris protestavam. Quando ficara tão rígido? Os músculos das pernas e da parte inferior das costas tinham ficado espantosamente fracos. Ele podia fazê-los estremecer como um cavalo espantando as moscas simplesmente ao se erguer nos estribos.

Sorhatani não o observava deliberadamente, notou ele. Em vez disso, agitava-se ao redor dos filhos. Kublai verificava a barrigueira do pônei, enquanto Arik-Boke e Hulegu estavam muito silenciosos na presença do cã. Ogedai só conhecia os menores de vista, mas Sorhatani vinha levando Kublai para conversar com ele aos fins de tarde. Tinha feito isso parecer um favor a ela, mas Ogedai passara a ficar ansioso pelas conversas. O garoto era inteligente e parecia ter um interesse interminável pelas histórias das batalhas, em particular se Gêngis tivesse participado delas. Ogedai se pegara revivendo glórias passadas através dos olhos de Kublai e passava parte de cada dia planejando o que contaria ao rapaz mais tarde.

O cã testou as pernas disfarçadamente, depois olhou para baixo quando Torogene deu um risinho atrás dele. Virou o cavalo e viu-a ali parada. Sabia que estava magro e pálido devido ao tempo passado dentro do palácio. Suas juntas doíam e ele ansiava tanto por vinho que a boca ficou seca ao pensar nisso. Tinha prometido a Torogene que beberia menos taças a cada dia. Mais do que isso, ela o obrigara a fazer um juramento solene. Ele não lhe contou sobre o jogo de taças enormes que os fornos estavam fundindo para ele. Sua palavra era lei, mas o vinho era uma das poucas alegrias que lhe restavam.

— Não saia se você achar que está se cansando — disse Torogene. — Seus oficiais podem esperar mais um dia se precisarem. Você deve recuperar as forças devagar.

Ele sorriu diante do tom de voz dela, imaginando se todas as esposas se tornavam mães dos maridos em algum momento. Não pôde deixar de olhar para Sorhatani, ainda esguia e forte como um menino pastor, ao pensar nisso. Aquela era uma que mulher não iria se desperdiçar numa cama fria. Ele não conseguia se lembrar da última vez em que sentira desejo, fora dos sonhos. Seu corpo parecia desgastado, carcomido e velho. No entanto, o sol brilhava fraco e o céu de outono era azul. Cavalgaria pelo canal para ver as obras novas. Talvez até se banhasse no rio que o alimentava, se pudesse se obrigar a entrar nas águas gélidas.

— Não ponham fogo na minha cidade enquanto eu estiver fora — disse, carrancudo.

Ela sorriu.

— Não posso prometer, mas vou tentar — respondeu Torogene.

Em seguida estendeu a mão e tocou o pé dele no estribo, segurando-o com força suficiente para ele sentir a pressão. Ogedai não precisava falar do amor que sentia por ela; simplesmente abaixou a mão e tocou seu rosto antes de bater os calcanhares e sair pelo portão.

Os filhos de Sorhatani foram com ele. Kublai segurava as rédeas de três cavalos de carga, abarrotados de suprimentos. Ogedai ficou olhando o rapaz estalar os lábios para os animais, tão cheio de vida que era quase doloroso de ver. Não tinha contado a Kublai suas lembranças da morte de Tolui. Ainda não estava pronto para narrar essa história, com toda a dor que ainda sentia até mesmo naquele dia frio.

Levaram metade da manhã para chegar ao rio. Sua energia havia se dissipado depois de tantos meses de inatividade. Os braços e as pernas pareciam de chumbo quando ele apeou e teve de lutar para não gritar quando as coxas reagiram com cãibra. Já podia sentir os estalos soando pelo vale, e a distância a fumaça pairava como névoa matinal. O ar continha um leve amargor sulfuroso que ele se lembrava de ter sentido na fronteira sung. Para sua surpresa, achou quase agradável respirar aquele cheiro exótico.

Sorhatani e seus filhos arrumaram o acampamento ao redor dele, montando uma pequena iurta no terreno seco perto da margem e começaram a preparar chá no fogão. Enquanto a água fervia, Ogedai montou de novo. Estalou a língua para atrair a atenção de Kublai e o rapaz saltou em sua sela para se juntar a ele, o rosto brilhando de empolgação.

Juntos os dois cavalgaram por um campo ensolarado até onde Khasar preparava as equipes de artilharia para inspeção. Desde longe Ogedai podia ver o orgulho do velho general com as armas. Ele também estivera na fronteira sung e tinha visto o poder destrutivo delas. Ogedai cavalgou lentamente. Não sentia urgência ou pressa. Seu vislumbre da noite lhe dera uma ampla perspectiva. Ter Kublai com ele era uma lembrança de que nem todo mundo compartilhava sua percepção de longo prazo. A visão dos polidos canhões de bronze deixou Kublai praticamente suando.

Ogedai sofreu com as formalidades do tio. Recusou o convite para o chá e a comida e finalmente sinalizou para os artilheiros começarem.

— Talvez o senhor queira apear e segurar seu cavalo, senhor cã — disse Khasar.

Ele parecia magro e cansado, mas seus olhos brilhavam de entusiasmo. Ogedai não foi contaminado pelo humor do tio. Suas pernas estavam fracas e ele não queria cambalear diante daqueles homens. Demorou um momento para se lembrar de que estava de novo diante dos olhos de uma nação. Bastaria um escorregão e sua fraqueza chegaria a todos os ouvidos.

— Meu cavalo esteve na fronteira sung — respondeu. E apertou as mãos às costas enquanto gesticulava enfaticamente para as equipes de artilheiros. Eles estavam em grupos de quatro, carregando sacos de pólvora preta e uma variedade de equipamentos estranhos. Kublai absorvia aquilo tudo, fascinado. — Mostre — ordenou Ogedai.

Khasar gritou ordens e Ogedai ficou olhando da sela, enquanto a primeira equipe verificava se a arma estava com blocos para firmar as enormes rodas cheias de cravos. Um guerreiro pôs um pedaço de junco num buraco do tubo, depois acendeu uma vela numa lâmpada. Quando a vela tocou o junco, houve uma fagulha, então uma explosão que fez o canhão saltar para trás. Os blocos mal conseguiram segurá-lo e a arma pulou e caiu de volta com um estrondo. Ogedai não viu a bola que saiu voando, mas fez que sim com a cabeça, deliberadamente calmo. Seu cavalo levantou as orelhas, mas depois abaixou a cabeça para pastar o capim. Kublai teve de bater na cara de seu capão, tirando-o do pânico com o choque. O rapaz rosnou para o animal. Não admitiria ser envergonhado vendo o cavalo se soltar e fugir na frente do cã. No entanto, sentiu-se mais do que grato por não estar na sela.

— Disparem o resto ao mesmo tempo — disse Ogedai.

Khasar concordou com orgulho e oito outras equipes inseriram seus juncos nos buracos das armas e acenderam velas.

— Quando eu mandar, artilheiros. Prontos? Fogo!

O estrondo foi extraordinário. As equipes haviam treinado fora da cidade durante semanas e as armas dispararam quase juntas, com apenas um ligeiro atraso. Desta vez Ogedai viu borrões desaparecendo no vale, uma ou duas bolas quicando no chão. Sorriu ao pensar numa linha de cavalos ou homens no caminho daquelas armas.

— Excelente — disse.

Khasar ouviu e abriu um sorriso, ainda deliciado por controlar o trovão.

O olhar de Ogedai foi até as linhas de catapultas pesadas do outro lado dos canhões. Elas podiam lançar barris de pólvora por muitas dezenas de metros. Seus engenheiros haviam aprendido com os jin, mas tinham melhorado a pólvora, de modo a queimar mais rápida e ferozmente. Ogedai não entendia o processo nem se importava. O que importava era que as armas funcionassem.

Mais homens esperavam perto das catapultas, de pé em posição de sentido. De repente Ogedai percebeu que não estava mais cansado. As explosões e a fumaça amarga o haviam revigorado. Talvez por causa disso notou que os ombros de Khasar tinham se afrouxado. O velho deixava a exaustão à vista para todos.

— O senhor está doente, tio? — perguntou.

Khasar deu de ombros, estremecendo.

— Tenho calombos nos ombros. Eles dificultam os movimentos do braço, só isso. Sua pele amarela negava as palavras e Ogedai franziu a testa enquanto o tio continuava: — Os xamãs dizem que eu deveria mandar cortá-los, mas não vou deixar que aqueles açougueiros mexam comigo, pelo menos por enquanto. Metade dos homens que eles cortam não anda de novo, talvez mais.

— O senhor deveria — disse Ogedai, baixinho. — Não quero perdê-lo ainda, tio.

Khasar fungou.

— Sou como as montanhas, rapaz. Alguns calombos não me farão parar.

Ogedai sorriu.

— Espero que não. Mostre mais, tio.

Quando Ogedai e Kublai retornaram ao pequeno acampamento perto do rio, a manhã estava quase terminando, o chá havia fervido por muito tempo e estava impossível de se beber. Os canhões continuavam disparando atrás deles, usando vastos estoques de pólvora para treinar os homens que representariam um papel vital em batalhas futuras. Khasar podia ser visto andando ao longo das linhas, à vontade.

Sorhatani viu que o rosto vermelho do filho estava manchado de fuligem. Tanto o cã quanto Kublai fediam a fumaça sulfurosa e Arik-Boke e Hulegu só conseguiam ficar olhando com nítida inveja. Sorhatani deixou os filhos preparando mais chá e foi até onde Ogedai havia apeado.

Ele estava na beira do rio, olhando-o, protegendo os olhos do sol. O barulho da cachoeira abafou os passos de Sorhatani, que veio por trás.

— Kublai está matraqueando feito um pássaro — disse ela. — Imagino que a demonstração tenha corrido bem.

Ogedai deu de ombros.

— Melhor do que eu esperava. Com a nova mistura de pólvora, Khasar está convencido de que nossos canhões têm o mesmo alcance dos canhões sung. — Ele apertou aos punhos, pensando, com expressão feroz. — Isso fará diferença, Sorhatani. Vamos surpreendê-los um dia. Só gostaria

de mandar alguns deles para Tsubodai, mas levaria anos para arrastar aquelas coisas pesadas tão longe.
— Você está ficando mais forte — disse ela, sorrindo.
— É o vinho — respondeu ele.
Sorhatani gargalhou.
— Não é o vinho, seu grande beberrão, são cavalgadas matinais como esta e o trabalho com arco toda tarde. Você já parece um homem diferente daquele que encontrei naquela sala fria. — Ela fez uma pausa, inclinando a cabeça.
— Além disso há um pouco mais de carne em você. Acho que a volta de Torogene lhe fez bem.
Ogedai sorriu, mas a empolgação dos grandes canhões ia sumindo e seu coração não estava mais naquilo. Às vezes pensava em seus temores como um pano preto caído sobre ele, sufocando a respiração. Tinha morrido naquela campanha e ainda que o sol brilhasse e seu coração continuasse batendo no peito, era difícil prosseguir a cada dia. Pensara que o sacrifício de Tolui lhe daria um novo objetivo, mas em vez disso sentia a perda como mais um fardo, grande demais para suportar. O pano ainda se grudava nele, apesar de tudo que Sorhatani fizera. Não conseguia explicar isso e parte dele desejava que aquela mulher o deixasse em paz e seguisse seu caminho.
Sob o olhar atento de Sorhatani, Ogedai sentou-se com a família, tomou o chá e comeu a comida fria que haviam trazido. Ninguém lhe serviu vinho, de modo que ele procurou um odre da bebida na bagagem e tomou direto do bico, como se fosse airag. Ignorou a expressão de Sorhatani enquanto o líquido vermelho levava a cor de volta às suas bochechas. Os olhos dela pareciam feitos de sílex, por isso ele falou para distraí-la:
— Seu filho Mongke está se saindo bem. Tenho relatórios de Tsubodai que falam muito bem dele.
Os outros filhos sentaram-se com interesse despertado e Ogedai enxugou os lábios, sentindo o gosto do vinho. Parecia amargo naquele dia, azedo na língua como se não houvesse nada de bom nele. Para sua surpresa, foi Kublai que falou, com tom respeitoso.
— Senhor cã, eles tomaram Kiev?
— Tomaram. Seu irmão participou das batalhas ao redor da cidade.

Kublai parecia lutar com a impaciência.

— Então já estão nos montes Cárpatos? O senhor sabe se eles vão atravessá-los neste inverno?

— Você vai cansar o cã com essa conversa ininterrupta — interrompeu Sorhatani, mas Ogedai notou que mesmo assim ela esperava uma resposta.

— A última coisa que eu soube é que eles vão tentar atravessar antes do ano que vem.

— É uma cordilheira difícil — murmurou Kublai.

Ogedai se perguntou como um rapaz podia presumir saber qualquer coisa sobre montanhas a 6 mil quilômetros dali. O mundo havia mudado desde que ele era um garoto. Com as cadeias de batedores e postos de estrada, o conhecimento das terras ao redor estava jorrando em Karakorum. A biblioteca do cã já continha volumes em grego e latim, cheios de maravilhas em que ele mal podia acreditar. Seu tio Temuge havia assumido a tarefa de criar a reputação da biblioteca, pagando fortunas pelos livros e códices mais raros. Seria obra de uma geração traduzi-los para línguas civilizadas, mas Temuge tinha uma dúzia de monges cristãos atuando nessa tarefa. Perdido num devaneio, Ogedai se arrastou de volta ao presente e pensou nas palavras que o haviam levado a se afastar em pensamento. Imaginou se Kublai estaria preocupado com a segurança do irmão.

— Com Baidur, Tsubodai tem sete *tumans* e 40 mil conscritos. As montanhas não vão impedi-los.

— E depois das montanhas, senhor? — Kublai engoliu em seco, tentando não irritar o homem mais poderoso da nação. — Mongke diz que eles vão cavalgar até o mar.

Os irmãos mais novos ficaram em suspenso esperando a resposta e Ogedai suspirou. Supunha que batalhas distantes fossem uma empolgação, comparadas com uma vida de estudo e silêncio em Karakorum. Os filhos de Sorhatani não ficariam naquele ninho de pedra por muito tempo, dava para ver.

— Minhas ordens são para garantir o oeste, dar-nos uma fronteira sem inimigos clamando para invadir nossas terras. O modo como Tsubodai opta por fazer isso é problema dele. Talvez dentro de um ou dois anos você viaje até ele. Gostaria disso?

— Sim. Mongke é meu irmão — respondeu Kublai, sério. — E eu gostaria de ver mais do mundo, e não somente mapas e livros.

Ogedai soltou uma risada. Podia se lembrar de quando o mundo parecia ilimitado e ele queria ver tudo. De algum modo havia perdido aquela ânsia terrível e por um momento imaginou se Karakorum é que teria tirado isso dele. Talvez essa fosse a maldição das cidades: enraizarem as nações num lugar e torná-las cegas. Não era um pensamento agradável.

— Eu gostaria de trocar uma palavra em particular com sua mãe — disse, percebendo que não teria um momento melhor naquele dia.

Kublai se moveu rapidamente, arrebanhando os irmãos até os cavalos e levando-os na direção das equipes de artilheiros de Khasar, ainda treinando ao sol da tarde.

Sorhatani sentou-se na manta de feltro, com expressão curiosa.

— Se vai declarar seu amor por mim, Torogene me disse o que responder — observou ela.

Para seu prazer, ele riu alto.

— Tenho certeza de que disse, mas não, comigo você está segura, Sorhatani. — Ele hesitou e ela se inclinou para mais perto, surpresa ao ver um toque de rosado nas bochechas de Ogedai.

— Você ainda é jovem, Sorhatani — começou ele.

Ela fechou a boca para não responder, mas seus olhos brilharam. Ogedai tentou falar mais duas vezes, mas parou.

— Acho que já estabelecemos que sou jovem — disse ela.

— Você tem os títulos de seu marido — continuou ele.

O humor tranquilo de Sorhatani se esvaiu. O único homem que poderia remover a autoridade extraordinária que ela recebera estava tentando nervosamente dizer o que pensava. Ela falou de novo com a voz mais dura:

— Merecidos com o sacrifício e a morte dele, senhor, sim. Merecidos, e não recebidos como um favor.

Ogedai piscou, depois balançou a cabeça.

— Eles também estão em segurança, Sorhatani. Minha palavra é lei e você recebeu essas coisas da minha mão. Não irei tirá-las de volta.

— Então o que está preso em sua garganta e dificultando sua fala?

Ogedai respirou fundo.

— Você deveria se casar de novo.

— Senhor cã, Torogene pediu para eu lhe lembrar...

— Não comigo, mulher! Já falei antes. Com meu filho. Com Guyuk.

Sorhatani olhou-o num silêncio atordoado. Guyuk era o herdeiro do canato. Ela conhecia Ogedai bem demais para imaginar que a oferta teria sido feita intempestivamente. Sua mente girou enquanto tentava entender o que ele queria de verdade. Torogene devia saber que aquela oferta seria feita. Ogedai nunca pensaria nisso sozinho.

O cã virou-se para outro lado, dando-lhe tempo. Enquanto ele olhava a meia distância, a parte cínica de Sorhatani imaginou se isso seria um modo de trazer as vastas posses de seu marido de volta para o canato. De um golpe, o casamento com Guyuk reverteria a riqueza da oferta de Ogedai a Tolui. Os efeitos dessa decisão única ainda estavam se espalhando em ondas e ela não sabia aonde isso iria parar. As terras originais de Gêngis Khan eram governadas por uma mulher e ela ainda não havia absorvido isso completamente.

Pensou em seus filhos. Guyuk era mais velho do que Mongke, mas não muitos anos. Será que seus filhos herdariam ou seu direito de nascença seria roubado com aquela união de famílias? Estremeceu e esperou que Ogedai não tivesse percebido. Ele era o cã e podia ordenar que ela se casasse, assim como havia lhe dado os títulos de seu marido. O poder dele era quase absoluto sobre ela, caso optasse por usá-lo. Ela o olhou sem virar a cabeça, avaliando o homem a quem havia ajudado a superar os ataques e a escuridão tão grandes a ponto de pensar que ele jamais retornaria. A vida dele era frágil como porcelana, no entanto ele ainda governava e sua palavra era lei.

Podia sentir que a paciência dele estava se esgotando. Um pequeno músculo estremecia no pescoço e ela olhou para aquilo, procurando palavras.

— Você me honra enormemente com essa oferta, Ogedai. Seu filho e herdeiro...

— Então você aceita? — perguntou ele, rapidamente. Seus olhos sabiam qual era a resposta devido ao tom de voz e ele balançou a cabeça irritado.

— Não posso — respondeu Sorhatani, baixinho. — Meu sofrimento por Tolui continua o mesmo. Não vou me casar de novo, senhor cã. Agora minha vida são meus filhos e não mais do que isso. Não quero mais do que isso.

Ogedai fez uma careta e o silêncio voltou a cair entre os dois. Sorhatani temeu que as palavras seguintes dele fossem para lhe dar uma ordem, ignorando sua vontade. Se ele falasse as palavras, ela não teria opção além de obedecer. Resistir seria lançar os ossos da sorte com o futuro dos filhos, vê-los despidos da autoridade e do poder antes mesmo de aprenderem a usá-los. Lavara a pele do cã quando ele havia se sujado sem perceber. Alimentara-o com a própria mão quando ele gemia por paz e pela morte. No entanto Ogedai era filho do pai. O destino de uma esposa, de uma mulher, significaria pouco para ele e ela não sabia o que ele iria dizer. Mantendo-se em silêncio, esperou com a cabeça baixa, a brisa soprando entre os dois.

Demorou séculos, mas finalmente ele aquiesceu.

— Muito bem, Sorhatani. Eu lhe devo sua liberdade, se é o que você deseja. Não exigirei sua obediência com relação a isso. Não falei com Guyuk. Só Torogene sabe e foi só uma ideia.

O alívio inundou Sorhatani. Por instinto, prostrou-se no capim, pondo a cabeça junto ao pé dele.

— Ah, levante-se — disse Ogedai. — Jamais conheci uma mulher menos humilde.

CAPÍTULO 24

Kachiun morreu nas montanhas, acima da linha da neve, onde não havia tempo nem forças para cuidar de seu corpo. A carne do general havia inchado com o veneno da perna infeccionada. Seus últimos dias foram passados numa agonia delirante, as mãos e o rosto manchados pela doença. Morreu sofrendo.

O inverno atacou cedo, apenas alguns dias depois, com nevascas uivando pelas montanhas. A neve pesada bloqueava as passagens estreitas que Guyuk havia descoberto até as planícies abaixo. A única bênção das temperaturas baixas era que impediam os mortos de apodrecer. Tsubodai tinha ordenado que o corpo de Kachiun fosse enrolado em panos e amarrado numa carroça. O irmão de Gêngis tinha exprimido o desejo de ser queimado depois de morto, e não enterrado no céu, deixado para os pássaros e animais de rapina nos altos penhascos. O ritual jin de cremação estava ficando mais popular. Os mongóis que haviam se tornado cristãos eram até mesmo enterrados, mas preferiam ir para o chão segurando o coração de inimigos, serviçais para a outra vida. Nem Tsubodai nem Ogedai estabeleceram alguma lei para qualquer uma dessas práticas. As pessoas da nação faziam suas escolhas num momento que não pudessem magoar mais ninguém.

Não havia um pico único nos Cárpatos, e sim dezenas de vales e cristas que precisavam ser atravessados. A princípio eles eram a única presença, além de pássaros distantes, mas depois encontraram o primeiro corpo congelado, bem no alto, onde o ar era doloroso nos pulmões. Estava caído sozinho, as mãos e o rosto queimados pelo vento até ficarem pretos, quase como se chamuscados pelo fogo. A neve cobria um pouco o sujeito e um dos oficiais de *minghaan* mandou seus guerreiros cavarem os montículos de neve semelhantes. Havia mais corpos, rostos escuros ou pálidos, túrquicos ou russos, frequentemente barbados. Homens estavam caídos com mulheres, os filhos congelados no meio. Permaneciam preservados nas alturas, os corpos magros, a carne transformada em pedra para sempre.

Eram centenas e os generais só podiam imaginar quem eles teriam sido ou por que tinham optado por se arriscar nas montanhas. Os corpos não pareciam antigos, mas não havia como dizer. Poderiam estar ali durante séculos ou ter morrido de fome apenas alguns meses antes de os mongóis irem pelas trilhas atrás deles.

O vento e a neve do inverno chegaram como um mundo novo. Desde os primeiros flocos os caminhos dos animais sumiram e a neve aumentava cada vez mais de volume, tendo de ser cavada a cada passo. Só as ligações entre os batedores em cada passagem e a simples quantidade e a disciplina dos *tumans* os salvaram. Tsubodai podia substituir os da frente, que tinham de abrir caminho com mãos e pás. Os de trás caminhavam numa trilha larga de lama com neve, revirada por dezenas de milhares de pés e cascos andando com dificuldade. As neves não poderiam impedi-los. Já haviam ido longe demais.

À medida que o frio aumentava, os mais fracos e os feridos lutavam para acompanhar os outros. Os *tumans* passavam por mais e mais figuras sentadas, as cabeças abaixadas na morte. Crianças haviam nascido nos anos passados longe de Karakorum. Seus corpos pequenos se congelavam rapidamente, o vento desgrenhando o cabelo enquanto eram deixadas para trás na neve. Só os cavalos caídos eram retalhados para que sua carne sustentasse os vivos. Os *tumans* prosseguiam, jamais parando até verem as planícies e terem deixado para trás as montanhas e a eternidade. Demoraram dois meses a mais do que Tsubodai esperava.

Do outro lado dos montes Cárpatos os *tumans* se reuniram para o funeral de um general e fundador da nação. O exército de conscritos permaneceu sentado e carrancudo sem compreender, enquanto via os xamãs mongóis cantarem e contarem a história de sua vida. Para um homem com a história de Kachiun, as narrativas e as canções duraram dois dias inteiros. Os que testemunhavam isso comiam onde estavam e esquentavam airag, que se tornara uma lama gelada, até que pudessem beber ao irmão de Gêngis Khan. Ao pôr do sol do segundo dia o próprio Tsubodai acendeu a pira funerária que eles haviam encharcado de óleo, então recuou enquanto a fumaça preta subia.

Tsubodai olhou a coluna escura subir e não pôde deixar de pensar no sinal que ela mandaria aos inimigos. Para qualquer um que tivesse olhos para ver, a fumaça significava que os mongóis tinham atravessado as montanhas e chegado à planície. O orlok balançou a cabeça, lembrando-se das tendas branca, vermelha e preta que Gêngis montava diante das cidades. A primeira era simplesmente um aviso para se renderem rapidamente. O pano vermelho subia se eles se recusassem e era uma promessa de matar todo homem com idade para lutar. A tenda preta significava que nada sobreviveria quando a cidade finalmente caísse. Prometia apenas destruição e terra arrasada. Talvez o fio ascendente de fagulhas e fumaça oleosa fosse um presságio para os que o vissem. Talvez eles o vissem e soubessem que Tsubodai havia chegado. Ele podia sorrir da própria vaidade, comandando homens ainda magros e fracos devido ao trabalho esmagador que haviam suportado. No entanto seus batedores já estavam correndo. Encontrariam um local para descansar, onde os que haviam perdido o uso dos dedos e os cortado fora pudessem se recuperar.

As chamas cresceram e estalaram enquanto o vento soprava a pira, mandando a fumaça de volta nos rostos dos homens ao redor. Eles haviam usado uma parte da madeira envelhecida que Tsubodai levara pelas montanhas, arrumando-a em camadas até o dobro da altura de um homem sobre o corpo de Kachiun. A fumaça carregava o cheiro adocicado de carne queimada e alguns dos mais jovens engasgaram enquanto respiravam. Tsubodai podia ouvir retinidos e estalos da armadura do general se expandindo no calor, às vezes parecendo uma voz na fogueira. Balançou a cabeça para afastar essas tolices, depois sentiu Batu observando-o.

O príncipe da nação estava com Guyuk, Baidur e Mongke, um grupo de quatro, todos sob seu comando, separados do restante. Tsubodai devolveu o olhar até que Batu desviou o dele, com o constante meio sorriso tremulando na boca.

Com um arrepio, Tsubodai percebeu que a morte de Kachiun era uma perda pessoal para ele. O velho general o havia apoiado nos conselhos e no campo, confiando em que Tsubodai encontrasse um caminho, não importando os riscos. Aquela fé cega havia morrido com ele e Tsubodai soube que seus flancos estavam expostos. Imaginou se deveria promover Mongke a algum posto superior. Dentre os príncipes, ele parecia o menos dominado pelo feitiço de Batu, mas se Tsubodai o tivesse avaliado mal haveria uma chance de isso simplesmente aumentar ainda mais o poder crescente de Batu. Enquanto o vento soprava mais forte, Tsubodai xingou baixinho. Odiava o labirinto de decisões políticas que havia brotado desde a morte de Gêngis. Estava acostumado com a tática, com os ardis e estratagemas da batalha. A cidade de Karakorum havia acrescentado camadas a esses elementos, de modo que ele não podia mais prever a facada, a traição. Não podia conhecer mais o coração simples dos homens ao redor e confiar sua vida a eles.

Esfregou os olhos com força e descobriu uma mancha de umidade nas luvas que o fez suspirar. Kachiun fora um amigo. Sua morte deixara claro o fato de que Tsubodai também estava ficando velho.

— Esta é minha última campanha — murmurou para a figura na pira. Podia ver Kachiun em sua armadura enegrecida, sozinho numa fornalha de amarelo-ouro. — Quando terminar, vou levar suas cinzas para casa, velho amigo.

— Ele era um grande homem — disse Batu.

Tsubodai levou um susto. Não o tinha ouvido se aproximar, com o som da madeira estalando. A fúria cresceu-lhe por dentro, vendo Batu levar sua amargura mesquinha até mesmo ao funeral de Kachiun. Começou a responder, mas Batu levantou a palma da mão.

— Não é zombaria, orlok. Eu não sabia de metade da história dele, até que a ouvi de um xamã.

Tsubodai conteve a resposta e sustentou o olhar de Batu por mais alguns instantes, antes de olhar de novo para a pira. Batu falou novamente, a voz gentil e cheia de admiração.

— Ele se escondeu dos inimigos com Gêngis e outras crianças. Eles foram endurecidos pela fome e pelo medo. Daquela família, daqueles irmãos, todos nós brotamos. Entendo isso, orlok. Você também esteve lá durante um tempo. Você viu uma nação *nascer*. Mal posso imaginar uma coisa dessas. — Batu suspirou e segurou o osso do nariz entre os dedos, revelando comoção. — Espero que haja uma história a contar quando for a minha vez nas chamas.

Tsubodai olhou-o, mas Batu já ia se afastando pela neve. O ar estava limpo e frio, prometendo mais nevasca no caminho.

Terceira Parte

1240 d.C.

CAPÍTULO 25

As dançarinas pararam, com suor brilhando no corpo, os sinos nos pulsos e nos tornozelos silenciando. O incenso era forte no ar, derramando-se em fantasmas de fumaça branca dos turíbulos pendurados ao pé da escada de mármore. A influência da Grécia estava em toda parte pelo palácio, desde as colunas de mármore afilado e bustos do rei Bela e seus ancestrais até a pouca roupa das dançarinas que esperavam de cabeça baixa. As próprias paredes eram decoradas com folhas de ouro do Egito e lápis-lazúli dos morros afegãos. O teto se estendia acima numa grande cúpula que dominava a cidade fluvial de Esztergom. Nas imagens incrustadas ali, ela proclamava a glória do Cristo ressuscitado e, claro, a glória do rei húngaro.

Os cortesãos se prostravam, comprimidos como abelhas numa colmeia, de modo que seus corpos cobriam o chão de ladrilhos. Só os senhores marciais permaneciam de pé junto às paredes, olhando uns para os outros com irritação mal escondida. Dentre eles estava Josef Landau, mestre dos Irmãos Livonianos. Olhou para seu irmão cavaleiro, um homem que recentemente havia se tornado seu oficial comandante. Conrad von Thuringen era uma figura poderosa em todos os sentidos, com um corpo capaz de manusear a espada enorme que usava e uma barba preta com manchas grisalhas que não servia nem um pouco para reduzir a ameaça física. Von Thuringen era o grande mestre dos Cavaleiros Teutônicos, uma ordem formada na cidade de Acre, perto da Galileia. Ele só baixava a cabeça para os sacerdotes. A pompa e o brilho da corte do rei Bela causavam pouco deslumbramento num homem que havia jantado com o sacro imperador romano e até com o próprio papa Gregório.

Landau estava um tanto fascinado pelo comandante grisalho. Se os Cavaleiros Teutônicos não tivessem concordado em se amalgamar, seus Irmãos Livonianos seriam debandados depois das perdas na guerra. A águia preta de duas cabeças que ele usava agora tinha uma irmã gêmea no peito de Von Thuringen. Juntos, seus domínios os tornavam quase equivalentes ao rei que os fazia esperar com os servos. No entanto, eles serviam a um poder mais elevado e o atraso só servia para aumentar o nervosismo e o mau humor de Landau.

O senescal do rei Bela começou a recitar os títulos de seu senhor e Landau viu os olhos de Von Thuringen se virarem rapidamente para o alto, em frustração. O sacro imperador romano governava uma centena de territórios, tão distantes uns dos outros quanto a Itália e Jerusalém. O rei Bela da Hungria não podia sequer se equiparar a essas posses. Agradava a Landau ver que seu comandante tinha pouca paciência para essas vaidades. Essas coisas eram do mundo e a Ordem Teutônica dirigia seu olhar para o céu, de modo que os pecados venais dos homens estavam muito abaixo deles. Landau tocou a cruz em preto e ouro que usava no peito, orgulhoso porque seus Irmãos Livonianos haviam sido tomados por uma ordem nobre. Se não tivessem sido, ele achava que talvez decidisse pôr de lado a armadura e a espada e se tornar um monge andarilho, com uma tigela de mendigo e trapos para servir a Cristo. Às vezes, quando a política pairava no ar tão densa quanto incenso, uma vida dessas ainda o atraía.

O senescal terminou sua litania de títulos e a multidão no salão do palácio ficou tensa pela chegada do senhor. Landau sorriu ao ver Von Thuringen coçar com tédio o canto da boca, onde uma ferida havia criado casca. Trombetas tocaram uma nota grave pela cidade anunciando a chegada do rei. Landau se perguntou se os camponeses nos mercados também deveriam se prostrar. A ideia provocou uma coceira em sua boca, também, mas ele se controlou enquanto o rei Bela finalmente entrava, caminhando até o topo dos degraus de mármore, de modo que estava a quase a altura de um homem acima de todos eles.

O rei tinha barba loura e usava o cabelo na altura dos ombros. Uma coroa de ouro se acomodava firmemente na cabeça e os olhos azul-claros espiavam por baixo dela. Enquanto seu olhar viajava através deles, tanto Landau quanto Von Thuringen baixaram a cabeça num ângulo cuidadosamente pensado. O rei Bela não acusou sua presença a não ser por um breve movimento de cabeça, depois ocupou seu lugar num trono decorado com o mesmo ouro e azul das paredes. O trono brilhava atrás dele enquanto recebia as insígnias cerimoniais de sua monarquia, inclusive um grande cajado de ouro. Enquanto Landau olhava, o rei o levantou e o deixou cair três vezes, batendo no chão. O senescal recuou e outro serviçal, vestido de modo quase igualmente rico, avançou para se dirigir à multidão.

— Não haverá julgamentos hoje nem corte. O rei decidiu. Que os que têm esse tipo de negócio se retirem de sua presença. Vocês podem fazer petição ao mestre da corte ao meio-dia.

Landau pôde ver raiva e frustração no rosto de muitos homens e mulheres que se levantaram da prostração e se viraram. Eles tiveram o bom-senso de não deixar que o rei visse sua reação a esse édito. Landau podia imaginar como aquelas pessoas haviam subornado e esperado para entrar naquele salão, só para ouvir que deveriam ir embora antes que fosse dita qualquer palavra sobre seus pedidos. Ele viu uma jovem em lágrimas enquanto saía e franziu a testa. A sala se esvaziou rapidamente, até que restasse apenas cerca de uma dúzia de homens, todos senhores importantes ou cavaleiros.

— O senhor dos cumanos, Köten, é convocado! — exclamou o senescal.

Alguns senhores se olharam de lado, mas Landau notou que Von Thuringen parecia tranquilo. Quando seus olhares se encontraram, o mais velho deu de ombros ligeiramente. Essa era toda a resposta que poderia dar tendo o olhar do rei sobre eles.

Portas nos fundos se abriram e um homem pequeno entrou, em muitos sentidos parecendo o oposto do rei. Aos olhos de Landau a pele de Köten era quase tão escura quanto a dos mouros de Jerusalém. Ele possuía o rosto fundo e a compleição magra e musculosa de um homem que jamais conhecera mais comida do que o necessário para se manter vivo, uma raridade naquela corte. Seus olhos eram ferozes e ele baixou a cabeça apenas uma fração a mais do que Von Thuringen e Landau tinham feito antes.

O rei Bela se levantou do trono e falou pela primeira vez naquela manhã:

— Senhores, cavaleiros honrados, homens livres. Os tártaros atravessaram as montanhas.

Repetiu as palavras em russo e latim, numa demonstração de sua erudição.

Diante dessas palavras, Von Thuringen e Landau fizeram o sinal da cruz, com Von Thuringen chegando ao ponto de beijar um pesado anel de ouro que usava na mão direita. Landau sabia que ele continha uma relíquia minúscula da Cruz Verdadeira, da Cavalaria. Desejava que tivesse posse de um talismã como aquele para acalmar os nervos.

A reação de Köten foi inclinar a cabeça de lado e cuspir no chão. O rei e seus cortesãos se imobilizaram diante daquilo e tons variados de cor apareceram nas bochechas de Bela. Antes que ele pudesse agir, talvez ordenar o sujeito a lamber o próprio cuspe, Köten falou:

— Eles não são tártaros, majestade. São guerreiros mongóis. Movem-se rapidamente e esmagam qualquer coisa viva que esteja no caminho. Se o senhor tem amigos, meu rei, chame-os agora. O senhor precisará de todos.

Os olhos do rei estavam frios enquanto observava o salão abaixo.

— Eu dei refúgio ao seu povo, Köten. *Duzentos mil* de sua tribo, de suas famílias. Vocês atravessaram as montanhas para se livrar desses... guerreiros mongóis, não foi? Na época você não estava tão bem-vestido, Köten. Estava esfarrapado e perto da morte. No entanto eu o recebi. Dei terras e comida de minha própria mão.

— Em troca de aceitar o corpo e o sangue, majestade — respondeu Köten. — Eu mesmo fui batizado em... nossa fé.

— Este é o presente do Espírito, o favor de Deus a você. O preço do mundo ainda tem de ser pago, Köten.

O homem pequeno apertou as mãos às costas enquanto esperava. Landau ficou fascinado. Tinha ouvido falar do êxodo em massa de refugiados da Rússia, deixando seus mortos em montanhas congeladas para não serem caçados. Simplesmente as histórias que eles haviam espalhado sobre aquela "Horda Dourada" de mongóis fizeram o trabalho de um exército. Metade da Hungria sentia tremores diante da ameaça e dos boatos sobre fumaça preta nas montanhas. Landau podia ver a brancura nos nós dos dedos de Köten contra a pele escura, enquanto o rei Bela continuava:

— Se eu for contá-lo como amigo, precisarei de cada guerreiro sob seu comando. Fornecerei as armas de que eles precisarem e lhes darei boa sopa para mantê-los quentes, combustível para as fogueiras, forragem para os cavalos, sal para a comida. Seu juramento foi feito, Köten. Como seu soberano, minhas ordens são para ficar e enfrentar o inimigo comigo. Não tema por seu povo. Esta é a minha terra. Eu vou pará-los aqui.

Ele fez uma pausa e por um tempo Köten deixou o silêncio continuar. Por fim, como se exausto, seus ombros baixaram.

— Seus aliados mandarão exércitos? O papa? O sacro imperador romano?

Foi a vez de o rei Bela ficar rígido e imóvel. O papa Gregório e o imperador Frederico estavam envolvidos na própria luta. Ele havia tentado convencê-los a mandar homens e armas durante mais de um ano, desde que os refugiados tinham vindo da Rússia. O rei Frederico tinha mandado os Cavaleiros Teutônicos: mil cento e noventa homens escolhidos no ano de fundação da ordem e jamais excedendo esse número. Eram lutadores lendários, mas contra a Horda Dourada de guerreiros selvagens, Bela podia imaginá-los sendo varridos como folhas numa tempestade. Mesmo assim mostrou apenas confiança aos homens de cujo apoio necessitava.

— O rei Boleslav da Cracóvia me prometeu um exército, o duque Henrique da Silésia também, assim como o rei Venceslau da Boêmia. *Haverá* novos reforços na primavera. Enquanto isso, temos meus homens da Hungria, Köten: seis mil soldados, todos treinados e ansiosos para defender a terra. E temos os cavaleiros, Köten. Eles sustentarão a linha. Com seus cavaleiros, posso pôr em campo 100 mil soldados. — Ele sorriu com o pensamento de um número tão colossal. — Resistiremos ao pior que eles puderem nos oferecer e atacaremos de volta na época do degelo, terminando para sempre essa ameaça à paz.

Köten suspirou.

— Muito bem. Posso trazer meus 40 mil para essa dança, meu rei. Nós resistiremos. — Ele deu de ombros. — No inverno não há para onde se virar, pelo menos um lugar onde eles não possam nos alcançar.

Von Thuringen tossiu em sua mão coberta pela cota de malha. O rei olhou para ele do outro lado do salão de audiências e aquiesceu graciosamente. O cavaleiro marechal da Ordem Teutônica coçou a barba por um momento, procurando entre os pelos densos alguma pulga ou um piolho na pele.

— Sua majestade, senhor Köten. O imperador Frederico não nos mandou. Ele é a autoridade sobre a terra, e não sobre as almas dos homens. Vimos por causa dos irmãos cristãos da Rússia, recém-convertidos à Fé Verdadeira. Ficaremos entre essas famílias e a tempestade. Não é mais do que nosso dever.

No salão ao redor, outros nobres deram um passo adiante para oferecer seus soldados e casas à causa do rei. Landau esperou até que eles tivessem terminado, antes de também jurar seus oitocentos cavaleiros da Livônia ao serviço. Viu que Köten parecia pouco impressionado e sorriu ligeiramente para ele. Como um daqueles "recém-convertidos" que Von Thuringen havia mencionado, Köten ainda não fazia ideia da força dos homens armados em Cristo. Os cavaleiros eram poucos em número, mas cada um era mestre nas armas, tão forte no campo quando na fé em Deus. Apesar de toda a sua reputação temível, ele tinha certeza de que o exército mongol iria se partir contra os cavaleiros como uma onda numa pedra.

— Todo rei deveria ter seguidores assim — disse Bela, satisfeito com o apoio explícito. Pela primeira vez não teria de pagar por acordos e persuadir ou subornar seus senhores feudais para se salvarem. — O inimigo se reuniu ao pé dos montes Cárpatos. Não estão a mais de 500 quilômetros daqui, com os rios Danúbio e Sajo entre nós. Temos um mês, talvez dois no máximo, para nos preparar. Eles não estarão aqui antes da primavera.

— Majestade — disse Köten, durante a pausa. — Eu os vi em movimento. É verdade que o acampamento inteiro demoraria esse tempo para nos alcançar, mas os *tumans*, os exércitos de ataque, podem atravessar essa quantidade de terreno em oito dias. Se eles não passassem os verões descansando, majestade, poderiam ter chegado aqui há muito tempo. Entraram em Moscou pelo rio congelado. Eles correm como lobos no inverno, enquanto os outros homens dormem. Deveríamos estar preparados, pelo menos o máximo possível.

O rei Bela franziu a testa. De pé acima deles, torceu um ornamentado anel de ouro numa das mãos com os dedos da outra, um gesto de nervosismo que não passou despercebido para Köten e os outros senhores presentes. Tinha ascendido ao trono apenas seis anos antes, com a morte do pai. Nada em sua experiência o havia preparado para o tipo de guerra que enfrentava agora. Por fim concordou.

— Muito bem. Marechal Von Thuringen, o senhor levantará acampamento hoje e irá até Buda e Pest, para supervisionar os preparativos. Estaremos prontos quando eles vierem.

O rei estendeu a mão e o senescal desembainhou uma espada longa e a entregou. Diante de todos eles, Bela ergueu a lâmina e cortou o antebraço. Permaneceu impassível enquanto o sangue corria, usando a mão para espalhá-lo por toda a lâmina, até que a maior parte da prata estivesse vermelha.

— Senhores, estão vendo o sangue real da Hungria. Façam uma dúzia como esta e levem as espadas aos povoados e às cidades. Levantem-nas no alto. O povo vai atender ao chamado de seus nobres, ao chamado do rei às armas. Nós *vamos* defender o reino. Que este seja o sinal.

Tsubodai estava de pé, enrolado em peles, estendendo as mãos para uma fogueira crepitante. A fumaça subia e seu olhar a acompanhava, indo até os caibros antigos no celeiro. O lugar fora abandonado havia muito tempo pelo proprietário e parte do teto havia se encurvado e quebrado. Cheirava a cavalos e palha e estava bastante seco, pelo menos numa das extremidades. Não era um grande lugar para dar início à conquista de um país, mas não havia outro ponto nos campos congelados que se estendiam até o horizonte. Ficou olhando quando um pedaço de gelo grudado na porta aberta caiu e franziu os olhos ao ver aquilo. Certamente era apenas o calor da fogueira alcançando-o. No entanto, esta era uma terra nova. Ele não sabia nada sobre as estações ou quanto tempo o inverno duraria.

Seus sete generais esperavam pacientemente, mastigando ruidosos o pão com carne e passando um gordo odre para tomar goles de airag que os mantinham quentes.

O principal *minghaan* de Kachiun, Ilugei, havia assumido o *tuman*. Com o tempo um novo general seria nomeado por ordem do cã, mas no campo Tsugei havia promovido Ilugei. Não era coincidência o sujeito ser grisalho e ter o corpo magro e musculoso, com quase 40 anos, e ser um dos que haviam treinado na guarda pessoal de Gêngis. Tsubodai já estava farto dos jovens leões que Batu havia reunido ao seu redor. Preferiria Khasar, se esse não estivesse a quase 8 mil quilômetros de distância, em Karakorum. Precisava de homens confiáveis se quisesse levar o exército até o mar.

— Ouçam-me — disse, sem preâmbulos. Fez apenas uma pausa enquanto os generais paravam de comer e chegavam mais perto para escutar. — Quanto mais formos para o oeste, mais perigo virá dos flancos. Se prosseguirmos, será como um golpe de lança no centro de um exército: cada passo representa um risco maior.

Não olhou para Batu enquanto falava, mas o príncipe sorriu. Tsubodai parou para tomar um gole de airag, sentindo o calor se espalhar pelo estômago.

— Vou dividir o exército em três. Baidur e Ilugei vão golpear ao norte. Meus batedores dizem que há um exército perto de uma cidade chamada Cracóvia. Suas ordens são de removê-lo do campo e queimar a cidade. Os pequenos reis de lá não podem ter a chance de se formar no nosso flanco.

Ele encarou Ilugei.

— Você tem mais anos de experiência do que Baidur, que é novo no papel. — Tsubodai sentiu Baidur se enrijecer enquanto via a própria autoridade ser ameaçada diante de seus olhos. Continuou: — Você pode aceitar o comando dele, Ilugei?

— Posso, orlok — respondeu Ilugei, baixando a cabeça.

Baidur soltou a respiração. Era uma coisa pequena, mas Tsubodai havia escolhido um dos adeptos de Batu e o favorecido deliberadamente.

— Guyuk e Mongke, as terras ao sul devem ser devastadas. Vocês levarão seus *tumans* para o sul. Limpem a terra de qualquer pessoa capaz de pôr em campo uma força de homens ou cavalos. Quando tiverem queimado a terra, retornem para me apoiar.

— E eu, orlok? — perguntou Batu, em voz baixa. Estava franzindo a testa profundamente ao ouvir que Guyuk iria para o sul, para bem longe dele. — Onde quer que *eu* fique?

— Ao meu lado, claro — respondeu Tsubodai, com um sorriso. — Você e eu atacaremos para o oeste com Jebe, Chulgetei e o exército a pé que comandamos. Com três *tumans* vamos arrasar a Hungria juntos, enquanto nossos irmãos liberam os flancos.

Não houve cerimônia enquanto os homens saíam do velho celeiro. Tsubodai viu como Batu fez menção de dar um tapa nas costas de Guyuk, mas havia uma tensão no rosto dos dois. Haviam lutado e cavalgado tendo os olhos de Tsubodai sobre eles e outros *tumans* prontos para cavalgar em apoio. Não tinham medo da responsabilidade. Cada homem ali recebia bem a chance de agir por conta própria. Por isso haviam buscado o poder e ele chegara até eles aos pés dos Cárpatos, das mãos de Tsubodai. Só Batu, Jebe e Chulgetei permaneceriam. Os três estavam um pouco pensativos enquanto viam os outros começarem a correr para alcançar rapidamente seus guerreiros.

— Parece uma corrida, não é? — disse Jebe.

Batu virou os olhos frios para ele.

— Não para mim. Parece que devo ficar com minha ama de leite e você.

Jebe gargalhou e se espreguiçou para tirar a rigidez das costas.

— Você pensa demais, Batu, sabia? — disse, e se afastou, ainda sorrindo.

Ogedai estava nos jardins de Karakorum, olhando o sol se pôr, sentado num banco de pedra. Sentia-se em paz ali, de um modo que jamais poderia explicar ao pai. Deu um riso baixinho. Até mesmo pensar em Gêngis era como levar sombras mais escuras para os bosques. Ogedai adorava os jardins no verão, mas no inverno eles tinham uma beleza diferente. As árvores estavam nuas, os galhos estendidos e esperando silenciosos a vida verdejante. Era um tempo de escuridão e desejo, de iurtas aconchegantes e airag aquecido, de estar enrolado em várias camadas de roupa por causa do vento. A vida nas iurtas era uma coisa da qual ele sentia falta no palácio de Karakorum. Até havia pensado em mandar construir uma num pátio, antes de descartar a ideia como tolice. Não poderia voltar a uma vida mais simples, agora que a deixara para trás. Esse era um desejo infantil, dos dias nos quais sua mãe e seu pai ainda eram vivos. Sua avó Hoelun vivera por tempo suficiente para perder a mente e as memórias e ele estremeceu ao pensar nos últimos dias dela. No fim, a primeira mãe da nação havia se tornado uma criança balbuciante, incapaz até mesmo de se limpar. Ninguém desejaria esse destino para um inimigo, quanto mais para uma pessoa amada.

Esticou as costas, aliviando as cãibras depois de um dia sentado falando. Falava-se demais numa cidade. Era quase como se as ruas fossem construídas de palavras. Sorriu ao pensar na reação de seu pai a todas as reuniões que ele tivera naquele dia. Os problemas de água limpa e tubulações de esgoto teriam deixado Gêngis entediado.

Ogedai abriu os olhos enquanto a luz do sol golpeava Karakorum. A cidade estava lavada em ouro escuro, fazendo cada linha se destacar com clareza extraordinária. Seus olhos não eram tão afiados quanto antes e ele gostou da luz e do que ela revelava. Ele fizera Karakorum e mais ninguém. Certamente não seu pai. A torre do palácio lançava uma sombra comprida pela cidade construída no ermo. Ela ainda era jovem, mas com o tempo seria o verdadeiro coração da nação, o assento dos cãs. Imaginou como iriam lembrá-lo nos séculos vindouros.

Estremeceu ligeiramente enquanto a brisa da tarde ficava mais forte. Com um gesto rápido, apertou o dil com força no peito, mas depois deixou-o abrir de novo. Como teria sido sua vida sem a fraqueza da carne? Suspirou lentamente, sentindo as batidas irregulares no peito. Havia cansado de esperar. Lançara-se na batalha para dominar o terror, cavalgado contra um exército inimigo como se o medo fosse uma cobra que devia ser esmagada sob a sandália. Em resposta, ele cravara as garras no calcanhar do medo e o jogara na escuridão. Havia ocasiões em que pensava que ainda não saíra daquele poço.

Balançou a cabeça, lembrando, tentando não pensar em Tolui e no que o irmão fizera por ele. Um homem corajoso podia dominar o medo, ele havia aprendido isso, mas talvez apenas por um tempo. Era algo que os jovens não entendiam, como o medo podia corroer o homem e voltava cada vez mais forte, até que você estivesse sozinho e ofegando na tentativa de respirar.

Esmagara-se no desespero, desistindo da luta, cedendo. Sorhatani o puxara de volta e dera esperança de novo, mas ela jamais saberia como era uma *agonia* sentir esperança. Como ele poderia viver com o peso da morte em seus ombros, agarrando-o por trás, pesando? Ele a havia encarado. Juntara a coragem e levantara a cabeça, mas ela não desviou o olhar. Nenhum homem podia ser forte o dia *todo*, a noite toda. Ela o esgotara até virar coisa alguma.

Ogedai pousou as mãos nos joelhos, virando-as para cima para ver as palmas. O calo tinha começado a retornar, mas ele tivera bolhas pela primeira vez em anos. Uma ou duas ainda soltavam líquido, depois de apenas uma hora com a espada e o arco naquela tarde. Podia sentir a força voltando, mas muito lentamente. Em sua juventude pudera convocar o corpo sem pensar, mas mesmo na época seu coração era fraco. Levou uma das mãos ao pescoço e enfiou os dedos sob a túnica de seda sobre o peito, sentindo as batidas irregulares. Parecia uma coisa frágil, como um pássaro.

Uma dor súbita assustou-o. Era como se tivesse sido golpeado, e enquanto a visão ficava turva, virou-se para ver quem o acertara. Tateou a cabeça procurando sangue, levando as mãos perto dos olhos. Estavam limpas. Outro espasmo o fez se curvar, apoiando-se nos joelhos como se pudessem empurrá-lo para longe. Ofegou alto. Sua pulsação batia forte nos ouvidos, um martelo latejando pelo corpo.

— Pare — disse, furioso.

Seu corpo era o inimigo, o coração era o traidor. Ele iria dominá-lo. Apertou o punho e comprimiu-o contra o peito, ainda curvado sobre os joelhos. Outra dor o acertou, pior do que a anterior. Gemeu e virou a cabeça para trás, olhando o céu que ia escurecendo. Tinha sobrevivido antes. Iria esperar que aquilo passasse.

Não sentiu quando tombou, escorregando de lado e caindo do banco, de modo que as pedras do caminho comprimiram sua bochecha. Podia ouvir o coração batendo em pancadas fortes e lentas, depois nada, apenas um silêncio medonho que continuou e continuou. Pensou que podia escutar a voz do pai e quis chorar, mas não havia mais lágrimas, apenas escuridão e frio.

CAPÍTULO 26

Sorhatani foi arrancada do sono pelo estalo no piso. Acordou com um susto e viu Kublai parado junto à cama, sério. Os olhos dele estavam vermelhos e de repente ela teve medo do que ele diria. Apesar de os anos terem passado, a lembrança da morte de Tolui ainda era dolorosamente fresca. Sentou-se rapidamente, puxando os cobertores em volta do corpo.
— O que foi?
— Parece que seus filhos têm a maldição de trazer más notícias, mãe — respondeu Kublai. E desviou o olhar enquanto ela se levantava e tirava a camisola amarrotada, vestindo as roupas do dia anterior.
— Conte — pediu ela, puxando os botões de uma túnica.
— O cã está morto. Ogedai morreu — respondeu Kublai, olhando pela janela, para a noite lá fora na cidade. — Seus guardas o encontraram. Eu os ouvi e fui ver.
— Quem mais sabe? — perguntou Sorhatani, tendo esquecido todo o sono enquanto a notícia se assentava.
Kublai deu de ombros.
— Mandaram alguém contar a Torogene. O palácio ainda está quieto, pelo menos por enquanto. Eles o encontraram no jardim, mãe, sem qualquer marca.

— Graças a Deus por isso, pelo menos. O coração dele era fraco, Kublai. Nós, que sabíamos, vínhamos temendo este dia durante muito tempo. Você viu o corpo?

Ele se encolheu diante da pergunta e da lembrança que ela evocava.

— Vi. E vim logo lhe contar.

— Você fez bem. Escute. Há coisas que devemos fazer agora, Kublai, enquanto a notícia começa a se espalhar. Caso contrário, antes do verão você verá seu tio Chagatai passar cavalgando pelos portões de Karakorum para reivindicar seu direito de nascença.

Seu filho olhou-a, incapaz de compreender a frieza súbita.

— Como podemos impedi-lo? — perguntou. — Como alguém pode impedi-lo?

Sorhatani já estava indo para a porta.

— Ele não é o herdeiro, Kublai. Guyuk está na linhagem e no caminho. Devemos mandar um cavaleiro veloz até o exército de Tsubodai. Guyuk corre perigo a partir deste momento, até ser declarado cã por uma assembleia da nação, assim como aconteceu com o pai dele.

Kublai olhou-a boquiaberto.

— Você tem alguma ideia de como eles estão longe?

Ela parou com a mão na porta.

— Não importa se Guyuk estiver no fim do mundo, filho. Ele deve ser informado. O yam, Kublai, os postos de estrada. Há cavalos suficientes entre nós e Tsubodai, não há?

— Mãe, você não entende. São mais de 6 mil quilômetros, talvez 8. Demoraria meses para levar a notícia.

— E daí? Escreva a notícia em pergaminhos — disse ela rispidamente. — Não é assim que a coisa funciona? Mande um cavaleiro com uma mensagem lacrada, somente para Guyuk. Os mensageiros podem entregar uma mensagem pessoal numa distância tão grande?

— Podem — respondeu Kublai, espantado com o empenho dela. — Podem, claro.

— Então corra, garoto! Corra ao escritório de Yao Shu e escreva a notícia. Faça com que ela chegue até quem deve recebê-la. — Ela tirou um anel da mão e o colocou na palma dele. — Use o anel de seu pai para o lacre de cera e ponha o primeiro cavaleiro a caminho. Faça-o entender que nunca houve uma mensagem tão importante quanto esta. Se já houve um motivo para criar a linha de batedores, é este.

Kublai foi rapidamente pelos corredores. Sorhatani mordeu o lábio enquanto o olhava ir, antes de se virar na outra direção, para os aposentos de Torogene. Já podia escutar vozes altas em algum lugar próximo. A notícia não seria mantida na cidade. Enquanto o sol nascesse, ela voaria de Karakorum e seguiria para todas as direções. Sentiu a tristeza inchar por dentro quando pensou em Ogedai, mas a empurrou para dentro, apertando os punhos. Não havia tempo para lamentar. O mundo jamais seria o mesmo depois daquele dia.

Kublai tinha motivos para agradecer à sua mãe quando se sentou à escrivaninha de Yao Shu. A porta das salas de trabalho do ministro tinha sido substituída pelos carpinteiros, mas os buracos das novas fechaduras ainda estavam esperando, limpos e lixados. Ela se abrira com um simples empurrão e Kublai tremeu no frio enquanto pegava uma caixa de acendalha jin e criava fagulhas com uma pederneira e ferro até que um fiapo de palha pegou fogo. A lâmpada era pequena e ele a manteve bem protegida com os anteparos, mas já havia vozes e movimentos no palácio. Procurou água, mas não encontrou, por isso cuspiu na pedra de tinta e enegreceu os dedos esfregando até formar uma pasta. Yao Shu mantinha seus pincéis de pelo de castor bem organizados e Kublai trabalhou rapidamente com o mais fino, marcando os caracteres jin no pergaminho com precisão delicada.

Mal havia terminado algumas linhas nítidas e secado com areia quando a porta se abriu rangendo e ele ergueu os olhos nervosamente, vendo Yao Shu parado, com roupa de dormir.

— Não tenho tempo para explicar — disse Kublai rapidamente, enquanto se levantava.

Dobrou o pergaminho de pele de cabra batida e esticada até ficar fina como seda amarela. As linhas que mudariam a nação estavam escondidas e, antes que Yao Shu pudesse falar, Kublai pingou cera e a apertou com o anel de seu pai, deixando uma impressão funda. Encarou o ministro de Ogedai com expressão tensa. Yao Shu olhou para o pergaminho bem dobrado e a cera brilhante enquanto Kublai o balançava para secar. Não conseguia entender a tensão que via no rapaz.

— Eu vi a luz. Parece que metade do palácio está acordada — disse Yao Shu, bloqueando deliberadamente a porta enquanto Kublai ia para ela. — Você sabe o que está acontecendo?

— Não é meu dever lhe contar, ministro — respondeu Kublai. — Estou a serviço do cã. — Ele encarou Yao Shu com firmeza, recusando-se a se submeter.

— Creio que devo insistir numa explicação para essa... invasão antes de deixá-lo ir.

— Não, você não vai insistir. Isso não é da sua conta, ministro. É uma questão de família.

Kublai não deixou a mão deslizar até a espada que estava presa ao quadril. Sabia que o ministro não seria intimidado por uma arma. Os dois mantiveram o olhar fixo e Kublai permaneceu quieto, esperando.

Com uma careta, Yao Shu ficou de lado para deixá-lo passar, o olhar pousando na mesa com a pedra de tinta ainda molhada e o material de escrita espalhado em desalinho. Abriu a boca para fazer outra pergunta, mas Kublai já havia desaparecido, os passos ecoando.

A estação do yam não ficava longe, o eixo central de uma rede que se estendia até as terras jin no leste e mais além. Kublai correu pelas construções externas do palácio, atravessando um pátio e um claustro em volta de um jardim, onde o vento o alcançou e passou por ele com um hálito frio. Podia ver tochas no jardim, iluminando um ponto a distância enquanto homens se reuniam junto ao corpo do cã. Em pouco tempo Yao Shu ouviria a terrível notícia.

Fora do palácio, correu por uma rua tornada cinza no alvorecer. Escorregou nas pedras enquanto virava uma esquina e viu as lâmpadas do yam. Sempre havia alguém acordado ali, a qualquer hora do dia. Gritou enquanto passava sob o arco de pedra entrando num pátio grande, com baias de cavalos dos dois lados. Parou ofegando e ouviu um pônei bufar e bater na porta da baia com o casco. Talvez o animal sentisse a agitação que o dominava; não sabia.

Passaram-se apenas alguns instantes quando uma figura corpulenta veio ao pátio. Kublai viu que o mestre do yam tinha somente uma das mãos. Seu cargo era uma compensação por ter perdido a capacidade de lutar. Tentou não olhar para o cotoco enquanto o homem se aproximava.

— Falo com a autoridade de Sorhatani e Torogene, esposa de Ogedai Khan. Isto tem de chegar ao exército de Tsubodai mais rapidamente do que vocês já correram antes. Mate homens e cavalos se for preciso, mas leve isso às mãos de Guyuk, o herdeiro. De ninguém mais, além de Guyuk. Somente nas mãos dele. Entendeu?

O velho guerreiro olhou-o boquiaberto.

— O que é tão urgente? — começou. Parecia que a notícia ainda não havia se espalhado até os que viviam de transportá-la. Kublai tomou uma decisão. Precisava que o sujeito andasse depressa e não desperdiçasse nem mais um instante.

— O cã morreu — disse, em tom ríspido. — O herdeiro deve saber. Agora ande ou desista de seu posto.

O homem já estava se virando e gritando para quem estivesse de serviço naquela noite. Kublai ficou para ver o pônei ser levado até um jovem cavaleiro taciturno. O mensageiro se enrijeceu ao ouvir a ordem de matar cavalos e homens, mas entendeu e aquiesceu. Os papéis foram postos no fundo de uma sacola de couro que o mensageiro prendeu firmemente às costas. Correndo, os serviçais do yam trouxeram uma sela que tilintava a cada movimento.

O pônei escolhido para a tarefa levantou a cabeça ao ouvir o som, bufando de novo e balançando as orelhas. Sabia que o som dos sinos de sela significava correr depressa e para longe. Kublai viu o cavaleiro bater os calcanhares e sair a meio-galope por baixo do arco, pela cidade que acordava. Coçou o pescoço, sentindo a rigidez. Tinha feito sua parte.

Torogene estava acordada e chorando quando Sorhatani chegou aos aposentos dela. Os guardas junto à porta deixaram-na passar sem mais do que um olhar diante de sua expressão.

— Você soube? — perguntou Torogene.

Sorhatani abriu os braços e ela a abraçou. Sendo maior do que Sorhatani, os braços de Torogene a envolveram totalmente, de modo que as duas ficaram agarradas.

— Estou indo para o jardim — disse Torogene. Ela soluçava de tristeza, à beira de desmoronar. — Os guardas estão perto... dele, me esperando.

— Primeiro preciso lhe falar — disse Sorhatani.

Torogene balançou a cabeça.

— Depois. Não posso deixá-lo lá, sozinho.

Sorhatani avaliou suas chances de impedir Torogene e desistiu.

— Deixe-me ir com você.

As duas seguiram rapidamente pelos corredores que levavam aos jardins abertos, com os guardas e serviçais de Torogene acompanhando-as. Enquanto andavam, Sorhatani ouviu Torogene engasgar contra as mãos e o som abalou seu autocontrole. Ela também perdera um marido e a dor ainda era recente, e fora reaberta pela notícia do falecimento do cã. Tinha a sensação desagradável de ver os acontecimentos fugindo ao seu controle. Quanto tempo iria se passar até que Chagatai soubesse que o irmão finalmente havia tombado? Quanto tempo se passaria até que ele fosse a Karakorum para reivindicar o canato? Se ele se movesse rapidamente, conseguiria levar um exército antes que Guyuk pudesse voltar para casa.

Sorhatani perdeu a conta das esquinas e curvas no palácio até que ela e Torogene sentiram a brisa no rosto e os jardins estavam diante das duas, através de um claustro. As tochas dos guardas continuavam iluminando o lugar, mas o alvorecer havia chegado. Torogene deu um grito e saiu correndo. Sorhatani permaneceu com ela, sabendo que não podia interromper.

Quando chegaram ao banco de pedra, Sorhatani ficou estática, deixando Torogene dar os últimos passos até o marido. Os guardas estavam parados numa raiva silenciosa, incapazes de ver um inimigo, mas consumidos pelo fracasso de seu dever.

Ogedai tinha sido virado por quem o encontrara, para encarar o céu. Seus olhos tinham sido fechados e ele estava na perfeita imobilidade da morte, a pele pálida como se não existisse nenhum sangue. Sorhatani limpou as lágrimas enquanto Torogene se ajoelhava ao lado dele e afastava seu cabelo com a mão. Não falou nem chorou. Em vez disso, sentou-se nos calcanhares e olhou-o por longo tempo. A brisa passou por todos eles e o jardim farfalhou. Em algum lugar próximo, um pássaro piou, mas Torogene não levantou os olhos nem se moveu.

Yao Shu chegou em meio ao silêncio, ainda usando roupas de dormir e com o rosto quase tão pálido quanto o de seu senhor. Pareceu envelhecer e encolher enquanto olhava o cã. Não falou. O silêncio era profundo demais para isso. Sofrendo, ficou parado como uma das sombras de sentinela no jardim. O sol nasceu lentamente e mais de um homem o olhou quase com ódio, como se sua luz e sua vida não fossem bem-vindas.

À medida que a claridade transformava a cidade num ouro sangrento, Sorhatani finalmente avançou e segurou Torogene suavemente pelo braço.

– Venha agora – murmurou. – Deixe que eles o levem para prepará-lo.

Torogene balançou a cabeça e Sorhatani se curvou perto dela, sussurrando em seu ouvido:

– Ponha a dor de lado por hoje. Você deve pensar no seu filho, Guyuk. Ouviu, Torogene? Você precisa ser forte. Deve derramar as lágrimas por Ogedai em outro dia, se quiser que seu filho sobreviva.

Torogene piscou lentamente e começou a balançar a cabeça uma vez, depois duas, enquanto escutava. Lágrimas saíram das pálpebras fechadas e ela se abaixou e beijou Ogedai nos lábios, estremecendo sob a mão de Sorhatani ao sentir o frio terrível nele. Jamais sentiria de novo seu calor, seus braços envolvendo-a. Tocou as mãos, passando os dedos sobre os calos novos. Agora eles não iriam se curar. Depois se levantou.

– Venha comigo – disse Sorhatani baixinho, como se para um animal amedrontado. – Vou preparar um chá e arranjar algo para você comer. Você tem que permanecer forte, Torogene.

Torogene concordou e Sorhatani guiou-a de volta pelo claustro, até seus aposentos. Olhava de volta praticamente a cada passo, até que o jardim escondeu Ogedai. Os serviçais correram adiante para que o chá estivesse pronto quando elas chegassem.

As duas entraram nos aposentos de Sorhatani. Sorhatani viu os guardas assumirem posição à porta e percebeu que eles também estavam desorientados. A morte do cã havia quebrado a ordem estabelecida e eles pareciam praticamente perdidos.

– Tenho ordens para vocês – disse, num impulso. Os homens se empertigaram. – Mandem um mensageiro ao seu comandante, Alkhun. Digam para ele vir imediatamente aqui.

— À sua vontade, senhora — disse um dos guardas, baixando a cabeça. Ele partiu e Sorhatani mandou os serviçais saírem. A urna do chá já estava começando a soltar vapor e ela precisava ficar a sós com a esposa de Ogedai.

Quando fechou a porta, Sorhatani viu que Torogene estava sentada olhando-a com expressão fixa, atordoada de sofrimento. Agitou-se, deliberadamente fazendo barulho com as xícaras. O chá não estava totalmente quente, mas teria de servir. Ela se odiou por se intrometer num sofrimento privado, mas não tinha como evitar. Sua mente estivera lançando fagulhas desde o momento em que acordara e vira Kublai parado perto da cama. Alguma parte dela sabia antes mesmo de ele falar.

— Torogene? Mandei um mensageiro a Guyuk. Está ouvindo? Lamento de verdade o que aconteceu. Ogedai... — Ela engasgou como se seu sofrimento ameaçasse dominá-la. Também havia amado o cã, mas forçou a tristeza para longe de novo, comprimindo-a num recanto da mente, de modo a prosseguir. — Ele era um bom homem, Torogene. Meu filho Kublai mandou uma carta a Guyuk, com os cavaleiros do yam. Ele disse que ela vai demorar meses para alcançá-lo. Não creio que Guyuk retorne com a mesma velocidade.

Torogene levantou a cabeça de súbito. Seus olhos estavam terríveis.

— Por que ele não viria para casa, para mim? — perguntou, com a voz embargada.

— Porque nesse ponto ele saberá que seu tio Chagatai pode estar na cidade com seus *tumans*, Torogene. Chagatai saberá da notícia mais depressa e está mais perto do que os exércitos de Tsubodai. Quando Guyuk retornar, Chagatai já poderá ser cã. Não, escute agora. Nesse ponto eu não apostaria uma moeda de cobre na vida do seu filho. Isso é que está em jogo, Torogene. Ponha de lado o sofrimento e escute o bom-senso.

O som de botas nas pedras do lado de fora fez as duas levantarem os olhos. O principal *minghaan* dos guardas do cã entrou no cômodo com armadura completa. Fez uma breve reverência às mulheres, incapaz de esconder a irritação diante daquele chamado. Sorhatani olhou-o sem emoção. Alkhun podia não ter percebido como o poder havia mudado no palácio desde o amanhecer, mas ela percebera.

— Não desejo me intrometer em seu sofrimento — disse Alkhun. — As senhoras entenderão que meu lugar é com o *tuman* da guarda, mantendo a ordem. Quem sabe como a cidade vai reagir quando a notícia se espalhar? Pode haver tumultos. Se me derem licença...

— Quieto! — reagiu Sorhatani, rispidamente. Alkhun se imobilizou espantado, mas ela não lhe deu tempo para pensar e perceber o erro. — Você entraria na presença do cã sem ao menos bater à porta? Então por que mostra menos honra para nós? Como ousa interromper?

— Eu fui... convocado — gaguejou Alkhun, o rosto ficando vermelho. Fazia muitos anos desde que alguém levantara a voz para ele com raiva. A surpresa o fez hesitar.

Sorhatani falou lentamente, com confiança total:

— Eu tenho o título das terras ancestrais, *minghaan*. Há apenas uma pessoa nesta nação acima de mim. E ela está aqui. — Sorhatani viu que Torogene a olhava perplexa, mas continuou: — Até que Guyuk chegue a Karakorum, a mãe dele é regente. Se isso não estiver óbvio até mesmo para os homens mais inferiores, faço com que esteja decretado a partir deste momento.

— Eu... — começou Alkhun, depois ficou quieto enquanto pensava.

Sorhatani estava disposta a aguardar e serviu mais chá, esperando que nenhum dos dois notasse como suas mãos trêmulas faziam as xícaras tilintarem.

— A senhora está correta, claro — disse Alkhun, quase com alívio. — Lamento tê-las perturbado, senhora. Minha senhora. — Ele fez uma reverência de novo, para Torogene, desta vez muito mais profunda.

— Terei sua cabeça se você me desagradar de novo, Alkhun — continuou Sorhatani. — Por enquanto garanta a segurança da cidade, como você mesmo disse. Informarei os detalhes do funeral assim que os tiver.

— Sim, senhora — respondeu Alkhun. O mundo havia parado de girar loucamente, pelo menos naqueles aposentos. Ele não sabia se a sensação de caos retornaria quando estivesse do lado de fora.

— Traga seus nove oficiais de *minghaan* para a sala de audiências principal ao pôr do sol. Então terei mais ordens. Não duvido de que Chagatai Khan estará pensando em atacar Karakorum, Alkhun. Ele não deve pôr um pé nesta cidade, entende?

— Entendo — respondeu Alkhun.

— Então deixe-nos — disse Sorhatani, balançando a mão para dispensá-lo.

Ele fechou a porta com cuidado depois de sair e Sorhatani deu um suspiro enorme. Torogene estava olhando-a com olhos arregalados.

— Que todas as nossas batalhas corram tão bem assim — disse Sorhatani, séria.

Baidur cavalgava ao norte com um orgulho feroz no coração, deixando Tsubodai e Batu para trás. Suspeitava que Ilugei informaria de volta cada ação sua, mas não se sentia intimidado ao pensar naquela prova de fogo. Seu pai Chagatai o treinara em todas as disciplinas e táticas — e seu pai era filho de Gêngis Khan. Baidur não tinha ido para o ermo despreparado. Só esperava ter a chance de usar parte das coisas que havia guardado em cavalos de reserva. Tsubodai lhe dera aprovação para deixar as carroças para trás. O vasto rebanho de pôneis que viajavam com um *tuman* podia carregar quase tudo, a não ser as vergas das catapultas pesadas.

Era difícil esconder a alegria visível enquanto cavalgava com dois *tumans* por terras que jamais imaginara. Percorriam cerca de 100 quilômetros por dia, segundo as melhores avaliações. A velocidade era importante, Tsubodai havia deixado claro, mas Baidur não podia deixar exércitos para trás. Por isso tomara um caminho quase diretamente ao norte dos montes Cárpatos. Assim que estivesse em posição, iria para o oeste, em combinação com Tsubodai, derrubando tudo que estivesse no caminho. Seus homens tinham começado a devastar a terra enquanto chegavam a uma posição tendo Cracóvia a oeste e Lublin adiante.

Enquanto puxava as rédeas, Baidur olhou as muralhas de Lublin com expressão azeda. A terra ao redor era estéril no inverno, os campos pretos e desnudos. Apeou para sentir o solo, esfarinhando a terra preta nas mãos antes de ir adiante. Era uma terra boa. Só terra rica e cavalos podiam despertar uma cobiça verdadeira nele. Ouro e cidades não significavam nada; seu pai havia lhe ensinado isso. Baidur nunca tinha ouvido falar em Cracóvia até que Tsubodai lhe dera o nome, mas estava ansioso para reivindicar os principados poloneses para o cã. Era até mesmo possível que Ogedai recompensasse um general bem-sucedido com um canato. Coisas estranhas já haviam acontecido.

Tsubodai lhe dera pergaminhos com tudo o que sabia sobre a terra adiante, mas ele ainda não tivera chance de lê-los. Não havia problema. Não importando quem ele encontrasse, todos seriam ceifados como trigo.

Montou de novo e cavalgou mais para perto da cidade. Não faltava muito para o pôr do sol e os portões estavam fechados para ele. Enquanto se aproximava, viu que as muralhas eram sustentadas com apoios, mostrando os remendos e as marcas de gerações de consertos malfeitos. Em alguns lugares havia pouco mais do que uma barreira de madeira empilhada e pedra. Sorriu. Tsubodai esperava velocidade e destruição.

Virou-se para Ilugei, que ficou montado observando-o com expressão impassível.

— Vamos esperar a escuridão. Um *jagun* de cem homens vai escalar a muralha do outro lado, atraindo os guardas de lá. Outros cem vão entrar e abrir o portão por dentro. Quero que este lugar esteja queimado ao amanhecer.

— Será feito — disse Ilugei, afastando-se para repassar as ordens do rapaz.

CAPÍTULO 27

Baidur e Ilugei moviam-se com velocidade espantosa pela paisagem. Nem bem Lublin havia caído, Baidur estava instigando os *tumans* para as cidades de Sandomir e Cracóvia. Nesse ritmo os mongóis encontravam colunas de homens que marchavam para ajudar cidades que já haviam sidos tomadas. Repetidamente Baidur podia surpreender os nobres da área, seus 20 mil homens debandando forças menores, depois caçando-as pedaço a pedaço. Era o tipo de campanha que o avô de Baidur gostava de fazer e que seu pai Chagatai contava com detalhes. O inimigo era pesado e lento para reagir contra um golpe em suas terras. Baidur sabia que não haveria misericórdia se fracassasse, tanto de seu povo quanto dos inimigos. Tendo chance, os poloneses arrasariam os *tumans* até o último homem. Fazia sentido não enfrentá-los nos mesmos termos, nem lutar contra os pontos fortes. Ele não tinha reforços para chamar e usava seus *tumans* com cuidado, sabendo que precisava mantê-los intactos, mesmo que isso significasse a recusa em entrar em luta.

Não sabia o nome do homem que comandara os regimentos de cavaleiros brilhantes e soldados de infantaria contra ele perto de Cracóvia. Os batedores de Baidur informaram sobre um exército de cerca de 50 mil homens e Baidur xingou baixinho ao ouvir. Sabia o que Tsubodai quereria que ele fizesse, mas nunca vira o avanço pelo norte como um suicídio. Pelo menos o nobre polonês não havia recuado para trás de muralhas grossas e os desafiado a tomar a cidade. Cracóvia era tão aberta quanto Moscou e igualmente difícil de ser defendida. Sua força estava no exército enorme reunido diante dela, esperando no campo o ataque dos *tumans* mongóis.

Baidur cavalgava perigosamente perto da cidade com seus principais *minghaans*, observando a formação de soldados e o desenho do terreno. Não tinha ideia se os poloneses representavam uma ameaça a Tsubodai, mas era exatamente para essa tarefa que fora enviado ao norte. Um exército daqueles não deveria ter permissão de juntar forças com os da Hungria, mas não bastava contê-los ao redor de Cracóvia. A tarefa de Baidur era rasgar uma tira através do país, certificar-se de que nenhuma força armada pudesse pensar em ir para o sul e dar apoio, não com um lobo daqueles solto no meio de seu povo. Antes de qualquer coisa, Tsubodai arrancaria suas orelhas se Baidur ignorasse as ordens.

Baidur cavalgou até uma colina baixa e olhou o mar de homens e cavalos que foi revelado. A distância podia ver que sua presença fora identificada. Batedores poloneses já estavam galopando para mais perto, com as armas desembainhadas em ameaça nítida. Outros homens montavam nos arredores, prontos para defender ou atacar, o que quer que a presença dele exigisse. O que seu pai faria? O que seu avô faria contra um número tão grande?

— Essa cidade deve ser rica, para ter tantos homens guardando-a — murmurou Ilugei, ao seu lado.

Baidur sorriu, tomando uma decisão rápida. Seus homens tinham quase 6 mil cavalos, um rebanho tão vasto que não podia ficar no mesmo lugar durante mais de um dia. Os cavalos acabavam com o capim como gafanhotos, assim como os *tumans* comiam qualquer coisa que se mexesse. No entanto, cada montaria de reserva carregava arcos e flechas, potes, comida e uma centena de outros itens de que os homens precisavam para a campanha, até o junco e o feltro para as iurtas. Tsubodai o mandara bem equipado, pelo menos.

— Acho que você está certo, Ilugei — disse Baidur, avaliando as chances. — Eles querem proteger sua cidade preciosa, por isso se amontoam em volta, nos esperando. — E riu. — Se fizerem a gentileza de ficar num lugar só, nossas flechas falarão por nós.

Virou seu pônei e cavalgou de volta, ignorando os batedores inimigos que tinham chegado perto enquanto ele observava. Quando um deles se aproximou rapidamente, Baidur pegou uma flecha num movimento fácil, prendendo-a na corda e disparando num único movimento. Foi um belo tiro e o batedor caiu rolando. Um bom presságio, esperava.

Baidur deixou os gritos e as provocações dos batedores para trás, sabendo que eles não ousariam segui-lo. Sua mente já estava ocupada. Com as provisões nos cavalos de reserva, ainda tinha quase 2 milhões de flechas, peças de bétula retas e bem emplumadas, presas em feixes de trinta ou sessenta. Mesmo com tamanha abundância, tivera o cuidado de recuperar e consertar o máximo que pudesse depois das batalhas. Talvez fossem seu recurso mais precioso, depois dos próprios cavalos. Olhou para o sol e aquiesceu. Ainda era cedo. Não desperdiçaria o dia.

O rei Boleslav, grão-duque de Cracóvia, tamborilou com a luva de ferro no arção de couro da sela enquanto olhava a imensa nuvem de poeira que marcava o movimento da horda mongol se aproximando. Estava montado num enorme cavalo cinza, um animal da raça que podia puxar um arado pela terra preta durante o dia inteiro sem cansar. Onze mil cavaleiros estavam prontos para destruir o invasor de uma vez por todas. À sua esquerda, os cavaleiros templários franceses estavam prontos com sua libré de vermelho e branco sobre aço. Boleslav podia ouvir as vozes deles erguendo-se em oração. Tinha arqueiros aos milhares e, o mais importante, piqueiros que podiam resistir a uma carga de lanças. Era um exército capaz de inspirar confiança e ele mantinha os mensageiros perto, prontos para cavalgar até seu primo Liegnitz com notícias da vitória. Talvez, quando tivesse salvado todos eles, sua família finalmente o reconhecesse como governante da Polônia por direito.

A madre igreja ainda ficaria no seu caminho, pensou azedamente. Ela preferia que os príncipes da Polônia desperdiçassem a força em discussões e assassinatos, deixando a igreja engordar e ficar rica. No mês anterior, seu primo Henrique havia patrocinado um mosteiro para a nova ordem dos dominicanos, pagando tudo com boa prata. Boleslav se encolheu ao pensar nos benefícios e nas indulgências que Henrique havia recebido em troca. Era o que mais se falava na família.

Em seus pensamentos, Boleslav fez uma promessa.

— Senhor, se eu obtiver a vitória hoje, fundarei um convento na minha cidade. Colocarei um cálice de ouro no altar da capela e encontrarei uma relíquia para trazer peregrinos vindos de milhares de quilômetros. Mandarei rezar uma missa por todos os que perderem a vida. Dou-Vos meu juramento, Senhor, minha palavra. Concedei-me Sua vitória e farei Vosso nome ser cantado por toda a Cracóvia.

Engoliu em seco e pegou uma garrafinha d'água pendurada na sela. Odiava a espera e ainda temia que os relatórios de seus batedores fossem verdadeiros. Sabia que eles costumavam exagerar, porém mais de um retornara com histórias de cavalos incontáveis e invasores terríveis, carregando arcos e lanças como as árvores de uma floresta. Sua bexiga se fez sentir e Boleslav estremeceu irritado. Que os cães desgraçados viessem, disse a si mesmo. Deus falaria e eles descobririam a força de sua mão direita.

Boleslav pôde ver a massa escura dos inimigos cavalgando para mais perto. Eles se espalhavam pelo terreno, em número grande demais para ser contado, mas ele não achava que seria o vasto exército que seus batedores haviam descrito. Esse pensamento despertou a preocupação de que talvez houvesse mais guerreiros fora de vista. Recebera apenas um relatório da Rússia, mas esse informava que os mongóis gostavam de ardis, amavam a emboscada e o golpe de flanco. Nada disso estava em evidência enquanto seus piqueiros assumiam posição. Os guerreiros mongóis cavalgavam diretamente para suas fileiras como se pretendessem galopar através delas. Boleslav começou a suar, temendo ter deixado de lado alguma coisa nos planos de batalha. Viu os Cavaleiros Templários se preparando para contra-atacar, seguros por enquanto atrás das linhas de piqueiros obstinados. Boleslav ficou olhando com atenção os piqueiros se abaixarem, com os cabos dos piques firmados na terra. Eles parariam qualquer coisa, estripariam qualquer um, não importava o quanto fosse rápido ou feroz.

Os mongóis vieram numa linha larga, com não mais de dez homens de profundidade. Enquanto Boleslav olhava, eles retesaram os arcos e dispararam. Milhares de flechas subiram acima de seus piqueiros e Boleslav experimentou um momento de horror. Seus homens tinham escudos, mas os haviam deixado no chão para segurar os piques contra uma carga.

O som das flechas acertando-os ressoou pelo campo, seguido por gritos. Centenas de soldados caíram e as flechas continuavam chegando. Boleslav contou vinte batimentos cardíacos entre cada golpe colossal, mas seu coração estava disparado e ele não conseguia se acalmar. Seus arqueiros responderam com saraivadas e ele ficou tenso de expectativa, mas viu as flechas caindo muito antes dos cavaleiros mongóis. Como eles podiam ter um alcance tão grande? Seus arqueiros eram bons, ele sabia, mas se as flechas não podiam chegar ao inimigo, eram inúteis para ele.

Ordens foram gritadas de um lado e de outro da linha enquanto os oficiais tentavam reagir. Muitos piqueiros largaram as armas enormes. Alguns estenderam a mão para os escudos, enquanto outros tentavam equilibrar ambos, nenhuma das duas coisas servindo ao seu propósito. Boleslav xingou, olhando por cima da cabeça deles, para o comandante dos templários. O sujeito era um cão forçando a coleira. Eles estavam prontos para cavalgar, não fossem os piqueiros que continuavam bloqueando o caminho dos templários até o inimigo. Não pôde haver uma manobra bem-feita enquanto os soldados de infantaria se deslocavam de lado e deixavam os templários passarem trovejando. Em vez disso, ficaram em montes embolados de homens e piques que pareciam espinhos, encolhendo-se por baixo dos escudos à medida que as flechas voavam e os acertavam.

Boleslav xingou, com a voz falhando. Seus mensageiros levantaram a cabeça, mas ele não havia falado com eles. Tinha visto exércitos durante toda a vida. Devia seu poder às batalhas que havia travado e vencido. Mas o que estava presenciando zombava de tudo que aprendera. Os mongóis pareciam não ter qualquer estrutura de orientação. Não havia um centro para organizar seus movimentos. Isso seria algo a que Boleslav poderia se contrapor. No entanto, eles também não eram uma turba, com cada homem agindo por conta própria. Em vez disso moviam-se e atacavam como se mil mãos os guiassem, como se cada grupo fosse totalmente independente. Era insano, mas eles se desviavam e atacavam como vespas, reagindo instantaneamente, juntos, a qualquer ameaça.

De um dos lados, mil guerreiros mongóis prenderam os arcos nas selas e ergueram lanças, virando-se ao longo da linha para um choque súbito contra os escudos dos piqueiros. Antes que os oficiais de Boleslav pudessem ao menos reagir, eles estavam cavalgando para longe e soltando seus arcos de novo. Os piqueiros rugiam em fúria e levantavam as armas, porém logo engoliam as flechas amargas que voltavam zumbindo em sua direção.

Boleslav ficou boquiaberto, horrorizado, ao ver a cena se repetir de um lado e de outro das linhas. Sentiu o coração saltar quando os templários passaram com dificuldade, gritando e chutando para abrir caminho em meio aos feridos. Eles criariam a ordem no meio do caos. Essa era sua missão.

Boleslav não podia saber quantas centenas de seus soldados de infantaria tinham sido mortos. Não havia folga no ataque, nem chance de refazer a formação e avaliar a tática do inimigo. Ao mesmo tempo em que percebia que eles não iriam parar, mais duas ondas de flechas vieram de perto, acertando qualquer um que optasse por segurar o pique em vez de o escudo. O som de gritos, de feridos gemendo, cresceu em intensidade, mas os templários estavam em movimento, começando o trote lento, rítmico, que inspirava o justo temor de Deus nos inimigos. Boleslav apertou o punho enquanto eles forçavam os cavalos através dos últimos piqueiros atordoados, com as montarias pesadas aumentando a velocidade numa formação perfeita. Nada no mundo poderia resistir a eles.

Boleslav viu os mongóis perderem a coragem quando os cavaleiros os acertaram de frente. Alguns dos pôneis menores foram derrubados, empurrados pelo peso maior. Os cavaleiros mongóis saltavam das montarias que caíam, mas eram cortados por espadas largas ou pisoteados pelos cascos. Boleslav exultou quando eles começaram a recuar. O movimento fluido de suas unidades pareceu se interromper, de modo que eles sofriam espasmos e perdiam a liberdade de ação. Os mongóis disparavam flechas contra os cavaleiros, mas elas ricocheteavam nas armaduras pesadas ou até se partiam. Boleslav *sentiu* que a batalha mudava de rumo e gritou alto, instigando-os.

Os templários rugiam atacando o *tuman* mongol. Eram homens que haviam lutado nos campos lamacentos em locais tão distantes quanto

Jerusalém ou Chipre. Esperavam que o inimigo à frente cedesse, batiam os calcanhares e avançavam a galope. Sua força era o golpe de martelo impossível de ser parado, um golpe capaz de partir um exército ao meio, chegar ao centro e matar um rei. Os mongóis desmoronaram, centenas se virando de cada vez e correndo à frente dos cavaleiros, com os cascos dos cavalos quase ao alcance das grandes espadas e das lanças pesadas. A carga templária continuou por mais de 800 metros, impulsionando tudo adiante.

Baidur levantou o braço. Os *minghaans* estavam esperando o sinal, o momento que ele sozinho escolheria. Gritaram ordens ao longo da linha. Vinte homens levantaram bandeiras amarelas bem alto e rugiram para os *jaguns* de cem guerreiros. Estes passaram as ordens para as dezenas. A olho ou ouvido, a ordem se espalhou como fogo na palha, demorando apenas alguns instantes. Os *jaguns* partiram para os flancos, deixando os cavaleiros passarem sem resistência. Alguns ainda corriam à frente para atraí-los, mas os flancos estavam se adensando à medida que mais e mais homens preparavam os arcos.

Os templários haviam se distanciado dos soldados de infantaria e seus piques malignos. Talvez 10 mil deles tivessem cavalgado, uma força enorme, acostumada à vitória. Tinham mergulhado fundo nos *tumans* mongóis, impulsionados pela confiança e pela fé. Os cavaleiros franceses olhavam, através de fendas no aço, o caos da retirada mongol e cortavam com as espadas qualquer coisa que estivesse ao alcance. Viram as fileiras se dividindo para os lados, mas continuaram indo em frente, concentrados em atravessar diretamente o inimigo e alcançar seu líder, quem quer que fosse.

Dos dois lados, milhares de arqueiros mongóis interromperam os gritos apavorados e colocaram flechas nas cordas dos arcos. Com calma deliberada, escolheram os alvos, olhando ao longo das flechas para os pescoços dos enormes cavalos de batalha. Pela frente, os animais eram blindados por aço. As laterais do pescoço estavam nuas ou cobertas com panos.

Baidur baixou o braço. Todas as bandeiras amarelas se abaixaram em resposta, quase como se fossem uma só. Os arcos estalaram, liberando a enorme tensão retesada e mandando as flechas zumbindo contra a massa de cavalos que passava a toda velocidade. Os alvos não eram difíceis de ser acertados de perto e nas primeiras flechadas os animais desmoronaram com dor e choque, as gargantas rasgadas. Sangue espirrava das narinas em grandes jorros enquanto eles relinchavam. Muitos arqueiros se encolheram diante disso, mas pegaram outra flecha na aljava e dispararam.

Os cavaleiros rugiram um desafio de batalha. Os que foram acertados apenas uma vez bateram os calcanhares e tentaram girar os animais para longe da tempestade que vinha dos dois lados. Seus cavalos começaram a estremecer, com as pernas falhando em agonia. Centenas de animais desmoronaram sem aviso, prendendo ou esmagando os cavaleiros montados. Esses se viram no chão, atordoados e lutando para ficar de pé.

Durante um tempo a carga dos templários continuou, independentemente das perdas. Não era fácil virar o peso de cavalos e armaduras para o lado, mas à medida que a destruição crescia Baidur escutou novas ordens gritadas no meio deles. O homem que as delegava se tornou alvo instantâneo de cada arqueiro ao alcance. Seu cavalo caiu, eriçado de flechas, e o sujeito foi lançado girando no ar, a cabeça virada para trás, dentro da concha de ferro, pelo impacto de uma flecha. A viseira foi amassada e ele foi cegado pelo metal. Baidur podia vê-lo lutando para soltar o elmo, caído no chão.

Os templários se viraram, girando para a direita e para a esquerda e indo contra a massa de arqueiros que os flanqueava. A carga se partiu ao longo de uma linha, com cada homem tomando o caminho oposto do que ia à frente. Era uma manobra de desfile, que os mongóis nunca tinham visto antes. Baidur ficou impressionado. Isso levou os cavaleiros para o combate mão a mão com os homens que os acertavam, era a única chance de sobreviver à carnificina que a carga se tornara. Tinham perdido velocidade, mas sua armadura era forte e eles ainda estavam descansados. Usaram o grande alcance das lanças para cravá-las nas costelas dos guerreiros, depois as espadas enormes subiam e caíam como cutelos.

Os cavaleiros mongóis faziam suas montarias dançarem em volta deles. Elas eram menores e menos fortes, mas tão mais rápidas do que os homens blindados que os guerreiros podiam escolher cada alvo com cuidado. Suficientemente próximos para ouvir os cavaleiros ofegando sob as placas de ferro, podiam fazer os pôneis se desviarem de lado, curvar o arco e disparar uma flecha onde quer que vissem uma abertura ou carne. As espadas longas giravam acima ou onde eles haviam estado momentos antes.

Baidur podia ouvir o riso gutural de seus homens e soube que era em parte por alívio. O simples tamanho dos cavaleiros e de seus cavalos dava medo. Vê-los tentar dar golpes desajeitados era como uma brisa fresca na pele. Quando os cavaleiros conseguiam um golpe eficaz, era terrível, e os ferimentos eram mortais. Baidur viu um cavaleiro vestido com um tabardo vermelho e branco baixar a espada com tanta força que decepou a coxa de um guerreiro e talhou a sela embaixo. Enquanto morria, o guerreiro puxou o cavaleiro para baixo com um estrondo de metal.

As saraivadas organizadas vindas dos flancos haviam se tornado uma confusão de homens gritando e cavalos, mil lutas individuais. Baidur trotava com seu pônei para um lado e para o outro, tentando ver como seus homens se saíam. Viu um cavaleiro se levantar cambaleando e tirar um elmo amassado, revelando o cabelo escuro e comprido, grudado na cabeça pelo suor. Baidur instigou seu pônei e golpeou com a espada de cima para baixo enquanto passava, sentindo o choque do impacto subir pelo braço.

Conteve-se, puxando a rédea do cavalo enquanto tentava continuar sentindo o desenrolar da batalha. Sabia que não podia se juntar ao ataque. Se caísse, o comando ficaria sob a responsabilidade de Ilugei. Baidur se levantou nos estribos e examinou uma cena que soube que jamais iria esquecer. Por todo o campo enorme, cavaleiros com armadura prateada lutavam no meio dos *tumans*. Seus escudos estavam amassados e quebrados, as espadas caídas. Milhares eram mortos no chão, seguros por guerreiros, enquanto outros escolhiam um elmo e cravavam a espada na abertura. Milhares de outros ainda estavam de pé, sem cavalos, gritando para os companheiros. Havia pouco medo neles, Baidur percebeu, mas estavam errados. Era momento de temer. Não ficou surpreso ao ver a parte de trás da carga começar a girar, transformando-se numa massa caótica para correr de volta na direção dos soldados de infantaria ao redor de Cracóvia. Deu novas ordens e oito *minghaans* se moveram para segui-los, disparando flechas enquanto os cavaleiros colocavam os animais cansados a meio-galope. Não restariam muitos quando chegassem à segurança, atrás dos piques.

Boleslav olhava em desespero a nata da nobreza ser despedaçada quase na sua frente. Jamais acreditaria que os cavaleiros fracassariam contra um bando montando pôneis se não tivesse visto com os próprios olhos. Aquelas flechas! A força e a precisão eram espantosas. Nunca vira nada igual num campo de batalha. Ninguém na Polônia jamais vira.

Suas esperanças cresceram quando percebeu a retaguarda se virar de volta para a cidade. Não pudera observar o alcance da destruição e sua boca se escancarou lentamente ao constatar como eram poucos, como estavam desorganizados e acuados em comparação com a glória brilhante dos que haviam partido. Os mongóis vieram juntos, disparando suas flechas infernais com movimentos hábeis, como se os cavaleiros fossem simplesmente alvos a ser escolhidos.

Boleslav mandou um regimento de 4 mil piqueiros proteger a retirada deles, obrigando os mongóis a pararem. Os restos despedaçados dos templários vieram trotando, quase todos empoeirados e sangrando, chiando por causa das placas peitorais que comprimiam as costelas. Boleslav se virou com horror quando os *tumans* mongóis chegaram mais perto. Finalmente eles usariam as lanças, percebeu. Tinha perdido o escudo formado pela cavalaria e eles passariam direto até Cracóvia. Gritou para os piques serem levantados, mas não houve carga. Em vez disso as flechas recomeçaram, como se os cavaleiros não tivessem saído para atacá-los e os mongóis tivessem o dia inteiro para terminar a matança.

Boleslav olhou o sol baixando nos morros distantes. Uma flecha acertou seu cavalo sem aviso, fazendo-o empinar. Outra acertou seu escudo, empurrando-o contra o peito com o impacto. Ele sentiu um medo doentio dominá-lo. Não podia salvar Cracóvia. Os cavaleiros tinham sido reduzidos a uma sombra e apenas seus soldados de infantaria, camponeses, permaneciam. Teria dificuldade para salvar a própria vida. Sinalizou e seus arautos deram o toque de retirada ao longo do campo de batalha.

A luz já estava diminuindo, mas os mongóis continuaram disparando enquanto os piqueiros começavam a recuar. Os exaustos templários formaram uma linha fina na retaguarda, recebendo as flechas nas armaduras do melhor modo que podiam para impedir que o recuo se transformasse numa debandada completa.

Boleslav passou para um meio-galope. Seus mensageiros iam junto, de cabeça baixa. A derrota pairava sobre todos, além do medo. Em vez de mandar cartas de vitória, ele fugiria para seu irmão Henrique, pedindo caridade e misericórdia. Cavalgava entorpecido, olhando as sombras adiante. Os mongóis tinham aniquilado os templários franceses, que até aquele ponto eram a maior força que ele conhecera. Quem poderia fazê-los parar, senão as ordens marciais? Aqueles templários tinham trucidado ordens de hereges muçulmanos em Jerusalém e ao redor. Vê-los despedaçados num único dia abalou seus alicerces.

Atrás dele os mongóis uivavam como lobos, centenas de cada vez se aproximando rapidamente e matando os que não queriam nada além de recuar. As flechas continuavam caindo mesmo depois que a luz diminuiu. Soldados eram arrastados das selas, por trás, caindo nos braços de homens que gargalhavam ao matá-los, empurrando uns aos outros para conseguir dar um chute ou um soco.

Quando chegou a escuridão total, Baidur e Ilugei finalmente chamaram seus homens de volta. A cidade de Cracóvia estava nua à frente deles e eles entraram com seus cavalos enquanto a lua subia.

O luar era forte, o ar límpido e frio enquanto o cavaleiro do yam galopava a toda velocidade pela estrada poeirenta. Estava cansado. Era difícil manter os olhos abertos e a dor na base das costas tinha se tornado forte demais. Um pânico súbito o dominou enquanto perdia a conta dos postos de estrada pelos quais passara naquele dia. Teriam sido dois ou três? Karakorum estava muito atrás, mas ele sabia que precisava entregar a sacola com aquele conteúdo precioso. Não sabia o que carregava, somente que aquilo valia sua vida. O homem de Karakorum aparecera saindo da escuridão e o colocara em suas mãos, gritando ordens roucas. Ele já estava galopando antes mesmo que o sujeito apeasse.

Com um susto, o mensageiro percebeu que quase havia escorregado da sela. O calor do cavalo, o ritmo dos cascos, os sinos que tilintavam embaixo dele, tudo isso embotou seus sentidos. Seria a segunda noite sem dormir, tendo apenas a estrada e o cavalo como companhia. Contou de novo na cabeça. Havia passado por seis postos do yam, trocando de cavalo em cada um deles. Precisaria entregar a sacola no próximo ou se arriscar a cair na estrada.

A distância viu luzes. Eles teriam ouvido seus sinos, claro. Estariam esperando com um cavalo e um cavaleiro de reserva, além de um odre de airag e mel doce para mantê-lo acordado. Precisariam do outro cavaleiro. Ele podia sentir a exaustão dominando-o. Estava acabado.

Diminuiu para um trote quando chegou ao pátio de pedra no meio de lugar nenhum, sinal visível da influência e do poder do cã. Enquanto os homens do yam se juntavam ao redor, ele passou a perna sobre a sela e acenou para o cavaleiro de reserva, pouco mais do que um garoto. Houvera uma mensagem verbal, junto com a sacola. O que era? Sim, ele lembrou.

— Mate cavalos e homens se for preciso — disse. — Cavalgue o mais rapidamente e para o mais longe que puder. Isto é somente para as mãos de Guyuk. Repita minhas palavras.

Ouviu o novo cavaleiro dizê-las de novo num jorro, dominado pela empolgação. A sacola foi passada de mão, na confiança sagrada de que jamais seria aberta até chegar ao destino. Viu um banco de pedra no pátio, que devia ser uma espécie de bloco de montaria. Deixou-se cair sentado, agradecido, olhando o garoto começar sua corrida antes mesmo que ele se permitisse fechar os olhos. Nunca havia corrido tão rapidamente na vida e imaginou o que poderia ser tão importante.

CAPÍTULO 28

A PIRA FUNERÁRIA DO CÃ ERA UMA ESTRUTURA IMENSA, COM METADE DO tamanho da torre do palácio na cidade atrás. Fora construída rapidamente, usando um vasto estoque de cedro que estava nos porões do palácio. A madeira fora encontrada lá quando as instruções de Ogedai foram lidas. O cã havia se preparado para a morte e cada detalhe da cerimônia fora pensado com grande antecedência. Houvera outras cartas no pacote lacrado que Yao Shu apresentou a Torogene. A carta pessoal para ela a fez chorar. Tinha sido escrita antes de Ogedai ir para a campanha contra os jin e ela ficou de coração partido com o entusiasmo das palavras do marido. Ele havia se preparado, mas nenhum homem podia entender verdadeiramente o que significa o mundo ir adiante sem ele ou como seria para os que deveriam viver sem sua voz, seu cheiro, seu toque. Tudo que restava eram as cartas e as lembranças dela. Karakorum seria o túmulo de Ogedai, com as cinzas postas numa câmara embaixo do palácio, para descansar durante a eternidade.

Temuge estava sentado no capim verde, vestindo um manto de seda dourada com brocados em azul. Suas costas doíam o tempo todo e ele precisava se esforçar para olhar o topo da pira. Não chorou pelo filho do irmão. Em vez disso cruzou as mãos às costas e pensou profundamente no futuro enquanto as primeiras chamas se espalhavam, incendiando a madeira e liberando no ar uma doçura de cedro que alcançaria muitos quilômetros junto com a fumaça.

Sua mente foi até o passado enquanto ele estava ali, cumprindo com o dever e sendo visto pelos milhares que observavam. Seu povo não era dado a grandes demonstrações de tristeza, mas havia muitos olhos vermelhos na multidão de trabalhadores que tinha vindo de Karakorum. A cidade propriamente dita estava vazia, como se eles nunca tivessem lhe dado vida.

Temuge pensou na carta trazida pelo yam que Yao Shu havia lhe mostrado naquela manhã mesmo. Seu irmão Kachiun estava morto e ele tentou achar um sentimento de tristeza ou perda, como o que Torogene demonstrava no choro. Não, não havia nada. Eles haviam se afastado muitos anos antes, perdidos nas dificuldades e irritações da vida que azedavam os relacionamentos puros. Dos sete que haviam cavalgado até uma fenda nas montanhas só restavam ele e Khasar como testemunhas. Só eles podiam dizer que haviam estado lá desde o início. Os dois eram velhos e ele sentia as dores nos ossos todos os dias.

Olhou para além da claridade crescente da torre de madeira e viu Khasar parado com a cabeça baixa. Haviam atravessado juntos a nação jin quando eram jovens, encontrando Yao Shu quando ele era apenas um monge andarilho, esperando que o futuro o alcançasse. Era difícil se lembrar de ter sido um dia tão forte e vital. Khasar revelava uma magreza excessiva, observou Temuge. Sua cabeça parecia grande demais e a carne havia afundado no rosto e no pescoço. Ele não parecia nem um pouco bem. Num impulso, Temuge foi até lá e os dois cumprimentaram um ao outro, dois velhos ao sol.

— Nunca pensei que ele iria antes de mim — murmurou Khasar.

Temuge olhou incisivamente para o irmão, e Khasar captou o olhar. Deu de ombros.

— Sou um velho e os calombos no meu ombro estão ficando maiores. Não esperava que o garoto morresse antes do tempo, só isso.

— Você deveria mandar cortá-los, irmão — disse Temuge.

Khasar estremeceu. Não podia mais usar armaduras que apertassem os pontos dolorosos. A cada noite parecia que os tumores haviam inchado mais, como uvas embaixo da pele. Não mencionou os que havia encontrado nas axilas. Simplesmente tocá-los era doloroso a ponto de deixá-lo tonto. O pensamento de aguentar uma faca retalhando-os era mais do que poderia suportar. Não era covardia, disse a si mesmo com firmeza. Com o tempo aquilo iria sumir ou matá-lo; uma coisa ou outra.

— Lamentei saber sobre Kachiun — disse Temuge.

Khasar fechou os olhos, rígido de dor.

— Ele estava velho demais para ir em campanha; eu o avisei. Mas não sinto prazer em estar certo. Deus, como sinto falta dele.

Temuge olhou interrogativamente para o irmão.

— Você não está virando cristão, está?

Khasar sorriu, meio triste.

— Para mim é tarde demais. Só os ouço falar às vezes. Notei que eles xingam muito. Aquele céu deles parece meio chato, pelo que ouvi dizer. Perguntei a um monge se haveria cavalos e ele disse que nós não iríamos querê-los; dá para acreditar? Não vou cavalgar um dos anjos deles, isso posso dizer.

Temuge podia ver que o irmão estava falando para encobrir a tristeza que sentia por causa de Kachiun. De novo procurou a mesma coisa no coração e encontrou um vazio. Era perturbador.

— Eu estava pensando agora mesmo na fenda do penhasco, onde nós nos escondemos — disse Temuge.

Khasar sorriu e balançou a cabeça.

— Foram tempos difíceis. Mas nós sobrevivemos, como sobrevivemos a tudo o mais. — Olhou para a cidade por trás da fornalha que escondia o corpo do cã. — Este lugar não existiria se não fosse nossa família. — Suspirou. — É estranho pensar em quando não havia nação. Talvez isso baste para a vida de um homem. Nós passamos alguns anos bons, irmão, apesar de nossas diferenças.

Temuge desviou os olhos, para não se lembrar da época em que havia se envolvido com as artes das trevas. Durante alguns anos de juventude fora o aprendiz escolhido por alguém que levara grande dor para sua família, alguém cujo nome não era mais falado na nação. Khasar fora quase um inimigo naqueles anos, mas todas essas coisas estavam longe, meio esquecidas.

— Você deveria escrever sobre isso — disse Khasar, subitamente. E balançou a cabeça na direção da pira funerária. — Como fez por Gêngis. Você deveria registrar.

— Farei isso, irmão — respondeu Temuge. Em seguida olhou de novo para Khasar e viu como ele realmente havia definhado. — Você parece doente, Khasar. Eu deixaria que eles o cortassem.

— É, mas o que você sabe? — perguntou Khasar, com um riso de desprezo.

— Sei que eles podem dar a pasta preta para você não sentir dor.

— Não tenho medo da dor — disse Khasar, irritado. Mesmo assim pareceu interessado e remexeu os ombros, encolhendo-se. — Talvez eu faça isso. Há dias em que mal consigo usar o braço direito.

— Você vai precisar dele, se Chagatai vier para Karakorum.

Khasar concordou e esfregou o ombro com a mão esquerda.

— Aquele é um homem que eu gostaria de ver com o pescoço quebrado — disse. — Eu estava lá quando Tolui deu a vida, irmão. O que recebemos em troca? Alguns anos de sofrimento. Se eu tiver de ver Chagatai passar por este portão em triunfo, acho que prefiro morrer durante o sono.

— Ele estará aqui antes de Guyuk e Tsubodai, é a única coisa que sabemos com certeza — disse Temuge, com azedume.

Também não sentia amor pelo palerma que seu irmão havia gerado. Sob o governo de Chagatai não haveria grandes bibliotecas, nem ruas com eruditos e grande aprendizado. Ele poderia até queimar a cidade, só para demonstrar poder. Nesse aspecto, Chagatai era filho do pai. Temuge estremeceu ligeiramente e disse a si mesmo que era só o vento. Sabia que deveria estar fazendo planos para retirar os códices e livros mais valiosos antes da chegada de Chagatai, até ter certeza de que eles seriam honrados e mantidos em segurança. O simples pensamento no canato de Chagatai o fazia suar. O mundo não precisava de outro Gêngis, pensou. Ele mal havia se recuperado da selvageria do anterior.

O cumano Köten atravessou o Danúbio num barco pequeno, um bote com um soldado carrancudo nos remos que o fazia praticamente roçar acima da água escura. Enrolou-se apertado em sua capa, por causa do crepúsculo frio, perdido em pensamentos. Aparentemente não podia resistir ao destino. O rei tinha todo o direito de pedir seus homens. A Hungria lhes dera abrigo e durante um tempo Köten achou que salvara todos. Assim que as montanhas ficaram para trás, ousara esperar que os *tumans* mongóis não fossem tão longe no ocidente. Nunca tinham feito isso antes. Em vez disso, a Horda Dourada saíra rugindo dos Cárpatos e o local de paz e abrigo não era mais nenhum refúgio.

Köten se lamentou ao ver a margem se aproximar, uma linha escura de lama que ele sabia que iria grudar em suas botas. Saiu na água rasa, encolhendo-se quando os pés afundaram no barro fedorento. O remador grunhiu algo ininteligível e examinou sua moeda com atenção, o que era um insulto deliberado. A mão de Köten foi na direção da faca, com vontade de abrir uma cicatriz no sujeito para lembrá-lo de seus bons modos. Com relutância, deixou a mão cair. O homem remou para longe, olhando-o com o lábio enrolado. Quando estava longe gritou algo, mas Köten o ignorou.

Era a mesma história nas cidades de Buda e Pest. Seu povo cumano chegara de boa-fé, fora batizado como o senhor da terra ordenara e fizera todas as tentativas de tratar a nova religião como sua, nem que fosse pela sobrevivência. Era um povo que sabia que permanecer vivo valia o sacrifício e havia confiado nele. Nenhum dos padres cristãos parecia achar estranho uma nação inteira sentir de repente a ânsia de receber Cristo no coração.

Mas isso não bastava para os habitantes das cidades do rei Bela. Desde os primeiros dias houve histórias de roubos e assassinatos feitos por seus homens, boatos e fofocas de que eles estavam por trás de cada infortúnio. Um porco não podia adoecer sem que alguém afirmasse que uma das mulheres de pele morena o havia amaldiçoado. Köten cuspiu na margem coberta de seixos enquanto andava. No mês anterior uma garota húngara havia acusado dois garotos cumanos de estuprá-la. O tumulto que se seguiu foi sufocado com ferocidade implacável por soldados do rei Bela, mas o ódio continuava ali, fervilhando sob a superfície. Havia poucos que acreditavam que ela mentira. Afinal, era o tipo de coisa que eles esperavam dos nômades imundos que estavam em seu meio. Os cumanos não tinham raízes e não eram dignos de confiança, a não ser para roubar, matar e sujar o rio limpo.

Köten abominava seus anfitriões quase tanto quanto eles aparentemente odiavam a ele e repudiavam a presença de seu povo. Seu povo não podia ocupar menos espaço, pensou irritado, vendo a cidade feita de tendas e cabanas amontoadas ao longo do rio. O rei havia prometido construir uma cidade nova ou talvez expandir duas ou três das que já existiam. Tinha falado num gueto para o povo cumano, onde eles poderiam viver em segurança. Talvez Bela mantivesse a palavra se os mongóis não tivessem chegado, mas Köten havia começado a duvidar.

De algum modo, a ameaça dos mongóis apenas aumentara a tensão entre os magiares do local e sua tribo. Seu povo não podia andar por uma rua sem que alguém cuspisse nele ou provocasse as mulheres. Toda noite havia homens mortos largados nas sarjetas, com a garganta cortada. Ninguém era castigado se aparecessem cadáveres cumanos, mas os juízes e soldados do local enforcavam seus homens aos pares ou mais se o morto fosse um deles. Era um agradecimento ruim por 200 mil novos cristãos. Havia ocasiões em que Köten duvidava de uma fé que podia pregar a gentileza e ser tão cruel.

Enquanto prosseguia pela margem coberta de bosta, o cheiro o fez engasgar. O povo rico de Buda tinha bons esgotos para seus dejetos. Até os quarteirões pobres de Pest tinham barris nas esquinas, que os curtidores recolhiam à noite. O povo cumano não tinha nada além do rio. Eles haviam tentado mantê-lo limpo, mas eram muitas pessoas amontoadas ao longo de um trecho tão pequeno. Já havia doenças assolando seu povo, famílias morrendo com manchas vermelhas na pele, que ele nunca vira em sua terra. Todo o lugar parecia um acampamento inimigo, mas o rei havia pedido seu exército e Köten era obrigado a cedê-lo pela honra, pelo juramento a ele. Nesse único ponto, o rei Bela havia avaliado o sujeito corretamente, mas enquanto Köten chutava uma pedra, pensou que havia limites até mesmo para essa honra. Ele seria capaz de ver seu povo ser trucidado em troca de uma recompensa tão mesquinha? Durante toda a vida nunca havia faltado com a palavra, em nenhuma ocasião. Às vezes, quando estava doente ou passando fome, essa era a única coisa que restava para alimentar seu orgulho.

Foi para a cidade de Pest, com excremento humano e barro pesando na bota. Tinha prometido à esposa que compraria um pouco de carne antes de voltar para ela, mas sabia que os preços subiriam assim que o reconhecessem ou o ouvissem falar. Bateu no cabo da espada enquanto acelerava o passo e se mantinha empertigado. Sentia-se um homem perigoso caso fosse insultado naquele dia. Sem dúvida o dia seguinte seria diferente, mas durante um tempo ele soltaria um pouco da raiva. Ela o mantinha aquecido.

Enquanto subia um barranco enlameado dando na fileira de lojas que formava uma rua, ouviu algo bater no chão ali perto. O vento estava nos ouvidos e ele virou a cabeça para escutar. Viu que havia uma lâmpada na frente da loja do açougueiro, mas os postigos de madeira já estavam sendo baixados sobre a abertura de serviço. Köten xingou baixinho e começou a correr.

— Espere! — gritou.

Não notou os homens lutando até que eles caíram quase aos seus pés. Köten desembainhou a espada por reflexo, mas eles estavam distraídos socando e chutando um ao outro. Um tinha uma faca, mas o outro estava segurando a mão dele com força. Köten não conhecia nenhum dos dois. Sua cabeça subiu como a de um cão de caça enquanto mais gritos soavam ali perto. As vozes estavam furiosas e ele sentiu uma raiva crescer em resposta. Quem saberia o que havia acontecido em sua ausência? Outro estupro ou simplesmente a acusação de alguém contra seus irmãos? Enquanto ele hesitava, o açougueiro finalmente conseguiu baixar os postigos, enfiando uma barra através deles, pelo lado de dentro. Köten bateu nos postigos com os punhos, mas não houve resposta. Furioso, virou a esquina.

Viu a fila de homens, não, a multidão vindo para ele pela escuridão da rua lamacenta. Tornou a virar a esquina em dois passos rápidos, mas eles o tinham visto delineado contra o sol poente. O uivo subiu instintivamente quando viram uma figura amedrontada fugindo.

Köten moveu-se o mais rapidamente que pôde. Tinha vivido o suficiente para saber que estava correndo perigo de verdade. O que quer que tivesse juntado aqueles homens numa turba poderia terminar com sua cabeça sendo esmagada ou as costelas partidas pelas botas. Ouviu o rugido de empolgação enquanto corria, voltando na direção do rio escuro. As botas deles soavam na calçada de madeira, chegando mais perto.

Escorregou, com as botas enlameadas deslizando no chão molhado. Sua espada sumiu da mão, caindo em uma lama tão mole que não fez nenhum som. Alguém se chocou contra ele enquanto se levantava e logo todos estavam em cima, pondo para fora a raiva contra o estranho coberto de sombras que tinha demonstrado culpa ao fugir. Lutou, mas eles chutaram e usaram facas de lâmina curta, pressionando-o contra a lama imunda até que ele quase fizesse parte dela, o sangue se misturando com a massa enegrecida.

Os homens se afastaram do corpo sem vida na margem do rio. Alguns deram tapinhas nas costas dos outros, contentes com a justiça que haviam realizado. Não sabiam o nome daquela coisa desfalecida que estava ali. A distância ouviram os gritos dos soldados do rei e, quase como se fossem um só, viraram-se e começaram a desaparecer nas sombras do quarteirão dos mercadores. Os nômades saberiam daquilo e teriam medo. Iria se passar um longo tempo até que algum caminhasse sem medo novamente pelas cidades dos que eram superiores a eles. Muitos homens eram pais e foram para casa, para as famílias, usando os becos de trás para não passarem pelos soldados do rei.

O exército que se reuniu à frente da cidade de Pest era vasto. O rei Bela havia passado dias numa espécie de frenesi enquanto percebia o que era necessário para colocar tantos homens no campo. Um soldado não podia carregar comida para mais do que alguns dias, no máximo, antes que ela o fizesse ficar mais lento e dificultasse a luta. O acúmulo de bagagem havia absorvido cada carroça e cada cavalo de carga do país e se espalhava por um terreno quase tão grande quanto o das fileiras reunidas diante do Danúbio. O coração do rei Bela inchou no peito enquanto ele avaliava a hoste. Mais de 100 mil homens em armas, cavaleiros e soldados de infantaria haviam respondido às espadas sangrentas que ele mandara por toda a Hungria. Suas melhores estimativas eram de um exército mongol com metade ou menos do que haviam lhe dito para esperar. O rei engoliu a bile amarela que subiu pela garganta. Podia estar a ponto de enfrentar apenas metade da Horda Dourada, mas os relatos que vinham do norte eram de destruição inacreditável. Não viriam exércitos mandados por Boleslav ou Henrique para ajudá-lo. Por tudo que tinha sabido, eles estavam pressionados para sobreviver à investida furiosa dos *tumans* que atacavam por lá. Lublin certamente havia caído, e viera um único relatório dizendo que Cracóvia a acompanhara nas chamas, mas Bela não conseguia ver como uma coisa dessas seria possível. Só podia esperar que os relatos fossem exagerados, feitos por homens amedrontados. Certamente não era uma informação a ser compartilhada com seus oficiais e aliados.

Ao pensar nisso, olhou para os cavaleiros teutônicos à direita, 2 mil com os melhores atavios de batalha. Seus cavalos não mostravam qualquer sinal da lama revolvida pelo exército. Brilhavam ao sol fraco e sopravam névoa pelas narinas enquanto pateavam o chão. Bela adorava cavalos de batalha e sabia que os cavaleiros tinham como montarias as melhores linhagens de sangue do mundo.

Só a ala esquerda o fez parar em sua avaliação orgulhosa. Os cumanos eram bons cavaleiros, mas ainda estavam fumegando de ódio por causa da morte de Köten em alguma briga suja na beira do rio. Como se esse tipo de coisa pudesse ser posta aos pés do rei. Aquele era um povo impossível, pensou Bela. Quando os mongóis fossem mandados de volta para o outro lado das montanhas, teria de pensar um pouco mais nas questões práticas de acomodar tantos cumanos. Talvez eles pudessem ser subornados para encontrar uma nova pátria onde fossem mais bem-vindos e causassem menos gastos para a bolsa real.

O rei Bela xingou baixinho ao ver os cavaleiros cumanos saírem do lugar, na linha. Mandou um mensageiro pelo campo diante da cidade, com uma ordem inflexível para manterem posição. Coçou o queixo enquanto olhava o avanço do mensageiro. À distância viu os cavaleiros cumanos se aglutinarem em volta do sujeito, mas não pararam. Bela deixou a mão baixar, numa perplexidade crescente. Virou-se na sela, sinalizando para o cavaleiro mais próximo.

— Vá até os cumanos e lembre-os de seu juramento de obediência a mim. Minhas ordens são para que fiquem em posição até que eu diga o que fazer.

Em resposta o cavaleiro baixou a lança e foi a meio-galope, com dignidade, atrás do primeiro mensageiro. Nesse ponto os cumanos haviam arruinado a bela simetria das linhas, com seus cavalos se espalhando no campo sem formação óbvia. Bela suspirou. Os nômades mal conseguiam entender a disciplina. Tentou se lembrar do nome do filho de Köten, que deveria comandá-los, mas não conseguiu.

Eles não pararam com a chegada do cavaleiro, embora nesse ponto estivessem suficientemente perto para que Bela o visse estendendo os braços. Seria o mesmo que tentar conter a maré, porque eles simplesmente fluíram ao redor, trotando sem pressa. Bela xingou alto ao ver que eles vinham para sua posição. Sem dúvida queriam negociar alguma parte do juramento ou pedir mais comida e armas. Era típico daquela raça imunda tentar auferir alguma vantagem, como se ele fosse um mercador sujo. Eles só entendiam de comércio, pensou com violência. Venderiam as próprias filhas se houvesse ouro a ganhar com isso.

O rei Bela olhou irritado os cavaleiros cumanos movendo-se lentamente através de seu exército. Seus mensageiros continuavam chegando com os últimos relatórios sobre os mongóis e ele deliberadamente se ocupou deles, demonstrando o desprezo. Quando um dos seus cavaleiros pigarreou e Bela ergueu a cabeça, foi para ver o filho de Köten encarando-o. O rei lutou para se lembrar do nome do rapaz, mas não conseguiu. Houvera simplesmente detalhes demais nos dias anteriores para que ele se lembrasse de tudo.

— O que é tão importante a ponto de você arriscar toda a formação? — perguntou Bela rispidamente, já com o rosto vermelho devido à irritação contida.

O filho de Köten baixou a cabeça tão brevemente que foi quase um safanão.

— O juramento de meu pai nos obrigava, rei Bela. Mas eu não sou obrigado por ele — respondeu.

— O que você está falando? Qualquer que seja seu interesse, este não é o lugar nem a hora. Retorne à sua posição. Venha falar comigo esta noite, quando tivermos atravessado o Danúbio. Então irei recebê-lo.

O rei Bela deu as costas deliberadamente, virando-se para seus mensageiros, e pegou mais um maço de pergaminho para ler. Levantou a cabeça bruscamente, pasmo, quando o rapaz falou de novo, como se ele não tivesse acabado de dar suas ordens.

— Esta guerra não é nossa, rei Bela. Isso foi deixado claro para nós. Desejo-lhe boa sorte, mas agora minha tarefa é arrebanhar meu povo para longe do caminho da Horda Dourada.

Bela empalideceu e as veias se destacaram na pele clara.

— Vocês vão retornar às linhas! — rugiu.

O filho de Köten balançou a cabeça.

— Adeus, majestade — disse. — Que Cristo abençoe todas as suas muitas obras.

Bela respirou fundo, subitamente cônscio de que todos os cavaleiros cumanos o estavam encarando. Absolutamente todos tinham as mãos nas espadas ou nos arcos e os rostos estavam impassíveis. Seus pensamentos entraram em redemoinho, mas eles eram 40 mil. Se ordenasse que o filho fosse morto, eles poderiam muito bem atacar seus guardas reais. Seria um desastre e só os mongóis iriam se beneficiar dele. Seus olhos azuis ficaram imóveis.

— Com o inimigo *à vista*? — rugiu Bela. — Digo que vocês são violadores de juramentos! Digo que são covardes e hereges! — gritou, enquanto o filho de Köten cavalgava para longe.

Era como se as palavras fossem apenas ar. O rei só podia espumar furioso enquanto os cumanos partiam numa massa de cavaleiros, atrás de seu líder. Eles pegaram um caminho que passava ao largo do grande exército da Hungria e voltavam ao acampamento de seu povo.

— Não precisamos de pastores de cabras nas fileiras, majestade — disse Josef Landau, com aversão.

Seus irmãos cavaleiros resmungaram a mesma afirmação, de todos os lados. Os cumanos ainda estavam passando pelas linhas principais e o rei Bela lutava para dominar o temperamento inflamado. Forçou um sorriso.

— Está correto, sir Josef — respondeu. — Nós somos 100 mil, mesmo sem aqueles... pastores de cabras. Mas quando tivermos triunfado, haverá uma resposta a essa traição.

— Eu ficaria satisfeito em dar uma lição a eles, majestade — respondeu Josef Landau, com a expressão desagradável, que foi igualada ou suplantada por Bela.

— Muito bem. Espalhem a notícia de que eu expulsei os cumanos do campo, sir Josef. Não quero que meus homens pensem na traição. Que eles saibam que optei por lutar apenas junto aos de bom sangue húngaro. Isso vai levantar o ânimo deles. Quanto aos nômades, vai mostrar o preço de sua traição. Eles entenderão esses termos, tenho certeza. – O rei respirou fundo para acalmar a fúria. – Agora estou cansado de ficar aqui, ouvindo a voz lamentosa dos covardes. Dê a ordem para marchar.

CAPÍTULO 29

Tsubodai viu o exército do rei Bela começando a atravessar o rio como um enxame, as pontes parecendo pretas com os homens e cavalos que as atravessam. Batu e Jebe permaneciam em suas montarias olhando com ele, avaliando a qualidade dos homens que iriam enfrentar. Seus cavalos relinchavam baixinho, mastigando o capim. Nas planícies, a primavera havia chegado cedo e se mostrava verdejante através dos últimos retalhos de neve. O ar ainda estava frio, mas o céu era de um azul-claro e o mundo explodia com vida nova.

— Eles são cavaleiros bastante bons — disse Jebe.

Batu deu de ombros, mas Tsubodai respondeu.

— Estão em número grande demais — disse, baixinho. — E aquele rio tem pontes demais. Motivo pelo qual vamos fazer com que eles trabalhem por ele.

Batu levantou os olhos, cônscio, como sempre, de que os dois compartilhavam uma compreensão da qual ele era excluído. Aquilo era de dar fúria e claramente deliberado. Desviou o olhar, sabendo que os dois podiam perceber sua raiva com facilidade.

Durante toda a vida fora obrigado a lutar por tudo que havia conseguido. Então o cã o arrastou para cima, promovendo-o a comandante de um *tuman* em nome de seu pai. Batu fora honrado publicamente e, em vez de seu ódio habitual pelo mundo, fora forçado a uma luta nova, quase tão dolorosa quanto a primeira. Precisava provar que era capaz de assumir o comando, que possuía a habilidade e a disciplina que homens como Tsubodai consideravam natural. Em seu desejo de se provar, ninguém poderia ter trabalhado mais arduamente ou ter feito mais. Ele era jovem: sua energia era quase infinita comparada com a daqueles velhos.

Batu sentia-se dividido enquanto olhava o orlok. Uma parte pequena e fraca dentro dele faria qualquer coisa para que Tsubodai lhe desse um tapinha nos ombros e simplesmente o aprovasse, como homem e líder. O resto dele odiava essa fraqueza com tamanha paixão que ela se derramava, tornando-o um companheiro raivoso para almas mais tranquilas. Sem dúvida seu pai havia procurado o conselho de Tsubodai. Sem dúvida confiava nele.

Esmagar esse tipo de necessidade interna fazia parte do crescimento, Batu sabia muito bem. Jamais ganharia a confiança de Tsubodai. Nunca teria a aprovação dele. Em vez disso, cresceria dentro da nação, de modo que quando Tsubodai estivesse definhando e sem dentes, olharia para trás e veria que tinha avaliado mal o jovem general sob seus cuidados. Então saberia que deixara de perceber o único capaz de assumir o legado de Gêngis e torná-lo dourado.

Suspirou. Não era idiota. Até mesmo a fantasia de um Tsubodai velho percebendo seu grande erro era um sonho de menino. Se aprendera alguma coisa na vida adulta, era que não importava o que os outros pensassem a seu respeito, mesmo os que ele respeitava. No fim das contas, juntaria os retalhos de uma vida, com seus erros lamentáveis e seus triunfos, como eles haviam feito. Tentava não escutar a necessidade interior que desejava que eles prestassem atenção a cada palavra sua. Era jovem demais para isso, mesmo se fossem pessoas diferentes.

— Deixe que eles passem metade das forças para o outro lado do Danúbio — estava dizendo Tsubodai a Jebe. — Eles têm... o quê? Oitenta mil?

— Mais, acho. Se ficassem parados eu poderia ter certeza.

— Duas vezes mais cavaleiros do que nós — disse Tsubodai, com azedume.

— E os que foram embora? — perguntou Batu.

Tsubodai balançou a cabeça, parecendo irritado. Ele também ficara imaginando por que dezenas de milhares de cavaleiros se separariam de repente do exército do rei Bela antes da marcha. Aquilo cheirava a cilada, e Tsubodai não gostava de ser enganado.

— Não sei. Eles podem ser uma reserva ou parte de algum outro plano. Não gosto da ideia de ter tantos soldados fora de vista enquanto recuamos. Vou mandar dois homens procurá-los. Faça com que atravessem mais abaixo no rio e examinem o terreno.

— Você acha que eles são algum tipo de reserva? — perguntou Batu, satisfeito por fazer parte da conversa.

Tsubodai deu de ombros, descartando.

— Se não atravessarem o rio, não me importa o que sejam.

À frente, o exército de Bela trotava e marchava pelas pontes largas sobre o Danúbio. Vinha em unidades nítidas, revelando muito sobre sua estrutura e capacidade ofensiva, motivo pelo qual Tsubodai olhava com tanto interesse. Os diferentes grupos se uniam imediatamente do outro lado, estabelecendo uma cabeça de ponte segura para o caso de ataque. Tsubodai balançou a cabeça ligeiramente ao ver as formações. O rei Bela tinha quase três vezes mais soldados treinados do que ele, sem contar os conscritos maltrapilhos que Tsubodai trouxera. Para que três *tumans* alcançassem a vitória sobre uma hoste daquelas seria necessário sorte, habilidade e anos de experiência. O orlok sorriu sozinho. Tinha essas coisas em grande quantidade. Mais importante: havia passado quase um mês examinando o terreno ao redor de Buda e Pest em busca do melhor local para atraí-los à batalha. Certamente não era às margens do Danúbio, uma linha de batalha tão vasta e variada que ele não poderia controlar. Só existia uma resposta para os números avassaladores: remover a capacidade de manobra. O maior exército do mundo se tornava apenas um pequeno grupo de homens de cada vez se pudesse ser espremido por uma passagem estreita ou uma ponte.

Os três generais olhavam seriamente concentrados enquanto o exército da Hungria se formava do lado do rio em que estavam. Isso demorou uma eternidade e Tsubodai observou cada detalhe, satisfeito porque eles não mostravam mais disciplina do que qualquer um dos outros exércitos que ele havia encontrado. Os relatórios de Baidur e Ilugei eram bons. Não existiria um segundo exército vindo do norte. No sul, Guyuk e Mongke haviam arrasado uma faixa de terra tão larga quanto a própria Hungria, empurrando para trás qualquer um que parecesse capaz de representar ameaça. Seus flancos estavam seguros, como ele havia planejado e esperava. Estava pronto para seguir pelas planícies centrais, contra o rei. Tsubodai esfregou os olhos por um momento. No futuro seu povo cavalgaria pelas pastagens da Hungria e não faria ideia de que ele já estivera ali, com o futuro desse povo na balança. Esperava que quando bebessem jogassem uma gota de airag no ar para ele. Era só isso que um homem podia pedir: ser lembrado ocasionalmente, com todos os outros espíritos que haviam sangrado na terra.

O rei Bela podia ser visto cavalgando ao longo das fileiras, exortando seus homens. Tsubodai ouviu centenas de trombetas soando em meio à massa de soldados, seguidas por estandartes sendo erguidos bem alto, presos em cabos de lanças. Era uma visão impressionante, mesmo para homens que tinham visto os exércitos do imperador jin.

Batu olhava-os frustrado. Presumivelmente Tsubodai compartilharia seus planos com ele em algum momento, talvez quando esperasse que ele arriscasse a vida para romper aquela vasta hoste de homens e cavalos. Seu orgulho o impedia de perguntar, mas Tsubodai não havia revelado nada durante dia após dia de manobras cautelosas e relatórios de batedores. Os *tumans* e os conscritos esperavam pacientemente com Chulgetei, a apenas 3 quilômetros do rio.

Os batedores magiares já tinham visto os generais inclinados sobre o arção das selas e observando. Batu pôde perceber braços apontando em sua direção e homens começando a cavalgar na direção deles.

— Muito bem, já vi o suficiente — disse Tsubodai. Em seguida se virou para Batu. — Os *tumans* vão recuar. Retirada lenta. Mantenha... 3 quilômetros entre nós. Nossos homens a pé terão de correr ao lado dos cavalos. Avise que eles podem segurar os estribos ou cavalgar as montarias de reserva, se acharem que conseguirão permanecer na sela. O rei tem soldados de infantaria. Eles não poderão forçar uma batalha.

— Recuar? — perguntou Batu. Ele mantinha o rosto calmo. — Vai me contar o que planeja, orlok *Bahadur*?

— Claro! — respondeu Tsubodai, rindo. — Mas não hoje. Hoje nos retiramos diante de uma força superior. Vai ser bom os homens aprenderem um pouquinho de humildade.

Sorhatani estava de pé sobre a muralha de Karakorum, olhando por toda a extensão dela enquanto o sol nascia. Até onde conseguia enxergar, equipes de trabalhadores jin e guerreiros aumentavam a altura dos muros, acrescentando fileiras de pedra de calcário e cimento de cal, antes de colocar mais cal por cima, cada camada endurecendo sobre a anterior. Não havia escassez de trabalhadores bem disposto; eles começavam cedo e só paravam quando ficava escuro demais para enxergar. Todo mundo que tivesse algum interesse na cidade sabia que deveria esperar a chegada de Chagatai Khan. Ele não teria permissão de entrar e não existia dúvida do que aconteceria em seguida. Seus *tumans* começariam um assalto às muralhas da capital da própria nação.

Sorhatani suspirou na brisa da manhã. Muralhas não iriam impedi-lo. Desde que Gêngis havia enfrentado sua primeira cidade, os *tumans* vinham aperfeiçoando catapultas e agora tinham o pó preto e grosso capaz de causar destruição extraordinária. Ela não sabia se os artesãos de Chagatai haviam seguido os mesmos caminhos, mas era provável que conhecessem cada detalhe dos últimos canhões e lançadores de barris. À sua esquerda, uma plataforma para uma peça de campanha estava sendo construída, uma torre atarracada capaz de suportar o peso e a força do coice de uma arma tão poderosa.

Quando Chagatai viesse, não teria tudo como desejava, disso ela havia se certificado. A cidade arrotaria fogo contra ele e talvez uma língua de chama encerrasse a ameaça antes que ele rompesse as muralhas e entrasse na cidade.

Quase por hábito, Sorhatani contou os dias desde a morte do cã. Fechara a estação do yam na cidade assim que sua mensagem para Guyuk partira, mas o sistema tinha falhas. Outra corrente de postos de estrada se estendia para o oeste, desde Karakorum até o canato de Chagatai, a 2.500 quilômetros ou mais. Um cavaleiro saído da cidade só precisaria alcançar um elo na cadeia e os recursos do eficiente yam poderiam ser usados para mandar a Chagatai a notícia da morte do cã. Ela pensou de novo nas distâncias. Tinha repassado os números com Yao Shu enquanto começavam a fortificar a cidade. Mesmo que Chagatai partisse imediatamente, se corresse para seu cavalo e tivesse os *tumans* a postos, não poderia levá-los em menos de um mês depois disso, muito provavelmente dois. Precisaria seguir a rota do yam ao redor da borda do deserto de Taklamakan.

Na melhor das hipóteses, Chagatai Khan chegaria no meio do verão. Sorhatani protegeu os olhos para ver o progresso dos trabalhadores na muralha, rostos e mãos cinzas da cal molhada. No verão Karakorum estaria cheia de canhões em muralhas com largura suficiente para sustentá-los.

Abaixou-se e esmagou um pedaço de pedra de giz, esfregando-o até virar pó e depois batendo as palmas para limpá-las. Ainda havia muito que fazer. Ela e Torogene estavam mantendo o império unido com pouco mais do que saliva e confiança. Até que Guyuk levasse os *tumans* para casa e assumisse os títulos de seu pai, até que a nação se juntasse para prestar juramento a ele como cã, Karakorum permanecia vulnerável. Teria de sustentar as muralhas durante dois meses, talvez três. Sorhatani morria de medo de ver uma tenda vermelha ou preta erguida diante de Karakorum.

De um modo estranho, era um triunfo de Ogedai a cidade ter assumido tamanha importância. Gêngis poderia ter convocado a nação em algum lugar fora das vistas das muralhas brancas. Sorhatani se imobilizou um momento enquanto pensava nisso. Não, Chagatai não tinha a imaginação do pai e Karakorum se tornara realmente o símbolo da ascensão do povo. Quem quisesse ser cã precisaria controlar a cidade. Balançou a cabeça, organizando os pensamentos. Chagatai viria. Tinha de vir.

Desceu com passo leve os degraus do lado interno da muralha, notando a crista larga que permitiria aos arqueiros se juntar e atirar contra uma força agressora em baixo. A intervalos, novos telhados de madeira abrigavam espaços na muralha que guardariam aljavas, água para os homens e até potes de fogo, feitos de ferro e barro, cheios de pólvora negra. Os guardas da cidade estavam armazenando comida o mais rapidamente que podiam, cavalgando por centenas de quilômetros em todas as direções para confiscar os produtos das fazendas. Os mercados e os currais tinham sido esvaziados e os donos ficaram apenas com os recibos de Temuge para serem recompensados numa data posterior. O clima na cidade era de medo e ninguém ousara protestar. Sorhatani sabia que havia refugiados nas estradas para o leste, lentas procissões de famílias que esperavam escapar à destruição que esperavam. Em seus momentos mais sombrios ela concordava com as conclusões dessas pessoas. Yenking se sustentara contra o grande cã durante um ano, mas suas muralhas eram enormes, produto de gerações. Karakorum não fora projetada para suportar um ataque. Essa não era a visão de Ogedai para uma cidade branca no ermo, com o rio passando.

Viu Torogene parada com Yao Shu e Alkhun, todos a olhavam com expectativa. Nada acontecia na cidade sem passar pela aprovação deles. Seu coração se encolheu ao pensar em mais uma centena de problemas e dificuldades. No entanto, existia uma parte sua que adorava a nova autoridade. Era essa a sensação! Era isso que seu marido conhecera: outras pessoas se dirigindo a você, e somente você. Deu uma risada diante da imagem de Gêngis ouvindo dizer que sua jovem nação era governada por duas mulheres. Lembrou-se das palavras dele, de que no futuro seu povo usaria roupas finas, comeria carne temperada e esqueceria o que devia a ele. Manteve a expressão séria quando chegou perto de Yao Shu e Torogene. Ainda não esquecera aquele diabo velho e feroz de olhos amarelos, mas havia outras preocupações e Karakorum corria perigo. Não achava que seu direito às terras ancestrais duraria muito, assim que Chagatai se tornasse cã dos cãs. Seus filhos seriam mortos quando o novo governante fizesse uma limpeza geral e colocasse pessoas de sua confiança no comando dos exércitos da nação.

O futuro dependia de conter Chagatai por tempo suficiente para que Guyuk voltasse para casa. Não havia outra esperança nem outro plano. Sorhatani sorriu para os que a esperavam, vendo suas preocupações desenhadas no rosto deles. A brisa da manhã levantou seu cabelo, de modo que ela o alisou de volta com uma das mãos.

— Ao trabalho, então — disse, animada. — O que temos nesta manhã?

Kisruth xingou o pai céu enquanto galopava, usando uma das mãos para sentir a esfoladura no pescoço. Nunca soubera de ladrões de estrada tão ousados antes. Ainda estava suando com o choque de ver um homem sair de trás de uma árvore na beira da estrada e agarrar a sacola em seu ombro. Kisruth forçou o pescoço para trás e para a frente, avaliando a rigidez. Quase o haviam matado. Bem, ele contaria ao velho Gurban e eles veriam o que iria acontecer! Ninguém ameaçava os cavaleiros do yam.

Podia ver a iurta que marcava 40 quilômetros da corrida e, como sempre, tentou imaginar uma das grandes estações do yam em Karakorum. Tinha ouvido histórias contadas por cavaleiros de passagem, mas às vezes achava que eles exageravam, sabendo que ele estaria atento a cada palavra. Na capital havia uma cozinha própria, só para os cavaleiros. Lâmpadas a todas as horas e estábulos de carvalho polido, com fileiras e mais fileiras de cavalos prontos para disparar pelas planícies. Um dia ele veria aquilo e seria honrado entre eles, disse a si mesmo. Era um sonho comum enquanto cavalgava para lá e para cá entre dois postos tão pequenos e pobres que não passavam de algumas iurtas e um curral. Os cavaleiros da cidade pareciam transportar o glamour de Karakorum.

Não havia nada assim em seu posto. Gurban e uns dois guerreiros aleijados o administravam com suas esposas e pareciam bastante felizes tendo tão pouco. Kisruth havia sonhado em levar mensagens importantes e seu coração ainda latejava com as palavras que um cavaleiro exausto lhe dissera: "Mate cavalos e homens se for preciso, mas leve a mensagem a Guyuk, o herdeiro. E somente para ele!" Kisruth não sabia o que levava, mas só podia ser algo importante. Estava ansioso para entregar formalmente o pergaminho ao seu irmão e repetir as palavras para ele.

Ficou irritado ao não ver ninguém esperando enquanto percorria a toda velocidade o último trecho. Sem dúvida Gurban estava dormindo depois de tomar a porção de airag que sua esposa havia preparado na semana anterior. Era típico daquele velho idiota que a mensagem mais importante da vida deles o encontrasse dormindo. Kisruth deu uma última sacudida nos sinos enquanto apeava, mas as iurtas pareciam desabitadas, a não ser pelo fio de fumaça saindo de uma delas. Caminhou rigidamente pelo pátio aberto, gritando por seu irmão ou qualquer um deles. Sem dúvida não podiam ter ido todos pescar durante o dia. Tinha-os deixado apenas três dias atrás, levando um maço de mensagens pouco importantes.

Chutou a porta da iurta e parou no pátio para não entrar, com a carta lhe dando confiança.

— O que é? — perguntou de dentro seu irmão, presunçoso. — Kisruth? É você?

— Se sou eu que estive gritando o nome de vocês? Sim! — respondeu Kisruth rispidamente. — Tenho uma carta de Karakorum para ir rapidamente. E onde encontro você?

A porta se abriu e o irmão apareceu, esfregando os olhos. Havia marcas no rosto de onde ele havia apoiado a cabeça para dormir, e Kisruth lutou contra o mau humor.

— E então? Estou aqui, não é? — disse o irmão.

Kisruth balançou a cabeça.

— Sabe de uma coisa? Eu mesmo vou levar. Diga a Gurban que há uma família de ladrões na estrada a leste. Eles quase me arrancaram do cavalo.

Os olhos do irmão se arregalaram ao ouvir a notícia, e não era para menos. Ninguém atacava os cavaleiros do yam.

— Eu digo a ele, não se preocupe. Quer que eu leve essa bolsa? Eu vou agora, se for importante.

Kisruth já havia decidido e, na verdade, estava relutante em ver sua parte na empolgação terminar. Não fora difícil a decisão de ir em frente.

— Volte a dormir. Eu levo até o próximo posto. — Ele se inclinou bruscamente para trás quando o irmão estendeu a mão para as rédeas, girando o pônei no pátio antes que a irritação do irmão acordasse todos. — Fale a Gurban sobre os ladrões — gritou por cima do ombro, instigando a montaria a galope.

Já estaria quase escuro quando chegasse ao próximo posto, mas lá havia bons homens que estariam prontos quando ouvissem os sinos de sua sela. Seu irmão soltou gritos incoerentes atrás, mas Kisruth estava cavalgando de novo.

CAPÍTULO 30

Dia após dia os *tumans* de Tsubodai permaneciam pouco além do alcance dos cavaleiros húngaros. Batu havia perdido a conta das tentativas do rei húngaro para atraí-los à batalha. Os soldados de infantaria dos dois lados os faziam diminuir a velocidade, mas no primeiro dia longe do rio Danúbio o rei Bela havia mandado 20 mil cavaleiros atacarem. Tsubodai ficou olhando sem emoção à medida que eles se aproximavam de sua retaguarda até que, com o que Batu considerou uma calma capaz de enfurecer, ordenou saraivadas de flechas enquanto os conscritos maltrapilhos agarravam os arções das selas e se permitiam ser carregados por 5 quilômetros em grande velocidade, abrindo de novo a distância. Quando os cavaleiros magiares pressionavam muito, recebiam enxames de flechas escuras disparadas com precisão terrível. Os *minghaans* mongóis possuíam uma disciplina que os adversários jamais tinham visto, eram capazes de se posicionar nos dentes de uma carga, disparar duas saraivadas e depois se virar para juntar-se de novo ao conjunto dos *tumans*.

O primeiro dia tinha sido o mais difícil, com repetidas estocadas e ataques que precisavam ser anulados. Tsubodai havia trabalhado num frenesi para manter os dois exércitos separados enquanto marchavam, até que Buda e Pest sumiram de vista. À medida que o sol se punha naquela primeira noite, ele sorriu ao ver o gigantesco acampamento murado que o exército de Bela construíra, quase uma cidade. A hoste magiar enfileirou sacos de areia até a altura de um homem, formando um vasto quadrado sobre o terreno coberto de capim. Eles haviam carregado todo aquele peso desde o Danúbio. De certa forma isso explicava por que não conseguiam alcançar os mongóis. E confirmava a impressão de Tsubodai de que só o rei e seus oficiais mais superiores descansavam atrás da segurança dos sacos de areia. O resto do exército acampava em terreno aberto, tão desconsiderado quanto qualquer serviçal.

O rei húngaro devia ter esperança de comer e dormir bem em sua tenda de comando, mas a cada noite Tsubodai mandava homens com trombetas e fogos de artifício jin para manter o exército húngaro acordado. Queria o rei exausto e nervoso, enquanto o próprio Tsubodai dormia e roncava, fazendo seus guardas pessoais rirem enquanto vigiavam sua iurta.

Os dias seguintes foram menos frenéticos. O rei Bela parecia ter aceitado que não podia fazer os mongóis darem meia-volta e lutarem contra sua hoste. Os ataques continuaram, mas era quase como se fossem apenas para constar, com cavaleiros brandindo espadas e disparando insultos antes de trotar em triunfo de volta para as próprias fileiras.

Os *tumans* continuavam cavalgando, recuando por quilômetro após quilômetro vagarosos. No terreno irregular, alguns cavalos ficavam mancos e eram mortos rapidamente, mas nunca havia tempo para retalhá-los pela carne. Os soldados a pé, correndo junto às selas, eram resistentes, mas mesmo assim alguns se feriam. Tsubodai deu ordens para que qualquer um que ficasse para trás fosse deixado apenas com uma espada, mas seus *tumans* haviam trabalhado e lutado com os conscritos durante muito tempo. Fingia não ver quando eles eram puxados para a garupa, atrás dos guerreiros, ou amarrados à sela de uma das montarias de reserva.

Na tarde do quinto dia tinham coberto mais de 300 quilômetros e Tsubodai havia descoberto tudo que precisava saber sobre o inimigo. O rio Sajo ficava à sua frente e ele passou a maior parte da manhã dando ordens sobre a travessia da ponte única. Seus *tumans* não podiam se arriscar a ficar presos contra o rio e não foi surpresa os cavaleiros magiares começarem a pressionar mais de perto durante a manhã. Eles conheciam o local tão bem quanto qualquer outro.

Tsubodai chamou Batu, Jebe e Chulgetei quando o sol ultrapassou o ponto mais alto do céu.

— Jebe, quero que seus *tumans* atravessem o rio Sajo sem demora — disse.

O general franziu a testa.

— Se eu fosse o rei húngaro, atacaria agora, com o rio impedindo nossas manobras. Ele deve saber que só existe uma ponte.

Tsubodai se virou na sela, olhando por cima da linha do rio, a poucos quilômetros dali. O *tuman* de Chulgetei já estava se comprimindo na margem. Não podiam ficar ali, encostados no rio profundo.

— O rei nos impeliu em triunfo durante cinco dias. Seus oficiais devem estar parabenizando a si mesmos e a ele. Pelo que ele imagina, nós vamos correr diretamente para as montanhas e seremos empurrados de novo por cima delas. Acho que vai nos deixar ir embora, mas se não fizer isso ainda terei 20 mil para mostrar seu erro. Vão depressa.

— À sua vontade, orlok — disse Jebe. Em seguida baixou a cabeça e cavalgou para passar a ordem ao seu *tuman*.

Batu pigarreou, subitamente desconfortável na presença de Tsubodai.

— É tempo de revelar seus planos aos generais inferiores, orlok? — Ele sorriu ao falar, para diminuir a ferroada.

Tsubodai olhou-o.

— A chave é o rio. Nós corremos e corremos. Eles não estão esperando um ataque, principalmente agora. Vão nos pressionar quando virem que estamos começando a travessia, mas vamos contê-los com flechas. Ao anoitecer quero que eles estejam deste lado e nossos *tumans* do outro. Não é mais do que esse rei esperaria de inimigos empurrados com tanta facilidade.

Tsubodai sorriu.

— Assim que tivermos atravessado o Sajo, precisarei que o último *minghaan* sustente a ponte. É o único ponto fraco em meus preparativos, Batu. Se esse milhar for dominado rapidamente, eles estarão em cima de nós e o ponto de engasgamento da ponte será desperdiçado.

Batu pensou na ponte, que ele vira na primeira travessia, quando os *tumans* foram trotando na direção de Buda e Pest. Era uma pista de pedra, com largura suficiente para uma dúzia de cavalos lado a lado.

Ele poderia sustentá-la durante dias contra cavaleiros, mas os arqueiros magiares simplesmente usariam as margens para mandar milhares de flechas. Mesmo com escudos, quem estivesse naquela ponte acabaria caindo. Suspirou.

— Essa é sua tarefa para mim, orlok? Outra posição suicida na qual eu não devo sobreviver? Só quero ter certeza de que entendo suas ordens.

Para sua surpresa, Tsubodai deu uma risadinha.

— Não, não para você. Preciso de você amanhã, antes do amanhecer. Vou deixar por sua conta a quem você dará a tarefa. Eles não podem recuar sob ataque, Batu. Tenha certeza de que entendam isso. O rei húngaro deve acreditar que pretendemos fugir, que não podemos enfrentar sua hoste no campo. Sustentar aquela ponte vai convencê-lo.

Batu tentou esconder o alívio enquanto concordava. A distância, o *tuman* de Jebe já estava em movimento, cavalgando o mais rapidamente que podia através da estrutura estreita que atravessava o rio. Oficial experiente, Jebe não permitiu atrasos e Batu pôde ver uma mancha crescente de homens e cavalos do outro lado. Ouviu trombetas atrás e mordeu os lábios enquanto os cavaleiros magiares continuavam a diminuir a distância.

— Vai ser sangrento, Tsubodai — disse baixinho.

O orlok olhou-o, medindo seu valor com olhos frios.

— Vamos fazer com que eles paguem por nossas baixas. Você tem minha palavra. Agora vá escolher seus homens. Certifique-se de que tenham tochas para iluminar a ponte ao pôr do sol. Não quero nenhum erro, Batu. Temos uma noite movimentada pela frente.

Temuge andava para lá e para cá no corredor do lado de fora dos aposentos do médico. Ficou pálido com os gritos abafados que ouvira, mas não podia entrar de novo. O primeiro corte no ombro de Khasar havia liberado um líquido branco que fedia tão terrivelmente que ele precisou lutar para não vomitar. Khasar havia permanecido em silêncio, mas estremeceu quando a faca penetrou mais fundo nas costas. A pasta preta continuava grossa na língua dele e Temuge pensou que o irmão estava alucinando quando começou a chamar Gêngis. Temuge havia saído nesse momento, com a manga da blusa apertada sobre a boca e o nariz.

A luz do sol havia se escurecido no corredor enquanto ele andava, mas agora a cidade jamais ficava silenciosa, nem mesmo nos cômodos do palácio. Serviçais passavam andando apressados em grupos, carregando de tudo, desde comida até material de construção. Temuge teve de recuar quando um grupo veio com uma enorme trave de carvalho, cujo propósito ele não conhecia. A mulher de seu sobrinho, Sorhatani, tinha começado os preparativos para o cerco praticamente no dia da morte de Ogedai. Temuge fez uma careta de desprezo com esse pensamento, desejando por um instante que Gêngis pudesse retornar e fazê-la assumir o bom-senso a tapas. A cidade não podia ser sustentada, qualquer idiota podia ver. O melhor que poderiam fazer era enviar um emissário a Chagatai e iniciar as negociações. O único filho vivo de Gêngis não era tão poderoso a ponto de que as palavras fossem inúteis, disse Temuge a si mesmo. Ele havia se oferecido para iniciar as negociações, mas Sorhatani apenas sorriu e agradeceu a sugestão antes de ele ser dispensado. Temuge fervilhou de novo com esse pensamento. Justamente quando a nação precisava de sua sabedoria, ele tinha que lidar com uma mulher que não entendia nada. Voltou a andar, encolhendo-se quando Khasar gritou, com mais força do que antes.

A cidade precisava de um regente forte, e não da viúva de Ogedai, que ainda estava tão atordoada com o sofrimento a ponto de procurar a orientação de Sorhatani. Temuge pensou de novo em insistir no assunto. Quantas vezes havia chegado perto de governar a nação? Os espíritos tinham agido contra ele antes, mas agora era como se os ossos tivessem sido jogados no ar. A cidade estava aterrorizada, ele podia sentir. Sem dúvida era uma hora em que um homem forte, irmão do próprio Gêngis, poderia assumir as rédeas, não? Xingou baixinho ao pensar no oficial superior, Alkhun. Temuge tentara sondá-lo, avaliar os sentimentos dele sobre as duas mulheres que governavam Karakorum. O homem sabia qual era o seu objetivo, Temuge tinha quase certeza. Alkhun balançou a cabeça. Antes que Temuge pudesse fazer mais do que insinuar o assunto cautelosamente, ele pediu licença e se retirou de modo extraordinariamente abrupto, quase grosseiro. Temuge foi deixado num corredor, olhando para as costas dele.

Seus pensamentos foram interrompidos quando o médico saiu, limpando o sangue e a imundície branca das mãos. Temuge levantou os olhos, mas o jin simplesmente balançou a cabeça em silêncio.

— Sinto muito. Os tumores estavam fundos demais e eram muitos. O general não viveria muito tempo mais. Perdeu muito sangue. Não pude segurá-lo aqui.

Temuge apertou os punhos, subitamente furioso.

— O quê? O que você está dizendo? Ele morreu?

O médico olhou-o com tristeza.

— Ele sabia que havia muitos riscos, senhor. Sinto muito.

Temuge passou bruscamente por ele e entrou na sala, quase engasgando com o fedor da doença. Apertou de novo a manga da blusa contra a boca ao ver Khasar espiando o teto com os olhos vítreos. O peito exposto era uma massa de cicatrizes, com riscos de mil batalhas descendo pelos braços, de modo que a carne mal aparecia. Viu de novo como Khasar havia ficado, os ossos aparecendo claramente sob a pele esticada. Era um alívio o médico tê-lo deixado de rosto para cima. Temuge não tinha desejo de ver aqueles ferimentos roxos de novo, principalmente enquanto o odor invadia seus pulmões. Engasgou ao se aproximar do corpo do irmão, mas conseguiu estender a mão e fechar os olhos dele, apertando para que permanecessem assim.

— Quem vai cuidar de mim agora? — murmurou Temuge. — Sou o último de nós, irmão. O que fiz para merecer esse destino? — Para sua perplexidade, começou a chorar, as lágrimas descendo quentes pelas bochechas. — Levante-se, idiota — disse ao cadáver. — Levante-se e me diga que sou fraco e digno de pena por estar chorando. Levante-se, por favor.

Ele sentiu a presença do médico junto à porta e girou.

— O senhor deseja... — começou o médico.

— Saia! — rugiu Temuge. — Isso não é da sua conta!

O médico sumiu pela porta, fechando-a em silêncio.

Temuge se virou de novo para a figura deitada na cama. De algum modo o cheiro havia parado de incomodá-lo.

— Sou o último de nós, Khasar. Bekter, Temujin, Kachiun, Temulun e agora você. Todos se foram. Não me resta ninguém. — Essa percepção trouxe novas lágrimas e ele se deixou cair numa cadeira. — Estou sozinho numa cidade que espera para ser destruída — sussurrou.

Por um instante seus olhos se iluminaram com uma fúria amarga. Ele tinha o direito de herdar a linhagem do irmão, e não algum filho bastardo que não passara de um tormento para o pai. Se Temuge comandasse um *tuman* leal, sabia que Chagatai não viveria para tomar Karakorum. Chagatai queimaria todos os livros da biblioteca de Karakorum, sem entender sequer por um momento os tesouros que havia lá dentro. Temuge engoliu o sofrimento e começou a pensar e avaliar as opções. Sorhatani não entendia os riscos. Talvez a cidade pudesse ser sustentada se tivesse um homem que entendia seu valor, e não uma mulher que simplesmente herdara o poder sem qualquer talento próprio. Tsubodai ficaria sabendo logo e ele desprezava Chagatai. Todo o exército viria para o leste como uma tempestade para defender a capital. Temuge se concentrou mais, pesando suas decisões e escolhas. Se a cidade sobrevivesse, Guyuk ficaria grato.

Era como se sua vida o estivesse preparando para esse momento, essa decisão. Sua família não existia mais e sem ela ele sentia uma liberdade estranha. Com as últimas testemunhas desaparecidas, seus velhos fracassos eram apenas cinzas esquecidas.

Devia existir alguns que se ressentiam com o comando de Sorhatani. Yao Shu certamente era um deles e Temuge achava que o ministro saberia de outros. Isso poderia ser feito antes da chegada de Chagatai. Às vezes o poder podia trocar de mãos tão rapidamente quanto uma facada. Temuge se levantou e olhou o corpo de Khasar pela última vez.

— Ele vai queimar os livros, irmão. Por que eu deveria permitir isso? Eu estava lá no início, quando a morte estava a apenas um palmo de distância. Prometo que agora não terei medo, com seu espírito me vigiando. Eu nasci para o poder, irmão. É assim que o mundo deveria ser, e não como ele se tornou. Sou o último de nós, Khasar. Agora é o meu tempo.

O rei Bela observava o acampamento se organizar ao redor, começando com sua tenda. Era uma obra magnífica, com estruturas impermeáveis e lona forte para suportar o vento. Já podia sentir o cheiro da refeição que seus serviçais estavam preparando. Parado no centro daquilo tudo, sentia um orgulho crescente. Seu exército não precisara dos nômades cumanos para empurrar os mongóis, dia após dia. Só foram necessários o bom aço e a coragem magiar. Divertia-o pensar que havia conduzido os pastores mongóis como um dos rebanhos deles. Podia lamentar não os ter pressionado com mais força contra as margens do Sajo, mas eles não tinham diminuído a retirada, mal parando junto à ponte antes de atravessá-la. Quando abrigava os olhos contra o sol poente, podia ver as tendas inimigas, estranhas estruturas circulares que pontilhavam a paisagem do outro lado do rio. Eles não possuíam nada da ordem e da eficiência silenciosa que ele via ao redor e adorou pensar na perseguição que continuaria. Tinha sangue de reis nas veias e sentia os ancestrais gritando ao ver o invasor ser empurrado para trás, combalido e sangrento pelas montanhas por onde tinham vindo.

Virou-se quando um dos cavaleiros de Von Thuringen se aproximou. O inglês era uma raridade entre eles, mas Henry de Braybrooke era um lutador renomado e merecia o lugar que ocupava.

— Sir Henry — disse o rei Bela, cumprimentando-o.

O cavaleiro apeou devagar e fez uma reverência. Falou em francês, língua em que ambos eram fluentes.

— Senhor, eles estão tentando sustentar a ponte contra nós. Oitocentos, talvez mil mandaram os cavalos de volta para os outros.

— Eles prefeririam que não atravessássemos, então, sir Henry? — O rei Bela riu de modo expansivo. — Sentiram nosso bafo no cangote durante dias e prefeririam que deixássemos que eles se retirassem.

— Como o senhor diz. Mas é a única ponte em mais de 150 quilômetros. Devemos deslocá-los esta noite ou amanhã de manhã.

Bela pensou um momento. Estava de muito bom humor.

— Quando eu era garoto, sir Henry, catava lapas nas pedras perto do lago Balaton. Elas se agarravam às pedras, mas com minha faquinha eu as soltava direto para a panela! Está me entendendo, sir Henry?

Bela gargalhou da própria vivacidade, mas o cavaleiro apenas franziu a testa ligeiramente, esperando ordens. O rei suspirou diante de um companheiro em armas tão imperturbável. Havia pouco humor nas fileiras dos cavaleiros, com sua versão azeda do cristianismo. Um cheiro de porco assado invadiu o ar e o rei Bela bateu palmas com expectativa, tomando a decisão.

— Mande arqueiros, sir Henry. Deixe que eles pratiquem um pouco, uma brincadeira de tiro ao alvo antes do pôr do sol. Acerte-os com força e empurre-os de volta para o outro lado do rio. Fui suficientemente claro?

O cavaleiro fez outra reverência. Sir Henry de Braybrooke tinha um tumor na perna que precisava ser lancetado e um pé ferido que parecia estar apodrecendo nas bandagens, apesar de todos os unguentos e emplastros que havia tentado. A refeição que faria seria uma sopa rala e pão velho, talvez com um pouco de vinho azedo para ajudar tudo a descer pela garganta seca. Montou cuidadosamente, rígido com os desconfortos. Não gostava de matança, ainda que os mongóis sem Deus merecessem ser varridos da face da terra. Mesmo assim obedeceria à ordem do rei, honrando seu voto de obediência aos cavaleiros.

Henry de Braybrooke passou a ordem do rei a um regimento de arqueiros, 4 mil deles sob o comando de um príncipe húngaro de quem ele não gostava e que não respeitava. Ficou apenas por tempo suficiente para vê-los começar a marcha para a ponte e depois, com o estômago roncando, foi se juntar às filas para a sopa e para o pão.

Chagatai olhou para o sol brilhante. Na mão direita segurava um pergaminho amarelado que viajara mais de 1.500 quilômetros através dos postos do yam, manchado e sujo devido à viagem. Mas as linhas breves escritas ali fizeram seu coração martelar. O cavaleiro do yam que o entregara ainda mantinha sua posição com um dos joelhos dobrado, sua presença esquecida desde o momento em que Chagatai começara a ler. Em caracteres jin rabiscados às pressas, era uma mensagem que ele havia esperado e quase temido durante anos. Finalmente Ogedai estava morto.

Isso mudava tudo. Chagatai havia se tornado o último filho sobrevivente de Gêngis, o último na linha direta do criador da nação, o cã dos cãs. Quase podia escutar a voz do velho enquanto pensava no que havia adiante. Era um momento para ser implacável, arrancar o poder que lhe fora prometido, que era seu por direito. Lágrimas brotaram em seus olhos, em parte por memórias da juventude. Finalmente podia ser o homem que seu pai quisera que ele fosse. Inconscientemente, amarrotou o pergaminho amarelado.

Tsubodai ficaria contra ele ou pelo menos a favor de Guyuk. O orlok nunca estivera ao lado de Chagatai. Teria de ser morto discretamente, não havia outro modo. Chagatai aquiesceu, a decisão simples abrindo outros caminhos para os dias vindouros. Ele estivera no palácio de Karakorum com Ogedai e Tsubodai. Ouvira seu irmão falar da lealdade de Tsubodai, mas sabia que jamais poderia confiar no orlok. Existiam simplesmente histórias demais entre eles e ele vira ameaça de morte nos olhos duros de Tsubodai.

Karakorum era a chave para a fechadura, tinha certeza. Não havia história de passagem direta de poder para um descendente, pelo menos nas tribos da nação mongol. O cã sempre fora escolhido entre os mais adequados para liderar. Não importava que Guyuk fosse o filho mais velho de Ogedai ou que fosse favorecido por ele, assim como não havia importado que Ogedai não fosse o mais velho dos irmãos. A nação não conhecia favoritos. Ela aceitaria quem dominasse a cidade. Seguiria quem tivesse a força e a vontade para tomar Karakorum. Chagatai sorriu. Tinha muitos filhos para encher aqueles aposentos, filhos que fariam a linhagem de Gêngis se estender até o fim da história. Sua imaginação se encheu com uma visão ofuscante, um império que iria de Koryo, no oriente, até as nações do ocidente, sob uma mão forte. Os jin nunca haviam sonhado tão longe, mas a terra era vasta e o tentava a dominar tudo.

Ouviu passos atrás e seu serviçal Suntai entrou. Pela primeira vez Chagatai recebia a notícia antes de seu mestre de espionagem. Sorriu ao ver o rosto feio e vermelho, como se ele tivesse corrido.

— É hora, Suntai — disse Chagatai, os olhos brilhando com lágrimas.
— O cã morreu e devo juntar meus tumans.

O serviçal olhou para o cavaleiro do yam ajoelhado e depois de um momento pensando, imitou a posição, de cabeça baixa.

— À sua vontade, senhor cã.

CAPÍTULO 31

Guyuk se inclinou adiante na sela, equilibrando uma lança enquanto galopava por um caminho de floresta. À frente podia ver as costas de um cavaleiro sérvio, arriscando a vida e os membros a toda velocidade pelos caminhos cobertos de árvores. Guyuk sentia o braço direito queimar com o peso da lança puxando os músculos. Mudou a postura enquanto cavalgava, levantando-se nos estribos para absorver o impacto nas coxas. A batalha havia terminado dias antes, mas ele e Mongke ainda perseguiam as forças em fuga com seus *tumans*, cavalgando intensamente e certificando-se de que restassem tão poucos vivos que eles jamais pudessem apoiar o rei húngaro. Guyuk pensou de novo no número de guerreiros da etnia magiar que havia encontrado do outro lado das fronteiras. Tsubodai estivera certo ao mandá-lo para o sul, onde um grande número de povoados poderia ter respondido à convocação de Bela para a guerra. Eles não podiam mais fazer isso; sua varredura pelas terras havia garantido.

Guyuk xingou ao ouvir uma trombeta distante. Estava suficientemente perto do sérvio para ver como ele olhara aterrorizado para trás, mas o general levava a sério suas responsabilidades. Pegou as rédeas que havia deixado sobre o arção de madeira da sela e puxou suavemente com a mão esquerda. O pônei soltava vapor na clareira quando ele parou e viu o sérvio aterrorizado desaparecer no meio das árvores. Guyuk fez uma saudação irônica com a lança, depois jogou-a no ar, pegando-a de volta de pé e ajustando-a de novo na bainha ao lado da perna. A trombeta soou de novo e depois uma terceira vez. Ele franziu a testa, imaginando o que Mongke poderia ter encontrado de tão urgente.

Enquanto cavalgava de volta pelo caminho, captou vislumbres de seus homens também retornando, saindo da penumbra verde e gritando uns para os outros, alardeando os triunfos pessoais. Guyuk viu um deles balançado um punhado de correntes de ouro e sorriu da expressão do guerreiro, animado com aquela alegria ingênua.

Quando Tsubodai lhe dera as ordens, Guyuk se preocupou imaginando que fosse algum tipo de castigo. Ficou bastante claro que Tsubodai estava retirando os amigos mais íntimos de Batu. A campanha pelo sul não havia prometido muita coisa em termos de glória. No entanto, se a chamada fosse o primeiro sinal para se juntar de novo a Tsubodai, Guyuk sabia que lembraria daquelas semanas com afeto intenso. Ele e Mongke haviam trabalhado bem, juntos, cada um aprendendo a confiar no outro. Certamente seu respeito por Mongke havia crescido em pouco tempo. O sujeito era incansável e competente e, se não tinha os clarões de inteligência de Batu, estava sempre onde era necessário. Guyuk se lembrou do alívio, dias atrás, quando Mongke debandara uma força de sérvios que havia emboscado dois de seus *minghaans* nas montanhas.

Na beira da floresta havia afloramentos rochosos e Guyuk escolheu o caminho passando pelo terreno irregular que se fundia com a área de capim. Já podia ver o *tuman* de Mongke se formando, além dos próprios homens vindos de todas as direções e assumindo posições. Guyuk instigou a montaria para um meio-galope e foi até lá.

Mesmo a distância ouviu o tilintar de sinos que indicava a chegada de um cavaleiro do yam. Sua pulsação se acelerou, empolgado por receber qualquer tipo de notícia. Era fácil demais sentir-se isolado do exército principal, como se suas batalhas e seus ataques fossem o mundo inteiro. Obrigou-se a relaxar enquanto cavalgava. Tsubodai estaria chamando-os de volta para a pressão final em direção ao ocidente. Sem dúvida o pai céu havia abençoado o empreendimento e ele jamais se arrependera de ter ido tão longe das planícies de casa. Guyuk era jovem, mas podia imaginar os anos à frente, quando todos que haviam cavalgado na grande jornada compartilhariam uma ligação especial. Já sentia aquilo, um sentimento de perigo compartilhado, até mesmo de irmandade. Independentemente do que Tsubodai havia pretendido, a jornada tinha criado laços entre os generais que cavalgavam com ele.

Enquanto ia até Mongke, Guyuk viu que o amigo estava vermelho e irritado. Guyuk levantou as sobrancelhas com uma pergunta silenciosa e Mongke deu de ombros.

— Ele diz que só fala com você — respondeu rigidamente.

Guyuk olhou surpreso para o jovem cavaleiro do yam. O rapaz estava sujo da viagem, mas isso era bastante normal. Guyuk viu grandes manchas de suor na túnica de seda. O cavaleiro não usava armadura, mas carregava às costas uma sacola de couro que ele teve de lutar para remover.

— Minhas instruções são para entregar a mensagem apenas nas mãos de Guyuk, senhor. Não quero ofender. — O último comentário foi direcionado a Mongke, que o olhou irritado.

— Sem dúvida o orlok Tsubodai tem seus motivos — disse Guyuk, aceitando a sacola e abrindo-o.

O cavaleiro cansado parecia desconfortável na presença de homens tão importantes, mas balançou a cabeça.

— Senhor, não fui mandado pelo orlok Tsubodai. Esta mensagem veio de Karakorum.

Guyuk se imobilizou enquanto puxava um único pergaminho dobrado. Os homens que o olhavam ficaram pálidos à medida que ele examinava o lacre. Com um movimento rápido, rompeu a cera e abriu a mensagem que tinha viajado quase 8 mil quilômetros para chegar em suas mãos.

Mordeu os lábios enquanto lia, os olhos voltando ao início repetidamente enquanto tentava absorver. Mongke não suportou o silêncio tenso.

— O que é, Guyuk? — perguntou.

Guyuk balançou a cabeça.

— Meu pai morreu — respondeu atordoado. — O cã está morto.

Mongke ficou imóvel no cavalo apenas por um momento, depois apeou e se ajoelhou no capim, de cabeça baixa. Os homens ao redor o imitaram, com a notícia se espalhando por todos até que os dois *tumans* estivessem de joelhos. Guyuk olhou por cima das cabeças, confuso, ainda incapaz de absorver.

— Levante-se, general — disse. — Não vou me esquecer disso, mas agora devo voltar para casa. Preciso retornar a Karakorum.

Mongke ficou de pé, sem demonstrar emoção. Antes que Guyuk pudesse impedi-lo, encostou a testa na bota de Guyuk, no estribo.

— Deixe-me fazer o juramento a você — disse Mongke. — Permita-me essa honra.

Guyuk olhou para o homem que o encarava com um orgulho selvagem nos olhos.

— Muito bem, general — disse baixinho.

— O cã morreu. Eu lhe ofereço sal, leite, cavalos, iurtas e sangue — respondeu Mongke. — Vou segui-lo, senhor cã. Dou-lhe minha palavra e minha palavra é lei.

Guyuk estremeceu ligeiramente enquanto as palavras eram ecoadas pelos homens ajoelhados ao redor, até terem sido ditas por todos. O silêncio se manteve e Guyuk os olhou, para além do horizonte, até uma cidade que só ele podia ver.

— Está feito, senhor — disse Mongke. — Estamos ligados apenas ao senhor. — Ele montou num salto e começou a gritar ordens para os oficiais *minghaans* mais próximos.

Guyuk ainda segurava o pergaminho amarelo, como se aquilo fosse queimá-lo. Ouviu Mongke ordenando que os *tumans* fossem para o norte, juntar-se a Tsubodai.

— Não, general. Devo partir esta noite — disse Guyuk. Seus olhos estavam vítreos, a pele parecendo cera à luz do sol. Mal notou Mongke levando seu cavalo para perto, nem sentiu o aperto quando Mongke segurou seu ombro.

— Você vai precisar dos outros *tumans* agora, amigo — disse Mongke. — Vai precisar de todos eles.

Tsubodai se agachou no escuro. Podia ouvir o rio correndo perto. O ar estava cheio do odor de homens e cavalos: pano molhado, suor, cordeiro temperado e esterco, tudo se misturando no ar noturno. Estava de mau humor, tendo visto um *minghaan* de guerreiros ser despedaçado lentamente enquanto tentava sustentar o rio, segundo suas ordens. Eles haviam realizado a tarefa, de modo que a escuridão chegou sem que o exército magiar fizesse a travessia. O rei Bela havia forçado apenas mil cavalos pesados numa cabeça de ponte, estabelecendo a posição para a manhã. Eles não dormiriam, com as fogueiras do acampamento mongol a toda volta. O sacrifício valera a pena, pensou Tsubodai. O rei Bela foi obrigado a esperar a manhã antes de poder seguir pela ponte e continuar sua perseguição tenaz ao exército mongol.

Cansado, Tsubodai estalou o pescoço, afrouxando as juntas. Não precisava motivar seus homens com um discurso ou novas ordens. Eles também tinham visto o último esforço do *minghaan*. Tinham ouvido os gritos de dor e visto a água espirrando quando os agonizantes caíam. O rio Sajo estava correndo cheio e rapidamente, e com a armadura eles se afogavam imediatamente, incapazes de subir à superfície.

No céu havia uma meia lua, lançando luz na paisagem. O rio brilhava como uma corda de prata, fundindo-se na escuridão enquanto os *tumans* espadanavam pelo vau raso. Esta era a chave do plano de Tsubodai: o local de travessia que ele havia descoberto quando descera das montanhas. Tudo que Bela tinha visto o fazia acreditar que os mongóis estavam fugindo. O modo como haviam sustentado a ponte mostrava a importância dela para eles. Desde então, Tsubodai havia usado as horas de escuridão, enquanto a lua subia sobre as terras cobertas de capim ao redor do rio. Era um jogo, um risco, mas ele estava tão cansado de fugir quanto seus homens.

Agora somente seus conscritos maltrapilhos sustentavam o terreno do outro lado do rio. Sentavam-se ao redor de mil fogueiras ao luar, andando de uma para a outra e fazendo parecer que um vasto acampamento fora estabelecido. Em vez disso, Tsubodai tinha levado os *tumans* até 5 quilômetros ao norte. A pé guiaram seus cavalos pelo vau, fora das vistas e dos ouvidos do inimigo. Ele não deixou nem um único *tuman* de reserva. Se o plano falhasse, o rei húngaro atravessaria o rio ao amanhecer e os conscritos seriam aniquilados.

Tsubodai deu ordens sussurradas para apressarem o passo. Demorou horas para atravessar um número tão grande de homens, em especial porque tentavam se manter em silêncio. Com frequência ele levantava o olhar rapidamente para a lua, olhando a passagem dos homens e avaliando o tempo que lhe restava antes do amanhecer. O exército do rei Bela era gigantesco. Tsubodai precisaria do dia todo para vingar totalmente suas perdas.

Os *tumans* se reuniram do outro lado do rio. Os cavalos estavam bufando e relinchando uns para os outros, com as narinas bloqueadas pelas mãos sujas dos guerreiros para abafar os sons. Os homens sussurravam e riam uns com os outros no escuro, adorando o choque que iria atravessar o exército perseguidor. Durante cinco dias tinham fugido. Finalmente era hora de parar e contra-atacar.

Na penumbra, Tsubodai viu que Batu estava rindo enquanto chegava trotando para receber suas ordens. Manteve o rosto sério.

— Seu *tuman* deve atacar a vanguarda do acampamento deles, Batu, onde o rei está. Pegue-os dormindo e destrua-os. Se puder chegar aos muros de sacos de areia, despedace-os. Aproxime-se o mais silenciosamente que puder, depois deixe suas flechas e espadas gritarem por você.

— À sua vontade, orlok — respondeu Batu. Pela primeira vez não havia zombaria quando falou o título.

— Vou cavalgar com os *tumans* de Jebe e Chulgetei, para golpear a retaguarda deles no mesmo momento. Eles têm certeza de nossa posição e não nos esperam esta noite. Os muros são inúteis, porque eles se sentem seguros do lado de dentro. Quero que fiquem em pânico, Batu. Tudo depende de debandá-los rapidamente. Não se esqueça de que ainda estão em número maior do que nós. Se forem bem comandados, podem se juntar e voltar à formação. Seremos forçados a lutar até o último homem e as perdas serão gigantescas. Não desperdice meu exército, Batu. Entendeu?

— Vou tratá-lo como se os homens fossem meus filhos — respondeu Batu. Tsubodai fungou.

— Então vá. O amanhecer vem chegando e você deve estar em posição.

Tsubodai olhou Batu desaparecer em silêncio na escuridão. Não havia trombetas de sinalização nem tambores naccara, principalmente com o inimigo tão perto e sem suspeitas. O *tuman* de Batu se formou sem confusão, partindo a trote na direção do acampamento húngaro. As carroças, as iurtas e os feridos mongóis tinham ficado para trás com os conscritos, para se virarem sozinhos. Os *tumans* não tinham estorvos, podiam cavalgar rapidamente e atacar com força, como preferiam.

Tsubodai balançou a cabeça enfaticamente. Precisava cavalgar para mais longe do que o *tuman* de Batu e o tempo era curto. Montou rapidamente, sentindo o coração bater mais forte no peito. Para ele era raro sentir empolgação e não demonstrava nada no rosto enquanto comandava os últimos dois *tumans* para o oeste.

O rei Bela acordou, levando um susto ao ouvir um estrondo. Estava coberto de suor. Esfregou os olhos para afastar os últimos fiapos de um pesadelo enquanto se levantava. Em seus pensamentos turvos, podia ouvir as pancadas e os gritos de batalha e piscou, percebendo que os sons eram reais. Num medo súbito, pôs a cabeça para fora da tenda de comando. Ainda estava escuro, mas viu Conrad von Thuringen montado, já com armadura completa. O marechal dos cavaleiros teutônicos não viu Bela enquanto passava trotando, gritando ordens que Bela não conseguia identificar no meio do tumulto. Homens corriam em todas as direções e do outro lado dos sacos de areia ouviu trompas de batalha soando a distância. Engoliu em seco ao reconhecer um ribombar distante que ia ficando mais alto e mais nítido a cada momento.

Xingou e se virou de novo para a tenda, procurando suas roupas na escuridão. Seus serviçais não estavam em lugar nenhum e ele tropeçou numa cadeira, sibilando de dor enquanto se levantava. Pegou uma calça grossa na cadeira caída e vestiu-a. Tudo isso tomava um tempo precioso. Agarrou a casaca bordada que indicava seu posto, puxando-a sobre os ombros ao mesmo tempo em que corria para a noite. Seu cavalo fora levado e ele montou, precisando da altura para ver.

A primeira luz da manhã havia caído sobre eles naqueles momentos. O céu a leste estava ficando claro e, com um choque de horror, Bela pôde ver suas fileiras fervilhando no caos absoluto. Os muros de sacos de areia haviam se derramado no capim, completamente inúteis. Seus próprios homens recuavam pela abertura, empurrados para trás pelos cavaleiros selvagens e pelas flechas que os trucidavam vindas de fora. Escutou Von Thuringen berrando ordens para seus cavaleiros enquanto eles partiam para reforçar as defesas naquele ponto. Uma esperança desesperada se acendeu nele.

O rugido dos tambores recomeçou e o rei girou seu cavalo no mesmo lugar. De algum modo os mongóis estavam atrás dele. Como haviam atravessado o rio? Era impossível, no entanto os tambores rufavam e aumentavam de volume.

Atordoado, cavalgou pelo acampamento, preferindo mover-se a ficar parado, mas sua mente estava vazia. Seus magiares haviam rompido as fronteiras do próprio acampamento em dois lugares, jorrando através delas para o que achavam que seria a segurança. Ele mal conseguia compreender as perdas que eles haviam sofrido para estar recuando daquele modo.

Enquanto olhava, os buracos se alargaram e um número cada vez maior de soldados se apinhava atrás dos sacos de areia. Para além deles, os mongóis ainda despedaçavam seus homens perplexos, derrubando-os com flechas e lanças. À luz que ia aumentando, não parecia haver fim para eles e Bela se perguntou se os inimigos não teriam escondido algum exército até aquele momento.

Bela lutou para permanecer calmo à medida que o caos aumentava ao redor. Sabia que precisava retomar o perímetro, restaurar o acampamento e juntar seus homens dentro dos muros. Dali poderia avaliar as perdas, talvez até mesmo começar um contra-ataque. Gritou a ordem para os mensageiros e eles partiram em meio aos cavaleiros amontoados, gritando para quem pudesse ouvir:

— Reconstruam os muros! Sustentem os muros!

Se isso pudesse ser feito, ele ainda poderia salvar o dia de um desastre. Seus oficiais criariam ordem a partir do caos. Ele expulsaria os *tumans*.

Os cavaleiros sob o comando de Josef Landau ouviram. Alinharam-se e tentaram retornar, numa massa sólida. Nesse ponto havia mongóis junto aos muros e uma tempestade de flechas zumbiu pelo acampamento. Num aperto daqueles, não havia necessidade de mirar. Bela mal conseguia acreditar nas perdas, mas os cavaleiros continuavam lutando como se estivessem possuídos, sabendo tanto quanto ele que os muros eram a única salvação. Von Thuringen comandava uma centena de seus homens com armaduras. O marechal enorme era fácil de ser identificado com sua barba e a espada longa.

Então os cavaleiros provaram seu valor, com Landau e Von Thuringen despedaçando os mongóis que ousavam entrar no acampamento, impelindo-os de volta através das aberturas largas no muro. Lutavam com fúria indignada e pela primeira vez os mongóis não tinham espaço para golpear e passar rapidamente por eles. Bela espiou com o coração na boca enquanto os cavaleiros teutônicos bloqueavam uma abertura com seus cavalos, segurando escudos contra as flechas que continuavam sendo disparadas. Landau foi atingido por alguma coisa e Bela teve um vislumbre da cabeça dele pendendo frouxa enquanto seu cavalo disparava para longe. Por um momento o cavaleiro lutou, os braços balançando, depois caiu na lama revirada, quase aos pés de Bela. Havia sangue saindo de baixo das placas do pescoço, mas Bela não podia ver qualquer ferimento. Preso e sufocando na armadura, Landau morreu lentamente, recebendo esbarrões dos que corriam em volta e por cima dele.

Homens sem cavalos agarravam os sacos de areia e suavam, reconstruindo os muros o mais rapidamente que podiam. Os mongóis voltaram, usando os cavalos para chegar até o muro e depois saltar por cima, de modo que caíam rolando. Um a um esses intrusos eram mortos pelo mesmo regimento de arqueiros que havia atacado a ponte na noite anterior. Bela começou a respirar mais facilmente à medida que a ameaça de destruição iminente diminuía. Os muros foram consertados e seus inimigos uivavam do outro lado. Eles haviam sofrido perdas enormes, mas nem de longe equiparáveis às suas. Agradeceu a Deus por ter construído um acampamento suficientemente grande para abrigar seus homens.

O rei Bela olhou para os montes de soldados e cavalos mortos, empilhados nas bordas. Estavam cravados por flechas, alguns ainda estremecendo. O sol ia alto e ele não podia acreditar que o tempo havia se passado tão depressa desde os primeiros alarmes.

De cima de seu cavalo podia ver que os mongóis continuavam pressionando perto dos muros. Só havia um portão de verdade e ele mandou arqueiros para protegê-lo contra outro ataque. Viu Von Thuringen juntar os cavaleiros ali, numa coluna, e só pôde ficar olhando enquanto eles baixavam as viseiras e preparavam as lanças. A um grito de Von Thuringen, o portão foi aberto. Quase seiscentos homens instigaram seus cavalos de batalha até o galope e partiram para o confronto. Bela pensou que não iria vê-los de novo.

Teve o bom-senso de mandar arqueiros para cada muro, com aljavas cheias. A toda volta os estalos dos arcos começaram e ele respirou mais rapidamente enquanto escutava gritos guturais do lado de fora. Os cavaleiros teutônicos estavam à vontade, retalhando os guerreiros mongóis, usando peso e velocidade para derrubá-los enquanto rugiam e berravam do lado de fora dos muros de sacos de areia. Bela mal conseguia controlar seu medo. Dentro do acampamento, homens e cavalos se remexiam espremidos, mas grande parte de seu exército fora trucidada durante o sono. Do lado de fora Bela ouviu os gritos de zombaria dos mongóis serem sufocados subitamente enquanto Von Thuringen passava no meio deles. Sentiu-se esfriar. Não escaparia daquele local. Eles o haviam prendido numa armadilha e ele morreria junto com os outros.

Pareceu passar-se uma eternidade até que Von Thuringen voltou pelo portão. A reluzente coluna de cavaleiros fora reduzida a não mais do que oitenta, talvez cem. Os homens que retornaram estavam feridos e sangrando, muitos se retorcendo nas selas com flechas se projetando da armadura. Os cavaleiros magiares ficaram espantados com os nobres teutônicos e muitos deles apearam para ajudá-los a descer das selas. A barba enorme de Von Thuringen estava manchada com sangue cor de ferrugem e ele parecia algum deus sombrio, os olhos azuis furiosos enquanto pousavam no rei húngaro.

Bela precisava de orientação e devolveu o olhar como uma corça desamparada diante de um leão. Através da massa arfante de homens, Von Thuringen veio cavalgando com o rosto tão sério quanto o dele.

Batu estava ofegando enquanto cavalgava até Tsubodai. O orlok se mantinha de pé junto ao cavalo, numa crista de terra que atravessava o campo de batalha, observando os ataques que havia ordenado. Batu esperava que o orlok estivesse furioso pelo modo como o ataque acontecera, mas em vez disso Tsubodai sorriu ao vê-lo. Batu esfregou um torrão de lama grudado no pescoço e devolveu o sorriso com insegurança.

— Aqueles cavaleiros são impressionantes — disse Batu.

Tsubodai concordou. Tinha visto o gigante barbudo empurrar seus homens para trás. Os guerreiros mongóis estavam perto demais, incapazes de manobrar, quando os cavaleiros saíram numa carga. Mesmo assim o ataque súbito fora surpreendente devido à disciplina e à ferocidade. Os cavaleiros tinham aberto caminho no meio de seus homens como carniceiros incansáveis, fechando as aberturas nas próprias fileiras enquanto flechas os encontravam e os derrubavam. Cada um que caía levava dois ou três guerreiros junto, grunhindo e chutando até ser imobilizado e morto.

— Agora eles não são tantos — respondeu Tsubodai

Mas o ataque havia abalado suas certezas. Não havia desconsiderado a ameaça dos cavaleiros, mas talvez tivesse subestimado sua força na hora certa e no lugar certo. O maníaco barbudo havia encontrado o momento, surpreendendo seu *tuman* justamente quando esse uivava com a vitória. Mesmo assim, apenas alguns cavaleiros conseguiram voltar. Quando as saraivadas de flechas começaram a partir dos muros, Tsubodai dera a ordem para recuarem para fora do alcance. Seus guerreiros tinham começado a atirar de volta, mas as mortes eram desiguais, já que os arqueiros de Bela disparavam por trás de um muro estável feito de sacos de areia. Por um instante Tsubodai pensou em outra carga para romper os muros, mas o custo seria alto demais. Ele os obrigara a ficar dentro dos muros, mais fracos do que qualquer fortaleza jin. Duvidava que tivessem água suficiente para tantos homens apinhados no acampamento.

O orlok olhou pela planície com seus montes de corpos, alguns ainda se arrastando. Os ataques haviam esmagado o exército húngaro, minando finalmente sua confiança exagerada. Estava satisfeito, mas mordeu os lábios enquanto ponderava em como terminar o trabalho.

— Quanto tempo eles podem aguentar? — perguntou Batu subitamente, ecoando seus pensamentos tão de perto que Tsubodai olhou com surpresa.

— Alguns dias antes que a água acabe, não mais. Mas não vão esperar até lá. A questão é quantos homens, cavalos, flechas e lanças eles ainda têm. E quantos daqueles cavaleiros malditos.

Era difícil fazer uma boa estimativa. A planície coberta de capim estava atulhada de mortos, mas ele não tinha como saber quantos haviam sobrevivido para alcançar o rei. Fechou os olhos um momento, invocando a imagem da terra como se voasse acima dela. Seus conscritos ainda estavam do outro lado do rio, sem dúvida espiando com ar maligno o pequeno contingente que havia forçado caminho através da ponte e sustentava o outro lado. O acampamento do rei estava entre Tsubodai e o rio, preso e sem meios de se deslocar.

De novo Batu havia espelhado seus pensamentos.

— Deixe-me mandar um mensageiro para trazer os soldados de infantaria de volta para o lado de cá do rio — disse Batu.

Tsubodai ignorou-o. Ainda não sabia quantos de seus guerreiros tinham sido mortos ou feridos naquela manhã. Se o rei tivesse salvado ao menos metade do exército, teria uma força suficiente para forçar uma batalha em termos equivalentes, uma batalha que Tsubodai só poderia vencer se pressionasse muito seus *tumans*. O exército precioso que ele conduzira na grande jornada seria reduzido na luta contra um inimigo de igual força e vontade. Isso não serviria. Pensou furiosamente, abrindo os olhos para espiar o terreno em volta do acampamento. Aos poucos sorriu e desta vez Batu não estava lá antes dele.

— O que é, orlok? Devo mandar uma mensagem para o outro lado do vau?

— Sim. Diga para eles trucidarem os homens do rei que estão do outro lado do rio. Devemos retomar aquela ponte, Batu. Não quero que o rei mande homens ao rio para pegar água.

Tsubodai bateu com a bota na crista de terra.

— Quando isso estiver feito, vou recuar meus *tumans* mais para trás, a 1,5 quilômetro deste ponto. A sede tomará a decisão por eles.

Batu só pôde ficar olhando confuso enquanto Tsubodai mostrava os dentes no que poderia ter sido um sorriso.

CAPÍTULO 32

Temuge suava, mas o ar era frio no pátio do palácio. Podia sentir a dureza da faca escondida embaixo do manto. Não houvera revista nos homens convocados naquela manhã, mas ele havia se certificado de esconder a arma, de modo que ela incomodava na virilha e o fazia ficar se mexendo.

A distância podia ouvir marteladas, o som que preenchia seus dias. A fortificação de Karakorum continuava dia e noite e seria assim até que os estandartes de Chagatai fossem vistos no horizonte. Se Sorhatani e Torogene sustentassem a cidade por tempo suficiente para o retorno de Guyuk, seriam louvadas acima de todas as mulheres. Os homens falariam durante muitas gerações sobre como elas haviam preparado Karakorum para a guerra. O nome de Temuge, guardião das bibliotecas do cã, seria esquecido.

Olhou com frieza para Sorhatani enquanto ela se dirigia ao grupo. Alkhun estava ali, como o principal *minghaan* dos guardas do cã. Temuge sentiu o comandante olhando-o estranhamente e ignorou-o. Respirou fundo o ar frio, pensando, planejando, decidindo. Seu irmão Gêngis havia entrado uma vez na iurta de um cã e cortado a garganta dele. Gêngis não deveria ter sobrevivido àquilo, mas aquietou a tribo do sujeito com palavras e ameaças. Eles haviam parado para ouvir. Temuge ardia com o pensamento de que os homens e as mulheres no pátio parariam e iriam ouvi-lo.

Passou os dedos no cabo da faca sob as roupas. *Não* existia destino na vida. Nada além do que um homem pudesse alcançar e segurar. Temuge fora testemunha do nascimento sangrento de uma nação. Quer entendessem ou não, eles lhe deviam sua cidade, sua vida, tudo. Se não fosse Gêngis, os homens e as mulheres naquele pátio frio ainda seriam pastores sujos nas planícies, com as tribos pulando na garganta uma da outra. Eles viviam mais tempo do que os homens e as mulheres que ele conhecera na infância. Médicos jin e muçulmanos tinham salvado muitos de doenças que antes eram mortais.

Apesar da raiva crescente, parte dele continuava aterrorizada com o próprio plano. Repetidamente deixava as mãos se abrirem, dizendo a si mesmo que o momento havia passado: seu momento na história. Então a lembrança de seus irmãos voltava à superfície e ele podia senti-los zombando de sua indecisão. Era apenas uma morte, nada mais, certamente nada capaz de acovardá-lo daquele jeito. Sentiu o suor escorrer pelo pescoço e enxugou-o, atraindo o olhar de Yao Shu. Os olhares dos dois se encontraram e Temuge se lembrou de que não estava sozinho em sua trama. O ministro fora mais do que receptivo com ele. Escondia um ódio maligno por Sorhatani, o que levara Temuge a revelar mais de seus pensamentos e sonhos do que havia planejado.

Sorhatani dispensou os oficiais de Karakorum para o trabalho diário e começou a se virar. Torogene foi com ela, já discutindo algum detalhe.

— Um momento, senhora — disse Temuge.

Sua boca parecia trabalhar independentemente da vontade, cuspindo as palavras. Sorhatani estava com pressa e mal sinalizou para ele segui-la enquanto descia na direção do corredor do claustro, voltando para as salas do palácio. Foi aquele gesto casual que firmou a mão dele com raiva. Uma mulher daquelas tratá-lo como um suplicante bastou para levar um rubor às suas feições. Ele correu para alcançar as mulheres, sentindo força com a presença de Yao Shu acompanhando-os. Olhou de volta para o pátio aberto enquanto passavam para a sombra, franzindo a testa quando viu que Alkhun ainda estava ali, olhando-o.

Sorhatani havia cometido um erro ao deixá-lo chegar tão perto nas sombras. Temuge estendeu a mão e segurou o braço dela. Ela soltou-se bruscamente.

— O que você quer, Temuge? — perguntou, rispidamente. — Tenho mil coisas para fazer esta manhã.

Não era hora de palavras, mas ele falou para preencher o momento em que enfiava a mão dentro do dil para pegar a faca:

— Meu irmão Gêngis não desejaria uma mulher governando suas terras.

Ela se enrijeceu enquanto ele tirava a faca. Torogene ofegou e deu um passo para trás, já em pânico. Os olhos de Sorhatani se arregalaram em choque. Temuge agarrou-a com a mão esquerda e recuou o braço para cravar a adaga no peito dela.

Sentiu o braço ser agarrado com tanta força que tropeçou e gritou. Yao Shu segurava-o, com os olhos frios de desdém. Temuge puxou o braço, mas não conseguiu se livrar. O pânico se espalhou por seu peito, fazendo o coração falhar.

— Não — disse. A saliva havia se juntado em duas manchas brancas nos cantos da boca. Não podia entender o que estava acontecendo.

— Você estava certo, afinal de contas, Yao Shu — disse Sorhatani. Ela não olhou para Temuge, como se ele tivesse deixado de importar. — Desculpe ter duvidado. Só não achei que ele fosse mesmo tão idiota.

Yao Shu apertou com mais força e a adaga caiu fazendo barulho no chão de pedras.

— Ele sempre foi um homem fraco — respondeu o monge. E de repente sacudiu Temuge, fazendo-o chorar de medo e perplexidade. — O que você quer que seja feito com ele?

Sorhatani hesitou e Temuge lutou para recuperar o raciocínio.

— Sou o último irmão de Gêngis — disse ele. — E o que são vocês? Quem são vocês para me julgar? Um monge jin e duas mulheres. Vocês não têm o direito de me julgar.

— Ele não é uma ameaça — continuou Yao Shu, como se Temuge não tivesse falado. — Você poderia bani-lo do canato, mandá-lo para longe, como qualquer andarilho.

— É, mande-o embora — disse Torogene. Ela estava tremendo, Temuge podia ver.

Temuge sentiu o olhar de Sorhatani e respirou longamente, devagar, sabendo que sua vida estava nas mãos dela.

— Não, Torogene — disse ela, por fim. — Uma coisa dessas deve ser punida. Ele não teria misericórdia de nós.

Ela esperou enquanto Temuge xingava e lutava, deixando Torogene tomar a decisão. Torogene balançou a cabeça e se afastou com os olhos cheios d'água.

— Entregue-o a Alkhun — disse Sorhatani.

Temuge gritou por socorro, subitamente desesperado enquanto se retorcia contra o aperto que o mantinha impotente como uma criança.

— Eu estava presente quando nós o encontramos na floresta, monge! — exclamou. — Fui eu que levei você de volta para Gêngis. Como pode deixar a prostituta do meu sobrinho governá-lo?

— Mande Alkhun ser rápido — disse Sorhatani. — Isso posso conceder a ele.

Yao Shu concordou e ela se afastou, deixando os dois sozinhos. Temuge desmoronou enquanto ouvia passos se aproximarem e viu Alkhun sair do sol para o claustro sombreado.

— Você ouviu? — perguntou Yao Shu.

Os olhos do *minghaan* estavam furiosos enquanto segurava os ombros de Temuge, sentindo os ossos finos de um velho através do pano.

— Ouvi. — Ele tinha uma faca longa na mão.

— Danem-se vocês dois — disse Temuge. — Danem-se e vão para o inferno.

Temuge começou a chorar enquanto era arrastado de volta para a luz do sol.

No segundo dia depois do ataque noturno, os homens de Bela haviam consertado os muros de sacos de areia usando carroças quebradas e selas dos cavalos mortos. Seus arqueiros permaneciam em alerta, mas já estavam desidratados e ofegantes. Mal havia água suficiente para um único gole de manhã e outro à noite para cada homem. Os cavalos estavam sofrendo e Bela sentia-se desesperado. Pousou o queixo na lona áspera de um saco, olhando para o exército mongol acampado ali perto. Eles, claro, tinham acesso ao rio e a toda a água que pudessem beber.

Enquanto olhava para a planície coberta de capim, Bela lutou contra o desespero. Não achava mais que os relatórios vindos do norte eram exagerados. O general mongol tinha muito menos homens, mas eles haviam subjugado a força superior numa demonstração de manobra e tática que o fizeram queimar por dentro. Durante o resto daquele espantoso primeiro dia Bela havia esperado um ataque total contra o acampamento, mas isso não aconteceu. Sentia-se preso ali, esmagado no meio de tantos homens e cavalos a ponto de mal conseguirem se mexer. Não conseguia entender por que não tinham atacado, a não ser que sentissem algum prazer perverso em ver um rei morrer de sede. Eles nem mesmo estavam ameaçando o acampamento e tinham se movido bem para longe do alcance das flechas. Bela mal podia ver seus movimentos a distância. Dava uma falsa sensação de segurança vê-los tão longe. Pelos relatórios e pela própria experiência amarga, sabia que eles podiam se mover em velocidade incrível se quisessem.

Von Thuringen interrompeu uma conversa com seus cavaleiros para se aproximar. O comandante tirara a placa peitoral da armadura, revelando braços cheios de cicatrizes e um gibão feito de retalhos, manchado e imundo. Bela ainda podia sentir o cheiro de suor e sangue nele. O rosto do marechal estava sério e Bela mal pôde encará-lo enquanto Von Thuringen fazia uma reverência rígida.

— Um dos meus homens acha que conseguiu um modo de sair daqui — disse Von Thuringen.

O rei Bela piscou. Rezara pela salvação, mas a resposta às orações parecia improvável na forma do enorme sujeito barbudo à sua frente, ainda sujo do sangue de outra pessoa.

— Como? — Bela se levantou e empertigou os ombros.

— É mais fácil mostrar, majestade — respondeu Von Thuringen.

Sem mais uma palavra, ele se virou e abriu caminho pela massa de cavalos e homens. Bela só pôde ir atrás, com a irritação crescendo.

Não foi uma caminhada longa, mas o rei levava esbarrões no meio dos homens e mal evitou ser derrubado quando um cavalo empinou. Seguiu Von Thuringen até outra seção do muro e olhou na direção apontada pelo major.

— Está vendo ali, três dos meus homens? — perguntou Von Thuringen, sem preâmbulos.

O rei Bela espiou por cima do muro e viu três cavaleiros que haviam retirado a armadura, mas ainda usavam os tabardos amarelos e pretas que indicavam sua ordem. Estavam parados à vista dos muros de sacos de areia, mas Bela viu que a terra afundava antes de subir de novo até o acampamento mongol. Ali havia uma crista que corria na direção oeste. A esperança voltou quando ele pensou nas possibilidades.

— Eu não poderia arriscar cavalos à luz do dia, mas na escuridão cada homem aqui poderia cavalgar para fora, por baixo daquela crista. Com um pouco de sorte, e se eles puderem manter a cabeça baixa, os mongóis vão encontrar um acampamento vazio amanhã de manhã.

Bela mordeu o lábio, subitamente aterrorizado por deixar a frágil segurança do acampamento.

— Não há outro modo? — perguntou.

Von Thuringen franziu a testa, fazendo as sobrancelhas se juntarem.

— Não sem um suprimento de água. Não sem um acampamento muito maior e materiais para os muros de que precisamos. Estamos tão apertados aqui que não serviremos de nada se eles atacarem. Agradeça porque eles ainda não perceberam nossas fraquezas, majestade. Deus nos mostrou o caminho, mas a ordem é o senhor que dará.

— Não podemos derrotá-los em batalha, Von Thuringen? Certamente há espaço para fazer a formação no campo.

O marechal dos cavaleiros teutônicos respirou fundo para controlar a raiva. Não era ele quem deveria conhecer o terreno em volta do rio Sajo. Seus homens jamais poderiam ter previsto um vau a apenas alguns quilômetros rio abaixo. A culpa das perdas espantosas estava sob a responsabilidade do rei, e não de seus cavaleiros. Von Thuringen precisou se esforçar para manter a civilidade.

— Majestade, meus cavaleiros seguiriam o senhor até a morte. O resto, bem, é formado por homens amedrontados. Aproveite esta chance e vamos para longe deste acampamento maldito. Vou encontrar outro local onde possamos nos vingar dos pastores de cabras. Esqueça a batalha, majestade. Uma campanha não está perdida apenas por causa de um dia ruim.

O rei Bela se levantou, girando repetidamente um anel na mão. Von Thuringen esperou com impaciência, mas por fim o rei concordou.

— Muito bem. Assim que estiver suficientemente escuro, vamos.

Von Thuringen se virou, já dando ordens aos homens ao redor. Iria organizar a retirada, esperando que nenhum batedor mongol chegasse perto demais da crista naquela noite.

Assim que o sol se pôs, Von Thuringen deu a ordem de abandonarem o acampamento. As últimas horas tinham sido passadas enrolando panos nos cascos para abafar o som, ainda que o terreno fosse bastante macio. Os cavaleiros teutônicos supervisionaram os primeiros homens que se esgueiraram para fora no escuro e começaram a andar com as montarias abaixo da crista de morro, o coração martelando ao pensar num grito vindo do inimigo. Isso não aconteceu e eles se moveram rapidamente. Os cavaleiros foram os últimos a sair do acampamento, deixando-o abandonado ao luar.

Von Thuringen podia ver as fogueiras mongóis a distância e deu um sorriso cansado ao pensar neles encontrando o acampamento vazio pela manhã. Tinha falado a verdade ao rei. As perdas haviam sido terríveis, mas haveria outros dias. Mesmo que não conseguisse nada mais do que encontrar um bom campo para a batalha, isso ofereceria melhores chances do que morrer de sede atrás de sacos de areia.

À medida que a noite passava, Von Thuringen perdeu a noção da massa de homens à sua frente. Os primeiros quilômetros foram um suspense agonizante, mas assim que o acampamento estava muito atrás, as linhas se estenderam numa longa trilha de homens cobrindo muitos quilômetros à medida que os mais rápidos ultrapassavam os feridos e vagarosos. Até seus cavaleiros sentiam aquilo, um desejo febril de colocar alguma distância de verdade entre eles e o exército mongol.

O marechal dos cavaleiros teutônicos sentia dores devido às pancadas recebidas. Von Thuringen sabia que sua carne devia ser uma massa de hematomas por baixo da armadura, resultado dos golpes de flechas. Já havia sangue em sua urina. Enquanto cavalgava no escuro, pensou no que tinha visto e não gostou das conclusões. Havia outro motivo para preservar o exército magiar para lutar de novo. Se os relatos vindos do norte eram verdadeiros, eles eram o último exército entre a Hungria e a França com alguma chance de impedir a invasão mongol. O simples pensamento o deixou atordoado. Nunca pensara em ver esse tipo de ameaça durante sua vida. Os nobres da Rússia deveriam ter despedaçado o inimigo, no entanto não tinham conseguido evitar que suas cidades fossem queimadas.

O rei Luís da França teria de ser avisado, pensou Von Thuringen azedamente. Mais importante, a luta pelo poder entre o papa e o sacro imperador romano teria de ser posta de lado. Nenhum deles estaria em segurança até que o verdadeiro inimigo fosse destruído. Von Thuringen balançou a cabeça enquanto instigava seu cavalo a trotar de novo. Em algum lugar adiante, o rei da Hungria cavalgava com sua guarda pessoal. Von Thuringen poderia desejar um líder melhor numa hora assim, mas essa não era a sorte que lhe coubera. Ele não se abalaria depois de uma única batalha perdida. Tinha sofrido derrotas suficientes e sempre retornava para mandar as almas dos inimigos gritando para o inferno.

A primeira luz do alvorecer estava aparecendo e Von Thuringen só podia tentar adivinhar a distância que teria percorrido durante a noite. Estava mortalmente cansado e tinha a garganta seca, já que o suprimento de água havia terminado muito antes. Sabia que deveria procurar um rio assim que houvesse luz suficiente, para restaurar parte das forças dos cavalos e homens. Ao pensar nisso abaixou-se e deu um tapinha no pescoço de seu animal, murmurando palavras de conforto. Se Deus estava com eles, os mongóis não perceberiam que eles haviam ido embora antes do fim da manhã ou depois. Sorriu ao pensar nos inimigos esperando com paciência que a sede jogasse os magiares em seus braços. Seria uma longa espera.

As tarefas que teria de cumprir chacoalhavam em sua cabeça à medida que a luz se transformava de cinza prateado em ouro. A prioridade era encontrar um rio e beberem até se fartar. Pensar em água fresca o fez remexer os lábios, limpando-os do cuspe grosso.

À medida que a luz se espalhava na terra, Von Thuringen viu uma linha escura à sua direita. A princípio achou que fossem árvores ou algum afloramento de rocha. Então, num momento, as formas sombrias se definiram e ele congelou, puxando as rédeas.

Guerreiros mongóis a cavalo acompanhavam o caminho, com arcos a postos. Von Thuringen tentou engolir saliva, mas sua garganta estava seca demais. Seu olhar varreu as linhas para um lado e para o outro, vendo a fina trilha de homens à frente. Por Deus, nem havia um arauto para tocar uma trompa avisando! Apenas alguns de seus cavaleiros estavam ali perto e também puxaram as rédeas, olhando para ele sinistramente.

O mundo ficou imóvel por um longo tempo e, numa oração silenciosa, Von Thuringen fez sua paz, sua penitência final. Beijou pela última vez o anel no dedo, com a relíquia santa. Enquanto esporeava o cavalo e pegava a espada, as flechas começaram a voar, as primeiras zumbido no ar como crianças gritando. Os mongóis caíram sobre a linha fina e fragilizada de soldados em fuga e a carnificina começou de verdade.

Baidur e Ilugei retornaram à Hungria e encontraram Tsubodai descansando com seus *tumans*. O clima de triunfo era visível em cada rosto que eles viam e foram recebidos com tambores e trombetas. Os *tumans* que estavam com Tsubodai sabiam do papel representado por Baidur em sua vitória e ele foi aplaudido enquanto entrava no acampamento ao redor do Danúbio.

As cidades de Buda e Pest tinham sido saqueadas durante dias, depois sofreram uma pilhagem completa, entregando qualquer coisa de que eles precisassem ou que desejassem. Baidur trotou por ruas de casas meio queimadas, vendo pedras que tinham esquentado a ponto de se despedaçar na rua. Ainda que o rei Bela tivesse escapado, o exército da Hungria fora trucidado, quase em número grande demais para contar. A equipe de rescaldo de Tsubodai havia recolhido sacos de orelhas e alguns falavam em 60 mil mortos ou mais. Os batedores já estavam avançando mais a oeste, mas durante uma estação os *tumans* podiam fazer uma parada na grande jornada, ficando fortes e gordos com a carne boa e o vinho roubado.

Tsubodai mandou cavaleiros até Guyuk e Mongke, chamando-os. As jornadas deles nos flancos haviam terminado e ele optou por juntar todos num mesmo local, prontos para irem até o mar.

Batu tinha visto os cavaleiros partirem, por isso ficou surpreso quando um dos seus homens trouxe notícias de *tumans* vindo do sul. Era cedo demais para as ordens de Tsubodai terem alcançado Guyuk, mas ele chamou Baidur e os dois cavalgaram para fora do acampamento.

Estavam entre os primeiros a reconhecer os estandartes do *tuman* de Guyuk. Batu riu ao vê-los e bateu os calcanhares, fazendo o pônei galopar pela planície aberta. Havia muitas histórias a contar e ele previa noites de bebedeira suficientes para narrar todas. À medida que ele e Baidur se aproximavam, a princípio nenhum dos dois notou as expressões sombrias nos rostos dos guerreiros que voltavam. Não havia júbilo nos *tumans* de Guyuk e Mongke. Guyuk, em particular, parecia mais sério do que Batu jamais o vira.

— O que houve, primo? — perguntou Batu, com o sorriso fraco.

Guyuk virou a cabeça e Batu viu que seus olhos estavam vermelhos e parecendo inchados.

— O cã morreu — disse Guyuk.

Batu balançou a cabeça.

— Seu pai? Como? Ele ainda era jovem.

Guyuk olhou-o por baixo das sobrancelhas, forçando as palavras a sair.

— O coração. Preciso ver Tsubodai agora.

Batu e Baidur ficaram ao lado dele. Baidur havia empalidecido e ficou perdido em pensamentos enquanto cavalgavam. Conhecia seu pai melhor do que todo mundo e de repente teve medo de que os homens ao redor tivessem se transformado em inimigos.

CAPÍTULO 33

Batu permaneceu com Guyuk, Mongke e Baidur enquanto entravam na cidade ribeirinha de Buda e seguiam pelas ruas até o palácio que Tsubodai estava usando como base. Seus principais oficiais *minghaans* ficaram encarregados de encontrar alojamento e comida para os homens na cidade saqueada. Os quatro príncipes cavalgaram até o palácio real e apearam no portão externo. Passaram pelos guardas sem serem questionados. Os oficiais do orlok deram uma olhada e optaram pela discrição, em vez de seguir as ordens ao pé da letra.

Pela primeira vez Guyuk liderava o pequeno grupo, com Batu andando do lado direito. Encontraram Tsubodai num salão de baile vazio, onde uma enorme mesa de jantar fora colocada e coberta por uma pilha de mapas e papéis. O orlok estava imerso numa conversa com Jebe, Chulgetei e Ilugei. Os outros aquiesciam enquanto Tsubodai ajeitava moedas para mostrar a posição dos *tumans*. Batu absorveu a cena num olhar e sorriu tenso consigo mesmo. Era um encontro de jovens e velhos e pela primeira vez tinha confiança em que podia prever o resultado.

Tsubodai levantou os olhos quando os quatro príncipes atravessaram o salão, os passos ecoando no espaço. Franziu a testa ao ver as expressões sérias e se afastou da mesa.

— Não os convoquei aqui — disse. Estava olhando para Batu, mas seu olhar saltou surpreso quando Guyuk respondeu:

— Meu pai está morto, orlok.

Tsubodai fechou os olhos por um momento, o rosto rígido.

— Por favor, sentem-se — disse. Sua autoridade era entranhada tão profundamente que os quatro foram para as cadeiras em volta da mesa, mas Batu ficou para trás, querendo manter o ímpeto que haviam trazido. Tsubodai falou de novo antes de qualquer outro:

— Foi o coração? — perguntou.

Guyuk respirou fundo.

— Então você sabia? Sim, foi o coração.

— Acabei ouvindo, quando contou ao seu irmão Chagatai. — O olhar de Tsubodai pousou em Baidur enquanto Guyuk se virava na cadeira.

— Eu não sabia de nada — disse Baidur, friamente.

Guyuk se virou de volta, mas Tsubodai deixou o olhar permanecer em Baidur até que o rapaz se remexeu desconfortável.

Tsubodai queria dizer mil coisas, mas se controlou com um esforço.

— Quais são seus planos? — perguntou a Guyuk.

Estava interessado em ver como Guyuk reagiria. Qualquer coisa que restasse da juventude do rapaz fora subitamente esquecida. Tsubodai olhou o jovem príncipe, entendendo a reserva discreta que via agora. Havia um novo peso nos ombros de Guyuk, quer ele quisesse ou não.

— Sou herdeiro de meu pai — disse Guyuk. — Devo retornar a Karakorum.

De novo Tsubodai olhou para Baidur. O orlok fez uma careta, mas as palavras precisavam ser ditas.

— Você tem consciência da ameaça representada por seu tio? Ele reivindica o canato.

Nenhum dos dois olhou diretamente para Baidur, que ruborizou.

Guyuk inclinou a cabeça ligeiramente, pensando, e Tsubodai ficou satisfeito ao vê-lo pesar a resposta. Não havia lugar para o jovem tolo que ele fora um dia. Não mais.

— O cavaleiro do yam me alcançou há um mês. Tive tempo para pensar — disse Guyuk. — Vou exigir um juramento de aliança dos *tumans* que estão aqui.

— Isso terá de esperar — respondeu Tsubodai. — Quando terminarmos aqui, você convocará a nação, como seu pai fez.

Baidur se remexeu de novo e foi ignorado. Sua situação era constrangedora, mas ele estava desesperado para falar.

— Posso deixar que você tenha quatro *tumans*, restando apenas três comigo — disse Tsubodai. — Você deve retornar em força máxima para garantir o canato. Chagatai não pode colocar mais de dois, talvez três, no campo. — Ele olhou friamente para Baidur. — Minha recomendação é que deixe Baidur permanecer comigo, em vez de forçá-lo a escolher entre o primo e o pai. — Ele baixou a cabeça na direção de Baidur. — Desculpe, general.

Baidur abriu a boca, mas não conseguiu encontrar as palavras. Foi Batu quem falou em seguida, pela primeira vez. Os olhos e o queixo de Tsubodai se apertaram instantaneamente ao escutar a voz dele, revelando uma tensão interna.

— Você conhece Chagatai Khan melhor do que qualquer um de nós, a não ser Baidur. Como acha que ele vai reagir ao saber da notícia?

Tsubodai não olhou para Batu enquanto respondia, mantendo o olhar fixo em Guyuk. Cada palavra parecia ser arrancada dele.

— Se ele for temerário, vai levar seus *tumans* a Karakorum.

— Se ele for temerário... sei — respondeu Batu, gostando do desconforto que via. — E o que vai acontecer quando Guyuk Khan voltar para casa?

— Chagatai vai negociar ou lutar. Ninguém pode saber o que ele pensa. — Tsubodai apertou as mãos na mesa e se inclinou mais perto de Guyuk. — Acredite: Chagatai Khan não é a ameaça que você imagina.

Parecia que Tsubodai iria continuar, mas então apertou o maxilar e esperou. A decisão não era simplesmente militar. Batu mal conseguia controlar os lábios se repuxando ao ver Tsubodai sem saber como agir.

Guyuk deixou os homens à mesa suarem por um tempo antes de balançar a cabeça.

— Se não pode me oferecer mais do que isso como garantia, orlok, devo levar os *tumans* para casa. Todos.

Ele olhou para Jebe e Chulgetei, mas os mais velhos não faziam parte da decisão. Tsubodai tinha a autoridade definitiva sobre o exército, mas esse não era um problema militar. Tsubodai soltou um suspiro longo.

— General, tenho novos mapas mostrando terras que não são lendas para nós. A cidade de Viena fica a apenas 160 quilômetros mais a oeste. A pátria dos cavaleiros templários é logo depois. A Itália fica ao sul. Já tenho batedores nas montanhas de lá, planejando o próximo estágio. Esta é a realização da minha vida. — Ele parou, para não implorar, enquanto Guyuk o olhava com expressão pétrea.

— Vou precisar de todos os *tumans*, orlok Tsubodai. Todos.

— Você não precisa dos conscritos. Deixe-os comigo e dois *tumans*, e eu irei adiante.

Lentamente Guyuk estendeu a mão e apertou o ombro de Tsubodai. Era um gesto que ele não sonharia fazer um mês antes.

— Como eu poderia deixá-lo para trás, Tsubodai? O general de Gêngis Khan, no momento em que mais preciso dele? Venha comigo. Você sabe que não posso permitir que fique. Você voltará em outro ano, quando houver paz.

Tsubodai olhou para Baidur e sua dor era visível a todos. Baidur desviou o olhar, para não ver aquilo. Quando o olhar do orlok passou por Batu, seus olhos chamejaram.

— Eu *estou* velho — disse. — E vi o início de tudo, quando o próprio Gêngis era novo. Não voltarei aqui. Falei com os prisioneiros. Não há nada entre nós e o oceano, *nada*. Nós vimos os cavaleiros deles, Guyuk, você entende? Eles não podem nos impedir. Se continuarmos, a terra será nossa, de mar a mar, para sempre. De mar a mar, general. Será nossa por 10 mil anos. Pode imaginar uma coisa dessas?

— Isso não é importante — disse Guyuk, baixinho. — A terra natal é onde nós começamos. Não posso perdê-la em troca de terras aqui. — Ele puxou a mão de volta e sua voz permaneceu firme. — Eu serei cã, orlok Tsubodai. Preciso de você comigo.

Tsubodai se deixou afundar lentamente na cadeira, com a energia sumindo do rosto. Até Batu pareceu desconfortável com o efeito que as mudanças haviam provocado nele.

— Muito bem. Vou prepará-los para voltar para casa.

Chagatai estava olhando para o rio enquanto o sol nascia. A sala praticamente não tinha móveis e o palácio propriamente dito estava vazio, a não ser por alguns serviçais que limpariam os cômodos. Ele não sabia se voltaria de novo e, com esse pensamento, sentiu uma pontada de perda. Ouviu passos se aproximando e se virou, vendo seu serviçal Suntai entrar. O rosto cheio de cicatrizes do sujeito era bem-vindo enquanto o coração de Chagatai se elevava com as visões.

— É hora, senhor cã — disse Suntai. Seu olhar baixou sobre o pergaminho amarrotado na mão de Chagatai, lido e relido mil vezes desde que chegara, apenas alguns dias antes.

— É hora — ecoou Chagatai. Olhou uma última vez para o sol nascente, iluminando as costas de um bando de gansos que se erguia das águas imóveis. Naquele estado de espírito, olhou diretamente para a bola de ouro no horizonte, desafiando-a a queimá-lo. — Posso chegar a Karakorum meses antes dele — disse Chagatai. — Vou receber o juramento de nosso povo como cã, mas haverá guerra quando ele retornar. A não ser que eu siga o exemplo de meu amado irmão Ogedai. O que acha, Suntai? Será que Guyuk aceitaria meu canato aqui em troca da vida? Vamos, aconselhe-me.

— Ele pode aceitar, senhor. Afinal de contas, o senhor aceitou.

Chagatai sorriu, em paz com o mundo pela primeira vez em anos.

— Talvez eu acumule problemas para o futuro ou para meu filho Baidur. Devo pensar na vida dele agora. Pelos espíritos! Se Guyuk morresse dormindo meu caminho estaria livre! Em vez disso eu lhe enviei um refém para a minha boa vontade.

Suntai conhecia bem seu senhor e sorriu enquanto parava atrás dele.

— Guyuk pode acreditar nisso, senhor, até mesmo o orlok Tsubodai, mas será que um refém assim permaneceria mesmo do seu lado?

Chagatai deu de ombros.

— Tenho outros filhos. O prêmio é grande demais para ser recusado por causa de apenas um deles. Baidur terá de lutar para encontrar sua saída. Afinal de contas, Suntai, eu lhe dei meus melhores guerreiros para seu *tuman*. Eles não têm equivalentes na nação. Se ele cair, sofrerei, mas o destino dele está nas próprias mãos, como sempre.

Chagatai não havia notado que Suntai usava botas macias no lugar das sandálias de sempre. Não ouviu o último passo. Sentiu uma pontada no pescoço e engasgou, surpreso, levando a mão à garganta. Para sua perplexidade, havia algo terrivelmente errado ali. Enquanto afastava a mão, viu que estava coberta de sangue. Tentou falar, mas sua voz estava perdida e apenas rangeu através da linha que cortava a pele.

— Dizem que a adaga kirpan é tão afiada que pouca dor acompanha a morte — disse Suntai. — Nunca tive a oportunidade de perguntar. O nome se traduz como "mão da misericórdia" por esse motivo.

O serviçal se inclinou mais para perto enquanto via os lábios de Chagatai se moverem, mas um gorgolejo fraco era o único som que ele fazia. Suntai se afastou bastante enquanto seu senhor tombava sobre um dos joelhos, ainda segurando a garganta.

— O ferimento é mortal, senhor. Tente ficar calmo. A morte virá depressa.

A cabeça de Chagatai baixou lentamente até o peito. A mão direita desceu ensanguentada na direção da espada à cintura, mas ele não teve forças para desembainhá-la além da primeira linha brilhante de aço.

— Disseram-me para lhe passar uma mensagem, senhor, se houvesse chance. Memorizei as palavras. Ainda consegue ouvir?

Suntai ficou olhando Chagatai tombar para a frente com um estrondo. Alguém gritou ali perto e Suntai franziu a testa, pensando no que viria.

— A mensagem é de Ogedai Khan, senhor, para ser dada no momento de sua morte. "Isso não é vingança, Chagatai. É por meu filho. Não sou mais o homem que deixou você viver. Devido à minha mão ser capaz de golpear longe, você *não* será cã". — Suntai suspirou. — Nunca fui realmente seu serviçal, mas o senhor foi um ótimo amo. Vá com Deus.

As mãos de Chagatai caíram frouxas e seus guardas entraram intempestivamente na sala, desembainhando as armas ao ver Suntai ajoelhado sussurrando no ouvido do senhor. Ele se levantou enquanto os homens corriam em sua direção, o rosto sereno à medida que as espadas vibravam.

Numa manhã fria e límpida, Tsubodai montou em seu cavalo e olhou para trás. Não havia nuvens e o céu era de um azul perfeito. Sete *tumans* esperavam formados, os melhores guerreiros de sua nação. Atrás deles, as bagagens e carroças se estendiam por quilômetros. Ele havia pegado generais, alguns quase meninos, e mostrado os pontos fortes de cada um. Apesar dos defeitos, Guyuk seria um cã melhor devido ao que aprendera na grande jornada. Baidur seria mais homem do que seu pai. Mongke daria orgulho à alma do pai.

Tsubodai suspirou. Sabia que jamais veria um exército assim outra vez. A velhice havia se esgueirado sobre ele, que estava cansado. Durante um tempo pensara que poderia cavalgar para sempre com os rapazes, com o mar atraindo-o mais para longe de casa do que jamais poderia ter sonhado. Quando Guyuk os fez parar, foi como um sussurro da morte em seus ouvidos, um fim. Olhou a distância, imaginando cidades com pináculos de ouro. Sabia os nomes, mas jamais iria vê-las: Viena, Paris, Roma.

Estava feito. Sabia que pegaria em armas se Chagatai lançasse um desafio pelo canato de Ogedai. Talvez *visse* uma batalha uma última vez. Com os príncipes, tomaria o campo em glória e mostraria a Chagatai por que Tsubodai *Bahadur* fora o general de Gêngis Khan.

O pensamento o animou por um instante, o suficiente para ele erguer a mão e baixá-la de novo. Às suas costas, os *tumans* mongóis começaram a jornada de 8 mil quilômetros que iria finalmente levá-los para casa.

EPÍLOGO

Xuan olhava pelas janelas de um longo claustro enquanto caminhava. Cada uma revelava uma vista de Hangzhou, com o rio seguindo até a baía. Fora transferido com frequência desde que fora para as terras sung, como se as autoridades não conseguissem pensar o que fariam com ele. Em raras ocasiões tinha até mesmo permissão de navegar no rio e via suas esposas e os filhos duas vezes por ano, em reuniões tensas, com autoridades sung olhando de todos os lados.

O claustro percorria a espinha de mais um prédio oficial. Xuan se divertia medindo os passos de modo que o pé esquerdo batesse no centro de cada poça de luz do sol. Não esperava grandes notícias durante a convocação. Com o passar dos anos tinha percebido que as autoridades sung se deliciavam em demonstrar seu poder sobre ele. Em ocasiões muito numerosas para se contar, sua presença fora exigida em alguma sala privativa, só para descobrir que a autoridade não tinha qualquer ligação com a corte. Em duas delas o homem envolvido levara suas amantes ou os filhos para observar enquanto se demorava com permissões e as alocações de seus pequenos rendimentos. A reunião em si era irrelevante. Eles só queriam mostrar o imperador jin, o próprio Filho do Céu, para seus dependentes espantados.

Xuan ficou surpreso quando o pequeno grupo de autoridades não parou nos corredores usuais que se ramificavam do principal. À frente ficavam os apartamentos de homens mais importantes e Xuan controlou os primeiros tremores de empolgação enquanto iam mais e mais adiante. Mais de uma porta foi aberta, enquanto dedicados estudiosos e burocratas que trabalhavam lá dentro saíam para espiar ao ouvir os passos. Xuan conteve as esperanças. Elas haviam sido provocadas por vezes demais para esperar que suas cartas fossem finalmente respondidas, embora ele ainda escrevesse todos os dias.

Apesar da calma forçada, sentiu o coração bater mais rapidamente enquanto os serviçais, fazendo reverências, o levaram à porta do homem que administrava os exames para quase todos os postos em Hangzhou. Sung Kim havia assumido o nome da casa real, mas Xuan suspeitava que ele tivesse nascido plebeu. Sendo quem controlava as verbas dadas a Xuan para manter seu pequeno séquito, Sung Kim havia recebido muitas de suas cartas no correr dos anos. Nenhuma delas fora respondida.

Os serviçais o anunciaram e depois recuaram de cabeça baixa. Xuan entrou na sala, agradavelmente surpreso ao ver como ela se abria diante dele. O administrador vivia no luxo, em meio a esculturas e obras de arte de gosto acima da média. Xuan sorriu ao pensar num elogio para Sung Kim. Desse modo poderia forçar o odioso homenzinho a lhe dar de presente qualquer coisa que ele admirasse, mas era apenas um pensamento cheio de despeito. Sua criação não lhe permitiria ser grosseiro, apesar das circunstâncias.

Enquanto outros serviçais se afastavam correndo para anunciar sua chegada, Xuan foi andando de uma pintura à outra, tomando cuidado para não se demorar demais diante de cada uma. O tempo era algo que tinha em abundância e ele sabia que Sung Kim o faria esperar.

Para sua surpresa, o próprio Sung Kim saiu dos aposentos interiores quase imediatamente. Xuan inclinou a cabeça e aceitou uma reverência igualmente breve do outro homem. Suportou as formalidades com a resignação usual, sem demonstrar qualquer sinal da impaciência crescente.

Por fim foi guiado até os aposentos internos e o chá foi trazido. Xuan se acomodou confortavelmente, esperando.

— Tenho notícias extraordinárias, Filho do Céu — começou Sung Kim. Era um homem muito velho, com cabelo branco e pele enrugada, mas sua empolgação era visível. Xuan levantou uma sobrancelha como se seu coração não quisesse bater com mais força a cada momento. Mal conseguia permanecer em silêncio. — O cã mongol morreu, Filho do Céu — continuou.

Xuan sorriu, depois deu um risada, confundindo o velho.

— É só isso? — perguntou, amargamente.

— Pensei... Devo pedir desculpas, Filho do Céu. Achei que a notícia iria lhe trazer grande júbilo. Isso não sinaliza o fim de seu tempo de exílio? — Sung Kim balançou a cabeça, confuso, e tentou de novo. — Seu inimigo está morto, majestade. O cã tombou.

— Não pretendi ofender, Sung Kim. Eu sobrevivi a dois cãs mongóis e essa é de fato uma boa notícia.

— Então... não entendo. Isso não enche seu coração de felicidade?

Xuan tomou um gole de chá, que era excelente.

— Você não os conhece como eu — disse. — Eles não ficarão chorando a morte do cã. Em vez disso vão elevar um dos filhos dele e procurarão novos inimigos. Um dia, Sung Kim, eles chegarão a esta cidade. Talvez eu ainda seja prisioneiro aqui quando isso acontecer. Talvez olhe destes mesmos corredores quando eles chegarem às muralhas da cidade.

— Por favor, Filho do Céu. O senhor é hóspede do imperador, não um prisioneiro. Não deve dizer essas coisas.

Xuan fez uma careta e pousou a taça suavemente.

— Um hóspede pode ir embora quando quer. Um hóspede pode cavalgar sem guardas. Sejamos honestos um com o outro, Sung Kim.

— Sinto muito, majestade. Eu esperava lhe trazer alegria, e não tristeza.

— Fique tranquilo, você fez as duas coisas. Agora, a não ser que deseje falar de meus pedidos por escrito, retornarei aos meus aposentos.

O administrador baixou a cabeça.

— Não posso lhe conceder seu desejo de ver seus soldados, Filho do Céu. Essas coisas estão muito além de meus humildes poderes.

Xuan levantou-se.

— Muito bem, mas quando o novo cã chegar, eles serão necessários, fortes e em forma. Vocês precisarão de *cada* homem.

Foi a vez de Sung Kim sorrir. A cidade de Hangzhou era antiga e poderosa. Ficava longe da fronteira com as antigas terras jin. A ideia de um exército chegar suficientemente perto para causar preocupação era engraçada.

NOTA HISTÓRICA

O TERCEIRO FILHO DE GÊNGIS FOI CÃ DURANTE APENAS 12 ANOS, DE 1229 A 1241. Numa época em que os mongóis estavam indo para o oeste e entrando na Europa, a morte de Ogedai seria um dos pontos de virada cruciais da história. A Europa Ocidental não poderia resistir a eles. Os castelos medievais não eram mais intimidantes do que as cidades jin cercadas por muralhas. E no campo o estilo mongol de guerra tática com ataques rápidos seria praticamente impossível de ser contido. Não é exagero dizer que o futuro do ocidente mudou quando o coração de Ogedai falhou.

Sabemos que Ogedai ainda era jovem e morreu apenas 14 anos depois de seu pai. Não sabemos por que ele construiu Karakorum — o filho de um cã que não somente desprezava as cidades mas que passara toda a vida demonstrando como elas eram um tipo de defesa vulnerável. No entanto, Ogedai construiu uma cidade como trono do império. Ainda existem descrições contemporâneas sobre ela — por exemplo as palavras de um frade cristão, Guilherme de Rubruk. A árvore de prata é um fato histórico, assim como o local possuir templos xamanistas, mesquitas islâmicas e pelo menos uma igreja cristã nestoriana.

É difícil explicar por que Ogedai construiria algo assim. Uma explicação que se ajusta aos fatos é que ele era um pouco parecido com Cecil Rhodes, um homem cuja dor no coração teve início quando estava com apenas 16 anos. Antes que um ataque cardíaco finalmente matasse Rhodes, aos 48 anos, ele havia construído um império para si na África: era um homem impelido a deixar uma marca, sempre sabendo que tinha pouco tempo para isso. Talvez Ogedai tivesse o mesmo sentimento de urgência.

A segunda questão é por que ele construiria uma cidade tão influenciada pelas dos jin, que ele vira queimar com frequência. Nisso pode ser sentida a influência de Yao Shu. Ainda que Yao Shu fosse um verdadeiro conselheiro para Ogedai, o personagem que descrevi é de fato um amálgama de dois budistas chineses do período. Ainda não terminei a história dele. Preocupado com o perigoso vício do cã, Yao Shu mostrou a Ogedai como o vinho corroía uma garrafa de ferro. Também é verdade que Ogedai concordou em reduzir à metade o número de taças que tomava por dia, mas mandou fazer taças com o dobro do tamanho. Os conselheiros budistas levavam um sentimento de civilização chinesa à corte mongol, influenciando sutilmente cada um dos cãs. Como resultado, cidades um dia abririam as portas a Kublai como jamais teriam feito para seu avô.

Os Três Jogos do Homem (Naadam) na Mongólia são a luta livre, o arco e flecha e a corrida a cavalo. O festival do Naadam é de fato muito anterior ao tempo de Gêngis Khan, embora em séculos anteriores também fosse uma chance para as tribos trocarem cavalos, misturar as linhagens sanguíneas e saber do futuro através de adivinhações. O moderno festival do Naadam tem mulheres participando da competição de arco e das corridas, mas não da luta livre, que ainda é exclusiva dos homens. A descrição da parede de arco e flecha é acurada. Os disparos são feitos de cerca de cem passos e os arqueiros competem em grupos de dez, a menor unidade do exército de Gêngis. Cada arqueiro tem quatro flechas e em vez de julgar os tiros individuais, eles devem acertar um determinado número de alvos para ter sucesso. É interessante que a tradição da disputa de arco e flecha seja por equipes, tendo em mente a natureza marcial do esporte e o papel vital que ele representava nos exércitos de Gêngis Khan.

As corridas de cavalos do festival, que acontecem durante três dias, são todas de resistência. Em contraste com o ocidente, a resistência era a qualidade que dava mobilidade aos exércitos do cã e de novo é interessante ver como ela permaneceu sendo a qualidade principal da grandeza equina, e não um surto de velocidade de um cavalo gerado e criado como um *greyhound*.

Tomei uma pequena liberdade com a história ao incluir uma corrida a pé. Não há registro disso, mas seria uma possibilidade. Não tenho dúvida de que outros eventos vieram e se foram antes da forma atual, assim como a olimpíada moderna já incluiu uma competição de cabo de guerra entre 1900 e 1920, vencida por duas vezes pela Grã-Bretanha.

Às vezes acredita-se que Gêngis deixou um testamento. Se esse documento existiu, não sobreviveu. Se foi um testamento oral, não sabemos se foi feito no momento da morte ou muito antes. Algumas versões da história falam de Gêngis morrendo quase instantaneamente, enquanto outras o deixam agonizando por dias depois de uma queda ou um ferimento, tempo em que ele poderia ter facilmente organizado seu legado. De qualquer modo, é aceito em termos gerais que foi desejo de Gêngis ver Chagatai herdando um vasto canato, enquanto Tolui recebia a terra original dos mongóis. Como herdeiro oficial, Ogedai ficou com os territórios jin do norte e o que mais pudesse conquistar. Coloquei essa distribuição nas mãos de Ogedai, em parte porque a escolha final seria dele, não importando o que seu pai pretendesse. Se Ogedai tivesse executado Chagatai naquele momento, as linhagens de sangue naquela parte do mundo seriam muito diferentes até os dias atuais.

Em vez disso, Chagatai Khan morreu apenas alguns meses depois de Ogedai, em 1242. O modo exato de sua morte é desconhecido, mas o momento incrivelmente fortuito me permitiu escrever, e de fato suspeitar, que ele foi morto.

A fórmula mais antiga da pólvora a ser registrada é chinesa, de cerca de 1044. Certamente foi usada na guerra de cerco durante o período do canato de Chagatai. Canhões de mão como os que descrevi foram encontrados datando do período de Kublai Khan. Um dos usos mais antigos registrados foi feito pelos mongóis no Oriente Médio em 1260, mas eles certamente eram bem mais antigos do que isso.

Eram o auge da tecnologia militar do período, efetivamente uma poderosa arma de mão que disparava pedras ou mesmo balas de metal.

Vasos de ferro cheios de pólvora acesos com um pavio serviam como eficazes granadas de estilhaçamento. Sabemos que os mongóis as encontraram pela primeira vez ao lutar contra os jin e os sung – e foram rápidos em adotar essas armas terríveis. De fato, foi o vasto território coberto pelos exércitos mongóis que levou à proliferação dessas armas pelas massas de terra.

Dito isso, a fórmula da pólvora chinesa era pobre em salitre, de modo que carecia de parte da energia explosiva que associamos ao material. Um jorro de chamas seria mais comum, com os lotes da mistura variando amplamente entre os produtores, as regiões e os períodos.

O extraordinário incidente que levou à morte de Tolui é de *A história secreta dos mongóis*. Em sua única campanha no norte da China, Ogedai ficou doente e "perdeu [o uso da] boca e língua" – um derrame forte, ou talvez epilepsia.

Os xamãs e adivinhos mongóis fizeram previsões, presumindo que os espíritos dos jin estavam atacando o cã. Pediram que lhes fosse mostrado o sacrifício correto e, em resposta, eles perguntaram se seria necessário um parente. Então Ogedai voltou a si e bebeu água, pedindo que lhe contassem o que acontecera.

Não precisaram pedir ao príncipe Tolui. O homem que era pai de Mongke e Kublai, ambos futuros cãs, deu de bom grado a vida para salvar o irmão.

Para escrever sobre o sacrifício de cavalos, aproveitei a oportunidade de falar com magarefes que haviam matado centenas de cavalos velhos no correr dos anos. Na preparação da carne purificada, ou halal, o animal precisa permanecer vivo para o coração bombear o sangue para fora. Eles começam cortando a garganta. O homem com quem falei preferia uma morte muito mais rápida, por isso fazia um golpe inicial no coração, depois passava a faca pelo pescoço. Entre 6 por cento e 10 por cento do peso de um cavalo são sangue. Essa é uma estimativa aproximada, mas num pônei mongol isso significaria cerca de 23 litros de sangue.

Como registra a *A história secreta*, Tolui tomou veneno para não morrer pela faca, mas eu mudei seu fim. O sacrifício de sangue dos animais fazia parte da tentativa de salvar Ogedai e os dois acontecimentos pareceram se combinar. Seu filho Mongke certamente estava presente, mas não existe qualquer conversa registrada entre eles.

Uma nota rápida na questão das distâncias: na época de Ogedai, uma rede de postos de estrada havia sido estabelecida em todos os lugares onde existia influência mongol. Separados por 40 quilômetros nas estradas principais, eles eram bem providos. Com mudanças regulares de cavalos, uma mensagem urgente podia percorrer 160 quilômetros por dia, se necessário levada pelo mesmo homem. Os cavaleiros usavam cintos com sinos, de modo que os postos pudessem ouvi-los chegando e tivessem água, comida e uma montaria descansada esperando. Percorrer 1.600 quilômetros em dez dias não era apenas possível, e sim lugar-comum. Essas linhas de comunicação tornavam modernos os exércitos dos cãs num sentido que nenhuma outra força daquele século podia alcançar.

O xamã Mohrol é fictício, mas, claro, o cã teria seus adivinhos e xamãs. Na Mongólia, nascer com um dedo extra ainda significa que a criança é "escolhida" para ser xamã. Eles não caçam nem pescam e são sustentados pelas tribos para fazer magia e medicina, além de manter as histórias e as tradições. Ainda são homens poderosos.

Os antigos budas de Bamiyan no Afeganistão existiram mesmo. Um tinha cerca de 35 metros e o outro 50 metros. Foram dinamitados pelo Talibã islâmico em 2001. Ainda existem lendas sobre um terceiro, o "Buda adormecido", nas montanhas da região.

A campanha de Tsubodai contra o ocidente durou desde cerca de 1232 até 1241. Nesse tempo ele enfrentou russos, búlgaros e os magiares húngaros, tomou Buda e Pest, atacou a Polônia e a Sérvia atual e mandou batedores até o norte da Itália. Em apenas um inverno, num período de dois meses, seus *tumans* tomaram 12 cidades muradas na Rússia. Eles haviam aprendido em suas guerras contra o norte da China a usar catapultas, balistas e até uma forma de trabuco que esmagava muralhas. A Rússia não tinha nada capaz de parar a máquina de guerra mongol.

É verdade que Tsubodai preferia as campanhas no inverno e usava os rios congelados como uma rede de estradas que atravessavam as cidades. Como Gêngis, ele e seus generais eram implacáveis com os inimigos derrotados, massacrando populações enormes. Sua única preocupação parece ter sido a frente de batalha ampla que poderia tornar mais fácil flanquear ou cercar seus *tumans*. Repetidamente ele mandou *tumans* para fazer varreduras na Polônia, Hungria ou Bulgária, para tirar possíveis inimigos do caminho.

Os lendários cavaleiros templários franceses disseram na época que entre Tsubodai e a França não existia exército que pudesse impedi-lo. Mas talvez nem mesmo a morte de Ogedai pudesse ter feito Tsubodai parar, caso ele não estivesse acompanhado pelos príncipes da nação. Batu, filho de Jochi, estava lá, assim como Guyuk, filho de Ogedai. Kaidu, neto de Ogedai, também estava presente. Foi ele que invadiu a Polônia com Baidur e travou a batalha extraordinária de Liegnitz, impedindo os exércitos poloneses de flanquear o ataque principal contra a Hungria. Não usei Kaidu como personagem aqui por medo do "problema do romance russo", onde cada página traz novos personagens, até que o leitor se perca. Incluí Mongke na campanha — ele esteve lá durante a maior parte, inclusive em Kiev. Kublai não estava presente como um dos príncipes. Permaneceu em Karakorum, estudando budismo e estabelecendo a influência chinesa que dominaria sua vida adulta.

Jebe também estava ausente dessa campanha, mas eu o mantive como personagem secundário. Infelizmente a *A história secreta* não conta sobre seu fim. Como aconteceu com Kachiun e Khasar, alguém que já fora um grande líder simplesmente escorreu para fora das páginas da história e se perdeu. A morte precoce era comum naqueles tempos, claro, e eles quase certamente encontraram o fim através de doença ou ferimentos, uma morte comum a ponto de ser ignorada pelos cronistas.

Temuge realmente fez uma última tentativa imprudente de se tornar cã depois da morte de Ogedai. A tentativa foi mal sucedida e ele foi executado.

De modo interessante, Sorhatani recebeu mesmo os direitos e os títulos do marido depois da morte desse. Com essa única decisão ela se tornou instantaneamente a mulher mais poderosa do canato — e do mundo na época. Três de seus quatro filhos se tornariam cãs devido à sua influência e seu treinamento. Ela apoiou Ogedai como cã e era consultada por ele à medida que o império crescia e se estabelecia. A única vez em que recusou os desejos dele foi quando Ogedai sugeriu que se casasse com seu filho Guyuk. Ela recusou a oferta, preferindo concentrar suas energias nos filhos. A história confirma sua sabedoria nesse aspecto.

Quando os *tumans* de Tsubodai entraram na Hungria passando por cima dos montes Cárpatos, enfrentaram os exércitos do rei húngaro Bela IV. O monarca havia aceitado 200 mil refugiados cumanos vindos da Rússia, um povo túrquico semelhante aos mongóis em muitos aspectos. Em troca da conversão ao cristianismo eles receberam refúgio por algum tempo. Seu líder, Köten, foi batizado e sua filha se casou com o filho do rei Bela para selar o acordo. Em troca o rei Bela podia dispor de um exército de cavaleiros nômades junto com suas forças. Também esperava ajuda do sacro imperador romano, Frederico II – rei do que hoje em dia é a Alemanha, a Itália, a Sicília, Chipre e Jerusalém – ou talvez do papa Gregório IX. No entanto, eles estavam envolvidos na própria luta pelo poder, com o papa excomungando Frederico II e até declarando que ele era o Anticristo. Em resultado, o rei da Hungria foi deixado quase sem apoio para resistir à invasão mongol. Ele tinha forças do arquiduque Frederico da Áustria, mas essas se retiraram depois da morte de Köten durante um tumulto. Os cumanos também foram embora.

É verdade que o rei Bela mandou espadas ensanguentadas por todo o seu reino para levantar o povo. Há um registro da carta de Batu ao rei exigindo que os cumanos russos e seu líder Köten fossem entregues. A mensagem de Batu era nítida e simples: "Chegou a mim a notícia de que você tomou os cumanos, nossos servos, sob sua proteção. Deixe de abrigá-los ou fará de mim um inimigo por causa deles. Eles, que não têm casas e vivem em tendas, acharão fácil escapar. Mas vocês, que moram em casas dentro de cidades, como podem escapar de mim?"

É interessante notar que a exigência foi mandada em nome de Batu. Como príncipe importante e filho de Jochi, o primogênito de Gêngis, ele estava no comando nominal da Horda Dourada, como era conhecida.

No entanto, era Tsubodai que a comandava estratégica e taticamente. O relacionamento entre os dois era complexo e chegou a um impasse quando a notícia da morte de Ogedai finalmente os alcançou.

Budapeste fica a cerca de 7.300 quilômetros a oeste de Karakorum, mas é a mesma massa de terra. A campanha extraordinária de Tsubodai levou os *tumans* mongóis direto através do Cazaquistão, na Rússia, até Moscou e Kiev, à Romênia, Hungria, Polônia, Lituânia, ao leste da Prússia e à Croácia. Eles estavam batendo às portas da Áustria quando Ogedai morreu. Na verdade, foi o rei francês Luís IX que fixou um nome confuso para os mongóis nas mentes europeias. Enquanto preparava seus exércitos para marchar, ele disse à esposa que seus soldados mandariam os tártaros para o inferno ou os tártaros iriam mandá-los para o céu. Deliberadamente fez um trocadilho com a palavra latina "tártarus", que significa inferno, e em resultado o nome errôneo, "tártaro", pegou durante séculos.

Omiti uma descrição detalhada da batalha de Liegnitz, que aconteceu no clímax da varredura de Baidur através da Polônia. A natureza desse tipo de varredura é existirem muitas batalhas contra oponentes variados, mas há um limite para quantas podem ser espremidas dentro de um romance, mesmo num romance sobre mongóis. Na história, Liegnitz é uma das poucas batalhas mongóis realmente bem conhecidas — omiti-la é o equivalente a escrever sobre Nelson sem mencionar o Nilo. Mas para o bem da trama acho que foi a decisão correta. Em Liegnitz Baidur usou a retirada falsa, mas acrescentou a inovação de barris de alcatrão que lançavam fumaça branca sobre o campo de batalha. Esse artifício simples impediu que metade de um exército polonês visse o que estava acontecendo com a outra metade. Poderia facilmente ser o clímax deste livro, mas a outra batalha bem conhecida é a do rio Sajo e esse foi um triunfo de Tsubodai.

A última batalha registrada de Tsubodai combinou não somente um ataque noturno com uma manobra de flanco, não somente o uso magistral do terreno fazendo o rio trabalhar para ele, mas também o truque, agora antigo, de deixar um caminho livre para o inimigo escapar, somente para cair em cima dele nesse momento. Tsubodai atravessou um vau com três *tumans* ao sul dos exércitos húngaros acampados, mandando Batu contra o flanco esquerdo ao amanhecer, enquanto o resto galopava até mais longe para golpear a retaguarda húngara. O rei Bela foi obrigado a se refugiar em seu acampamento noturno enquanto os mongóis provocavam o caos com fogos de artifício, queimando alcatrão em barris e disparando flechas aleatórias. Eles passaram de presa a caçador e aproveitaram isso ao máximo.

No meio do caos, os homens do rei Bela viram uma crista de terreno indo para o oeste, fora das vistas dos mongóis. Ele testou a rota de fuga mandando um pequeno número para fora, observando enquanto esses cavalgavam para a segurança. À medida que o dia passava, o rei tentou mandar todo o exército para fora do acampamento. No pânico, os homens perderam a formação e se esticaram por quilômetros. Foi nesse ponto que os homens de Tsubodai atacaram a coluna. Ele havia examinado o terreno. Conhecia a crista e havia deixado a rota deliberadamente aberta para criar uma armadilha. Os *tumans* mongóis trucidaram entre 40 e 65 mil homens do exército húngaro, dependendo da fonte, fazendo com que esse desaparecesse como entidade durante uma geração ou mais. O rei Bela escapou da matança e fugiu para a Áustria. Quando os mongóis partiram, ele voltou para reconstruir a Hungria a partir das ruínas. Ainda é honrado como um dos grandes reis da Hungria, apesar de seu encontro desastroso com Tsubodai.

Em muitos sentidos, esse foi um fim adequado para a carreira militar de Tsubodai, mas, claro, ele não viu desse modo. A Hungria estava em ruínas quando veio a notícia da morte de Ogedai e tudo mudou.

As brilhantes manobras táticas de Liegnitz e do rio Sajo foram esvaziadas pela retirada mongol. Raramente são ensinadas fora das escolas militares, em parte porque não resultaram em conquistas. A política se intrometeu nas ambições de Tsubodai. Se não fosse assim, toda a história teria mudado. Não existem muitos momentos na história em que a morte de um único homem tenha modificado o destino do mundo inteiro. A morte de Ogedai foi um desses. Se ele tivesse vivido, não existiriam a era elisabetana, nem o Império Britânico, nem a Renascença, talvez nem a Revolução Industrial. Nessas circunstâncias, este livro poderia muito bem ter sido escrito em mongol ou chinês.

Este livro foi composto na tipologia Rotis
Serif, em corpo 11/15, e impresso em papel
off-white no Sistema Digital Instant Duplex
da Divisão Gráfica da Distribuidora Record.